DER CHARMANTE MILLIARDÄR

THE BALTIMORE BOYS
BUCH 1

SAMANTHA SKYE

Cover Design: Angela Haddon

Herausgeber: Nice Girl Naughty Edits

Übersetzung: Sophie Hartmann

Korrekturlesen: Denise Uebersax

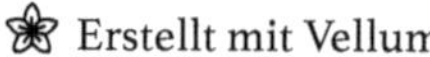 Erstellt mit Vellum

1

BETH LONGMERE

SONDERMELDUNG

Es kursieren Gerüchte, dass der Milliardär Harrison Rothschild, das Aushängeschild von Baltimore, seine Kandidatur zum Gouverneur von Maryland ankündigen wird.

Harrison, der an der gesamten Ostküste für seine Haltung zu Wirtschaftsreformen bekannt ist, hat in Harvard Jura studiert und ist zusammen mit seinen drei Brüdern Erbe der Rothschild-Dynastie. Wegen seines umwerfenden Lächelns und seiner Vorliebe für die Damenwelt wird ihm oft der Spitznamen ‚Der Charmeur' gegeben, sein verschwenderischer Lebensstil und seine Beziehungen machen ihn zum Hauptanwärter auf den Spitzenplatz.

Aber wird der Junge aus Baltimore, der mit einem silbernen Löffel im Mund geboren wurde, die Stimmen erhalten, die er von der breiten Öffentlichkeit benötigt? Viele von ihnen sagen, dass er nicht weiß, was die realen Menschen wollen.

Erschwinglicher Wohnraum, fortschrittliche Infrastruktur und Investitionen in Arbeitsplätze sind nichts, worüber sich unser Aushängeschild jemals Gedanken machen musste.

Die Nachricht wird fortgesetzt.

„**D**u weißt doch, dass ich einmal ein Tablett mit Champagner über ihn verschüttet habe", murmele ich zu meinem Vater, während wir beide im Wohnzimmer sitzen und die Abendnachrichten schauen.

„Hmm?" Sein Blick bleibt auf den Fernseher gerichtet, auch wenn das Bild an einigen Stellen schwarz ist, nachdem ich neulich versehentlich mit dem Staubsauger dagegen gestoßen bin.

„Das war auf einer Wohltätigkeitsveranstaltung für seine Mutter, die, bei der Issy entführt wurde", fahre ich fort, während ich einen Löffel Eiscreme aus dem Becher auf meinem Schoß löffle. Es ist Teil meiner sonntäglichen Entspannungsroutine nach einer hektischen Woche, der einzige Luxus, den ich mir gönne, und selbst das nur in den Wochen, in denen ich meinen Lohn erhalte.

Ich bemerke, dass Dad mich aus dem Augenwinkel beobachtet. Es gefällt ihm nicht, dass ich in meinem Job, bei dem ich Veranstaltungen für die Reichen und Berühmten von DC organisiere, rund um die Uhr in der Stadt arbeite. Und es gefällt ihm noch weniger, seit Issy entführt wurde. Aber es ist unser einziges Einkommen und außerdem bekomme ich dadurch eine Krankenversicherung; er hat also keinen Grund sich zu beschweren. Außerdem ist mit Issy am Ende alles gut ausgegangen und sie hat ihr Glück mit Jake gefunden und genießt das Leben auf dem Land.

„Als ich mich umdrehte, stieß ich mit einem Kellner zusammen und die Getränke flogen direkt auf seine italienischen Slipper. Seine Mutter ist fuchsteufelswild geworden. Ich habe mich noch nie so unbedeutend gefühlt wie in diesem Moment, als ich auf den Boden kniete, um seine Schuhe sauber zu wischen, während er und seine Mutter mich von oben herab ansahen", erzähle ich die Geschichte weiter. Das Bild ist mir noch lebhaft im Gedächtnis, obwohl jene Nacht eine andere Wendung nahm. Das Eis tropft vom Löffel auf meinen Pullover und hinterlässt einen großen braunen Fleck, und ich kratze die Reste schnell ab, wobei ich mich innerlich verfluche. *Deshalb kann ich keine schönen Dinge haben*, hallt die Stimme meiner Mutter in meinem Kopf wider, obwohl sie längst der Vergangenheit angehört.

Ich arbeite mit vielen aus der Elite zusammen, aber in Wirklichkeit bin ich so weit von ihnen entfernt, dass weiter gar nicht geht. Ich kämpfe darum, über die Runden zu kommen, um für Dad und mich zu sorgen. Die Opulenz, die ich täglich sehe und erschaffe, steht in völligem Kontrast zu unserem langweiligen, unpassenden Wohnzimmer, in dem der Teppich so abgenutzt ist, dass man die Dellen sieht, die die Reifen des Rollstuhls meines Vaters mit der Zeit hinterlassen haben. Die Spuren in unserem Haus werden liebevoll als seine Rennstrecke bezeichnet.

Aber es gibt keine Rennen. Unser Haus ist so klein, dass es uns schwerfällt, seinen Stuhl zu bewegen. Wir haben nur das Nötigste, was wir zum Leben brauchen, und nicht mehr.

„Diese aufgeblasenen Idioten haben keine Ahnung, wie die Menschen wirklich leben. Er wird als Gouverneur kandidieren, und er wird auch gewinnen, aber alles nur wegen seines Namens und seiner Beziehungen. Nicht wegen des Beitrags, den er für die Gemeinschaft leisten kann", sagt Dad, der von dem Jungen aus Baltimore sichtlich unbeeindruckt ist, obwohl ihn alle anderen lieben.

Während weitere Bilder über den Bildschirm flimmern, die ihn mit einer umwerfenden Brünetten im Arm zeigen, nimmt der Wind an Kraft zu und ich höre, wie sich das Dach ein wenig hebt und die Luft durch die Dachsparren heult. Mein Blick fällt sofort auf den dunklen Fleck, der sich in der Ecke des Zimmers bildet. Kleine schwarze Schimmelflecken haben sich um den Bereich bereits gebildet, und ich mache mir eine mentale Notiz, dass ich mir das ansehen muss.

Mein Blick richtet sich wieder auf den Fernseher, der jetzt Harrison Rothschild zeigt, wie er bei einer Veranstaltung der Branche Hände schüttelt und sein Lächeln aufblitzen lässt. Ich beobachte seine souveräne Präsenz und spüre sie durch den Bildschirm hindurch.

An dem Abend, als der Champagner seine Slipper

beschmutzte, sagte er kein Wort zu mir. Das brauchte er auch nicht. Seine Mutter stauchte mich zusammen und erzählte jedem, der es hören wollte, von meiner Inkompetenz und erinnerte jeden in Hörweite lautstark daran, wie teuer die Schuhe ihres Sohnes waren. Er hingegen sah mich einfach nur an. Seine Augen bohrten sich in meine. Eine kleine Falte hatte sich zwischen seinen Augenbrauen gebildet, und ein Muskel an seinem Kiefer zuckte, was meine Wangen zum Erröten und meine Hände zum Zittern brachte. Ich bin tollpatschig, ja, aber normalerweise nicht so sehr.

Aber er hatte etwas an sich. Ich war froh, als diese Veranstaltung endlich zu Ende war. Allerdings war mir nicht der Blick entgangen, den er mir beim Weggehen zuwarf.

„Gehst du morgen ins Zentrum?", fragt mich Dad, während ich den letzten Löffel Eiscreme aus dem Becher kratze.

„Ja, ich mache um neun Uhr Yoga mit Marci. Willst du, dass wir den Bus zusammen nehmen?", frage ich, denn ich weiß, dass er um keinen Preis einen Tag im Zentrum verpassen würde. Vor allem nicht die tägliche Partie Schach, die er mit Larry spielt. Die beiden stellen immer Unfug an, wenn sie sich im örtlichen Gemeindezentrum treffen, wo Dad die meiste Zeit seines Tages verbringt.

„Das wäre gut", murrt er.

„Geht es dir gut, Dad?" Er sieht erschöpfter aus als letzten Sonntag, als ich hier war.

„Alles gut. Mach dir keine Sorgen um mich." Ich habe mich inzwischen an seine mürrische Einstellung gewöhnt, aber sie macht es schwer zu erkennen, wenn tatsächlich etwas nicht stimmt. Deshalb versuche ich immer so gut gelaunt zu sein. Das muss ich auch sein. Wir können nicht beide Tag für Tag traurig sein. Wir können nicht beide in der Vergangenheit leben und unsere Herzen mit Sorgen belasten.

„Hast du diese Woche mit Jeff gearbeitet?", frage ich und versuche, ein wenig tiefer zu graben.

Jeff ist der neue Manager des Zentrums. Vor sechs Monaten fing er an, im Zentrum zu arbeiten, brachte alles auf Vordermann und startete neue Programme. Er hilft Dad sogar dabei, zusätzliche Unterstützung und finanzielle Hilfe wegen seiner Behinderung zu bekommen, und bietet ihm auch an, ihn zu Terminen zu fahren.

„Ja, aber Larry und ich haben ihn durchschaut", murmelt Dad und hebt eine Augenbraue, als er mich ansieht.

„Was meinst du?" Ich lege den Kopf schief, als ich seinen Gesichtsausdruck sehe.

„Jeff ist in dich verliebt."

„Nein, ist er nicht", spotte ich. „Wir sind nur Freunde, Dad. Es ist möglich, dass zwei Erwachsene des jeweils anderen Geschlechts nur Freunde sind, weißt du."

„Oh, ich weiß. Und ich weiß auch, dass dieser junge Mann ganz gewiss nicht nur *Freundschaft* mit dir im Sinn hat." In seinem Tonfall liegt kein Zweifel, nur Entschlossenheit, während er den Kopf schüttelt.

„Wie kommst du darauf?"

„Larry und ich haben ihn letzte Woche beobachtet, als du Yoga gemacht hast. Seine Augen haben sich keinen Moment von deinem Hintern gelöst."

„Dad!", schimpfe ich und spüre, wie mir die Hitze in die Wangen steigt.

„Nun, so war es tatsächlich. Außerdem läuft er dir hinterher wie ein verlorenes Hündchen und gibt sich alle Mühe, um mir zu helfen. Er ist vernarrt in dich, Beth."

„Oh, es liegt wohl eher daran, dass er noch nicht viele Leute kennt", versuche ich abzuwehren, und lehne mich in meinem Sitz zurück.

„Warum verabredest du dich nicht mit ihm? Er scheint nett zu sein."

„Weil ich für Jeff nicht mehr als Freundschaft empfinde. Ich habe bei ihm keine Schmetterlinge im Bauch. Mein Herz schlägt nicht ein wenig schneller, wenn er in der Nähe ist. Ich habe keine Lust, mehr Zeit als nötig mit ihm zu verbringen. Hast du all diese Dinge nicht gefühlt, als du Mom kennengelernt hast?" In dem Moment, in dem mir die Worte über die Lippen kommen, weiß ich, dass ich sie nicht hätte sagen sollen.

Unsere eben noch heitere Unterhaltung fühlt sich mit einem Mal schwer an. Langsam macht sich in meinem Magen ein Gefühl des Grauens breit, während ein Hauch Ungewissheit zwischen uns schwebt. Ich halte den Atem an und frage mich, welche Antwort ich bekommen werde, zu ängstlich, um noch etwas zu sagen.

„Ich gehe ins Bett", sagt er schroff, und Enttäuschung macht sich in meiner Brust breit. Ich fühle mich krank. Sonntagabende sind unsere Abende, und ich habe den heutigen verdorben. Das ist es, was ich tue. Das ist es, was ich immer tue. Dinge verderben. Ich verschütte Getränke. Ich verärgere Dad. Ich kann keine schönen Dinge haben.

„Gute Nacht", sage ich leise, während ich beobachte,

wie er seinen Stuhl in den schmalen Flur rollt und darauf wartet, dass sich seine Schlafzimmertür schließt, während ich einen Seufzer ausstoße.

Dad hat recht. Der Junge aus Baltimore hat keine Ahnung, wie Normalbürger leben.

2

HARRISON ROTHSCHILD

Ich sitze in meinem Arbeitszimmer und sehe meine Mutter, meinen Bruder und meinen neuesten Mitarbeiter der Reihe nach an. Aufregung wirbelt durch meinen Körper. Ich habe mein ganzes Leben lang auf diesen Tag gewartet, und jetzt ist er endlich da.

Als Kind war es mein Traum, Präsident zu werden. Während des vergangenen Jahres habe ich hart daran gearbeitet, Kontakte zu knüpfen und mich auf eine größere Rolle in der Politik vorzubereiten. Jetzt ist das Gouverneursamt so nah, dass ich es fast schmecken kann. Ich bin bereit. Ich bin bereit, diesen Staat zu führen und etwas zu bewirken.

„Wann wirst du deine Absicht bekannt geben, als Gouverneur zu kandidieren? Ich möchte die Veranstaltung organisieren. Ich will nicht, dass du dir um irgendetwas Sorgen machen musst!", sagt Mom und klatscht in die Hände, das breiteste Lächeln, das ich je gesehen habe, ziert ihr Gesicht.

Offensichtlich ist sie glücklich, einen Sohn zu haben,

der als Gouverneur von Maryland auf der nationalen Bühne steht. Sie trägt ihren charakteristischen Chanel-Tweedanzug und ist frisch frisiert. Ich kann sehen, dass sie vor Kurzem einige kosmetische Eingriffe hat vornehmen lassen. Die Haut um ihre Augen herum ist ein wenig straffer und ihre Wangen sind definierter; sie sieht nicht mehr wie die Frau aus, die ich als Kind vergöttert habe.

„Oh, stell dir das vor, Harrison! Du wirst unglaublich sein!", schwärmt Lilly, während sie mit den Wimpern klimpert. Auch wenn sie eine der ältesten Freundinnen der Familie ist, mache ich mir nichts vor. Sie will mehr von mir, als ich zu geben, bereit bin. Wie meine Mutter ist sie perfekt geschminkt und ihre große Designertasche steht zu ihren Füßen auf dem Boden. Ihre Lippen schimmern rot und wirken voller als letzte Woche, und ich frage mich nicht zum ersten Mal, ob es möglich ist, dass sie irgendwann die untere Hälfte ihres Gesichts ganz einnehmen. Meine Augen huschen zwischen den beiden hin und her und versuchen zu verstehen, was sie im Schilde führen.

„Mom, im Ernst. Harrison schafft das. Er kann sein eigenes Veranstaltungsteam engagieren, weißt du", meldet sich mein Bruder Eddie zu Wort. Die Beziehung zwischen ihm und meiner Mutter war schon immer angespannt, und obwohl er der Jüngste ist, ist er derjenige, der mich am meisten beschützt und ich ihn.

„Edward. Jetzt ist nicht der richtige Zeitpunkt", schimpft meine Mutter, und ich ziehe eine Augenbraue hoch. Ich habe keine Lust, dass sie sich hier in meinem Büro streiten.

„Ich bin bereit", sage ich. „Ich will den Menschen dienen. Ich will etwas bewirken, und das ist meine Priorität." Ich atme tief durch, werfe meiner Mutter und meinem Bruder einen strengen Blick zu und lehne mich in meinem Ledersessel zurück.

Ich denke bereits darüber nach, was ich ändern und wie ich Maryland positionieren kann, um besser zu werden. Die Lippen meiner Mutter verziehen sich zu einer schmalen Linie, als sie mich ansieht. Ich weiß, dass sie mich auf dem Chefposten haben will, um ihre Position in der Gesellschaft zu stärken, nicht zum Wohle der Menschen. Ich hingegen denke anders. Sie will es nur nicht wahrhaben.

„Natürlich, natürlich." Sie fuchtelt mit ihrer manikürten Hand herum und überlegt wahrscheinlich schon, wen sie einladen und wen sie von der Liste streichen soll. „Schätzchen, Partys zu schmeißen ist meine Stärke, also lass mich das machen. Du und Lilly werdet die größten Stars des Abends sein."

Es ist nichts Neues, dass mich Lilly zu diesen Veranstaltungen begleitet, aber dieses Mal bin ich von dieser Idee nicht sonderlich angetan. Sie ist eine Freundin, mehr nicht, und das wird sich auch nicht ändern – sehr zur Empörung meiner Mutter. Schon seit Jahren versucht sie uns zu verkuppeln und scheint nicht zu begreifen, dass wir nicht zusammenpassen. In keiner Art und Weise.

Eddie verdreht die Augen, denn er hasst diese feierliche Extravaganz.

Der Groschen fällt bei mir, als ich sehe, wie meine Mutter und Lilly sich gegenseitig anlächeln. Dies alles ist nur ein weiterer Plan meiner Mutter, um Lilly und mich zusammenzubringen. Sie schenkt mir diesen traurigen, *,als dein Vater starb und mich in dem Chaos seiner Untreue zurückließ'*-Blick, und ich gebe nach.

„Gut", sage ich, obwohl ich es vorziehen würde, dass sie sich aus meinem Leben zurückzieht, jetzt, wo die Kandidatur zum Gouverneur in Aussicht steht. „Aber ich will echte Menschen im Raum haben, nicht nur deine Society-Freunde. Und überlass mir und meinem Team die Politik. Ich kann es nicht gebrauchen, dass du dich einmischst." Ich lasse keinen Raum für Diskussionen, und nach einem knappen Nicken wendet sie sich wieder Lilly zu, um mit ihr zu plaudern.

Mein neuer Stabschef, Oscar Barone, sitzt in dem großen, ledernen Chesterfield und mustert jeden im Raum mit seinen prüfenden Augen. Er ist ein strategischer Pitbull. Er lässt sich weder von mir noch von meiner Mutter etwas gefallen. Als jemand, der wichtige politische Kampagnen für einige der größten Vertreter des Landes geleitet hat, ist Oscar der Schlüssel zu meiner Kampagne. Er ist es, der mir zum Sieg verhelfen wird. Nicht meine Mutter und ihre reichen Freunde.

„Oh, was soll ich nur anziehen!", seufzt Lilly. „Ich möchte für deinen großen Abend perfekt aussehen, Harrison!" Sie lächelt mich an und sieht mich mit ihren großen, braunen Augen an, die gleichen, die auch ihr Vater Ronald hat. Er ist einer der größten Geldgeber für meine Kampagne. Mein Bruder flucht leise, aber sie lässt sich nicht beirren, während ich mit den Zähnen knirsche.

„Komm, Lilly, Schätzchen, lass uns mit den Planungen beginnen und die Jungs arbeiten lassen", sagt meine Mutter, die weiß, dass sie es für heute bereits weit genug getrieben hat und es für sie an der Zeit ist zu gehen.

Zu dritt beobachten wir, wie die beiden Damen gehen und sich so aufgeregt unterhalten, dass ich schon beim Anblick Migräne bekomme. Als sich die Tür hinter ihnen schließt, öffnet Oscar seinen Mund.

„Deine Mutter wird eine tolle Party planen, und ich bin sicher, dass Lillian großartig an deiner Seite aussehen wird", sagt er diplomatisch. Ihm ist klar, wie wichtig das Geld und die Unterstützung ihres Vaters für meine Kampagne ist.

„Sie lechzt danach, endlich einen Ring an den Finger gesteckt zu bekommen. Ich liebe sie wie eine Schwester, aber im Ernst, ihr sollte langsam klar sein, dass du sie nicht heiraten wirst", sagt Eddie, beugt sich vor, stützt die Ellbogen auf die Knie und sieht mich vorwurfsvoll an.

„Ich habe es ihr gesagt", antworte ich und fahre mir frustriert mit den Händen durch die Haare. „Ich kann es nicht deutlicher machen, ohne eine ganzseitige Anzeige in den *Society News* zu schalten. Sie ist praktisch schon ein Teil der Familie. Aber zwischen ihr und unserer Mutter sind einige Drähte gekreuzt worden, und bevor ich mich versehe, wird sie einen Diamanten erwarten, den ich ihr nicht zu geben gedenke. Das ist etwas, was ich *niemandem* zu geben gedenke." Beide nicken verständnisvoll.

„Du wirst allerdings ein Date zu der Veranstaltung mitnehmen müssen, und sie ist eine gute Wahl", fährt Oscar fort, lehnt sich in seinem Stuhl zurück und mustert mich.

„Nein." Ich habe kein Interesse daran, eine solche öffentliche Erklärung abzugeben. Ich hege keinerlei romantische Gefühle für Lilly und habe nicht die Absicht, ihr irgendwelche Hoffnungen zu machen, indem ich sie während des Wahlkampfs oder danach an meiner Seite habe.

„Du bist bekannt für dein Junggesellendasein und deine Liebe zu den Frauen, aber das wird dir keine Stimmen bringen. Dein Vater hat dir in dieser Hinsicht kein gutes Erbe hinterlassen. Du musst ganz amerikanisch aussehen. Du und Lillian kennt euch seit Jahrzehnten, habt als Kinder zusammen in den Hamptons gespielt. Die Presse hat euch praktisch schon als verheiratet abgestempelt." Er will einfach nicht aufhören.

„Nein", stoße ich hervor und schlucke meine wachsende Verärgerung hinunter.

„Wer dann?", fragt er.

„Niemanden. Ich brauche keine Ablenkung", sage ich fest. Ich werde mich auf die Kampagne und nicht auf mein Sexleben konzentrieren.

Ich muss sicherstellen, dass man nicht denkt, ich würde die von Untreue geprägte Vergangenheit meines Vaters wiederholen. Man sieht mich regelmäßig mit Frauen. Ich liebe Frauen. Aber im Moment muss ich mich konzentrieren. Das ist meine einzige Chance, politisch erfolgreich zu sein, und ich würde es vorziehen, nach der neuen Politik beurteilt zu werden, die ich umsetzen will, und nicht nach der Frau, mit der ich bei einer Veranstaltung erscheine.

„Er hat Angst, sich zu binden", fügt Eddie hinzu, und

wenn Blicke töten könnten, dann würde er nicht einmal mehr zucken.

„Du musst jemanden an deiner Seite haben", drängt Oscar.

„Nein, muss ich nicht." Ich seufze. Ich mag Mitte dreißig sein, aber ich habe nicht vor, zu heiraten oder mich für den Rest meines Lebens an eine Person zu binden. Meine Eltern haben allen bewiesen, dass das kein gutes Ende nimmt.

„Doch. Das. Musst. Du." Er betont jedes Wort, um seinen Standpunkt weiter zu unterstreichen. Er hat natürlich recht. Aber wenn Lilly mich begleitet, ist das ein klares Statement. Eine Aussage, dass sie nicht nur während des Wahlkampfs, sondern ein Leben lang an meiner Seite sein wird. Es ist eine Aussage, dass wir uns *gemeinsam* um Maryland kümmern und es besser machen werden. Das ist keine Aussage, die ich machen möchte. Sie wird nicht für immer an meiner Seite sein.

„Wir sollten das anders angehen", sage ich, reibe mir das Kinn und überlege, wie ich mich aus dieser Situation befreien kann, denn ich fürchte mich vor der Alternative.

Während dieser Kampagne werde ich mich von Frauen fernhalten. Ich habe zu lange und zu hart gearbeitet, um diese Chance zu bekommen, also werde ich zum ersten Mal in meinem Leben auf Frauen verzichten und mich auf meine Zukunft konzentrieren. Ich werde ein Mann für das Volk sein, und mein Schwanz wird sich fügen müssen.

„Aber deine Mutter ist schon dabei, diese Veranstaltung zu organisieren", ermahnt mich Oscar.

„Ich denke, wir sollten herausfinden, wo der Hauptschwerpunkt liegen wird, und dann meine Kandidatur an einem Ort ankündigen, der dazu passt", schlage ich vor, und während ich das sage, weiß ich, dass es die perfekte Lösung ist.

„Gute Idee", mischt sich Eddie ein und nickt mir zu.

„Irgendwo in der Gemeinde also. Irgendwo unter Menschen", sagt Oscar und beugt sich mit neuem Interesse nach vorn, und ich kann sehen, wie sich die Rädchen bereits in seinem Kopf drehen.

„Wer sagt es Mom?", fragt Eddie und sieht mich mit einem Grinsen an. Ich ignoriere seinen Blick, denn wir wissen beide, dass das unserer Mutter überhaupt nicht gefallen wird.

„Großartig. Ich werde nach Veranstaltungsorten suchen. Nun, da wir das geklärt haben, lassen Sie uns über die Schwerpunkte deiner Kampagne sprechen. Inflation, Arbeitsplätze und Infrastrukturinvestitionen." Oscar erklärt uns die Einzelheiten und wir wenden uns den wichtigen Dingen zu. Ich möchte, dass Maryland floriert. Ich möchte den Gemeinden helfen, die Unterstützung brauchen, und vor allem möchte ich im gesamten Bundesstaat eine positive Veränderung herbeiführen.

Es ist eine große Herausforderung, alle zufriedenzustellen und gleichzeitig diejenigen zu unterstützen, die sich nicht selbst versorgen können. Deshalb ist Eddie hier bei mir. Anders als wir andere Brüder ist er nicht so hinter dem Geld her, wie der Rest von uns erzogen wurde. Im Gegenteil lehnt er sich bewusst dagegen auf. Nachdem er sechs Monate lang mit dem Rucksack durch Asien gereist war, von zwei Dollar pro Tag gelebt und sich von billigem Straßenessen ernährt hatte, war er mehr als einmal wegen einer Lebensmittelvergiftung ins Krankenhaus eingeliefert worden. Abgesehen von diesem medizinischen Luxus lebte er nicht wie der Milliardär, der er ist, und tut es auch weiterhin nicht.

„Ich habe eine Karte des Staates erstellt, und du hast die meisten Gebiete abgedeckt, was gut ist. Offensichtlich bist du in Baltimore und den meisten Außenbezirken sehr bekannt und beliebt. Allerdings hast du im Südosten noch einiges zu tun, vor allem in Richtung DC. In einigen Gebieten gibt es hohe Armuts- und Arbeitslosenquoten, sodass wir unsere Botschaften wirklich auf den Punkt bringen müssen, bevor wir uns in diese Gebiete begeben."

Oscar breitet eine Karte vor uns aus, und wir drei betrachten sie wie ein taktisches Militärteam. Wir bewerten die Aufteilung der Gebiete, die Oscar sich bereits vorgenommen hatte und die mit einem Ampelsystem gekennzeichnet sind. Die rot gefärbten Gebiete des Staates sind diejenigen, in denen ich aktiver werden muss; grün sind diejenigen, in denen ich bereits eine gute Anhängerschaft habe. Und gelb sind die Gebiete, die in beide Richtungen gehen können.

Obwohl ich in Baltimore lebe und arbeite, reise ich oft nach DC. DC ist die politische Hauptstadt des Landes, wo alle wichtigen Akteure sitzen, von denen ich mit vielen befreundet bin. Wenn ich auf der politischen Karriereleiter weiter nach oben klettern will, werde ich mehr Zeit dort verbringen müssen.

„Was schlägst du vor?", frage ich ihn, während ich mir die Karte ansehe.

„Infrastruktur. Investitionen in große Infrastrukturen schaffen Arbeitsplätze und ein besseres Leben für viele Menschen in einigen dieser Gebiete. Das wird den Arbeitsmarkt verbessern, die Gewerkschaften zufriedenstellen und solange deine Familienimmobilien und deine Bauunternehmen nicht direkt davon profitieren, wird es auch die Bauindustrie florieren lassen.“

„Also neue Krankenhäuser, Schulen und so weiter?“, frage ich. Mir gefällt die Idee bereits jetzt, denn das Gesundheitswesen ist ein Bereich, auf den ich mich konzentrieren möchte.

„So etwas wäre eine Nummer zu groß. Zu teuer. Denke an ein großangelegtes Wohnprojekt oder an Einkaufszentren, um die lokale Wirtschaft durch Einzelhändler anzukurbeln.“

„Glaubst du nicht, dass Schulen oder Gesundheitseinrichtungen eine bessere Investition wären?“, frage ich. Ich weiß, dass sie willkommen wären.

„Was ist mit den Menschen?“, fragt Eddie.

„Was soll mit ihnen sein?“, entgegnet Oscar.

„Hat jemand daran gedacht, sie zu fragen, was sie wollen?“, fragt Eddie, und ich nicke zustimmend.

„Sie wissen nicht einmal, was sie wollen. Es liegt an uns, eine Vision zu schaffen, und sie werden kommen. Harrison hier wird wie ein Rattenfänger sein, und alle Menschen werden ihm folgen, egal, wohin er geht.“ Oscar lehnt sich mit einem zufriedenen Lächeln auf dem Gesicht zurück, und ich wünschte, ich könnte die gleiche Zuversicht wie er verspüren. Es wird ein hartes Rennen für mich werden. Mein Konkurrent ist jemand, der seit Jahren ein Auge auf das Gouverneursamt geworfen hat.

„Du weißt schon, dass der Rattenfänger alle Kinder mitgenommen hat, oder? Und die Stadt ohne sie zurückgelassen hat?", fragt Eddie Oscar spöttisch.

„Abwarten, junger Mann, abwarten", sagt Oscar und reibt seine Hände aneinander.

3

BETH

Ich atme endlich auf, als ich sehe, dass alle sitzen, gut gegessen haben und glücklich sind. Es sind nur noch dreißig Minuten bis zur Abreise der Gäste, und ich kann endlich eine kleine Verschnaufpause einlegen. Das ist der Zeitpunkt, an dem man weiß, dass fünfundneunzig Prozent der Arbeit erledigt ist, und auch wenn hinter den Kulissen noch viel mit Nachbesprechungen und Budgets zu tun ist, ist die Veranstaltung selbst abgeschlossen. Dies wird meine letzte Veranstaltung für eine Weile sein, also nehme ich alles in mich auf. Die schönen Blumen, die vornehmen Gäste, die Hummerplatten und die Gläser mit Champagner. Opulenz auf höchstem Niveau, nichts ist zu viel für diese vermögende Gruppe von Geschäftsleuten.

Meine Chefin Kelly bekommt demnächst ihr erstes Kind, und obwohl die Eventagentur auch ohne sie arbeiten kann, wurde beschlossen, dass wir alle drei Monate lang eine kleine Pause einlegen werden. Wir waren die letzte Zeit über sehr beschäftigt gewesen. Als eines der gefragtesten Eventunternehmen in DC arbeiten wir fast rund um die Uhr, und während Kelly langsamer wird und sich ein ruhigeres Leben wünscht, brennt in mir das Bedürfnis, weiterhin für meinen Vater und mich zu sorgen.

Einige aus dem Team machen einen längeren Urlaub, wobei Paris und London anscheinend die beliebtesten Urlaubsorte sind. Aber das ist ein Luxus, den ich mir nicht leisten kann. Zum Glück habe ich noch einen Job. Kelly hat mir freundlicherweise erlaubt, in den nächsten Monaten zu arbeiten, aber mit reduziertem Gehalt und reduzierten Arbeitszeiten. Ich werde also die nächsten Wochen eher in der Verwaltung als im Eventmanagement beschäftigt sein, bevor wir pünktlich zur Partysaison wieder einen Gang zulegen. Es ist nicht ideal, aber so kann ich immer noch meine Krankenversicherung behalten, und ich hoffe, dass ich etwas anderes in Teilzeit machen kann, um die Rechnungen zu bezahlen.

Als ich mich im Raum umsehe, entdecke ich die üblichen Verdächtigen. Mit vielen von ihnen spreche ich so regelmäßig über Veranstaltungslogistik und Management, dass sie inzwischen gute Freunde sind. Das ist schön. Andere hingegen behandeln mich immer noch, als wäre ich eine Bedienstete. Aber um diesen Leuten keinen Grund zu geben, unzufrieden mit unseren Leistungen zu sein, gehe ich ihnen aus dem Weg.

Mein Blick wandert zu Tisch vier. Harrison Rothschild sitzt aufrecht und selbstbewusst da und unterhält sich mit den anderen Geschäftsleuten um ihn herum. Ich frage mich, ob die Gerüchte wahr sind und ob er bald seine Kandidatur zum Gouverneur ankündigen wird. Er wurde heute in letzter Minute auf die Gästeliste gesetzt.

Ich nehme mir einen Moment Zeit, um ihn zu betrachten. Seit dem Vorfall mit dem Champagner habe ich ihn nicht mehr gesehen. Sein dichtes, dunkles Haar fällt ihm leicht ins Gesicht, und seine breiten Schultern sind von einem gut sitzenden, marineblauen Anzug bedeckt. Er sieht aus, als ob er sich um nichts in der Welt kümmern müsste, und doch ist er vollkommen auf die Gespräche um ihn herum konzentriert. Ich bewundere seine selbstbewusste Körperhaltung und seine souveräne Art. Er scheint den ganzen Tisch im Griff zu haben. Es wirkt unglaublich attraktiv auf ein Mädchen wie mich, dessen Leben immer auf Messers Schneide steht und jeden Moment völlig aus dem Ruder laufen könnte.

„Beth. Ich brauche dich", höre ich plötzlich die panische Stimme meiner Chefin Kelly über meinen Knopf im Ohr.

„Wo bist du?", frage ich sie leise, während mein Blick durch den Raum schweift. Jetzt, wo ich darüber nachdenke, habe ich sie schon eine ganze Weile nicht mehr gesehen.

„Im Flur, in der Nähe der Küche."

„Ich bin auf dem Weg", sage ich, während ich zielstrebig durch den Raum auf die andere Seite und in den Flur eile.

„Beth!", keucht Kelly, wobei sie eine Hand an der Wand abgestützt hat und die andere auf ihrem runden Bauch ruht.

„Geht es dir gut?", frage ich und lasse meinen Blick

über ihren Körper schweifen, während Panik in mir aufsteigt.

„Das Baby kommt", stößt sie hervor, und ich kann nur mit Mühe einen entsetzten Aufschrei unterdrücken.

„Was?!"

„Das Baby kommt, Beth. Meine Fruchtblase ist gerade geplatzt."

„Oh mein Gott! Soll ich einen Krankenwagen rufen? Du solltest dich hinsetzen. Brauchst du Wasser?" Ich bin nicht diejenige, die kurz vor der Entbindung steht, aber bei der Nervosität, die mich durchströmt, könnte man etwas anderes vermuten.

„John ist auf dem Weg. Er wird mich ins Krankenhaus bringen", sagt sie, und ich danke Gott, dass ihr Mann wahrscheinlich weiß, was zu tun ist.

„Ich hole dir ein Glas Wasser." Ich drehe mich schnell um und stoße direkt mit einer Kellnerin zusammen, die aus der Küche am Ende des Flurs kommt. Mein Körper wird nach hinten geschleudert, ich falle zu Boden und lande auf meinem Hintern, während das Tablett mit den Champagnerflöten, das sie in der Hand hielt, durch die Luft fliegt. Ich sehe sie schweben, als wären es Heißluftballons, die sich in Zeitlupe bewegen. Alles wäre gut, wenn nicht in diesem Moment ein Mann um die Ecke in den Flur käme.

Er macht einen schnellen Schritt zurück, aber die Gläser verschütten ihren Inhalt direkt auf seinem weißen Hemd, das nun mit köstlichen Dom Perignon Vintage 1992 getränkt ist.

„Scheiße", flucht er, als das Tablett und die Gläser auf den Boden fallen. Zum Glück ist es Teppichboden, sodass nichts zu Bruch geht und kein lautes Klirren den förmlichen Ablauf der Veranstaltung im Hauptraum stört.

Während ich das Durcheinander von Gläsern und Champagner betrachte, das nun den Boden ziert, stockt Kelly hinter mir der Atem. Ich blicke zu dem Mann auf, um mich zu entschuldigen, und als ich sein Gesicht sehe, dreht sich mir der Magen um. Nicht schon wieder!

„Kelly!" John, Kellys Ehemann, eilt den Flur entlang und schließt Kelly in die Arme, die gerade eine Wehe veratmet.

„Es tut mir so leid", stammelt die junge Kellnerin, während ich mich aufrapple, Kellys Handtasche ergreife und sie John reiche.

„Ihr zwei geht, ich kümmere mich hier um alles", sage ich zu Kelly und John. Kelly hat andere Probleme, als sich um dieses Missgeschick zu sorgen.

„Bist du sicher?", fragt Kelly und schaut zwischen mir und dem Mann hinter mir hin und her.

„Ja, natürlich, geh. Ich werde hier fertig machen und dann ins Krankenhaus fahren, um nach dir zu sehen." John sieht mich an und nickt mir zu, bevor er Kelly in Richtung Küche und dann durch den Hinterausgang hinausführt. So hatten wir es bereits geplant. Ich hatte John vor einigen Wochen bereits in der Kurzwahltaste abgespeichert, als Kellys Geburtstermin immer näher rückte. Und obwohl der Geburtstermin erst in ein paar Wochen ist, war es einer der Pläne für unsere heutige Veranstaltung, es so zu handhaben, als ob Kelly gar nicht da wäre. Womit wir nicht gerechnet hatten, war, dass ihre Fruchtblase während der Veranstaltung platzte, oder ich mich ungeschickt anstellte und das Tablett mit dem Champagner auf einem unserer Gäste landete.

„Es tut mir sehr leid, Sir", sage ich schnell, während ich mich zu Harrison Rothschild umdrehe, der versucht, den Champagner mit einer Serviette trocken zu tupfen. Mein Blick fällt auf sein jetzt durchscheinendes Hemd und die klaren Umrisse einiger wohlgeformter Bauchmuskeln, und ich schlucke schnell.

„Es ist alles in Ordnung. Es war bloß ein Unfall, nichts ist passiert." Er ist freundlich, zu nachsichtig, auch wenn ich sehe, wie ein Muskel an seinem Kiefer zuckt. Ich zucke zusammen und warte auf seinen Zorn, aber er kommt nicht.

„Kommen Sie. Ich kann Ihnen ein neues Hemd besorgen und die Reinigung organisieren", sage ich in dem professionellsten Ton, den ich aufbringen kann. Ich drehe mich auf dem Absatz um und warte nicht auf seine Antwort, sondern eile den Flur entlang, an der Kellnerin vorbei, die das Chaos aufräumt, und zu einer diskreten Garderobe, die für solche Gelegenheiten vorbereitet ist.

Ich stoße die Tür auf und schalte das Licht ein.

„Ich schätze mal, Größe 38?", frage ich, immer noch mit dem Rücken zu ihm, aber ich weiß, dass er mir ins Zimmer gefolgt ist. Sein männlicher Duft umhüllt mich und eine Gänsehaut breitet sich auf meinem Körper aus. Ich reibe mir über die Arme, um das Gefühl zu verscheuchen. Die Tür schließt sich und jegliche Geräusche verstummen. Man kann eine Stecknadel fallen hören, und ich habe Angst, dass er mein verräterisches Herz hören kann, das in meiner Brust wie wild klopft.

„Genau. Danke." Seine Stimme lässt ein seltsames

Gefühl in meinem Innern aufsteigen und mein Körper erwärmt sich in seiner Nähe. Ich muss mich zusammenreißen; es ist ja nicht so, dass es das erste Mal ist, dass ein Teil seiner Garderobe meinetwegen durch Champagner ruiniert wurde.

„Selbstverständlich." Das Atmen fällt mir schwer und meine Hände zittern ein wenig, als ich das neue Hemd aus dem Regal nehme.

„Hier", sage ich, während ich mich zu ihm umdrehe und stolz darauf bin, dass wir ein weißes Hugo Boss-Hemd in seiner Größe haben. Das ist es, was unsere Eventagentur von allen anderen unterscheidet. Wir denken an alles. Einschließlich einer Umkleidekabine voller Kleidung für den Fall, dass die Leute sich schnell umziehen müssen.

„Danke", sagt er, als er mir das Hemd aus der Hand nimmt. Nachdem er sich im Raum umgesehen hat, ruht sein Blick wieder auf dem meinen. „Sie haben eine tolle Garderobe hier drin. Die ganze Veranstaltung ist äußerst professionell und gut organisiert. Eine der besten Veranstaltungen, auf denen ich je war, und ich war schon auf vielen."

Seine Stimme fühlt sich wie warmer Honig auf meinem Körper an, und ich hoffe, dass ich nicht offensichtlich erröte. Schnell drehe ich mich um und kehre ihm den Rücken zu, während ich einen Wäschesack hole, in den ich sein nasses Hemd stecke, um es für ihn reinigen zu lassen. Wir stehen dicht beieinander, und ich spüre die Hitze, die von ihm ausgeht. Ich bräuchte nur einen Schritt zurückzutreten, und wir würden uns berühren. Und mein Körper sehnt sich nach dieser

Berührung. Es ist schon lange her, dass ich mit einem Mann zusammen war.

„Wir möchten sicherstellen, dass wir auf alles vorbereitet sind. Deshalb sind wir eine der besten Eventagenturen in DC. Wir kümmern uns um jedes noch so kleine Detail. Wenn Sie Ihr Hemd hier hineinlegen können ...“ Ich stocke, als ich mich wieder zu ihm umdrehe. Er steht halb nackt da und hält sein feuchtes Hemd in der Hand. Die Bauchmuskeln, die ich zuvor nur erahnen konnte, befinden sich jetzt direkt vor mir, und ich kann meinen Blick nicht von ihnen abwenden. Ein paar dunkle Haare bedecken seine Brust und verengen sich zu einer Linie, die unter seinem Hosenbund verschwindet, etwas, das für ein alleinstehendes Mädchen wie mich äußerst verlockend ist.

Jetzt ist es unvermeidlich ... Ich spüre die Hitze in meinen Wangen. *Blöde Wangen.*

„Oh mein Gott!“, keuche ich, als ich mich aufrichte, meine Hände fliegen zu meinem Gesicht und ich bedecke meine Augen. Meine Wangen glühen noch heißer, während ich den Kopf schüttle und versuche, mich zusammenzureißen. Ich drehe mich noch einmal um und verliere dabei fast den Halt. *Warum muss ich nur so unbeholfen sein?*

Ich höre ihn kichern. „Ist schon gut. Ich wollte nicht, dass Sie sich unbehaglich fühlen. Verzeihen Sie.“ Auch wenn meine Augen verdeckt sind, weiß ich, dass er grinst. Er fühlt sich eindeutig wohl in seinem Körper, und das sollte er auch. Er sieht aus, als wäre er aus Stein gemeißelt. Ich werfe einen Blick auf meine eher durchschnittliche Figur hinunter. Sicher, ich habe Kurven, aber sie sind nicht das, was ich beim besten Willen als begehrenswert bezeichnen würde. Trotzdem betone ich sie; ich bin schließlich nicht völlig unfähig.

„Bitte legen Sie Ihr Hemd hier hinein, dann kann ich die Reinigung organisieren", sage ich und reiche ihm den Wäschesack, ohne ihn anzusehen. Ich habe das Gefühl, wieder ein leises Lachen zu hören, aber es ist mir zu peinlich, hinzusehen. Seine Nähe erdrückt mich fast.

„Ich werde Ihnen etwas Privatsphäre geben." Ich gehe schnell zur Tür und stolpere dabei leicht über die Reihe der Ersatzschuhe. Mit der Hüfte stoße ich gegen den Kleiderständer und er rollt auf seinen Rädern durch den Raum, bis er gegen die gegenüberliegende Wand stößt.

„Scheiße!", stoße ich leise aus.

„Geht es Ihnen gut?", fragt er, während das Blut in meinen Ohren rauscht und ich mir wünsche, ich könnte im Erdboden versinken.

„Ja. Es ging mir nie besser. Machen Sie sich bitte keine Sorgen um mich." Ich spreche die Worte aus, ohne darüber nachzudenken. Ich schaue überallhin, nur nicht zu ihm, und versuche, einen Ausweg aus dieser Situation zu finden.

„Warten Sie", versucht er mich zu warnen, aber in meiner Eile achte ich nicht darauf, bis ich falle. Mein Fuß bleibt an einer Kiste hängen, mein Körper dreht sich, und der Boden kommt mit erschreckender Geschwindigkeit auf mich zu.

„Ich habe Sie!", höre ich ihn sagen, bevor ich spüre, wie sich seine Hand um meine Taille legt und sich die Wärme seines Griffs in meinem Körper ausbreitet. Ich schnappe nach Luft, als ich weiter falle, der Schwung reißt uns beide zu Boden, und er landet auf mir. Seine eine Hand bleibt um meine Taille liegen und hält mich fest, mit der anderen stützt er sich ab, doch sein Gesicht ist nur wenige Zentimeter von meinem entfernt.

Scham beschreibt nicht annähernd die Gefühle, die in meinem Körper aufsteigen, ganz zu schweigen von dem warmen Kribbeln, das sich unten abspielt. Sein halb nackter Körper drückt sich an meinen, seine starken Brustmuskeln streifen meine Brüste und ich spüre seinen Herzschlag an meiner Haut. Ich weiß, dass die Position, in der wir uns befinden, mehr als unprofessionell ist und sollte irgendjemand in diesem Moment hereinkommen, würde das hier auf den lokalen Klatschseiten Schlagzeilen machen.

Ich presse meine Augen zusammen. Meine Arme sind steif und ich halte sie an meinen Seiten, während sich eine lodernde Hitze in meinen Wangen breitmacht. Ich beiße mir auf die Lippen und halte den Atem an, während ich auf seinen Zorn warte. Aber er kommt nicht.

„Geht es Ihnen gut? Sie scheinen sich gerne in Bodennähe aufzuhalten. Das ist das zweite Mal innerhalb von fünf Minuten, dass ich Sie auf dem Teppich sehe." In seiner Stimme schwingt Besorgnis mit, aber auch ein wenig Humor.

Ich öffne ein Auge, um ihn anzuschauen, und sehe, wie er über mir lächelt. Langsam öffne ich das andere Auge und sehe sein blendend weißes Lächeln in voller Pracht. Ich kann nicht anders, als diesen Anblick in mich aufzusaugen. Er ist heiß. So heiß wie ein Model. Seine Augen mustern mein Gesicht, und als sich unsere Blicke treffen, bin ich mir sicher, dass ich seine tiefblauen Augen funkeln sehe.

„Ja", stoße ich hervor. Wieder fällt mir die kleine Falte zwischen seinen Augenbrauen auf, und ich balle meine Hände zu Fäusten, um mich davon abzuhalten, sie wegzustreichen.

„Wer sind Sie?", fragt er fast verwundert und sieht mich an, als würde er mich zum ersten Mal sehen.

„Ich bin Beth. Die Eventplanerin." Könnte ich noch erbärmlicher klingen? Mein Herz sinkt, als mir klar wird, dass seine Mutter uns nie wieder mit einem Event beauftragen wird, und Kelly mich umbringen wird.

„Beth ...", sagt er langsam, als ob er den Geschmack meines Namens auf seiner Zunge schmecken würde. „Die Eventplanerin ... sind wir uns schon mal begegnet?" Er betrachtet mich aufmerksam, und ich möchte am liebsten meine Augen schließen und verschwinden.

„Ja. Einmal." Ich ziehe eine Grimasse. Am besten, ich bringe das schnell hinter mich. In Gedanken bringe ich meinen Lebenslauf auf Vordermann für die Jobsuche, die ich antreten werde, sobald er die Agentur gefeuert hat, weil sie nie wieder mit ihm und seiner Familie arbeitet.

„Sie haben schon einmal Champagner über mich geschüttet, nicht wahr?" Das Lächeln auf seinem Gesicht verwandelt sich in Erstaunen, und ich bin mir nicht sicher, ob das etwas Gutes zu bedeuten hat. Sein Gedächtnis ist viel besser, als ich dachte.

„Sie erinnern sich?", frage ich entsetzt, trotzdem verspüre ich auch Verblüffen, dass ich einen Eindruck hinterlassen habe.

„Hmmm", ist alles, was er sagt. Er macht noch immer

keine Anstalten, von mir herunterzukommen. Seine Körperwärme hüllt mich ein, und ich verstehe plötzlich, warum ihm die Frauen zu Füßen liegen. Er sieht mich an, als ob ich die einzige Frau auf der Welt wäre. Als ob ich etwas Besonderes wäre.

Sein Handy vibriert in seiner Tasche und wir zucken beide erschrocken zusammen. Dann springt er von mir auf und reicht mir seine Hand an, um mir aufzuhelfen. Ich nehme sie an und versuche, nicht auf seinen Körper zu schauen und so zu tun, als ob der braune Teppich das Interessanteste ist, was ich je gesehen habe.

„Ja?", sagt er, als er den Anruf entgegennimmt.

„Gut, ich werde in zwei Minuten da sein. Lassen Sie ihn ja nicht aus den Augen."

Ich nehme den Wäschesack und lege sein Hemd hinein, während er das neue Hemd anzieht, das ich ihm gegeben habe.

„Beth, Sie arbeiten also mit Kelly bei *DC Events*?", fragt er mich in einem freundlichen Ton, während er den letzten Knopf schließt.

„Ja", antworte ich einsilbig, da ich zu viel Angst vor dem verbalen Durchfall habe, der jeden Moment aus meinem Mund kommen könnte, und weil ich die Situation nicht noch schlimmer machen will, als sie ohnehin schon ist. Ich ruiniere alles. Das ist der Grund, warum ich keine schönen Dinge haben kann. Deshalb habe ich keinen Freund. Das ist der Grund, warum niemand ein Mädchen wie mich will.

„Das gereinigte Hemd kann an mein Büro geliefert werden", sagt er und zieht seine Jackett an.

„Okay. Kein Problem."

„Großartig. Freut mich, Sie kennengelernt zu haben, Beth …" Die Art, wie er meinen Namen ausspricht, lässt meinen Magen Purzelbäume schlagen. Seine Lippen verziehen sich zu einem leichten Lächeln, während er mir noch einmal in die Augen blickt, bevor er um mich herum zur Tür hinausgeht.

Was zum Teufel ist gerade passiert?

4

HARRISON

Ich stolpere aus der Umkleidekabine, als stünde sie in Flammen. Ich räuspere mich und richte meinen Kragen.

Beth ist jemand, von der ich nicht dachte, dass ich sie wiedersehen würde, aber ihr Gesicht hätte ich nie vergessen können. Als ich sie vorhin sah, wusste ich, dass das Universum mir einen Streich gespielt hat. In dem Moment, in dem ich sagte, dass ich mich von Frauen fernhalten würde, tauchte Beth auf und eine Flut von sofortiger Bewunderung durchströmte mich wie nie zuvor.

Ich habe sie den ganzen Tag über beobachtet, wie sie die Medienrunde wie ein Profi organisierte und durch den Raum ging, um sich um alle zu kümmern. Ihre professionelle Kleidung konnte ihre üppigen Kurven nicht vollkommen verbergen, während sie die Veranstaltung ohne Schweißausbrüche bewältigte.

Ich richte meine Krawatte und versuche, meinen wachsenden Schwanz unter Kontrolle zu halten, während ich den Flur entlang zurück in den Veranstaltungsraum gehe, um Oscar zu treffen.

Ich stehe kurz davor, meine Kandidatur für das Amt des Gouverneurs anzukündigen, und ich brauche sie nicht als Ablenkung, und doch waren meine Gedanken die meiste Zeit der Veranstaltung bei ihr. Ich fühlte mich vom ersten Augenblick an zu ihr hingezogen. Ich war auch nicht der Einzige, der sie gesehen hat. Jeder Mann an diesem Ort hatte ein Auge auf sie geworfen, und ich kann es ihnen nicht verdenken. Ich bin hier, um zu arbeiten, mich unter die Leute zu mischen und viele kennenzulernen; sie ist das Letzte, was ich brauche, und doch hat sich die Vision ihres üppigen Körpers unter meinem in mein Gedächtnis eingebrannt.

Ich reibe mir die Augen, meine Sicht ist verschwommen und mein Puls geht so schnell wie schon lange nicht mehr.

Sie ist nicht mein üblicher Typ. Zum einen sieht sie zu jung und zu unschuldig aus. Sie kann nicht älter als Anfang zwanzig sein, und generell treffe ich mich nicht, mit jüngeren Frauen. Es gab im Laufe der Jahre genug politische Arschlöcher, die mit kaum volljährigen Frauen herumgespielt haben, und ich muss diese Liste nicht noch verlängern. Obwohl die Art und Weise, wie sie sich gibt, reifer wirkt als jede andere Frau, der ich seit Jahren begegnet bin. Allein dieser Gedanke verwirrt mich.

Ich lächle und denke daran, wie sie überall hinschaute, nur nicht zu mir, obwohl ich ihren Blick suchte. Ich wollte sehen, ob sie das gleiche, perfekte, funkelnde Blau hatten, an das ich mich erinnere. Sie hatten es. Aber sie ist die einzige Frau, die ich je getroffen habe, die meinen Blick scheinbar nicht erwidern wollte. Die einzige Frau, die mich halb nackt sieht und mich nicht anfasst oder versucht, ein Foto zu machen und es an die Klatschmagazine zu verkaufen. Beides ist für mich in dieser Stadt leider keine Seltenheit.

Als ich hinausgehe, sehe ich Oscar mit panischem Blick. Der Raum ist heute voll mit allen wichtigen Leuten, eine Goldmine, um Unterstützung für meine baldige Kampagne zu gewinnen. Ich dehne meinen Nacken, während ich auf ihn zugehe, und verdränge die Gedanken an sie in den Hintergrund. Ich muss mich konzentrieren.

„Wo ist er?", frage ich, denn ich weiß, dass ich nur deshalb auf dieser Veranstaltung bin, um Arthur Stratten zu treffen und ihn um seine Unterstützung zu bitten. Abgesehen von meiner Familie und Lillys Vater ist Arthur einer der größten Landbesitzer in Maryland und hat Anteile an vielen Unternehmen. Außerdem ist er ein rücksichtsloser, alter Bastard. Er und mein Vater waren früher Erzfeinde, bevor mein Vater verstarb, aber jetzt hält er sich weitgehend aus dem Rampenlicht heraus und zieht es vor, seine Millionen zu Hause zu zählen. Oscar erfuhr, dass er auf dieser Veranstaltung sein würde, und schaffte es, uns kurzfristig auf die Gästeliste zu setzen, damit wir mit ihm reden können.

„Er sagte, er müsse jemanden suchen, aber ich kann ihn nirgends sehen", sagt Oscar frustriert, während wir uns beide nach ihm umsehen, da wir wissen, dass die Veranstaltung bald zu Ende ist.

Dann entdecke ich ihn. Er lacht und lächelt. Das sind zwei Dinge, die er sonst nie tut.

„Er ist dort drüben", sage ich und nicke in seine Richtung. Er steht in der Nähe der Stelle, von wo ich gerade gekommen bin, und Oscars Augen folgen mir.

„Er lacht?" Oscar starrt mich an, seine Augenbrauen ziehen sich zusammen, und wir beide machen ein paar Schritte in seine Richtung, bevor ich stehen bleibe. Ich sehe, mit wem er zusammen ist und was ihn so glücklich macht, und es ist dieselbe Frau, die mir selbst vor wenigen Augenblicken ein Lächeln ins Gesicht gezaubert hat.

Beth.

Oscar drängt mich weiterzugehen, aber meine Füße bewegen sich bereits wie von selbst, während mein Blick fest auf sie gerichtet ist. Auch sie lacht. Ihre Schultern sind zurückgezogen, ihre Augen funkeln. Ihre Lippen verziehen sich auf eine Art und Weise, die mich an alles Mögliche denken lässt, was ich auf keinen Fall denken sollte. Sie sieht anders aus als die Frau, mit der ich eben noch in der Garderobe zusammen war. Lebendig und voller Leben, aufrecht stehend, mit strahlendem Gesicht.

Ich beobachte sie noch etwas länger und sehe, wie sie mit Arthur umgeht. Ich bin beeindruckt, dass sie anscheinend eine so freundschaftliche Beziehung zu einem der vermögendsten Männer des Landes hegt. Tatsächlich sehe ich viele Leute, die auf dem Weg nach draußen an ihr vorbeigehen, die sich alle verabschieden oder ihr die Hand schütteln. Sie hat DC um den kleinen Finger gewickelt.

Als wir auf die beiden zugehen, blickt Beth auf, und ihr strahlendes Lächeln verblasst, als sie mich sieht.

„Arthur, schön, dich zu sehen", sage ich, dränge mich

in ihr Gespräch und versuche, mir von ihrer offensichtlichen Abneigung gegen mich nicht die Laune verderben zu lassen.

Arthur dreht sich um und sieht mich an, als Beth sich entschuldigt, deren Sommersprossen auf ihren rosigen Wangen hervorstechen. „Ich lasse dich dann mal in Ruhe, Arthur.“

„Lass uns diese Woche zum Mittagessen und Schachspielen gehen, Bethy. Ich schicke einen Wagen, um dich abzuholen“, sagt er liebevoll zu ihr, und ich sehe, wie sie ihn anlächelt, während sie einen Schritt zurücktritt. Ich schätze ihre Professionalität.

„Das würde ich gerne, Arthur. Aber du wirst beim Schach nicht gewinnen, das weißt du doch, oder?“ Ich sehe sie an und frage mich, was ich tun muss, um ein solches Lächeln von ihr zu bekommen.

Wir beide beobachten, wie sie sich umdreht und in der Menge verschwindet. Ihr rotes Haar fällt ihr über die Schultern und schwingt bei jedem Schritt mit. Und mir entgeht nicht, wie ihr Hintern von dem schwarzen Kleid betont wird oder wie ihre Beine durch die schwarzen High Heels noch länger wirken. Arthur räuspert sich, und ich wende mich wieder ihm zu.

„Lass die Finger von ihr. Sie ist viel zu gut für Leute wie dich“, sagt Arthur warnend, und ich ziehe die Augenbrauen hoch. Für einen Mann, der auf die siebzig zugeht, hat er immer noch eine Menge Kampfgeist in sich.

„Du kannst jede Frau haben, die du willst. Beth ist nicht die Richtige für dich“, fährt er fort und verengt seine Augen, als er mich anblickt.

„Genau wie dein Vater, der jedem hübschen

Mädchen im Raum nachsieht", murmelt Arthur kopfschüttelnd, und ich sehe ihn an. Er ist der erste Mensch, der mir gegenüber seit Langem meinen Vater erwähnt, aber angesichts ihrer Vergangenheit sollte mich das nicht überraschen.

Ich beiße die Zähne zusammen, lächle aber. Wir wissen beide, dass mein Vater ein Schürzenjäger war. Ein Playboy. Ein Name, der wegen der unzähligen Frauen, mit denen ich ausgehe, oft mit mir in Verbindung gebracht wird. Aber im Gegensatz zu meinem Vater habe ich nicht eine zwanzig Jahre jüngere Frau geheiratet und sie dann bei jeder Gelegenheit betrogen. Um ehrlich zu sein, macht mich der Gedanke krank, und ich habe nicht vor, eine Ehe einzugehen, nachdem er sie zum Gespött gemacht hat.

„Arthur, ich möchte mit dir reden, dich vielleicht zum Mittagessen einladen?", sage ich und ignoriere seine vorherige Bemerkung. Es hat keinen Sinn, Small Talk zu betreiben; Arthur ist ein geradliniger Mensch und ich bin es auch.

„Willst du Geld? Meine Unterstützung? Ist es das?" Arthur, wie der Geschäftsmann, der er ist, kommt sofort zur Sache. Ich bleibe still und warte darauf, dass er mir die Antwort gibt, die ich hören will.

„Wir können uns treffen. Aber nicht zum Mittagessen. Ich esse nur mit Freunden zu Mittag, und um es ganz klar zu sagen, wir sind keine Freunde, Harrison. Aber ich werde mir anhören, was du zu sagen hast. Ruf mein Büro an, dort wird man für dich einen Termin vereinbaren."

„Danke, Arthur. Ich werde anrufen und etwas für nächste Woche vereinbaren." Ich weiß es zu schätzen, dass er mir dieses Mal die Hand schüttelt, als ich sie ihm wieder reiche.

„Wir werden sehen, Junge. Wir werden sehen.“ Er wendet sich von mir ab und geht langsam zur Tür hinaus. Die Veranstaltung ist beendet, und der Raum beginnt sich zu leeren.

„Nun, das lief gut. Mit wem hat er gerade gesprochen?“, fragt Oscar, der sich weiterhin im Raum umblickt, um zu sehen, ob es noch jemanden gibt, mit dem wir sprechen müssen, während wir hier sind.

„Warum?“, entgegne ich, während mein Blick durch den Raum schweift, in der Hoffnung, einen Blick auf die Frau zu erhaschen, die nun schon zweimal in mein Leben getreten ist und mich mit Champagner übergossen hat, bevor sie wieder verschwand.

„Wie stehst du zu ihr?“, fragt Oscar. Ich wende mich ihm zu und sehe, wie er mich anschaut; ein anklagender Blick liegt in seinen Augen. Er muss etwas in meinem Gesicht gelesen haben, denn sein Blick wird ernst.

„Du hast es selbst gesagt: Jegliche Ablenkungen sollten vermieden werden, Harrison.“

„Ich bin nicht abgelenkt. Ich bin zu hundert Prozent konzentriert. Lass uns gehen“, stoße ich hervor. Es gefällt mir nicht, dass er mich über eine Frau ausfragt und bereits Vermutungen anstellt.

Wir machen uns auf den Weg nach draußen und zu unserem wartenden Auto. Ich steige ein und lasse mich in den weichen Ledersitz sinken, während sich Erschöpfung in mir breit macht. Es war eine lange Woche, und ich habe meine Kandidatur bislang nicht einmal öffentlich bekannt gegeben.

„Ich meine es ernst, Harrison. Lillian ist ein großartiges Mädchen. Wenn du während dieses Wahlkampfes jemanden an deiner Seite haben sollten, dann sie", drängt Oscar weiter, und mein Kiefer spannt sich an.

„Mit wem ich ausgehe, mit wem ich Zeit verbringe, steht nicht zur Debatte. Um das klarzustellen: Ich habe nicht die Absicht, Lilly für meinen eigenen, politischen Vorteil an der Nase herumzuführen."

„Du kandidierst als Gouverneur von Maryland. Du musst jemanden an deiner Seite haben. Du kannst während des Wahlkampfes kein Playboy-Junggeselle sein. Die Menschen müssen einen stabilen, souveränen und zuverlässigen Führer sehen. Sie müssen familiäre Werte sehen, eine starke Ethik, ein perfektes Bild."

Ich bin nicht mein Vater. Ich genieße die Gesellschaft von Frauen, aber ich bin kein Playboy. Nicht so wie er es war.

„Ich brauche Lilly nicht an meiner Seite. Ich werde nichts darstellen, was nicht der Wahrheit entspricht. Ich will diese Kampagne nicht mit einer Lüge beginnen", erwidere ich, und meine Frustration beginnt sich in Wut zu verwandeln.

„Du kannst dir keine Ablenkung leisten, Harrison, und ich würde meinen Job schlecht machen, wenn ich dich nicht auf diese Dinge hinweisen würde", sagt Oscar, der offensichtlich spürt, dass er einen Nerv getroffen hat.

„Oscar, lass mich meine Position in dieser Sache ganz klarmachen. Lilly wird auf keinen Fall die Frau an meiner Seite sein. Weder in diesem Wahlkampf noch sonst jemals. Und fang ja nicht noch einmal damit an." Meine Worte haben Biss, aber ich muss ihn wissen lassen, dass Lilly keine Option ist, auch wenn ich weiß, dass ein gemeinsames Auftreten helfen würde, Stimmen zu gewinnen.

„Ich habe auch nicht vor, ein *Playboy-Junggeselle* zu sein, wie du es ausdrückst. Ich habe fast mein ganzes Leben lang von dieser Möglichkeit geträumt. Ob ich Frauen liebe? Ja, wer tut das nicht. Aber ich bin zielstrebig und engagiert. Ich kann das tun, ohne unangenehmes Medieninteresse auf mich zu ziehen. Ich kenne das Spiel und ich weiß, wie man es spielt."

Ich atme tief durch, reibe mir die Augen und versuche, die hellblauen Augen aus meinem Gedächtnis zu löschen. Oscar hat recht, und deshalb habe ich ihn eingestellt. Ich muss mich konzentrieren. Ich kann keine Ablenkungen gebrauchen.

Vor allem keine so schöne wie Beth.

5

BETH

Nach einer hitzigen Diskussion darüber, ob ich seinen Rollstuhl schieben soll oder ob er ihn selbst bewegen kann, machen Dad und ich uns auf den Weg zum Gemeindezentrum. Wir haben beide letzte Nacht schlecht geschlafen, was bei Gewitter regelmäßig vorkommt. Nächtliche Erinnerungen sind nie gut, und wir haben den ganzen Vormittag miteinander gestritten.

Als ich weitergehe, vibriert mein Handy, und ich sehe, dass es ein Anruf von Kelly ist.

„Kelly! Wie geht es dir?", frage ich freudig. Sie ist gerade aus dem Krankenhaus nach Hause gekommen und befindet sich in ihrer Liebesblase mit John und ihrem kleinen Jungen.

„Beth. Ich habe gerade mit Harrison Rothschild telefoniert", sagt sie, und ich bleibe stehen, als mich das Grauen packt. Jetzt ist es so weit. Ich werde meinen Job verlieren. Ich werde gleich, das einzige Einkommen verlieren, das mein Vater und ich erhalten. Ich sehe ihn an, und als ob er es spüren könnte, senkt er den Kopf. Es überrascht mich, dass mein Vater mich noch immer liebt, obwohl ich ihm jedes Mal, wenn er mich ansieht, so viel Kummer bereite. Mein Gesicht erinnert ihn jedes Mal an die Nacht, in der unser Leben eine Wendung nahm, mit der niemand gerechnet hat.

„Hör zu, Kelly, es tut mir wirklich leid wegen des Vorfalls letzte Woche ...“

„Beth. Hör auf. Ich vertraue dir. Du bist sagenhaft in deinem Job. Anscheinend sogar so gut, dass du einen guten Eindruck hinterlassen hast. So gut, dass Harrison mich gebeten hat, dich für die nächsten drei Monate zur Unterstützung seines Teams abzuordnen, um seine Kampagne zu unterstützen. Er kündigt heute seine Kandidatur zum Gouverneur an.“

„*Was*?!“, schreie ich praktisch ins Telefon und muss mich an Dads Rollstuhl festhalten, damit ich nicht auf der Stelle ohnmächtig werde.

„Er hat mir vierundzwanzig Stunden Zeit gegeben, ihm unsere Antwort mitzuteilen. Ich möchte, dass du heute darüber nachdenkst, Beth. Sprich mit deinem Vater und ruf mich spätestens morgen an, um mir deine Entscheidung mitzuteilen. Ich weiß, dass es schnell geht, aber so hast du die Chance, ein Vollzeiteinkommen zu behalten, und technisch gesehen arbeitest du immer noch für mich, also kannst du, wenn es dir nicht gefällt, jederzeit mit reduzierter Stundenzahl zu mir zurückkommen und ein bisschen Papierkram erledigen. Wie auch immer, ich muss auflegen, das Baby ist wach, aber ruf mich an, sobald du dich entschieden hast, okay?“ Ich stottere eine unsinnige Antwort, und sie beendet das Gespräch.

Ich zucke zusammen, als in der Ferne ein Auto hupt, und versuche, mich zu sammeln und mich wieder auf Dad zu konzentrieren. Auch wenn ich mich wie ein wandelnder Zombie fühle, hat Kellys Anruf gerade etwas Seltsames mit meinem Kopf angestellt. *Harrison Rothschild will mich in seinem Team haben?*

„Hast du deinen Job verloren?", fragt Dad, und die Sorge steht ihm deutlich ins Gesicht geschrieben. Er ist sich sicher, dass es so ist. Ich habe ihm nach der Veranstaltung letzte Woche alles über den Vorfall mit dem Champagner erzählt, da ich wollte, dass er vorbereitet ist, wenn ich meinen Job verlieren sollte.

„Nein, mir wurde ein anderer angeboten ...", sage ich gedankenverloren. Er atmet einfach nur erleichtert auf und stellt keine weiteren Fragen. Ich gehe schweigend weiter, während meine Gedanken rasen, dann versuche ich, sie zum Schweigen zu bringen und mich auf ihn zu konzentrieren. Mein Blick bleibt an seinem Rollstuhl hängen. Seit dem letzten Block, seit wir aus dem Bus ausgestiegen sind, beobachte ich Dad und habe bemerkt, dass eines seiner Räder auf eine Weise schlingert, wie es nicht sein sollte.

„Dad, stimmt etwas mit deinem Rollstuhl nicht?", frage ich. Er hat nie etwas in die Richtung gesagt, aber ich merke, dass er sich Sorgen deswegen macht.

„Nein, schon gut", brummt er.

„Aber das Rad sieht ..."

„Hör auf, Beth, ich habe gesagt, es ist in Ordnung!" Sein Ton lässt wenig Raum für Fragen. Ich bin jetzt zwar erwachsen, Anfang zwanzig, dennoch verstumme ich, wenn mein Vater einen solchen Ton anschlägt. Also presse ich meine Lippen zusammen und gehe weiter.

Ich beobachte weiterhin den Rollstuhl und frage mich, ob sich das Rad ganz lösen wird. Er hat schon seit Jahren denselben Rollstuhl, aber er will nicht, dass wir noch mehr Geld dafür ausgeben.

Wir haben schon seit Wochen den gleichen Streit. Er hasst die Tatsache, dass ich als junge Frau mein ganzes Geld für ihn ausgebe. Er hasst es, von mir abhängig zu sein. Die Schuldgefühle für das, was meiner Mutter zugestoßen ist, nagen weiter an ihm, auch wenn ich tief im Inneren weiß, dass ich die Schuld trage.

Als Jugendliche ohne Mutter aufzuwachsen, war hart. Der Versuch, meinem Vater zu helfen, als seine körperliche und geistige Gesundheit nachließ, war eine zusätzliche Last. Aber wir haben es geschafft und schlagen uns im Leben gut durch.

„Bedeutet dieser neue Job, dass du jetzt mehr zu Hause sein und mich belästigen wirst?", brummt er und lenkt das Thema wieder auf mich und weg von ihm. Offensichtlich denkt er immer noch, dass ich weniger arbeiten und weniger verdienen werde, weil Kelly sich aus dem Geschäft zurückzieht, um sich auf ihre Familie zu konzentrieren.

„Du wirst es lieben, mich in deiner Nähe zu haben!", scherze ich. Mein Vater würde es hassen, mich ständig um sich zu haben, aber er wird es wahrscheinlich noch mehr hassen, wenn er erfährt, dass ich diesen Job bei Harrison annehmen werde.

„Ich habe eine Routine, und daran halte ich mich. Du

wirst dir etwas Eigenes suchen müssen, was du tun kannst. Vielleicht lässt du dich auf eine Verabredung mit Jeff ein", schlägt er vor, und ich stolpere ein wenig über den zerklüfteten Bürgersteig.

„Ich werde nicht mit Jeff ausgehen, Dad", stöhne ich. Ich würde alles tun, um meinen Vater zufriedenzustellen, aber mit Jeff auszugehen ist etwas, das ich wirklich nicht tun möchte.

„Er ist ein guter Kerl. Klug. Gut aussehend. Du könntest es viel schlechter treffen als Jeff", sagt er, und ich seufze. Was er damit sagen will, ist, dass ich froh sein sollte, dass ein Mann Interesse an mir zeigt. Das hat seit langer Zeit niemand mehr getan.

Dad hat recht, Jeff ist all diese Dinge. Aber ich fühle es nicht. Auch wenn ich mir wünsche, dass es so wäre. Diese herzzerreißende, *ich brauche dich mehr als die Luft, die ich atme*, Art von Liebe. Die, die meine Eltern hatten. Bevor ich alles ruiniert habe.

„Was ist das für ein Trubel heute Morgen?", brummt Dad und reißt mich aus meinen Gedanken, als wir durch die Türen des Zentrums gehen und die Leute in alle Richtungen eilen sehen.

„Larry, was zum Teufel ist hier los?", ruft er Larry zu, der geduldig am Schachtisch am vorderen Fenster auf ihn wartet. Während wir den Leuten ausweichen, von denen wir viele kennen, kommen wir näher und sehen Jeff, der mit einem Klemmbrett in der Hand in der Nähe der hinteren Büros Befehle bellt.

„Anscheinend kommen heute ein paar Würdenträger", sagt Larry und zuckt mit den Schultern. Larry ist ein Veteran und verbringt seine Tage hier im Zentrum mit meinem Vater. Die beiden sind im Laufe der Jahre gute Freunde geworden. Larry sorgt dafür, dass Dad versorgt ist, wenn ich nicht da bin. Es ist gut, ihn in unserem Leben zu haben.

Nachdem sie sich die Hand gegeben haben, nimmt Dad seinen üblichen Platz am Tisch ein, und die beiden beginnen mit dem Spiel. Ihre Aufmerksamkeit für das Schachspiel ist unerbittlich. Sie zählen nicht einmal die Punkte, und doch sind sie täglich hier und spielen den ganzen Tag, um sich die Zeit zu vertreiben.

„Hey, Beth. Verrückt, hm?", sagt Jeff dicht an meinem Ohr, wobei sein warmer Atem über meinen Hals streicht. Ich zucke erschrocken zusammen, da ich nicht mit ihm in meiner Nähe gerechnet habe.

„Ja. Was ist los?", frage ich und lege meine Hand auf mein klopfendes Herz, während ich einen kleinen Schritt von ihm zurückweiche.

„Anruf aus der Zentrale in letzter Minute. Ein paar Politiker statten uns heute Vormittag einen Besuch ab. Nichts Weltbewegendes. Nur der übliche Rundgang und eine Rede, da bin ich sicher. Yoga findet wie gewohnt statt." Er lächelt mich an, während er mit seinem Stift klickt und einen Punkt von seiner Liste abhakt. Mir entgeht nicht, wie seine Augen an meinem Körper hinunter und wieder hinauf wandern, als er denkt, dass ich nicht hinschaue. Ich schlucke hart. Ich bin mir nicht sicher, was ich davon halten soll, dass er mich so ansieht. Er ist nicht der Richtige für mich, und tief im Inneren weiß ich das.

„Gut, dann lasse ich dich besser deiner Arbeit machen und gehe zum Yoga!", sage ich und versuche, jovial zu klingen, obwohl ich eigentlich nur noch zurück ins Bett kriechen und den ganzen Tag über schlafen möchte.

„Geht es dir gut? Du siehst müde aus, Beth. Kann ich irgendetwas für dich tun?", fragt Jeff, und meine Schultern spannen sich an. Warum kann ich ihn nicht einfach mögen? Er sieht gut aus, ist nett, fürsorglich ... und doch ist da etwas an ihm, das sich nicht richtig anfühlt. Ich schenke ihm ein knappes Lächeln, während ich versuche, mich wieder in den Griff zu bekommen.

„Oh, alles bestens. Ich habe letzte Nacht nur nicht sonderlich gut geschlafen", sage ich und versuche, seine genaue Beobachtung mit einer gewissen Nonchalance abzutun.

„Oh, das Gewitter. Ich verstehe. Das war heftig." Ich glaube nicht, dass Dad es ihm gesagt hätte, aber sie sind sich nahe gekommen, und vielleicht hat sich Jeff zusammengereimt, welche Bedeutung Gewitter für uns haben.

Ich schenke ihm ein knappes Lächeln, bevor ich einen weiteren Schritt zurückweiche.

„Viel Glück, Jeff." Mit einem kurzen Winken zum Abschied beende ich das Gespräch. Heute habe ich das Gefühl, dass ich mich nicht schnell genug von ihm lösen kann, denn er steht da und sieht mich mit einem seltsamen Lächeln an.

Das morgendliche Yoga im Zentrum wird von einer wunderbaren Dame mittleren Alters namens Marci geleitet, die trotz ihrer elektrisch-blauen Haare, ihrer engen Kleidung und ihres knallroten Lippenstifts ein Ball kosmischer Energie ist. Sie bringt Heilkristalle und Weihrauch mit, und mir entgeht nicht, wie sie nach dem

Unterricht mit meinem Vater flirtet. Sie ist die einzige Frau, die ihm jemals ein Lächeln ins Gesicht gezaubert hat.

„Hallo, Süße", sagt Marci herzlich zu mir, und ich bin erstaunt über sie. Sie geht auf die fünfzig zu und ist ebenso fit wie beweglich.

„Hey, Marci", grüße ich, bevor ich gähnen muss.

„Harte Nacht?", fragt sie, und ich nicke nur, mit glasigen Augen, und sie drückt mir die Schulter, bevor sie die Tür schließt und den Unterricht beginnt.

„Guten Morgen, zusammen. Danke, dass ihr heute Morgen gekommen seid. In Anbetracht der Aktivitäten, die im Hauptbereich des Zentrums stattfinden, habe ich beschlossen, dass diese Sitzung ein Power-Yoga sein wird, bei dem wir unsere Körper wirklich bewegen und ein großartiges Work-out bekommen können, da Meditation und Entspannung überhaupt nicht infrage kommen." Marcis Gelassenheit zentriert mich, und als ich mich aufrecht hinsetze, die Beine gekreuzt, fühle ich mich ruhig und mein Atem wird langsamer.

„Beginnen wir mit dem Sonnengruß." Ihre Stimme schwebt durch die Luft und meine Glieder bewegen sich automatisch. Mit einem Mal verspüre ich Dankbarkeit, dass ich heute Morgen zum Unterricht gekommen bin. Mein Körper braucht das. Ich dehne und entspanne mich in den Posen, spüre, wie sich mein Körper dehnt und der Stress langsam von mir abfällt. Ich habe schon lange kein Power-Yoga mehr gemacht und fühle mich bald außer Atem, bin aber dankbar für das Training.

Schon bald verfluche ich mich selbst dafür, dass ich meine alte, fadenscheinige Yogahose und mein Crop-Top trage, da sie an meinem schweißbedeckten Körper kleben. Wieder bin ich mit dem Waschen im Rückstand, und im Geiste gebe ich mir selbst ein High-Five dafür, dass ich einen Platz ganz hinten in der Klasse eingenommen habe, denn ich bezweifle stark, dass irgendjemand einen Blick auf meinen dicken Hintern in meiner durchscheinenden Hose werfen möchte.

Als wir uns in den herabschauenden Hund begeben, lasse ich meinen Kopf nach unten fallen und verschmelze mit der Pose. Ich atme tief ein und lasse mich weiter in die Dehnung sinken. Ich spüre förmlich, wie sich meine Muskeln anspannen, dann öffnet sich die Tür direkt hinter mir.

Ich sehe Jeffs Turnschuhe und Jeans zwischen meinen Beinen auftauchen, neben drei Paar glänzenden schwarzen Schuhen und maßgeschneiderten schwarzen Hosen. Verdammt noch mal. Das Letzte, was ich brauche, ist, dass Jeff auf meinen Hintern starrt. Mein Tanga ist wahrscheinlich zu sehen, und ich stöhne auf, als ich mich langsam aufrichte und frage, warum ich nicht wenigstens einmal so aussehen kann, als hätte ich mein Leben im Griff.

Aber als ich mich umdrehe und die Männer ansehe, wird mir klar, dass Glück nicht etwas ist, das einem Mädchen wie mir zusteht.

6

HARRISON

Es ist heiß. Überall sind verschwitzte Körper, aber meine Augen bleiben an einem kleben.

„Keine Ablenkungen, schon vergessen?", knurrt Oscar verhalten, und ich sehe ihn scharf an, nicht begeistert von seiner unnötigen Erinnerung. Ich blicke ihn an, bis er wegschaut, dann bleibt mein Blick an dem perfektesten runden Hintern hängen, den ich je gesehen habe. Ich schaue an ihrem Körper hoch, folge dem leuchtend roten Haar, das in einem engen Zopf über ihren Rücken fällt, und als sie sich umdreht, treffen sich unsere Blicke. Ihre Wangen glühen, passend zu ihren Haaren. Mein Schwanz zuckt als Reaktion darauf und ich schlucke.

Beth. *Was zum Teufel macht sie hier?*

Der Unterricht endet abrupt, nachdem wir den Raum betreten haben. Offensichtlich sind wir eine Unterbrechung, denn Jeff, der Leiter des Zentrums, hat uns gerade eine Führung gegeben. Beths Augen huschen zwischen mir und Jeff hin und her, der neben mir steht. Wir haben absichtlich bis zur letzten Minute gewartet, um niemanden zu informieren, und Jeff und sein Managementteam aus Baltimore mussten sehen, wie sie klarkamen. Aber ich wollte das Mediengetümmel, und Oscar sagte, dass Überraschungen in letzter Minute das sind, was heutzutage in den Medien auffällt.

Außerdem wollten wir nicht, dass meine Mutter es ruiniert. Auf diese Weise kann sie immer noch ihre Party feiern, aber ich muss Lilly nicht bei mir haben, wenn ich meine Kandidatur bekannt gebe. Ich kann mit den Menschen zusammen sein, die ich vertreten möchte.

„Was machen Sie denn hier?" Ihre Stimme dringt an meine Ohren, und meine Augen richten sich wieder auf sie.

„Ich könnte Sie das Gleiche fragen", sage ich und versuche, mich zu orientieren, meine Augen auf ihre zu richten und nicht auf die Rundungen ihrer Brüste in ihren knappen Trainingsklamotten.

„Ich habe gerade eine Yogastunde. Oder besser gesagt, ich *hatte* eine Yogastunde gemacht", gibt sie frech zurück, und ich grinse. Sie sieht sogar noch jünger aus als in ihrer Firmenkleidung. Ihr frisches, ungeschminktes Gesicht ist noch schöner, als ich es in Erinnerung habe. Es besteht nun kein Zweifel mehr daran, dass ich mindestens ein Jahrzehnt älter bin, und ich sollte meine Gedanken an sie weit von mir schieben. Aber sie bleiben, genauso wie meine Füße, die direkt vor ihr auf dem Boden kleben. Unbeweglich.

„Mein Timing war also tadellos, meinen Sie nicht auch?" Ich grinse sie an, denn mein Timing hätte tatsächlich nicht besser sein können. Ihre Wangen röten sich noch etwas mehr, und ich reibe meinen Kiefer, um das Lächeln zu unterdrücken, das an meinen Mundwinkeln zupft.

„Ihr Timing scheint Sie immer mitten ins Geschehen zu bringen", murmelt sie, und ich sehe, wie sie tief einatmet, wie sich ihr Brustkorb auf und ab bewegt, was dazu führt, dass sich mein Blick von ihrem löst, während ich ihren Anblick in mir aufnehme.

„Sie sehen gut aus in ..." Ich lasse die Bemerkung einen Moment zwischen uns verweilen, bevor ich unterbrochen werde.

„Ahh, Beth. Das ist Mr. ...", beginnt Jeff zu sagen, aber sie unterbricht ihn.

„Ich weiß, wer er ist, Jeff", erwidert sie, wobei sich ihr Blick noch immer nicht von mir löst. Ich beobachte, wie eine Schweißperle von ihrem Haaransatz über ihre Schultern und ihre Brust hinunterläuft, bevor sie in dem engen Crop-Top, das sie trägt, zwischen ihren Brüsten verschwindet. Ich kämpfe gegen den plötzlichen Drang an, ihm mit meiner Zunge zu folgen, während ich meinen Blick wieder auf ihre hellblauen Augen richte.

„Der Medienrummel geht los. Wir müssen nach vorn gehen", sagt Oscar.

„Was für ein Medienrummel? Was ist hier los?", fragt sie, die Hände in die Hüften gestemmt, und schaut zwischen uns hin und her.

„Ich gebe heute Vormittag meine Kandidatur zum Gouverneur bekannt. Sieht so aus, als hätten Sie einen Platz in der ersten Reihe", antworte ich, als Oscar sich zur Tür wendet, um loszulegen. Eddie und Jeff folgen ihm nach draußen, aber ich halte mich zurück. Ich bin fasziniert von Beth und würde am liebsten mehr Zeit mit ihr verbringen.

Der Plan ist, dass ich draußen auf den Stufen stehe und eine offizielle Ankündigung mache, dass ich als Gouverneur kandidieren werde. Oscar hat sich für Riverside entschieden, da es ein Gebiet ist, in dem ich mehr Anhänger brauche. Dort ist die Arbeitslosigkeit höher, das Haushaltseinkommen niedriger, und wir denken darüber nach, hier in einige Infrastrukturprojekte zu investieren. Aber alle produktiven Gedanken verschwanden in dem Moment, als mein Blick auf Beths Körper fiel. Üppig. Kurvig. Beweglich. So verdammt flexibel.

„Sie kündigen es also hier an? Das hat Kelly gar nicht erwähnt ...", sagt sie und macht einen Schritt auf mich zu. Ich betrachte ihr feuchtes, flammendrotes Haar, dann senkt sich mein Blick, auf ihre Yogahose, die wenig dazu beiträgt, meine Vorstellung von dem, was sich darunter befindet, zu unterdrücken. Ich räuspere mich, als die letzten Kursteilnehmer um mich herum zur Tür hinausgehen, nur die Lehrerin bleibt am anderen Ende des Raumes zurück.

„Ich bin froh, dass sie mit Ihnen gesprochen hat. Ich hoffe, Sie ziehen die Möglichkeit in Betracht. Abgesehen von Yoga ... was machen Sie in dieser Gegend?", frage ich. Als ich mich kurz im Raum umsehe, fallen mir abblätternde Farbe, Kratzer an den Wänden und ein kaputtes Fenster auf der Rückseite auf, das mit dickem schwarzem Isolierband zugeklebt ist. Es ist eine Bruchbude, die dringend repariert werden muss.

„Ich wohne hier", sagt sie, und ich sehe, wie sie die Arme vor der Brust verschränkt.

„Aber Sie arbeiten in DC?", frage ich und lege verwirrt den Kopf schief. Ich lasse meine Hände in den Taschen, damit ich nicht dem Drang nachgebe, sie anzufassen.

„Ja, ich pendle."

„Von hier aus? Das dauert bei dem Verkehr sicher Stunden. Warum ziehen Sie nicht näher an die Stadt heran?", frage ich erstaunt. *Ist sie verrückt?* Zu den Hauptverkehrszeiten war der Weg bis zu ihrem Arbeitsplatz sicherlich grauenvoll.

„Haben Sie Ihr Hemd zurückbekommen?", fragt sie und wechselt taktvoll das Thema.

„Ja, danke. Ich weiß die Schnelligkeit der Reinigung zu schätzen. Ich hatte es am nächsten Tag zurück. Sehr professionell." Sie lächelt über das Kompliment, ihre abwehrende Körpersprache entspannt sich leicht.

„Harrison, wir brauchen Sie vorn", unterbricht Oscar, als er sich wieder mir zuwenden, und ich nicke ihm zu.

„Sie kündigen es gerade jetzt an? Im Zentrum?", fragt Beth mit großen Augen, die offensichtlich zwei und zwei zusammenzählt und mich ansieht, als wäre ich verrückt.

„Harrison", sagt Oscar ungeduldig und kommt wieder in den Raum, wobei sein Ton keine Möglichkeit zum Widersprechen lässt. Mein Blick bleibt eine Weile auf ihm haften, ich werfe ihm einen stummen Blick zu, damit er geht, und er befolgt den Hinweis, wenn auch mit einem Seufzer der Frustration.

„Kommen Sie mit raus? Ich könnte die Unterstützung gebrauchen. Sie sind ja schließlich mein Glücksbringer."

Mein Lächeln wird breiter, ich will sie schon jetzt in meiner Nähe haben, an einem der zweifellos wichtigsten Tage meines Lebens.

„Ihr was?", fragt sie und blinzelt mich an.

„Mein Glücksbringer. Sie haben mich vor einem Jahr vor einer langen Nacht mit meiner Mutter bewahrt, als Sie die Getränke auf meine Schuhe verschüttet haben. Letzte Woche haben Sie mich vor einer unangenehmen Konfrontation mit meinem baldigen Gegner beim Mittagessen bewahrt. Das ist schon das zweite Mal, dass Sie mich gerettet haben, also nenne ich das Glück", sage ich mit festem Blick auf meine Einschätzung. Die Vision in meinem Gedächtnis von jener Nacht vor über einem Jahr ist nun hell erleuchtet. Ich habe jeden Moment auf dieser Veranstaltung gehasst, und Beth gab mir die perfekte Gelegenheit, um zu entkommen.

„Ich bringe kein Glück, und ich kann so nicht hinaus-gehen." Sie breitete die Arme aus und betrachtete sich von oben bis unten.

„Ich finde, Sie sehen wunderschön aus", murmle ich, gerade laut genug, dass sie es hören kann, und ich lasse meinen Blick an ihrem Körper hinunter und wieder hinauf gleiten, sodass sie es deutlich sehen. Ich beob-achte, wie sie erneut errötet, und das wird zu meinem Lieblingsanblick. Sie ist süß, wenn sie aus dem Konzept gebracht wird.

„Harrison! Wir brauchen dich ganz vorn!", ruft Oscar wieder von der Tür aus, seine Stimme ist jetzt ange-spannt und er ist überhaupt nicht erfreut, dass ich mir Zeit lasse. Er bewegt sich wirklich leise, denn ich habe ihn nicht einmal zurückkommen hören.

„Wollen wir?", frage ich sie und deute in Richtung Tür.

„So ritterlich, Herr Gouverneur", sagt sie mit hochgezogener Augenbraue, bevor sie an mir vorbei stolziert und zur Tür hinausgeht.

„Sie haben ja keine Ahnung ...", murmle ich noch einmal, bevor ich ihr folge und nach draußen in Richtung des Medientrubels gehe.

Es ist hektisch, überall sind Journalisten und Kameras. Während Oscar und Eddie versuchen, die Dinge in den Griff zu bekommen, warte ich darauf, dass sich alle beruhigen. Es dauert einen Moment, bis ich hinter mir ein Seufzen höre und mein Rotschopf nach vorn tritt.

„Okay, Leute, nehmt eure Plätze ein. Es geht gleich los, und ich brauche euch auf euren endgültigen Positionen", schreit Beth in die Menge der Reporter, die Hände in die Hüften gestemmt. Meine Augenbrauen heben sich angesichts ihrer selbstbewussten Haltung. Das gefällt mir.

Die Menschenmenge beruhigt sich sofort, alle bringen sich in Position, machen sich bereit, und mein Blick ruht wieder auf ihr. *Sie ist gut.* Ich sehe, wie Oscar finster dreinschaut, was im Gegensatz zu Eddies Grinsen steht, und meine eigenen Gedanken bewegen sich jetzt in eine Richtung, in die sie eigentlich nicht laufen sollten.

„Hey, Red, was machst du hier draußen?", ruft einer der Fotografen, und ich stelle interessiert fest, dass sie offenbar einige kennt.

„Hallo, Max. Jemand muss euch alle unter Kontrolle halten. Seid ihr bereit?", antwortet sie schlagfertig, und alle beruhigen sich und schauen mich an.

„Das Wort gehört Ihnen, Mr. Rothschild", sagt Beth, dann zieht sie sich nach hinten zurück, um sich zu ihren Yogakollegen zu gesellen und das Geschehen zu beobachten. Ich lächle sie an. Ein echtes, strahlendes Lächeln, das zeigt, wie beeindruckt ich von ihr bin. Als ich nach vorn trete, empfängt mich ein Blitzgewitter, bevor mir Mikrofone und eine Unzahl von Handys vor die Nase gehalten werden.

„Ich danke Ihnen allen, dass Sie hier sind. Ich bin heute Morgen im *Riverside Community*-Zentrum, um offiziell meine Kandidatur zum Gouverneur von Maryland bekannt zu geben", beginne ich meine geübte Rede, wobei ich die Schultern straffe und den Kopf hochhalte.

„Ich habe mein ganzes Leben lang auf dieses Ziel hingearbeitet. Schon als Kind habe ich davon geträumt, diesen Staat zu führen. Ich möchte der Gemeinschaft dienen, den Staat zu einem, der finanziell solidesten des Landes machen, sicherstellen, dass in unsere Gemeinden investiert wird, und Arbeitsplätze und neue Infrastrukturprojekte an die Türen vieler Menschen bringen, auch hier in Riverside. Ich möchte Bürgermeister Rogers dafür danken, dass er heute Morgen hier ist und für all die großartige Arbeit, die er und seine Kollegen mit mir leisten werden, sollte ich gewählt werden."

Ich nicke dem Bürgermeister dankend zu, und er setzt zum Reden an, während mein Blick durch die Menge der Reporter schweift. Ich zwinge mich, nach vorn zu blicken und muss mich bewusst anstrengen, nicht zur Seite zu schauen und Beth anzusehen.

„Zusammen mit meiner Ankündigung heute Vormittag möchte ich Ihnen auch eines unserer wichtigsten Versprechen vorstellen, das ich im Falle meiner Wahl einlösen werde. Hier in Riverside werden wir über fünfzehn Millionen Dollar in eine neue Infrastruktur für Wohn- und Gewerbezwecke investieren, um Arbeitsplätze zu schaffen, die Wirtschaft anzukurbeln und der Gemeinde neues Leben einzuhauchen. Beginnend hier in der Starling Street 45 werden wir dieses staatliche Grundstück neu erschließen, um neue Investoren anzulocken, den Geldfluss in den Staat zu erhöhen und einen besseren Lebensstil für alle hier zu ermöglichen."

Die Kameras blitzen weiter, um diesen Moment festzuhalten, und die Medienmeute murmelt etwas, während der Bürgermeister lächelt.

„Ich möchte mich bei allen bedanken, die mich dabei unterstützt haben und weiterhin unterstützen, Maryland zum besten Bundesstaat des Landes zu machen, und natürlich möchte ich besonders mein Team und meine Familie für ihre kontinuierliche Unterstützung erwähnen. Ich stehe nun zur Verfügung, um Fragen zu beantworten."

Die Reporter wollen alle gleichzeitig ihre Fragen loswerden, aber ich zeige auf einen, um seine Frage entgegenzunehmen.

Ich beantworte die Fragen, die mir gestellt werden, so ehrlich und offen wie möglich, bevor Oscar die Pressekonferenz beendet und wir uns entfernen.

„Großartige Arbeit. Gut gemacht. Jetzt können wir loslegen", sagt Oscar mit einem seltenen Lächeln, während er mir wie ein stolzer Vater auf den Rücken klopft.

„Wo ist Eddie?", frage ich, während mein Blick durch den Raum schweift und ich einigen die Hand schüttle.

„Er spricht mit einigen Leuten vom Zentrum", murmelt Oscar, während er auf sein Handy blickt.

Ich schaue zu der kleinen Menschenmenge hinüber und sehe Eddie, der sich mit Beth unterhält, und meine Muskeln verkrampfen sich, als ein ungewohntes Gefühl in meinem Magen aufsteigt. Es gefällt mir nicht, wie er sie ansieht. Sie trägt noch immer ihre Yogakleidung, und in mir steigt das Bedürfnis auf, meine Jacke auszuziehen und sie ihr um die Schultern zu legen, um sie zu bedecken.

Mein jüngerer Bruder findet überall Freunde, egal wo er hingeht, auch in diesem Gemeindezentrum, wie es scheint. Er hat ein Lächeln aufgesetzt, das die meisten Frauen dazu bringen würde, ihm zu Füßen zu liegen, aber im Moment sieht meine Rothaarige so aus, als ob sie bereit wäre, ihm ins Gesicht zu schlagen. Ich gehe hinüber, um noch einmal mit ihr zu reden und um herauszufinden, was los ist.

Als ich mich ihr nähere, sieht sie mich und wendet sich mir zu. Mein Schritt stockt fast, als ihr Blick den meinen trifft.

„Das kann nicht Ihr Ernst sein!", ruft Beth, fuchtelt mit den Händen herum und legt die Stirn in Falten.

„Was genau?", frage ich, während mein Blick zu meinem Bruder wandert, um herauszufinden, was zum Teufel hier los ist. Er gibt mir allerdings keine Antwort.

„Sie wollen das Zentrum abreißen?", fragt Beth in hoher Tonlage, während sie die Hände in die Hüften stemmt. Ich bin plötzlich mehr als froh, dass der größte

Teil der Reporter verschwunden ist. Ich packe ihren Ellbogen, erleichtert, dass sie nicht zurückweicht, und ziehe sie an die Seite des Raumes, um mehr Privatsphäre zu haben.

„Wir werden es sanieren. Erweitern. Und auch Wohnbereiche schaffen", stelle ich klar. Dies ist ein Thema, das Eddie bereits angesprochen hat, als Oscar den Vorschlag machte, in die Sanierung dieses Geländes zu investieren.

„Aber das wird Jahre dauern", sagt sie und gibt nicht nach, und ich nehme die Herausforderung an. Niemand fordert mich jemals heraus – jedenfalls nicht in der Öffentlichkeit – und ich sehe, wie sich die Augen meines Bruders weiten.

„Ich kann Ihnen versichern, Beth, dass ..." Sie lässt mich nicht ausreden.

„Wenn Sie uns allen einen alternativen Ort versprechen können, an dem wir unsere Gemeinschaft genießen können, während die Sanierung stattfindet, dann wäre das ein großer Schritt, um die Leute zu besänftigen, Mr. Rothschild." Ich schaue hinter sie und sehe, wie die kleine Gruppe, die sie unterstützt, nickt und murmelt.

Ich lächle, beeindruckt von ihrem Enthusiasmus. „Wir werden dafür sorgen, dass Ihnen während der Sanierung alle Annehmlichkeiten geboten werden." Ich bemerke, wie ihr Blick zu meinem Mund wandert und das Grinsen sieht, das sich dort bildet, und sie beißt sich frustriert auf die Lippe.

„Es muss in der Nähe einer Bushaltestelle sein", fährt sie fort, ihre Augenbrauen heben sich herausfordernd, sie gibt nicht nach und drängt mich zu allem, was sie kann.

Ich schätze es, dass sie ihren Standpunkt vertritt. Sie weiß, was sie will, und setzt sich dafür ein.

„Wir können dafür sorgen, dass dies berücksichtigt wird." Ich versuche, professionell zu bleiben, auch wenn mein Lächeln breiter wird.

„Und barrierefrei muss es auch sein." Ich folge ihrem Blick zu einem Mann im Rollstuhl, der sich in der kleinen Menschenmenge hinter ihr befindet.

„Ich bin sicher, das lässt sich auch einrichten. Sonst noch etwas?"

„Wir alle wollen ein Mitspracherecht bei der Neugestaltung. Wir nutzen die Einrichtungen, also wollen wir auch die Chance haben, sie unseren Bedürfnissen anzupassen." Ihre Forderungen hauen mich fast um. Sie ist gerissen, klug, redegewandt und genau das, was ich an meiner Seite brauche. Sie ist eine Mischung aus Oscar und Eddie sowie jemand mit guten Kontakten und Erfahrung im Projektmanagement.

Ich will sie. In meinem Team und in meinem Bett.

Ich denke sorgfältig über meinen nächsten Schritt nach. Ich habe ihr bereits einen Job angeboten, aber sie hat ihn noch nicht angenommen. Aber ich werde auf keinen Fall ohne ein Ja von hier weggehen.

„Gut. Unter einer Bedingung", sage ich, meine Augen durchdringen die ihren, wobei sie meinem Blick nicht ausweicht.

„Die da wäre?", fragt sie mit zusammengekniffenen Augen; wahrscheinlich weiß sie schon, was für eine Bedingung das sein wird.

„Sie kommen und arbeiten für mich."

7

BETH

Was? Was zum Teufel hat er gerade gesagt?

Ich zucke leicht zusammen, weil ich spüre, wie sich die Augen meines Vaters von dort, wo er sich befindet, in meinen Hinterkopf bohren. Schuldgefühle, weil ich es ihm nicht schon eher gesagt habe, wirbeln in meinem Magen auf. Es gefällt mir nicht, Dinge vor ihm zu verheimlichen, aber ich brauchte Zeit, um selbst über alles nachzudenken. Aber so ist das wohl in der Politik. Es wird nie langweilig und alles bewegt sich in rasantem Tempo.

„Drei Monate, Beth. Geben Sie mir drei Monate", sagt Harrison leise zu mir, während er näher kommt. Das ist jetzt das zweite Mal, dass sich unsere Körper so nahe sind. Wie Magnete beginnt die Anziehungskraft zwischen uns stärker zu werden.

Sein Duft umhüllt mich und führt mich in einen Strudel aus Regenwald und frischer Sommerbrise. *Warum entspannt mich das so sehr?* Dass wir uns so nahe sind, grenzt an Unprofessionalität, und ich frage mich, ob er den Verstand verloren hat, während mein Herz zu einem seltsamen Stakkato ansetzt, was mich erschreckt.

Ein Feuer lodert in seinem Blick, als er ihn auf mich richtet. Ich beobachte, wie seine Augen zu meinen Lippen wandern und meine Zunge streicht unwillkürlich über meine Unterlippe; eine Bewegung, die seine Nasenlöcher aufblähen lässt, bevor seine Augen wieder auf meine treffen.

Es liegt Lust in seinem Blick. So wie er mich in diesem Moment ansieht, spüre ich jedes Quäntchen meiner weiblichen Instinkte in mir, die mir sagen, dass Harrison Rothschild mich verschlingen will. Ich bin mir nicht sicher, warum, denn ich bin nicht die Art von Mädchen, die Männer normalerweise anstarren. Schon gar nicht ein Mann wie Harrison. Ich finde es verwirrend, dass er auf ein Vorstadtmädchen wie mich so reagieren würde. Aber meine Haut erwärmt sich trotzdem, und mein Herz beginnt zu rasen, mein Kopf sagt das eine, mein Körper etwas ganz anderes.

„Warum?", frage ich und fordere ihn noch weiter heraus. Ich kann immer noch nicht glauben, dass dies ein ernsthaftes Angebot ist. Ich will wissen, warum jemand wie Harrison Rothschild jemanden wie mich für sich arbeiten lassen will. Ich bin nur eine Eventplanerin. Ich bin ein Niemand.

Er macht einen weiteren Schritt auf mich zu und schirmt mich von allem und jedem um uns herum ab, sodass ich nur noch ihn sehen kann. Ich schaue auf, um ihm in die Augen zu sehen, wobei ich meine Hände starr an meinen Seiten halte und meine Nägel sich in meine Handfläche bohren. Ich will sie nicht bewegen, aus

Angst, dass ich sie auf seine Brust legen könnte, wo ich weiß, dass das Gefühl seiner wohlgeformten Muskeln Euphorie in mir aufsteigen lassen wird. Dieselben Muskeln, von denen ich geträumt habe, seit ich sie letzte Woche in der Garderobe gesehen habe.

„Weil Sie keine Angst haben, Ihre Meinung zu sagen. Sie sind sehr gut organisiert und scheinen auf alles vorbereitet zu sein. Sie sind einfühlsam, aber auch entschlossen und unterstützend. Außerdem scheinen Sie bereits jeden von Bedeutung in DC zu kennen, und ich brauche jemanden wie Sie an meiner Seite", sagt er ohne Umschweife.

Mann, ist der gut. Kein Wunder, dass ihm alle Frauen zu Füßen liegen. Ich möchte ihm jetzt schon meine Stimme geben und auch meine Unterwäsche.

Das Kompliment habe ich weder erwartet noch war ich darauf vorbereitet. Es gibt mir das Gefühl, gesehen zu werden. So wie ich wirklich bin.

Ich knete meine Hände und fühle mich plötzlich ein wenig verletzlich, aber irgendwie auch ganz wohl in der Nähe dieses Mannes. Ein Räuspern lässt sowohl Harrison als auch mich den Kopf in Richtung des Geräusches drehen. Harrisons Hand wandert instinktiv zu meiner Taille, was mich absolut unvorbereitet trifft. Ich schlucke hart, denn das Gefühl in meinem Körper ist viel zu neu, um es wirklich fassen zu können.

„Beth, du kannst nicht mit Mr. Rothschild arbeiten, die Arbeitszeiten wären mörderisch", sagt Jeff schnippisch, und ich knirsche mit den Zähnen. Ich hasse es, wenn jemand davon ausgeht, mir die Entscheidung abnehmen zu müssen. Es gibt mir das Gefühl, dass er mich untergräbt.

Als wäre ich ein Kind, das nicht in der Lage ist, eigene Entscheidungen zu treffen. Er nimmt mir meine Stimme.

Dann sehe ich, wie er sich mit einer Hand an Dads Rollstuhl abstützt, und ich verstehe. Jeff hat recht. Egal, wie sehr wir das Geld brauchen, die Stunden, die eine Kampagne wie die von Harrison erfordern würde, wären zu viel. Die Tage wären lang, und es gäbe keinen Urlaub. Mein Vater kann sich nicht um sich selbst kümmern, also muss ich bei ihm sein.

Aber das Geld würde uns wirklich weiterhelfen ... Vielleicht könnte ich sogar anfangen, etwas zu sparen, anstatt von Gehaltsscheck zu Gehaltsscheck zu leben.

Als ich Dad anschaue, sehe ich, dass er seine Schultern fast bis zu den Ohren hochgezogen hat. Sein Hals ist rot und er knirscht so stark mit den Zähnen, dass ich ihn innerlich anschreie, damit aufzuhören, weil wir uns einen Zahnarztbesuch im Moment nicht leisten können. Er ist nicht glücklich über die Situation.

„Du brauchst dir hier um nichts Sorgen zu machen, Süße", sagt Marci, die neben Dad steht, ihre Hand liegt auf dem anderen Griff des Rollstuhls, und macht damit klar, dass sie sich um ihn kümmern wird, etwas, das mein Interesse weckt. Ich frage mich, ob sie und Dad etwas am Laufen haben, von dem ich nichts weiß.

„Genug!", bellt mein Vater, und ich zucke bei seinem Tonfall zusammen. Harrisons Hand legt sich um meine Taille, und er zieht mich an sich, um mir Halt zu geben. Sein Körper scheint bereits im Einklang mit meinem zu sein. In Anbetracht der nervösen Energie, die mich gerade umgibt, ist das nicht verwunderlich.

„Mr. Rothschild, meine Tochter ist sehr begabt und wäre eine ausgezeichnete Ergänzung für Ihr Team. Also, Beth, wenn du das tun willst, dann tu es. Wir werden das schon hinkriegen. Ihr anderen mischt euch nicht in Beths Angelegenheiten ein", knurrt mein Vater, bevor er sich abwendet, mit seinem Rollstuhl davonfährt und wir alle ihm hinterherschauen.

Es bricht mir ein wenig das Herz, seine Frustration zu spüren. Er hasst es genauso wie ich, wenn Leute ihm die Entscheidung abnehmen wollen. Nur weil seine Beine nicht so funktionieren, wie sie sollten, bedeutet das nicht, dass er nicht in der Lage ist, Entscheidungen zu treffen. Jeder hier weiß das, aber manche scheinen das manchmal zu vergessen.

Als ich Harrison anschaue, spüre ich, wie mir Tränen in den Augen brennen, denn ich weiß schon jetzt, dass die Schuldgefühle, nicht jeden Tag bei meinem Vater sein zu können, alle positiven Auswirkungen des zusätzlichen Geldes zunichtemachen werden. Wir werden es schaffen. Das tun wir immer.

„Es tut mir leid, ich muss gehen", sage ich leise, als Harrison mich mit einem Ausdruck ansieht, den ich für eine Sorge halte. Er will noch etwas sagen, aber ich entziehe mich seinem Griff und folge meinem Vater in den hinteren Teil des Zentrums.

Ich trete durch die Tür und atme tief ein, um meine Gedanken zu sammeln. Die Sonne scheint mir ins Gesicht, und ich halte einen Moment inne. Es gibt eine Menge zu verarbeiten. Ich brauche Schlaf; ich muss das Geschehene verarbeiten; ich brauche Geld.

„Dad?" Ich gehe durch den Gemeinschaftsgarten und sehe ihn beim Gemüsebeet.

„Beth, hör nicht auf andere. Das ist ein guter Job. Zweifellos ein Arschloch von einem Chef, aber ein guter Job."

„Aber ich werde nur noch wenig Zeit Zuhause verbringen. Jeff hat recht, die Arbeitszeiten wären alles andere als ideal", sage ich, während mich die Zweifel darüber, was ich tun soll, innerlich zerfressen. Mein Verstand arbeitet auf Hochtouren und versucht, das Für und Wider abzuwägen.

„Du arbeitest ohnehin viel. Das wird nicht viel anders sein", sagt er und schenkt mir ein kleines, aber erschöpftes Lächeln. Ich sehe ihn an und frage mich, ob er schon die ganze Zeit über so blass war.

„Dad, bist du sicher, dass es dir gut geht?", frage ich, strecke meine Hand aus und lege sie auf seine Schulter.

„Mach dir keine Sorgen um mich, Schatz. Mir geht es gut." Er streichelt meine Hand, und das tröstet mich nur ein wenig.

„Ich will ja nicht stören, aber ich muss gehen", sagt Harrison hinter uns, und ich merke, wie Dad sich versteift. Ich drehe mich um und sehe Harrison dort stehen, groß und stark, neben seinem Bruder Eddie, mit dem ich vorhin gesprochen habe. In seinem Blick liegt noch immer Sorge, aber er bleibt, wo er ist, und kommt nicht näher.

„Drei Monate. Ich werde den Lohn, den Sie von Kellys Agentur erhalten, verdoppeln. Ich stelle Ihnen ein Auto zur Verfügung, um Ihren Arbeitsweg zu verkürzen. Zusätzliche medizinische Leistungen und Leistungen für das Wohlbefinden, um die Pflegekosten zu unterstützen.“ Harrisons Augen huschen von mir zu Dad und wieder zurück. Ich muss mich an Dads Stuhl festhalten, weil ich das Gefühl habe, dass meine Beine gleich nachgeben werden. Das Doppelte meines Lohns? Das Geld allein wäre schon genug, aber ein Auto und zusätzliche Leistungen ... Jetzt frage ich mich, ob es einen Haken gibt.

„Ich kann auch bestätigen, dass er ein Arschloch von einem Chef ist“, wirf Eddie ein, und sein Kommentar löst die Spannung. Ich beiße mir auf die Unterlippe, damit ich nicht laut lache. Ich sehe, wie Harrison ihm einen scharfen Blick zuwirft, der jeden erwachsenen Mann zurückweichen lassen würde, aber Eddie zuckt nur mit den Schultern.

„Das war ein Witz!“, murmelt er zu Harrison. „Das war nur ein Witz. Er ist großartig.“ Er zwinkert mir spielerisch zu, und ich sehe, wie Harrison den Kopf schüttelt und sich die Augen reibt, bevor er mich wieder ansieht und mir ein kleines Lächeln schenkt. Dummerweise schmelze ich leicht dahin.

„Also, was meinen Sie, Beth? Wir wären ein gutes Team“, fragt Harrison mit hoffnungsvoller Miene.

Ich halte den Atem an und begegne seinem Blick. Seine Augen suchen meine, und es ist, als würde er in meine Seele blicken. Ich spüre, wie die Energie selbst aus dieser Entfernung zwischen uns summt, und mein verräterisches Herz schlägt noch schneller als zuvor. Ich weiß nicht, ob es das Richtige ist, aber in diesem Moment, in dem wir uns in die Augen sehen, sage ich das einzige Wort, das ich ihm sagen möchte.

„Ja.“

8

HARRISON

„Hast du völlig den Verstand verloren?", wettert Oscar, als wir im Auto auf dem Rückweg zu meinem Büro in der Stadt sind. Vielleicht habe ich das. Ich habe ihr ein höheres Gehalt und mehr Vergünstigungen angeboten, als ich jemals jemandem sonst geboten habe. Ich war so unsicher, wie ihre Antwort ausfallen würde, dass ich sie mit allem, was ich konnte, lockte und verzweifelt wollte, dass sie Ja sagt. Als sie wegging, um ihrem Vater zu folgen, dachte ich, ich hätte sie verloren. Ich konnte nicht anders, als ihr nach draußen zu folgen, mein Körper war wie auf Autopilot. Als ich sie mit ihrem Vater reden sah, wurde die Anziehungskraft, die ich für sie empfand, nur noch stärker. Das ist etwas, das ich noch nie zuvor gespürt habe. Und doch ist es da, so stark, dass ich mir im Sitzen ein wenig die Brust reibe und mich frage, ob ich, wie Oscar sagte, den Verstand verloren habe.

„Ich kann es kaum erwarten, den Gesichtsausdruck unserer Mutter zu sehen, wenn du ihr sagst, dass du deine eigene Eventplanerin eingestellt hast!", sagt Eddie und strahlt.

„Projektleiterin. Sie wird die Veranstaltungen beaufsichtigen, aber das wird nicht alles sein, was sie tut", knurre ich, während ich an die schöne Rothaarige denke, die sich um alle zu kümmern scheint, nur nicht um sich selbst.

Ich habe ihr einen Job angeboten, den jeder annehmen würde, und sie war bereit, ihn aufgrund der Gefühle und Gedanken anderer abzulehnen. Erst jetzt beginne ich darüber nachzudenken, wie schwer es sein wird, in den nächsten Monaten rund um die Uhr mit ihr zusammenzuarbeiten. Ihren schönen Körper jeden Tag in meinem Büro zu sehen, wird eine riesige Herausforderung darstellen.

Ich bin ein Draufgänger, ein Überflieger. Was immer ich will, ich strebe es an, auch dieses Amt des Gouverneurs. Ich bin mehr als engagiert, aber mein Blick, der vollkommen auf diese Rolle fokussiert war, hat sich nun erweitert und umfasst auch Beth. Ich muss mich mehr anstrengen, sie aus meinen Gedanken zu verdrängen und sie gleichzeitig in meiner Nähe zu behalten, damit sie sich voll in das Team einbringen kann.

Ich will alles von ihr – ihre Leidenschaft, ihre Professionalität –, aber ich muss sicherstellen, dass ich sie nicht anrühre, denn das Gouverneursamt wird davon abhängen.

„Was genau soll sie denn machen?", fragt Oscar, immer noch verwirrt von meiner Entscheidung, Beth einzustellen.

„Haben Sie nicht gesehen, wie gut sie heute Morgen

mit dem Medienrummel fertig geworden ist?", frage ich und weise auf die Tatsache hin, dass sie es besser gemacht hat als er. Oscar schluckt, sagt aber nichts weiter,

„Sie wird meine rechte Hand sein, zusätzlich zu dir. Sie wird meine Veranstaltungen und Auftritte managen, meine Termine und Treffen mit dir abstimmen. Sie wird sich um die Medien kümmern. Du wirst dich auf die Kampagne konzentrieren, Reden formulieren und mir sagen, wo ich sein muss. Mit dir und Beth werde ich eine gut geölte Maschine sein."

„Etwas wird gut geölt sein", murmelt Eddie, und ich werfe ihm einen scharfen Blick. Eddie kann lustig sein, und wir lieben uns sehr, aber er ist noch jung und hat gerade erst angefangen, sich in einem so professionellen Umfeld zurechtzufinden. Seine Sticheleien gegen mich sollte er sich für das Privatleben aufheben und nicht im Auto, wenn Oscar in der Nähe ist.

„Was? Du hast dich wie Tarzan aufgeführt, der gerade seine Jane gefunden hatte. Du hast sie beschützt, selbst nachdem sie dich herausgefordert hat. Sie hat keine Angst vor dir. Ich mag sie. Und zwar *sehr*."

„Eddie!", knurre ich. Ein seltsames Gefühl von Hitze läuft mir über den Rücken. Ich will nicht, dass er sie mag. Ich will nicht, dass irgendein anderer Mann sie auch nur ansieht. Die Tatsache, dass sich jeder verdammte Mann im Umkreis von hundert Metern auf sie zu stürzen scheint, bringt mein Blut in Wallung, wenn ich nur daran denke. Ich ziehe an meinem Kragen. Ich muss diese intensiven Gefühle, die ich verspüre, unter Kontrolle bringen. Es ist lächerlich.

„Ich glaube immer noch nicht, dass wir sie brauchen. Wir haben bereits Leute, die sich um diese Aufgaben kümmern", sagt Oscar wieder, aber ich werde meine Meinung nicht ändern.

„Sie ist eine großartige Ergänzung, aber denke daran, dass sie nur vorübergehend eingestellt ist und jederzeit gehen kann. Ich möchte, dass ihr beide ihr das Gefühl gebt, willkommen zu sein, ihr zeigt, wie alles läuft, damit sie sich schnell einlebt. Sie wird wissen, was die Leute wollen, sie wird tolle Ideen für unsere Veranstaltungen und Auftritte haben und vielleicht sogar euch beide auf Vordermann bringen", schnauze ich, weil ich es satthabe, eine Entscheidung zu verteidigen, die ich für meine eigene, verdammte Kampagne getroffen habe.

„Ich werde ihr ein Auto und einen Fahrer organisieren und ihr heute Abend einen Laptop und ein Telefon schicken. Dann bringe ich sie dazu, morgen zu der Veranstaltungsübersicht mit Mom und Lilly zu kommen", sagt Eddie, zückt sein Handy und macht sich schon an die Arbeit.

Oscar sitzt still da und sieht mich an.

„Was?", knurre ich und wünschte, er würde es sofort ausspucken.

„Du hast gesagt, dass du keine Ablenkungen willst", sagt er als letzte Warnung.

„Beth ist keine Ablenkung."

„Bist du dir da sicher?", entgegnet er, und ich sehe ihn an, antworte aber nicht. Mein Schweigen genügt, um ihm genau zu sagen, was er bereits weiß.

„Du hast heute Vormittag deine Ankündigung gemacht", schreit meine Mutter, als ich nach unserer Rückkehr von Riverside mein Büro erreiche.

„Ja", sage ich einfach, versuche, nicht über ihren Tonfall zu stöhnen, und gehe zu meinem Schreibtisch. Oscar und Eddie folgen mir, und ich frage mich, warum sie und Lilly an meinem Konferenztisch sitzen, auf dem überall bunte Stoffbahnen drapiert sind.

„Aber wir haben in einer Woche unser Event! Ich habe alles geplant!", schimpft sie weiter und fuchtelt mit den Armen herum, wobei die Gold- und Diamantarmbänder an ihrem Handgelenk klimpern. Lilly sitzt nervös neben dem Schreibtisch und beobachtet das Geschehen. Wahrscheinlich versucht sie abzuschätzen, was das für die Auswahl ihrer Garderobe bedeutet. Als ich meinen Schreibtisch erreiche, bleibe ich abrupt stehen und sehe die beiden an.

„Es ist meine Kampagne. Ich werde sie so führen, wie ich es für richtig halte. Das Event wird trotzdem stattfinden, aber die Ankündigung wurde bereits gemacht", sage ich und lasse keinen Raum für Fragen. Ich fühle mich noch immer aufgewühlt von Oscars Verhör im Auto.

„Du solltest das neue Mädchen sehen, das er gerade eingestellt hat!", sagt Eddie vergnügt, während er sich mit einem breiten Grinsen auf das kleine Sofa neben meinem Bücherregal plumpsen lässt.

„Wen hast du eingestellt?" Die Stimme meiner Mutter wird um eine Oktave höher, und ich stelle mir vor, wie ihre Augenbrauen bis zu ihrem Haaransatz hochschießen, aber ihre Stirn ist eingefroren. Sie hat sich seit Jahren nicht mehr bewegt.

„Beth Longmere, von *DC Events*. Sie ist professionell und engagiert sich sehr für ihre Gemeinde", sage ich, während ich Stoffstücke von meinem Schreibtisch nehme und sie ihr vor die Füße werfe. Was zum Teufel hat meine Mutter und Lilly dazu gebracht, mein Büro als ihr eigenes zu beanspruchen?

Wir haben etwa sechzig weitere Büros in diesem Gebäude. Unsere Anwaltskanzlei, deren Geschäftsführer ich bin, befindet sich in den oberen Etagen dieses Hochhauses, unser Immobilien- und Bauunternehmen direkt darunter. Meine Brüder und ich haben alle Penthäuser in den obersten vier Etagen, aber aus irgendeinem Grund hat meine Mutter es als richtig befunden, sich in meinem Büro breitzumachen.

„Longmere ...", sinniert meine Mutter. „Ich habe noch nie von ihr gehört. Zu welchem Zweck hast du sie eingestellt?" Ihre Stimme hebt sich um eine weitere Oktave an, und so sehr ich sie auch liebe, so sehr frustriert es mich, dass sie meine Entscheidungen immer wieder infrage stellt und sie scheinbar alle für mich treffen will. Ich sehe, wie Eddie lächelt, während er zusieht, aber Oscar seufzt und reibt sich den Kopf, als hätte er Schmerzen.

„Sie wird mit Oscar und Eddie zusammenarbeiten. Sie bringt das Beste von beiden mit sich, und ich denke, sie wird sich als großer Gewinn für das gesamte Team herausstellen", sage ich fest und fordere sie auf, mich weiter zu drängen.

Mom sieht zu Oscar hinüber, und er zuckt mit den Schultern. Ihre Lippen verziehen sich zu einer schmalen Linie.

„Ich bin mir sicher, dass du weißt, was du tust, mein

Lieber", sagt sie in ihrem herablassenden Ton, und ich knirsche mit den Zähnen, um ihr dann mein charmantestes Lächeln zu zeigen.

Nach dem Tod ihres Vaters war sie nur noch ein Schatten ihrer selbst, bevor sie ihr Leben als reiche Dame der Gesellschaft neu erfand, die nur daran interessiert war, auf der gesellschaftlichen Karriereleiter nach oben zu klettern. Sie hat sich am meisten auf mich gestützt, und ich war immer für sie da und habe ihr in Vaters Abwesenheit bei ihren geschäftlichen Angelegenheiten geholfen. Aber in letzter Zeit ist ihre Rolle in meinem Leben allumfassend geworden, und sie muss einen Schritt zurücktreten.

„Gut. Warum seid ihr in meinem Büro?", frage ich und verschränke meine Arme vor der Brust, während ich zwischen ihr und Lilly hin- und herschaue.

„Nun, ich wollte deine Meinung zur Farbpalette hören. Ich möchte sicherstellen, dass alles perfekt ist. Ich möchte, dass mein Kleid zu deinem Anzug passt", antwortet Lilly und schenkt mir ein Lächeln, wobei sie sich offensichtlich an alles klammert, um sicherzugehen, dass sie die Schöne auf meinem Ball ist. Jetzt bin ich an der Reihe, zu seufzen. Mein Blick wandert wieder zu meiner Mutter, während ich versuche, die Wut zurückzuhalten. Zum Glück rettet mich Eddie.

„Ich habe für morgen eine Besprechung angesetzt, warum gehen wir nicht danach die ganze Partyplanung durch? Da Beth dann auch hier sein wird, denke ich, dass es eine perfekte Gelegenheit ist, um sie auf den neuesten Stand zu bringen", sagt Eddie und ich nicke. Das ist das Klügste, was er den ganzen Tag gesagt hat.

„Gut", sagt meine Mutter und spitzt die Lippen. „Wir lassen dich in Ruhe und bereiten alles für morgen vor." Und damit schnappen sich die beiden Frauen ihre Stoffmuster und ihre passenden Designer-Handtaschen und gehen zur Tür hinaus. Zweifellos, um irgendwo ein schönes, langes Mittagessen zu genießen.

„Nun, das war unterhaltsam. Ich werde ein Büro einrichten, das Beth nutzen kann, solange sie hier ist", sagt Eddie, springt vom Sofa auf und geht zur Tür.

„Wo bringst du sie unter?", frage ich.

Er bleibt stehen und sieht mich an, die Augenbraue leicht angehoben. Mich interessiert nie, wo meine Mitarbeiter sitzen, sondern nur ihre Ergebnisse, und daher ist es logisch, dass meine Frage ihn neugierig macht.

„Neben meinem Büro gibt es ein weiteres Büro", schlägt er vor und zuckt mit den Schultern.

„Bring sie in Mindys Büro unter", entgegne ich. Meine Assistentin Mindy hat mich vor einer Woche verlassen, um die Welt zu bereisen. Ich habe die anderen Verwaltungsangestellten auf der Etage eingesetzt, um mir bei der Verwaltung zu helfen, während die Personalabteilung einen Ersatz findet. Ich beobachte, wie seine Augenbrauen in die Höhe schießen und sich ein kleines Lächeln um seine Lippen bildet.

„Bist du sicher? Sie wäre damit direkt neben dir. Wird sie keine ... Ablenkung sein?", fragt er sarkastisch und schaut schnell zu Oscar, um zu sehen, ob seine Aussage eine Reaktion hervorruft. Das tut sie nicht.

Ich nicke, was Eddie erwidert, bevor er die Tür öffnet und hinausgeht und mich mit Oscar allein lässt.

„Ich weiß, dass du meinen Standpunkt nicht teilst,

aber du musst mir und Beth vertrauen. Schenke ihr deine Zeit und Geduld", sage ich und sehe ihn an.

„Natürlich." Oscar nickt, offensichtlich unbeeindruckt, aber er weiß, wo sein Platz ist und sucht sich seine Schlachten aus.

„Großartig. Was kommt als Nächstes?", frage ich, während ich mich hinter meinem Schreibtisch entspanne und die Nachrichten von heute Morgen durchsehe.

„Wir müssen über deine Rede für die Veranstaltung sprechen, die deine Mutter plant, und die Pläne für unsere Besuche Anfang nächster Woche durchgehen."

„Okay, lass uns zunächst einmal schauen, was die nächste Woche für uns bereithält, denn das könnte einen Teil unserer Rede beeinflussen. Wohin gehen wir?"

„Wir besuchen eine Grundschule, wo wir die Bildungsanforderungen für den Bezirk besprechen werden. Ein Nachmittag ist eingeplant, um uns mit unseren Geldgebern zusammenzusetzen, und dann versuche ich, ein Briefing mit der Polizei zu vereinbaren, bei dem wir die Statistiken über die Kriminalitätsrate in Maryland und die Brennpunkte usw. durchgehen", sagt Oscar, während er auf seinen Kalender schaut.

Das ist es, was er am besten kann. Er weiß, in welchen Branchen und Sektoren wir zu welchem Zeitpunkt präsent sein müssen. Er weiß, mit wem ich sprechen muss und welches die wichtigsten Themen sind. Wenn er sich darum kümmert, kann Beth mir bei den logistischen Elementen und der Medienarbeit helfen und Eddie bei der Öffentlichkeitsarbeit unterstützen.

Es wird perfekt sein.

So perfekt wie ihr Arsch in dieser verdammten Yogahose heute Morgen.

9

BETH

Nachdem gestern Abend ein nagelneues Telefon und ein neuer Laptop bei mir zu Hause eingetroffen sind und ich für den Rest der Woche einen vollen Terminkalender habe, wusste ich, dass ich heute meine Rüstung anziehen muss. Ich habe mein langes rotes Haar geföhnt und gestylt. Mein Make-up ist präzise und dezent aufgetragen, und ich trage den besten Anzug, den ich habe – auch wenn es einer ist, den ich vor ein paar Monaten aus der Schnäppchenkiste des Secondhandladens gefischt habe. Aber es ist ein Markenanzug, auch wenn er schon ein paar Jahre alt ist.

Zu sagen, dass Kelly meine dreimonatige Einstellung unterstützte, wäre eine Untertreibung. Offenbar hat Harrison nicht nur mein Gehalt verdoppelt, sondern Kelly auch noch einen eigenen Bonus angeboten, als Dank dafür, dass sie ihm meine Dienste zur Verfügung gestellt hat. Es scheint, dass alle gewinnen, auch wenn ich immer noch keine Ahnung habe, was auf mich zukommt.

Aber ich weiß, dass ich es verdient habe, hier zu sein. Ich konnte mir nie vorstellen, an einer politischen Kampagne mitzuarbeiten. Es war nicht mein Traum, einen Mann an die Spitze des Staates zu bringen, aber ich wollte meiner Gemeinde immer etwas zurückgeben. Dieselbe Gemeinde, die meinen Vater und mich die meiste Zeit unseres Lebens unterstützt hat. Ich bin gut in meinem Job, und ich werde jede Gelegenheit ergreifen, die sich mir bietet, nicht nur wegen des Gehaltsschecks, sondern um etwas zurückzugeben, ungeachtet der nörgelnden Stimme in meinem Kopf, die mir immer wieder sagt, ich sei nicht gut genug.

Als sich der Aufzug im fünfunddreißigsten Stockwerk öffnet, werde ich von hellen Lichtern empfangen, die von so sauberen Glaswänden widergespiegelt werden, dass mein Spiegelbild funkelt, und meine Nerven beginnen wieder zu flattern. Ich gehöre nicht hierher. Alles ist so schön, sauber und teuer. Meine Augen blicken sich in dem schönen Foyer um und versuchen, etwas zu entdecken, das hier nicht hingehört, aber ich finde nichts. Es ist perfekt. Das Einzige, was hier nicht hingehört, bin ich.

„Du bist da", grüßt eine fröhliche Männerstimme von der Seite, und ich drehe mich um und sehe Eddie, mit dem ich gestern kurz geplaudert habe.

„Guten Morgen", grüße ich und strecke meine Hand aus, um seine zu schütteln, gerade als er seine hebt, um mir eine Tasse mit heißem Kaffee zu reichen. Als unsere Hände zusammenstoßen, fliegt der Kaffee aus seiner Hand zur Seite und schlägt gegen die strahlend weiße

Wand, wobei die Tasse beim Aufprall zerbricht. Das Porzellan zersplittert, während die schwarze Flüssigkeit gegen die Wand spritzt und die weiße Farbe verschmutzt. Es würde wie ein Tatort aussehen, wenn er rot wäre.

„Oh mein Gott, es tut mir so leid!", keuche ich und erschaudere innerlich. Schon nach fünf Minuten habe ich es versaut ... ernsthaft? Ich bin sicher, dass sie mich noch vor dem Mittagessen feuern werden. Ich trete vor, gehe in die Hocke und versuche, die Porzellanstücke vom Boden aufzuheben.

„Nein. Mach dir keine Sorgen. Sandra, ruf bitte die Putzkolonne an, damit sie sich darum kümmern können", sagt Eddie und schaut zu der Frau, die am Empfang steht und nickt, während sie einen Anruf tätigt.

„Es ist wirklich in Ordnung. Ich will nicht, dass du dich schneidest oder so", versichert er mir lächelnd. „Schön, dass du hier bist! Ich habe mich schon gefragt, ob du heute hier auftauchen würdest." Es scheint, als ob das Charme-Gen in der Familie liegt. Er ist breit und selbstbewusst, genau wie Harrison, aber entspannter, fast jovial. Und natürlich sieht er auch gut aus, auch wenn er meiner Meinung nach nicht ganz so gut aussieht wie sein älterer Bruder.

„Ach, wirklich? Wieso das?", frage ich, schüttle seine Hand, versuche, professionell zu wirken, auch wenn ich mich alles andere als das fühle, während ich das Chaos, das ich verursacht habe, von der Seite betrachte. Der Aufprall des Kaffees an der Wand erinnert mich sehr deutlich daran, dass ich nicht in diese Welt gehöre.

„Harrison ist mein Bruder und ich liebe ihn, aber wenn er etwas oder *jemanden* sieht, das er will, dann holt er es sich. Ich weiß, dass das alles wahrscheinlich ein bisschen plötzlich und neu für dich ist, das ist alles."

„Ich freue mich auf die Herausforderung", sage ich, ignoriere seine Anspielung darauf, dass Harrison *mich* will, und umklammere meine Handtasche etwas fester, da meine Nerven bereits blank liegen. Ich muss versuchen, mich zu konzentrieren. Ich muss mich auf den Job konzentrieren, nicht auf den Mann, dessen Gesicht immer noch in meinen Tagträumen auftaucht.

„Großartig! Sandra. Das ist Beth, Harrisons neue Projektleiterin. Beth, Sandra arbeitet hier als Teil unseres Verwaltungsteams. Sie ist eine harte Nuss; ihr entgeht nichts." Eddie zwinkert ihr zu, während er sie vorstellt, und ich lächle über die lockere Art. Die ältere Frau begrüßt mich mit einem breiten Lächeln, während sie sich das Telefon ans Ohr drückt und für einen Kurier unterschreibt, der gerade hereingekommen ist.

„Schön, dich kennenzulernen, Beth. Eddie, ich werde die Putzkolonne rufen, damit sie das in Ordnung bringt. Ihr zwei macht euch besser auf den Weg. Ich weiß, dass ihr heute einen vollen Terminkalender habt", sagt Sandra mit einem Lächeln, und meine angespannten Schultern entspannen sich ein wenig.

„Gut, dann fangen wir mal an", sagt Eddie, und ich folge ihm in einen Flur.

Wir kommen an einigen Büros mit fantastischer Aussicht vorbei. Die Büroräume sind riesig, sie nehmen die gesamte Etage ein und haben in jedem Büro, an dem wir vorbeikommen, raumhohe Fenster.

„Das ist mein Büro hier. Oscar Barone, unser Wahlkampfmanager, ist gleich hier neben mir, und die

Annehmlichkeiten für das Personal befinden sich dort in dieser Richtung." Ich schaue mich um, während er mich herumführt, und meine Augen weiten sich, als ich die Sauberkeit und den Luxus des Ganzen wahrnehme. Ich habe schon einige städtische Büros in DC besucht, viele gut etablierte, aber ich wage mich nicht oft nach Baltimore. Aber dieses Büro ist neu und auf dem neuesten Stand der Technik.

„Du arbeitest also auch mit Harrison zusammen?", frage ich, als wir um die Ecke biegen und einen etwas ruhigeren Gang entlanggehen. Ich versuche, einige tiefe Atemzüge zu nehmen, um meine Nerven zu beruhigen, denn allein die Erwähnung seines Namens lässt meine Handflächen schwitzen.

„Im Moment. Ich bin gerade von einer Asienreise zurückgekommen und habe gesagt, dass ich ihm ein paar Monate lang helfen werde, bevor ich unser Immobilienportfolio übernehme."

„Oh. Das ist toll." Ich versuche, begeistert zu klingen, während er mir von seinem Lebensstil erzählt. Ich kann mir kaum die Miete für unser Zweizimmerhäuschen leisten, das um uns herum zusammenbricht. Ein Immobilienportfolio ist etwas, von dem ich überhaupt keine Vorstellung habe.

„Nun, ich habe Glück. Meine Familie hat ein paar Geschäfte, und ich hatte viel Unterstützung, als ich aufwuchs", sagt Eddie, bleibt stehen und sieht mich an. „Wir sind privilegiert. Das wissen wir. Harrison, meine Brüder und ich. Aber wir arbeiten auch hart und versuchen, etwas zurückzugeben, wo wir können." Er ist einen

Moment lang ernst, und ich nicke einfach nur. Es ist gut, dass sie es zumindest anerkennen können.

„Wir sind da", sagt er, als er eine Bürotür öffnet, und wir treten ein. Es ist seinem Büro am Ende des Flurs nicht unähnlich, nur dass es hier eine tolle Aussicht auf die Stadt und ein kleines Sofa an der Wand gibt. In der Mitte steht ein großer Schreibtisch und an einer Wand des Büros befindet sich eine doppelte Schiebetür, die in ein weiteres großes Büro führt.

„Wow, das ist toll!" Meine Augen beeilen sich, alles zu erfassen. Es ist anders als bei *DC Events*, wo ich in einem Großraumbüro arbeite. Es fühlt sich gut an, mein eigenes Büro zu haben.

„Das wird dir für die nächsten drei Monate zur Verfügung stehen, wenn du es brauchst. Fühle dich frei, es zu deinem eigenen zu machen. Normalerweise ist es Mindys Büro, Harrisons Assistentin, aber momentan hat sie sich eine längere Auszeit genommen, daher gehört es ganz dir", fährt Eddie fort, während ich ein paar zaghafte Schritte zum Schreibtisch mache, die Hand ausstrecke und über das helle Holz streiche und die lackierte Oberfläche ertaste.

„Du hast direkten Zugang zu Harrisons Büro, es ist das da drüben", fährt er fort und deutet auf das große Büro, das ich durch die offenen Flügeltüren sehen kann. Es ist derzeit leer, aber ich kann seinen Schreibtisch von meinem aus gut sehen.

Ich versuche zu schlucken, obwohl mein Mund plötzlich sehr trocken ist, streiche mir die Haare aus dem Gesicht und beginne nervös von einem Fuß auf den anderen zu treten. Die Nervosität, die sich vorhin langsam verflüchtigt hatte, ist jetzt wieder voll da. Wie soll ich für diesen Mann arbeiten, wenn ich nur von seiner Hand an meiner Taille, dem Verlangen in seinen Augen oder seinen harten Bauchmuskeln träume? Das ist etwas, das ich noch nicht in Einklang gebracht habe. Aber ich bin viele Dinge, und professionell zu sein, ist eines davon. Außerdem sind es dumme Träume, die nie Realität sein werden, also straffe ich die Schultern und zwinge mich in den Arbeitsmodus.

„Oh, da bist du ja, Eddie." Ein Mann in einem schwarzen Anzug kommt herein, einen Stapel Papiere in den Händen.

„Hallo, Beth, ich bin Oscar, Harrisons Wahlkampfmanager. Wir konnten uns gestern bisher nicht offiziell vorstellen", sagt er, streckt seine Hand aus, und ich nehme sie zur Begrüßung.

„Toll, nun da du auch da bist, können wir mit der Besprechung anfangen!", sagt Eddie, setzt sich in einen Sessel in meinem Büro, holt seinen Laptop heraus und macht sich an die Arbeit.

„Ja, natürlich. Großartig", sage ich und erinnere mich daran, dass dies heute mein erster Termin auf dem Programm war. Oscar setzt sich in den Sessel neben Eddie, und ich setze mich ihnen gegenüber an meinen Schreibtisch. Ich schnappe mir einen Stift und meinen Notizblock und beginne, mich einzurichten. Es gibt nichts Besseres, als sofort loszulegen.

Oscar beginnt die Sitzung, indem er Harrisons wichtigste Punkte, die anstehenden Reden und die No-Go-Areas, die wir meiden müssen, durchgeht. Es gibt nichts allzu Ungewöhnliches, also nehme ich alles schnell auf.

„Harrison wird nächstes Wochenende auf dem Event eine Rede halten", sagt er und überreicht eine Kopie der Rede, die er bereits vorbereitet hat.

„Dies ist der erste Entwurf. Bis dahin wird es noch viele Änderungen geben, aber er gibt dir einen Überblick über die wichtigsten Punkte, die er am Abend ansprechen wird, für den Fall, dass du irgendwelche Ideen oder Fragen hast."

„Was ist das für ein Event?", frage ich, während meine Augen bereits den Terminkalender für diesen Monat überfliegen und versuchen, ihn zu entziffern. Ich hatte eine Veranstaltung am nächsten Samstag gesehen, aber da ich nicht sicher war, ob ich daran teilnehmen würde, schenkte ich ihr wenig Beachtung.

„Unsere Mutter hat eine Party organisiert, um die Kampagne einzuleiten. Wir haben heute eine Besprechung mit ihr und Lillian Harper. Es werden viele wichtige Leute anwesend sein, unsere Geldgeber, wichtige Geschäftsleute und so weiter, aber auch Freunde und Familie", antwortet Eddie und stürzt sich in das Gespräch.

„Oh. Großartig!", sage ich und täusche ein strahlendes Lächeln vor, während ich mich im Geiste frage, was zum Teufel ich anziehen soll. Ich habe zwar ein paar nette Arbeitsoutfits, aber nur ein einziges formelles Kleid, und ich bin mir nicht sicher, ob sich der Reißverschluss noch schließen lässt. Es ist schon ein paar Jahre her, dass ich es das letzte Mal getragen habe, und meine Liebe zu Schokoladeneis ist groß.

„Ich kenne Mrs. Rothschild, ich habe schon einmal eine Veranstaltung für sie geplant, aber wer ist Lillian?", frage ich und schaue sowohl Eddie als auch Oscar an.

„Lillian Harper. Sie ist die Tochter von Ronald Harper, einem unserer größten Geldgeber", erklärt Oscar.

„Ronald war früher gut mit meinem Vater befreundet. Unsere Familien stehen sich seit Jahren nahe", fügt Eddie hinzu, und ich mache mir einige Notizen. Ich bin Lillian Harper noch nie begegnet, aber ich habe ihren Namen schon gehört. Sie ist eine Gesellschaftsdame, denke ich, also macht es Sinn, dass sie der reichsten Familie in Baltimore nahesteht.

Wir reden noch ein wenig, bevor es an der Tür klopft und Sandra mit dem Mittagessen hereinkommt.

„Ich habe gesehen, dass ihr viel zu tun habt, also habe ich ein Arbeitsessen für euch organisiert", sagt sie, während sie ein Tablett mit belegten Brötchen auf den Tisch neben dem kleinen Sofa stellt, bevor sie sich wieder der Tür zuwendet.

„Wunderbar! Ich bin am Verhungern", sagt Eddie, springt auf und schnappt sich ein Brötchen.

Sandra rollt mit den Augen, schließt die Tür hinter sich, und so geht mein Nachmittag weiter. Ich esse Sandwiches mit Oscar und Eddie, gehe die wichtigsten Argumente der Kampagne durch und verschaffe mir einen Überblick über Harrisons Gegner. Innerhalb weniger Stunden habe ich das Gefühl, als wäre ich schon seit einem Jahrzehnt hier und würde die Grundlagen von Harrisons Wahlkampfstrategie kennen.

Wir lachen gerade über etwas, das Eddie gerade tut, als ich seine Präsenz spüre. Harrison betritt sein Büro, und mein Blick schweift über seine Gestalt, ohne dass ich etwas dagegen tun kann. Sein Körper wird von einem gut sitzenden, marineblauen Anzug betont, und sein perfekt gestyltes Haar und die glänzenden schwarzen Schuhe vervollständigen sein luxuriöses Aussehen, auch wenn sein Gesicht von einem Ausdruck tiefster Konzentration gezeichnet ist, während er sich sein Handy ans Ohr drückt und spricht.

Aber es ist seine Präsenz, die mich fesselt. Diese sichere und beständige Haltung. Er muss nicht einmal den Mund öffnen, damit die Leute ihn für verlässlich halten. Solide. Jemand, auf den sie sich verlassen können. Etwas, wonach ich mich sehne. Er hebt den Kopf und sein Blick trifft sofort auf meinen, und ich spüre, wie mir die Hitze in die Wangen schießt.

„Großartig. Danke. Wir reden später", sagt er, seine Augen immer noch auf meine gerichtet, als er das Handy in seine Tasche schiebt und zu uns kommt. Sein Blick bleibt an mir haften, bis er die Tür erreicht und sowohl Eddie als auch Oscar mir gegenübersitzen sieht.

„Wie war der erste Tag?", fragt er, wobei sich seine Mundwinkel leicht nach oben verziehen. Mein Mund wird bei diesem Anblick sofort trocken. Verdammt, er sieht so gut aus, wenn er lächelt.

„Großartig!", sage ich zu schnell. Ich muss erst einmal tief Luft holen. *Reiß dich zusammen!*

„Wir sind alles durchgegangen, und sie ist auf dem Laufenden, was die wichtigsten Dinge anbetrifft", berichtet Oscar ihm, während er und Eddie aufstehen. Aber Harrison nickt nur auf diese Aussage hin und sein Blick bleibt weiterhin auf mich gerichtet.

„Mir geht es gut, Bruder, danke der Nachfrage. Wir

werden draußen auf euch beide warten", sagt Eddie sarkastisch und sowohl Harrison als auch ich sehen zu, wie er und Oscar das Büro verlassen, wobei sich die Tür langsam hinter ihnen schließt.

„Ich wusste, dass Sie von Anfang an alles im Griff haben würden", murmelt er und macht ein paar Schritte in meine Richtung. Ich stehe auf, streiche meinen Anzug glatt und versuche, meine Nerven in den Griff zu bekommen.

„Sie scheinen von meinen Fähigkeiten sehr überzeugt zu sein, Mr. Rothschild." Woher nehmen Sie dieses Vertrauen in mich?"

„Ich erkenne gute Leute, wenn ich sie sehe, und du, Beth, bist eine der Besten", entgegnet er und bleibt direkt vor mir stehen. Wir berühren uns nicht, aber ich spüre seinen Körper. Ich klammere mich an die Schreibtischkante, damit meine Knie nicht nachgeben.

„Ist das Einschätzen von Menschen eine Fähigkeit, die du erst kürzlich erlernt hast, oder etwas, das du seit Jahren verfeinert hast?" Meine Stimme verrät fast meine Nervosität. Er lächelt, als er auf mich herabsieht.

„Glaube mir, wenn ich dir sage, dass ich mich durch das Unkraut arbeiten musste, um zur Blume zu gelangen ...", antwortet er, seine Augen lösen sich in keinem Moment von meinen, und ich sehe, wie er schluckt.

„Apropos Unkraut, wir treffen meine Mutter um zwei Uhr nachmittags. Bist du bereit?" Er räuspert sich und tritt einen Schritt zurück, um uns beiden etwas Raum zu geben.

„Ja, natürlich", antworte ich und lächle. Meine Nervosität ist verflogen und durch ein Gefühl ersetzt worden, an das ich mich aus der Schulzeit erinnere, wenn der gut aussehende, beliebte Typ in meine Richtung schaute. Und obwohl mein Herz rast und meine Handflächen schwitzen, würde eine romantische Beziehung mit einem Mann wie Harrison nur Ärger bedeuten. Ich schüttle den Kopf, nehme mein Handy und meinen Notizblock und folge allen zur Tür hinaus.

Es ist erst die Hälfte des ersten Tages vergangen, und ich verliere bereits den Verstand, was ich in den Griff bekommen muss. Ich bin gut in meinem Job; deshalb hat er mich eingestellt, also muss ich alle schwärmerischen Gedanken, die ich in Bezug auf Harrison hege, aus meinem Kopf streichen.

Ich bin für drei Monate hier, um seine Kampagne zu unterstützen, der Gemeinde etwas zurückzugeben und genug Geld zu verdienen, um Dad und mich eine Weile über Wasser zu halten. Nicht mehr und nicht weniger.

10

HARRISON

Oscar hatte recht. Sie ist gerade mal seit einem halben Tag hier, und ich habe sie nur fünf Minuten lang gesehen, und ich weiß schon jetzt, dass sie genau das sein wird, was er gesagt hat. Eine Ablenkung. Sie ist tadellos gekleidet, ihr langes Haar fällt locker über ihren Rücken, und als sie vor mir den Konferenzraum betritt, kann ich ihren Rosenduft riechen, der mich umweht, und ich würde am liebsten darin baden.

Ich räuspere mich und scrolle durch meine E-Mails auf dem Handy. Ich tue alles, was ich kann, um nicht auf ihren runden Hintern zu starren oder daran zu denken, wie ich sie ausziehen möchte, um zu erkunden, was sich unter ihrer Kleidung verbirgt.

Mein Lächeln mag charmant sein, aber meine Gedanken sind schmutzig.

Als ich durch die Tür des Konferenzraums trete, sehe ich, dass meine Mutter und Lilly bereits auf uns warten und in passenden Chanel-Anzügen nebeneinander am Tisch sitzen. Ich stöhne leise auf. Sie haben wieder farbige Stoffmuster mitgebracht, ein Blumenarrangement auf dem Tisch und ihre Designerhandtaschen auf den Stühlen neben ihnen. Eddie verdreht die Augen, Oscar seufzt, und Beth schenkt beiden ein kleines Lächeln, bevor sie sich vorstellt.

„Schön, Sie wiederzusehen, Mrs. Rothschild. Ich bin Beth. Ich habe die Wohltätigkeitsveranstaltung geleitet, die Sie vor einer Weile in DC veranstaltet haben." Ihre Stimme ist stark und selbstbewusst, und ich spüre, wie der Stress des Tages schon allein durch ihren Tonfall von meinen Schultern abfällt. Ich entspanne mich, weil ich weiß, dass sie die Dinge im Griff hat und sich bereits vor meiner Mutter behauptet. Ich wünschte, ich könnte dasselbe von einigen meiner anderen Mitarbeiter sagen, die normalerweise alle in die andere Richtung laufen, wenn sie sie kommen sehen.

Beth zu vertrauen, fällt mir leicht. Es ist ein ungewohntes Gefühl, da ich selten anderen Menschen mein Vertrauen schenke. Ich tue es nur noch selten, seit mein Vater uns alle zum Narren gehalten hat. Ich setze mich meiner Mutter gegenüber, als ich sehe, wie Beth ihr die Hand entgegenstreckt. Meine Mutter rührt sich keinen Zentimeter und sieht sie an, als hätte sie eine ansteckende Krankheit, und ich knirsche mit den Zähnen.

Meine Mutter war nicht immer die mürrische Frau, die sie jetzt ist. Bevor Vater starb, war sie der Mittelpunkt jeder Party. Sie liebte jeden und alles. Aber als er vor ein paar Jahren an einem Herzinfarkt starb, sprach sich schnell herum, mit wie vielen Frauen er eine Affäre gehabt hatte, und sie stürzte in eine dunkle Grube des Hasses auf jede Frau, die nicht auf der Liste ihrer besten

Freunde stand. Zum Pech für Beth hat sie es bislang nicht auf diese Liste geschafft.

„Ach, wirklich? Ich kann mich nicht erinnern", sagt sie in ihrem herablassenden Ton und winkt ab, als wäre sie bereits gelangweilt. Ich beobachte, wie Beths Lächeln nicht weicht, aber ich sehe den Schmerz in ihren Augen.

„Das ist Lilly", stellt Eddie sie vor, und Lilly bleibt sitzen, schüttelt aber wenigstens halbherzig Beths Hand.

Ich bin beeindruckt, denn trotz des kühlen Empfangs bleibt Beth professionell und schenkt Lilly ein breites Lächeln, bevor sie sich neben mich setzt, den beiden gegenüber. Eddie sitzt auf ihrer anderen Seite. Uns beiden ist offensichtlich bewusst, dass wir sie vor dem Ansturm schützen müssen, den unsere Mutter heute zweifellos auf sie loslassen wird.

„Fangen wir an. Mom, gib uns einen Überblick." Sie beäugt mich misstrauisch, bevor sie uns alles über die geplante Veranstaltung erzählt.

Ich lehne mich zurück und höre zu, wie meine Mutter über die Logistik der Veranstaltung spricht und alle über den Veranstaltungsort, die Musik und das Catering informiert, was mich alles nicht sonderlich interessiert. Ich bin nur hier, um die Gästeliste zu besprechen. Während sie spricht, verhält sich Lilly wie ihre Assistentin und zeigt mir die verschiedenen Bilder und Farbpalette. Ich weiß nicht, was hier vor sich geht und warum sich die beiden so sehr in meine Kampagne einmischen, aber ich nehme an, es geht um ihr Image. Ich habe Mom diese eine Veranstaltung versprochen, aber mehr auch nicht. Also ertrage ich es mit einem Lächeln, denn ich weiß, dass nach dem kommenden Wochenende alles vorbei sein wird und sie wieder zu langen Mittagessen im Country Club oder zum Einkaufen und zum Ausgeben von Dads Millionen zurückkehren wird.

Während meine Mutter von Steak oder Meeresfrüchten schwärmt, beginnt meine Nase zu kitzeln, und ich reibe mir die Augen, als sie anfangen zu tränen. Ich greife gerade nach meinem Taschentuch, als ich dreimal kurz hintereinander niesen muss.

„Im Ernst, Harrison, was ist in dich gefahren?" Die Stimme meiner Mutter irritiert mich, und ich richte mich auf, um ihr zu antworten, aber bevor ich es kann, meldet sich Beth zu Wort.

„Es sind die Blumen", sagt sie, ohne jemanden anzuschauen, und macht sich Notizen auf ihrem Notizblock.

„Wie bitte?", fragt meine Mutter und blickt drein, als ob sie eine Ohrfeige bekommen hätte.

Beth hört auf zu schreiben und sieht auf. Als sie bemerkt, dass alle Augen auf sie gerichtet sind, fährt sie fort.

„Es ist das Blumenarrangement. Sie haben Schleierkraut in dem Gesteck, und das kann einen Niesreiz auslösen. Es ist eine Blume, die von Floristen oft als Füllung in Arrangements wie diesem verwendet wird, aber sie verströmt einen starken Duft, der einen Ansturm von Allergien auslösen kann, selbst wenn man noch nie Allergien hatte. Es ist eine wunderschöne Blume, aber für etwas so Kleines haben sie wirklich eine große Wirkung. Ich verwende sie nicht bei Veranstaltungen, sonst wäre der ganze Saal innerhalb einer Stunde leer", sagt sie, und wir starren sie alle an.

Wie zur Bestätigung ihrer Aussage fängt Eddie dann

an zu niesen, und ich sehe, wie Oscar sich die Nase putzt. Ich drücke die Sprechanlage, um Sandra zu rufen.

„Sandra, würdest du bitte kommen und die Blumen wegbringen." Ich bin mir nicht sicher, wie lange ich es noch aushalte, sie im selben Raum zu haben.

„Aber das sind doch die Arrangements, die ich bestellt habe", sagt meine Mutter verwirrt.

„Oh, der Florist sollte damit einverstanden sein, den Strauß etwas enger zu stecken und das Schleierkraut zu entfernen. Das wird keine große Änderung erfordern", antwortet Beth auf die Sorge meiner Mutter.

„Woher weißt du so viel über Blumen?", fragt Lilly Beth in einem Ton, der mir nicht gefällt, als Sandra hereinkommt und wortlos die Vase nimmt, um sie hinauszubringen.

„Oh, ich liebe Blumen", sagt Beth und lächelt, und Lilly erwidert es halbherzig. Ich beschließe, dieses Treffen wieder in Gang zu bringen.

„Was für Blumen, Beth?", frage ich sie, und ihr Kopf dreht sich überrascht zu mir um. Ihre blauen Augen weiten sich, ihre Lippen spitzen sich, und ich beginne, an Dinge zu denken, an welche ich bei diesem Treffen eigentlich nicht denken sollte.

„Oh, ähm ..." Sie überlegt, schaut kurz in die tödlichen Augen meiner Mutter und dann wieder zu mir.

„Rosen. Immer Rosen", sagt sie selbstbewusst mit einem Nicken. Meine Augen bleiben einen Moment lang auf sie gerichtet, der Raum ist still. Sie sagt es nicht als Frage, als würde sie um Erlaubnis bitten, ihre Meinung zu sagen, wie es die meisten meiner Mitarbeiter tun. Sie sagt die Worte mit Endgültigkeit. Als ob es so gemacht werden müsste. Als hätte sie das Sagen. Sie ist die erste Person seit meinem Vater, die diese Fähigkeit besitzt.

„Wunderbar. Tausche sie gegen Rosen aus, Mom. Nächster Punkt", sage ich und lösen meinen Blick nicht von ihr. Ich unterbreche den Blickkontakt und sehe meine Mutter an, als sie nicht weiterspricht. Ich werde langsam ungeduldig, ich kann meine Zeit besser mit anderen Dingen verbringen, auch wenn ich Beth nie allein mit ihr lassen würde. Mein Blick fällt wieder auf Beth, die mich immer noch ansieht, und meine Lippen zucken, als sie wegschaut.

Mom räuspert sich und beginnt mit der Liste der Catering-Optionen, der Dekoration, der Musik und der Geschenke, die wir den Gästen machen werden.

„Und das war's", sagt Mom, als sie ihren Bericht beendet, und ich sehe, wie Beths Augenbrauen in die Höhe wandern.

„Beth?", frage ich. Meine Meinung zu dieser Veranstaltung ist nicht mehr die meine, sondern die von Beth. Sie weiß bereits genau, was ich brauche und wann ich es brauche.

Ich rutsche auf meinem Platz herum, mein Schwanz reagiert bereits auf ihre Nähe. Ich frage mich kurz, wie es wohl wäre, alle aus dem Raum zu jagen und sie dazu zu bringen, meinen Namen auf diesem Konferenztisch zu schreien.

„Im Ernst, Harrison, ich weiß, wie man eine Party organisiert, viel besser als Beth, das kann ich dir versichern", erwidert meine Mutter. Ich ignoriere sie.

„Gibt es etwas, das uns fehlt, Beth?", frage ich erneut, um sie zum Reden zu bringen, und sie wirft mir einen

Blick zu. Ich weiß, ohne sie anzusprechen, dass sie etwas zu sagen hat.

Beth räuspert sich. „Das ist alles großartig ...“

„Aber du hast noch ein paar Fragen“, beende ich ihren Satz, und es entgeht mir nicht, als der Kopf meines Bruders zu mir herüberschnellt.

„Nur zu.“

„Wie steht es mit der Sicherheit? Als ich mir die Gästeliste ansah, fiel mir auf, dass eine Menge hochrangiger Leute anwesend sein werden, und ich fragte mich, welche Firma Sie für die Sicherheit gebucht haben.“

Mom schweigt und sieht sie an, als sei sie dumm.

„Wir haben unser eigenes Team, das wir einsetzen werden.“ Sie spricht ihre Worte mit Nachdruck aus, damit sie einen Eindruck hinterlassen. Um sicherzustellen, dass Beth versteht, dass wir eine Familie mit Mitteln sind.

„Oh, natürlich“, sagt Beth und schaut wieder auf ihren Notizblock, und ich bewundere ihre Ausdauer. Jeder andere wäre unter dem Blick meiner Mutter schon zusammengebrochen.

„Werden die Medien eine Rolle spielen, und wenn ja, wer wird das Mediengedränge leiten?“

Ein erschrockener Ausdruck huscht über das Gesicht meiner Mutter, und ich merke, dass sie das nicht bedacht hat.

„Das prüfen wir gerade“, sagt sie, um das Gesicht zu wahren, und ich sehe, wie Lilly etwas in ihr Notizbuch kritzelt.

„Großartig!“, sagt Beth und bleibt professionell.

„Und noch etwas", fährt Beth fort, und Mom seufzt, als würde sie es schmerzen, aber Beth macht weiter.

„Der Ablaufplan für den Fotografen und den Moderator stimmt nicht überein, und das Menü entspricht nicht den Anforderungen der Gästeliste. Außerdem haben Sie erwähnt, dass die Musik von einer dreiköpfigen Jazzband gespielt wird, aber an diesem Ort könnte eine fünfköpfige Band für eine bessere Atmosphäre sorgen; andernfalls kann der Raum zu groß wirken, wenn alle sitzen, und die Akustik im Raum herumspringt und Echos erzeugt."

Als Beth verstummt, ist es wieder still im Raum. Ich sehe, wie sich Eddies Augenbrauen heben und Oscar sie ungläubig anschaut. Ich wusste, dass sie es drauf hat, und ein Gefühl von Stolz durchströmt mich. Sie ist wunderschön, daran besteht kein Zweifel, aber ihr selbstbewusstes Auftreten, das sie mit einem Lächeln vorträgt, das fast so charmant ist wie mein eigenes, ist das, was mich wirklich aufhorchen lässt.

„Alles gute Argumente, Beth", sage ich, während ich ihr den Rücken stärke, und unsere Blicke treffen sich kurz. Ich bemerke, wie sich ihre Wangen leicht röten, bevor mein Blick sich auf Mom und Lilly richtet. Sie wollten diesen Job, sie wollten die Verantwortung für diese Veranstaltung übernehmen, also müssen sie sicherstellen, dass sie mit dem übereinstimmt, was wir brauchen. Und Beth ist das, was wir brauchen.

Lilly schaut zwischen mir und Beth hin und her, bevor sie sich zu Wort meldet. „Das ist nicht unsere erste Veranstaltung, Beth, wir wissen, was wir tun." Der scharfe Ton ihrer Worte ist gedacht, um sie einzuschüchtern, aber Beth lächelt weiter. Die passiv-aggressive Haltung, die Mom und Lilly an den Tag legen, ist unangebracht, aber Beth meistert sie mit Bravour. Ich grinse Oscar von der anderen Seite des Tisches an und werfe ihm einen ‚*Ich hab's ja gesagt*'-Blick zu.

„Natürlich sind es nur Kleinigkeiten, die ich anmerke. Wir möchten sicherstellen, dass diese Veranstaltung ein großartiger Abend wird, denn sie ist der Startschuss für die Kampagne. Es muss wirklich ein Zeichen gesetzt werden", antwortet Beth, ihr Blick richtet sich wieder auf mich, ich nicke und schenke ihr ein zustimmendes Lächeln zu allem, was sie sagt. Das stille Lob scheint genau die richtige Wirkung zu erzielen, denn ihre Körperhaltung und ihr Lächeln verraten mir, dass sie mit ihren Entscheidungen zufrieden ist, solange ich ihr zustimme. Und das tue ich. Voll und ganz.

„Oh, Harrison und ich haben unsere Outfits farblich aufeinander abgestimmt, sodass wir gemeinsam einen großen Auftritt hinlegen werden, der den Kameras sicher gefallen wird!", schwärmt Lilly. Eddie kaschiert sein Lachen mit einem Husten, und ich habe das Gefühl, dass Oscar aufstöhnt. Lilly hat gerade versucht, ihr Revier zu markieren, obwohl ich nicht ihr gehöre und auch nie gehören werde.

„Beth wird mich zu der Veranstaltung begleiten", verkünde ich und lehne mich selbstbewusst zurück, den Blick auf eine Person gerichtet, eine einzige Person. Ich höre das kollektive Aufstöhnen am Tisch.

„Wirklich?", fragen Lilly und Beth unisono.

„Ja, das wird sie." Meine Augen treffen nun Beths, und ich sehe, wie ihre schimmernden blauen Augen flackern und sich anscheinend über meinen Vorschlag freuen. Ich schaue mich um und sehe, wie Eddies Augen sich weiten, während Oscar sich mit der Hand den Mund zuhält, und meine Mutter sieht aus, als würde sie gleich über den Tisch springen und mir den Kopf abreißen.

Alles in allem war es ein gutes Treffen.

11

BETH

Tag zwei am neuen Arbeitsplatz und mein Fahrer Tom bringt uns zum ersten Termin des Tages.

„Ich kann nicht glauben, dass wir uns heute Morgen mit Arthur treffen werden!", sage ich fröhlich, denn das ist keine Arbeit für mich. Ich war schon ein paar Mal in Arthurs Büro und habe viel mit seiner Sekretärin gesprochen, also freue ich mich darauf, die beiden zu sehen.

„Ja. Erst Arthur, dann eine Pressetour in der Grundschule. Ich habe in den letzten Jahren nicht viel Zeit mit Arthur verbracht. Er hasst mich, aber ich versuche, einen Mittelweg zu finden, damit er meine Kampagne hoffentlich unterstützt", sagt Harrison der neben mir im Auto sitzt. Wir sitzen dicht beieinander, und die Nähe zu ihm jagt ein elektrisierendes Gefühl durch mich hindurch.

Meine Sinne laufen immer auf Hochtouren, wenn wir zusammen sind. Das Summen in meinem Körper wird immer stärker, und ich frage mich, ob er es auch spürt.

Während sich das Auto durch den Stadtverkehr

schlängelt, fühlt sich mein Herz an, als würde es mir gleich aus der Brust springen. Der Traum, den ich letzte Nacht von ihm hatte, war nicht gerade hilfreich. In meinem Kopf kreisen alle möglichen unpassenden Szenarien.

Heute Morgen sind wir nur zu zweit. Oscar und Eddie treffen uns später in der Grundschule, wo Harrison im Rahmen seiner Bildungspolitik, die er im Falle seiner Wahl einführen wird, einen Fototermin mit den Medien hat.

Ich fühle mich gut. Nachdem er mir gestern bei dem Treffen sein Vertrauen geschenkt hat, fühle ich mich wie auf Wolke sieben. Die Art und Weise, wie Harrison mich ansieht, lässt meinen Magen jedoch flattern, ebenso wie die Tatsache, dass ich seine Begleitung für die Veranstaltung nächste Woche bin. Darüber muss ich noch mit ihm sprechen.

„Warum hasst er dich?", frage ich neugierig, weil ich mir nicht vorstellen kann, dass Arthur wirklich jemanden hasst, vor allem jemanden wie Harrison.

„Zwischen ihm und meinem Vater herrschte eine große Rivalität. Sie konkurrierten immer um das gleiche Geschäft und versuchten, die Stadt zu beherrschen. Ich schätze, das ist ein Erbe, das an mich weitergegeben wurde. Allerdings sehe ich Arthur heutzutage nicht mehr so oft, es ist also eher ein Überbleibsel aus alten Zeiten als etwas Aktuelles."

„Arthur ist großartig. Ich glaube, ihr würdet euch gut verstehen, wenn ihr die Chance dazu hättet", sage ich, während ich mich in meinem Sitz zurücklehne und es mir bequem mache. Diese Ungezwungenheit zwischen uns beiden ist schön, auch wenn mein Körper verräterisch ist, die gesunden Signale meines Gehirns ignoriert und mich Dinge fühlen lässt, die ich schon lange nicht mehr gespürt habe. Je mehr Zeit ich mit Harrison verbringe, desto mehr fange ich an, mich für den Jungen aus Baltimore zu erwärmen.

„Woher kennst du Arthur?", fragt er, während sich seine Lippen nach oben bewegen, und ich weiß, dass auch er unser Gespräch genießt. Sein Telefon klingelt im Hintergrund, aber er macht keine Anstalten, den Anruf entgegenzunehmen. Sein Blick bleibt auf mich gerichtet, als wäre ich das Wichtigste auf der Welt.

„Wir haben uns bei den Veranstaltungen, die ich in DC organisiere, kennengelernt. Er isst bei jeder Veranstaltung das gleiche Essen und ist der einzige Gast, der immer genau das bekommt, was er will – ein halb gares Steak und Kartoffelpüree – egal, bei welcher Veranstaltung er ist. Wir haben uns auf Anhieb verstanden und sind Freunde geworden. Er ist in gewisser Weise wie der Großvater für mich, den ich nie hatte. Wir treffen uns alle paar Wochen und spielen Schach. Ich genieße es immer, Zeit mit ihm zu verbringen."

„Du spielst Schach?", fragt Harrison, und sein Lächeln wird breiter. Es ist sein Markenzeichen, dieses breite Lächeln, das dazu führt, dass die Frauen ihm zu Füßen liegen. Mich eingeschlossen.

„Manchmal. Es ist die Lieblingsbeschäftigung meines Vaters, und ich habe es von ihm gelernt. Es ist etwas, das wir zu Hause gemeinsam machen", sage ich und lächle zurück. Seine Fragen über mein Leben geben mir das Gefühl, etwas Besonderes zu sein. Als ob er sich tatsächlich für mich interessiert. Ich könnte an einer Hand abzählen, wie viele Menschen sich in meinem Leben für mich interessiert haben.

„Du spielst also Schach, liebst Yoga, bist eine erfahrene Eventmanagerin und kannst mit geschlossenen Augen ein Medienspektakel bewältigen. Was weiß ich sonst noch nicht über dich?", fragt Harrison und legt den Kopf schief. In seinem Blick liegt eine spielerische Neugierde, ein kleines Lächeln umspielt seine Lippen.

„Oh, es gibt viele Dinge, die du nicht über mich weißt, aber ich bin ein ziemlich einfacher Mensch." Ich lächle und überlege mir ein paar Dinge, die ich erzählen könnte, während sein Blick auf mir ruht. „Hmm ... meine Lieblingsfarbe ist Rosa und ich liebe Giraffen. Ich könnte mich ausschließlich von italienischem Essen ernähren, und ich habe eine ungesunde Obsession für Schokoladeneis." Ich kichere bei diesem letzten Geständnis. „Was ist mit dir?", frage ich schnell, weil ich unbedingt mehr über diesen Mann erfahren möchte und wissen will, wie er tickt.

„Nun ... ich spiele jede Woche Golf mit meinen Brüdern. Seit ich ein Kind war, wollte ich Präsident werden. Das war allerdings erst, nachdem ich Astronaut werden wollte. Und ich habe eine kleine Sucht nach *Milk Duds*." Er lacht, als er den letzten Teil ausspricht, und ich falle mit ein.

„Und jetzt, wo du für das Amt des Gouverneurs kandidierst, scheint die Präsidentschaft kein allzu weit entfernter Traum mehr zu sein, oder?", frage ich, denn ich kann mir Harrison durchaus eines Tages als Präsident vorstellen.

„Ein Schritt nach dem anderen", meint er und lacht leise, was mich von innen heraus beruhigt.

„Du pflegst also eine gute Beziehung zu Ihren Brüdern?", frage ich. Eddie kenne ich bereits, aber über die anderen beiden weiß ich nicht viel.

„Meine Brüder und ich sind wie beste Freunde. Wir sind eine starke Familieneinheit." Ich höre etwas wie Stolz aus seiner Stimme heraus.

„Was ist mit dir? Geschwister? Was ist mit deiner Mutter?", fragt er, und meine Brust fühlt sich plötzlich wie eingeschnürt an.

„Ich habe keine Geschwister, und meine Mutter ist schon vor Jahren gestorben. Es gibt nur mich und meinen Vater", sage ich leise und zwinge ein Lächeln auf meine Lippen. Die Worte kommen mir seltsam vor, weil ich nie über meine Mutter spreche. Mit niemandem. Ich habe noch nie jemandem meine Familiengeschichte anvertraut. Dennoch zögere ich nicht, mit Harrison darüber zu sprechen, und die Worte kommen mir leichter über die Lippen, als ich je gedacht hätte. Eigentlich sollte ich mich unwohl fühlen, ich sollte das Gespräch in eine andere Richtung lenken wollen, aber die Art, wie er mich ansieht, bringt mich dazu, mich ihm öffnen zu wollen, als wäre es so einfach wie Atmen.

Als ob Harrison den Schmerz spüren könnte, nimmt er meine Hand in seine und drückt sie leicht.

„Dein Verlust tut mir leid; es ist nicht leicht, einen Elternteil zu verlieren. Ich kann mir nicht vorstellen, dass das als kleines Kind passiert", sagt er, und ich halte den Atem an. Für einen Moment hört die Welt auf, sich zu drehen, während Harrison und ich auf dem Rücksitz des Autos sitzen.

Da ich außer meinem Vater noch nie einen Mann in meinem Leben hatte, befinden sich die Gedanken, die ich über Harrison habe, zwischen Schulmädchenschwärmerei und Stalking, aber er weicht auch nicht zurück. Seine Hand umschließt weiterhin die meine, und sein Daumen streicht über meinen Handrücken. Es ist keine freundliche Berührung; es ist mehr als das.

„Ich habe meinen Vater vor ein paar Jahren verloren. Herzinfarkt." Das wusste ich natürlich, aber die Details zu seinem Tod habe ich nie erfahren.

„Das muss schwer für dich gewesen sein." Sein Daumen streichelt weiterhin meinen Handrücken.

„Das war es. Es kam plötzlich, und das macht es noch schlimmer, glaube ich. Dann hatten wir in der Folgezeit viel zu tun."

„Ich habe einige Dinge in den Nachrichten gesehen", gebe ich zu. Alle haben gehört, dass einer der wohlhabendsten Männer des Landes gestorben ist und dann mehrere Frauen mit allen möglichen Geldforderungen aufgetaucht sind und behaupteten, sie seien seine Geliebte oder eine Partnerin gewesen.

„Ich kann nicht sagen, dass irgendetwas davon angenehm war, und für meine Mutter war es natürlich hart, aber ich denke, wir haben es mittlerweile überwunden. Es ist aber immer noch schwer, sich damit abzufinden, dass die ganze Ehe ein Schwindel war", sagt er ehrlich, und ich fühle mit ihm.

„Meine Mutter und mein Vater waren so verliebt, dass sie auf keinen Fall einen anderen Menschen auch nur ansehen wollten. Als meine Mutter starb, zerbrach das Herz meines Vaters am selben Tag, und nach all diesen Jahren ist es bislang nicht wieder zusammengewachsen. Ich glaube nicht, dass es das jemals wird. Ich bin sicher, dass es für deine Mutter sehr schwer war." Ich kann mir nicht vorstellen, dass der Mann, den sie geliebt, geheiratet und mit dem sie eine Familie gegründet hat, mehrere Leben mit anderen Menschen führt.

„Das war es. Das erklärt auch ihr schlechtes Verhalten gestern dir gegenüber. Ich entschuldige mich dafür, dass sie bei dem Treffen etwas unfreundlich war."

„Es ist in Ordnung. Ich bin schon mit Schlimmerem fertig geworden." Ich zucke mit den Schultern und bemerke, dass er die Augen zusammenkneift. Es gefällt mir, wenn er mich ansieht.

„Das solltest du nicht und wirst du mit mir auch nicht mehr müssen." Seine Worte legen sich wie eine schützende Hand um mein Herz. Er sagt sie mit der Gewissheit, als würde es nichts geben, was ihn aufhalten könnte. Wir sehen uns in die Augen, und ich schlucke, versuche, die Worte zu finden, weiß aber nicht genau, was ich sagen soll.

Das Auto fährt über eine Bodenwelle, und ich räuspere mich.

„Also, Arthur?", frage ich, um unser Gespräch wieder in Gang zu bringen. Harrison lächelt und bewegt seine Hand, aber erst, nachdem sein Daumen wieder so sanft über meine Haut streicht, was mir ein sanftes Kribbeln durch den Arm schießen lässt, das sich in meinem ganzen Körper ausbreitet. Sein Lächeln ist ansteckend und lässt mich noch breiter grinsen.

„Nun, hoffentlich bekommen wir seine Unterstützung. Das würde sehr viel bedeuten. Er genießt hohes Ansehen und wird bewundert, und ich denke, das könnte mir bei der Gewinnung öffentlicher Unterstützung wirklich weiterhelfen."

„Arthur ist ein kluger Mann. Ich bin sicher, er wird uns entweder unterstützen oder gute Gründe haben, es nicht zu tun. Wie auch immer, ich denke, wir werden es bald herausfinden." Er nickt daraufhin nur.

„Hast du noch irgendwelche Fragen zu der Party am Samstagabend?", fragt Harrison und sieht mich an. Ich rutsche auf meinem Platz hin und her, weil ich immer noch nicht weiß, was ich anziehen soll. Ich habe gestern Abend, als ich nach Hause kam, meinen gesamten Kleiderschrank durchforstet und ich habe wirklich nichts Passendes gefunden.

„Das wird bestimmt toll. Ich muss nur noch etwas zum Anziehen finden", sage ich jovial und überspiele meine Nervosität mit Humor in meinem Ton.

„Ich werde eine Stylistin organisieren. Wäre dir der frühe Nachmittag recht?", fragt er, während er sein Handy aus der Tasche zieht und zu tippen beginnt, während ich fassungslos dasitze.

„Harrison, nein! Das ist zu viel. Ich bin sicher, die sind beschäftigt. Ich kann etwas zum Anziehen finden, kein Problem", sage ich und kann nicht so recht glauben, dass er mir einen Stylisten anbietet. Ein Luxus, den ich mir sicher nicht leisten kann.

„Es ist meine Veranstaltung und wir haben dich in letzter Minute eingeladen. Ich habe ein Team, das dir helfen wird, sich einzukleiden, frisieren, schminken und alles andere, was sonst noch nötig sein sollte. Ich kann sie zu dir nach Hause schicken." Er ignoriert meine Bitten, sein Blick ist weiterhin auf das Handy gerichtet.

„Nein, ich bin sicher, dass ich etwas finden kann. Ich denke, ich werde in der Stadt bleiben. Im Hotel Providore gibt es gerade ein tolles Angebot, und bis dahin kann ich einfach einkaufen gehen. Das wird schon gehen. Ich werde schon etwas finden." Die Worte kommen mir einfach so über die Lippen, wobei ich versuche, lässig zu wirken, obwohl meine Handflächen schwitzen.

Dann sieht er mich an und mustert mich.

„Beth, ich brauche dich bei mir und du musst dich vollkommen auf die Kampagne konzentrieren können. Ich kümmere mich um Dinge wie Kleidung für die Veranstaltung, einen Fahrer, eine Unterkunft in der Stadt und alles andere, was du brauchst. Wenn du etwas Besonderes für die Veranstaltung brauchst – Kleidung, Haare, Make-up, *was auch immer* – werde *ich* es für dich besorgen. Ich werde jeden Wunsch für dich arrangieren. Alles, was du brauchst, werde ich für dich besorgen. Hast du das verstanden? Mach dir keine Gedanken darüber."

„Okay, wenn du das sagst ...", antworte ich leise. Ich fühle mich nicht wohl dabei, eine solche Extravaganz anzunehmen, aber es ist *seine* Kampagne, also werde ich ein Teamplayer sein.

„Gib mir eine Minute", sagt er, während er in sein Telefon tippt.

„Was ist mit deinem Vater?" Er unterbricht seine Arbeit und sieht mich besorgt an, was mein Herz zum Schmelzen bringt. Obwohl er sich um unzählige Dinge Sorgen machen muss, kommt ihm mein Vater in den

Sinn. Die beiden haben sich noch nicht einmal offiziell kennengelernt, und doch denkt Harrison bereits an ihn.

„Es geht ihm gut. Jeff wird nach ihm sehen. Sie probieren gerade ein neues medizinisches Programm für seine Beine aus und sind damit beschäftigt", sage ich, als sein Handy klingelt.

„Medizinisch? Ist es sicher?", fragt er. Um ehrlich zu sein, hatte ich nicht einmal darüber nachgedacht. Dad vertraut Jeff, und im Laufe der Jahre haben wir alles Mögliche ausprobiert, um Dad bei seiner Behinderung und seinen psychischen Problemen zu helfen.

„Ja, es ist eine neue Saftkur oder so etwas. Jeff lässt meinen Vater alle möglichen verrückten und wunderbaren Dinge ausprobieren, um seinen Muskeln auf die Sprünge zu helfen, da eine regelmäßige Physiotherapie für uns nicht infrage kommt."

„Hat er keine regelmäßige Unterstützung? Medizinisch oder sonst wie?", fragt Harrison, und ich weiß sein Interesse zu schätzen.

„Nein. Ich bin natürlich über meine Arbeit krankenversichert, was sehr hilfreich ist, aber wir können uns nicht die ganze Spitzenversorgung leisten, die er braucht. Wir schaffen das auch so."

Harrison sieht mich an, genießt mein Lächeln, sagt aber nichts.

„In Ordnung, alles organisiert. Ich habe für dich die Suite im Four Seasons gebucht, und um vier Uhr kommt ein Team zu dir ins Hotel. Ich werde dich um sieben abholen", sagt Harrison mit Nachdruck.

„Warte, was? Harrison. Das ist zu viel." Ich will nicht, dass er mehr für mich ausgibt, als er muss. Ich kann mich selbst um meine Dinge kümmern, das habe ich immer getan.

„Beth. Hör mir zu. Du bist ein Profi, die ihre Arbeit verdammt gut macht, und ich möchte dich dabeihaben. Ich muss dich den Leuten vorstellen, und du musst auch den Raum betreuen. Ich möchte dich bei dieser und der nächsten Veranstaltung an meiner Seite haben. Und das hier ist das Mindeste, was ich tun kann. Nenn es eine Arbeitsvergünstigung."

Harrisons Augen richten sich auf meine, bevor er sein Handy einsteckt und seinen Körper leicht zu mir dreht, als wolle er mich herausfordern, zu protestieren, obwohl er weiß, dass ich nicht gewinnen werde. Er hat wieder sein charmantes Lächeln aufgesetzt, und mir entgeht nicht, wie seine Augen zu meinen Lippen und dann wieder zurückwandern, etwas, das er gewohnheitsmäßig tut. Der Rücksitz dieses Autos scheint gerade um einiges kleiner geworden zu sein.

„Wenn du dir sicher bist", sage ich, immer noch nicht überzeugt. Noch nie hat jemand so etwas für mich getan, aber ich schätze, er hat einen Ruf zu wahren, und es ist wichtig, dass ich bei einer so gut besuchten Veranstaltung in der Öffentlichkeit gut aussehe.

Harrison will mich an seiner Seite haben. Diese Bemerkung ist mir nicht entgangen, und jetzt klopft mein Herz so heftig, dass ich es bis in die Kehle spüre. Er hebt seine Hand und streicht mir eine verirrte Haarsträhne aus dem Gesicht und schiebt sie hinter mein Ohr, und meine Haut kribbelt von seiner sanften Berührung. Ich muss mir auf die Zunge beißen, um mich daran zu erinnern, dass wir im Arbeitsmodus sind. Aber manchmal ist es schwer, das bei ihm zu erkennen.

„Ich bin sicher", murmelt er, unsere Augen bleiben aneinander hängen, dann senkt er seinen Kopf und ich kann seinen Atem auf meinem Gesicht spüren. *Wird er mich küssen?*

Ich bin nervös, und mein Körper fühlt sich heiß an. Wir sollten uns nicht so ansehen. Als wollten wir mehr sein, als wir sind.

Wir sitzen eine kurze Zeit so da, die Luft wird von Sekunde zu Sekunde dicker, mein Herz springt mir fast aus der Brust. Es ist nicht unangebracht, aber intensiv. Wäre er jemand anderes, würde ich mich ihm hingeben, der Moment ist genau richtig, um ihm näherzukommen und unser Schicksal zu besiegeln. Mein Körper sehnt sich nach mehr. Aber er ist mein Chef, also halte ich mich zurück und rühre keinen Muskel.

Tom räuspert sich vom Fahrersitz aus, und wir springen regelrecht auseinander.

Ich werfe den Kopf herum und stelle fest, dass das Auto angehalten hat, aber Harrisons Blick verweilt noch ein paar Sekunden auf mir, bevor er sich zurückzieht und die kühle Luft seiner Abwesenheit mich frösteln lässt.

„Wir sind da, Sir", sagt Tom, steigt aus und geht um das Auto herum, um die Tür zu öffnen.

„Geht es dir gut?", fragt Harrison mit leichter Besorgnis in seinem Gesicht. Ich lächle, und seine Stirn glättet sich wieder.

„Mir geht es mehr als gut."

12

HARRISON

Everbright-Grundschule. Der Ort, an dem ich meine bildungspolitischen Konzepte vorstellen werde, die ich im Falle meiner Wahl umsetzen werde. Es stellt sich heraus, dass es derselbe Ort ist, an dem eine bestimmte Rothaarige vor mir auf die Knie geht, ein Anblick, auf den ich nicht vorbereitet war.

Ich beobachte, wie sie auf dem Teppich mit einer kleinen Gruppe von Sechsjährigen spielt, deren kleine Gesichter wie Weihnachtsbäume aufleuchten, sobald sie ihnen Aufmerksamkeit schenkt. Nicht unähnlich meinem Eigenen, muss ich feststellen.

Mit Beth an meiner Seite wird mein Lächeln noch breiter und erreicht jetzt meine Augen. Ich schüttle den Kopf und denke daran, wie ich sie im Auto fast geküsst hätte, ich kann nicht glauben, dass ich so nahe dran war, und weiß, dass es verdammt schwer sein würde, damit aufzuhören, wenn ich erst einmal angefangen habe. Ganz zu schweigen davon, dass ich mich mitten im Wahlkampf befinde und für den Posten kandidiere, von dem ich schon fast mein ganzes Leben lang träume. Der tief sitzende Wunsch, Gouverneur zu werden, hat nicht nachgelassen. Es scheint nur nicht das Einzige zu sein, das mein Blut in Wallung bringt, seit sie in mein Leben getreten ist.

Ich spüre, wie die Spannung zwischen uns von Tag zu Tag stärker wird. Jedes Mal, wenn wir zusammen sind, sehe ich, wie sie ihre Hände knetet, wie sich ihre Brust schneller hebt und senkt, und ich weiß, dass die Gefühle auf Gegenseitigkeit beruhen. Ich kann fast spüren, wie sie eine professionelle Mauer aufbaut, wenn wir uns näher kommen, und der Drang, den wir beide verspüren, darüber zu springen, ist immer schwerer zu unterdrücken, aber ich respektiere sie dafür. Sie kämpft genauso dagegen an wie ich, das spüre ich. Ich persönlich verdiene eine verdammte Goldmedaille für meine Selbstbeherrschung, denn je mehr Zeit ich mit ihr verbringe, desto mehr will ich sie.

Ich beende die Zeichnung, an der ich mit einer kleinen Gruppe von Kindern gearbeitet habe, während alle zwei Minuten Kameras in unsere Gesichter blitzen. Als ich mir den Stapel der angebotenen Zeichnungen ansah, stach eine sofort heraus, und ich machte mich eifrig an die Arbeit. Es war fast schon entspannend, hier auf dem für mich viel zu kleinen Stuhl zu sitzen und mit den Kindern zu plaudern. Ich erfuhr, wie cool Schleim ist und dass ein Vorwärtssalto schwieriger ist als ein Rückwärtssalto.

Als ich aufstehe, nehme ich das Bild mit und halte es in einer Hand, während ich mit dem Schulleiter durch den Raum gehe.

„Everbright ist eine großartige Schule, Mr. Rothschild. Wie Sie wissen, befinden wir uns in einem sozioökonomisch schwächeren Teil der Stadt. Wir sind eine kleine Schule, mit insgesamt dreihundert Kindern. Ich bin seit fast zehn Jahren hier, und es ist eine großartige Gemeinschaft; wir brauchen nur ein paar zusätzliche Ressourcen und Unterstützung", sagt Schulleiter Robert McNash, während er mir eine kleine Führung durch die Schule gibt. Ich schaue mich um, während er spricht, aber mein Blick landet immer wieder auf Beth. Ich sehe, wie sie lächelt und spielt, wie die Kinder ganz vernarrt in sie sind. Genau wie ich es bin.

Auch sind es nicht nur die Kinder. In der Stunde, seit wir hier sind, hat sie sich Zeit für alle Eltern und Mitarbeiter genommen, zugehört und mit ihnen geredet. Sie ist wie geschaffen dafür, mit den Menschen zu reden, zuzuhören und sich in ihre Bedürfnisse einzufühlen. Darin glänzt sie.

„Erzählen Sie mir von den Lehrern, die Sie beschäftigen", fordere ich Robert auf, und während er mir von den Lehrern erzählt, nicke ich und lächle, während ich die wenigen Journalisten beobachte, die heute gekommen sind. Oscar und Eddie sprechen mit anderen Mitarbeitern, um mehr Informationen über die Schule und das aktuelle Bildungssystem zu erhalten.

„Bildung ist etwas, das ich für extrem wichtig halte. Mir wurde die Beste geboten, aber viele Menschen haben nicht den Zugang zu einem solchen Luxus. Robert, heute werde ich ankündigen, dass Schulen wie Everbright Zugang zu einem Lehrerfonds, zusätzlichen Zahlungen und Unterstützung für Lehrer, die in Gemeinschaftsschulen arbeiten, haben werden, zusammen mit neuen Programmen, die Kindern durch zusätzliche Lernwege helfen, wie Nachhilfe und Unterstützung für Kinder mit Lernschwierigkeiten." Mir wird warm ums Herz, als ich sehe, wie sein Lächeln breiter wird.

„Das würde ich sehr zu schätzen wissen, Mr. Rothschild, und ich denke, dass die Kinder davon sehr profitieren würden." Wir beide drehen uns ein wenig, um die Kinder im Raum zu beobachten, und das Erste, was ich sehe, ist, dass sich mittlerweile noch mehr Kinder um Beth versammelt haben, die ihnen ein Buch vorliest. Ich kann mir ein Lächeln nicht verkneifen, als ich sie dabei beobachte, wie sie sich in ihre Rolle hineinversetzt, lustige Grimassen schneidet und ihre Stimme an die Handlung anpasst, so wie meine Mutter es tat, als ich noch ein Kind war.

Ich geselle mich zu ihnen und setze mich auf den alten Teppich neben einen kleinen Jungen, der ein Außenseiter zu sein scheint. Beth beobachtet mich und schenkt mir ein kleines Lächeln, bevor sie mit ihrer Geschichte fortfährt.

„Du bist zu groß, um hier zu sitzen", flüstert mir der Junge zu.

„Soll ich wieder weggehen?", frage ich, während ich zu ihm hinunterschaue. Der kleine Junge grinst mich an, bevor er den Kopf schüttelt.

„Mein Name ist Harrison, aber du kannst mich Harry nennen", sage ich. Das ist ein Spitzname, den mein Vater benutzt hat, von dem ich allerdings nach seinem Tod nicht wollte, dass er verwendet wurde.

„Ich heiße Charlie, und du kannst mich Charlie

nennen", flüstert er mit einem leichten Nicken zurück, und ich lächle über seinen Scharfsinn. Wir sitzen zusammen da und lauschen Beth, während sie weiter vorliest. Ihre Augen leuchten und ihr strahlendes Lächeln nimmt den ganzen Raum ein.

„Bist du ihr Freund?", fragt er mich, und ich ziehe überrascht die Augenbrauen hoch.

„Das ist eine ziemlich erwachsene Frage."

„Es ist eine Ja- oder Nein-Antwort, Harry", entgegnet er, und ich versuche, nicht zu lachen.

„Warum willst du das wissen?"

„Wenn du es bist, werde ich sie in Ruhe lassen, aber wenn du es nicht bist, werde ich sie bitten, meine Freundin zu sein, weil sie hübsch ist." Ich lache, aber sein Gesichtsausdruck könnte nicht ernster sein.

„Da kann ich dir nicht widersprechen. Sie ist hübsch. Aber sie könnte etwas zu alt für dich sein. Was ist mit dem Mädchen da drüben?", frage ich und zeige auf ein süßes, kleines, blondes Mädchen, das sich vorn neben Beth gesetzt hat und gebannt ihren Worten lauscht.

„Das ist Emily", sagt er, während seine Wangen sich röten. „Sie mag mich nicht."

„Warum nicht?"

„Letzte Woche habe ich aus Versehen Farbe auf ihre Kleidung verschüttet und sie hat sich darüber aufgeregt."

„Hast du dich entschuldigt?"

„Ja, aber sie sitzt nicht mehr gerne neben mir", sagt er traurig. Ich sehe rechtzeitig auf, um zu sehen, wie Beth die Geschichte beendet, und beschließe, meinem neuen Freund ein wenig zu helfen.

„Komm, ich stelle dir Beth vor." Seine Augen leuchten, als wir auf Beth zugehen, die sich gerade mit der kleinen Emily unterhält.

„Hallo!", sagt Beth und blickt zu Charlie.

„Beth, das ist Charlie", stelle ich sie vor und höre das Klicken der Kameras neben uns, das mich in die Realität zurückholt. Beth geht in die Hocke, um ihn zu begrüßen, und ich muss die Zähne zusammenbeißen, weil sie so perfekt aussieht.

„Hallo, Charlie, ich bin Beth. Freut mich, dich kennenzulernen", sagt sie, und die beiden geben sich die Hand. Ihr Lächeln ist ansteckend, während ich ihre Interaktion beobachte, denn jetzt klicken mehr Kameras vor uns.

„Charlie hat letzte Woche Farbe auf mich verschüttet." Emily sieht Beth an und zieht einen Schmollmund.

„Na ja, das passiert manchmal. Ich verschütte dauernd Sachen!"

„Wirklich?", fragt Charlie mit großen Augen.

„Ja. Ich bin extrem ungeschickt. Frag einfach Harrison, er wird dir alles darüber erzählen", sagt sie, während sie aufsteht und ihre Augen funkeln, während sie ihr Kichern unterdrückt.

„Das ist sie. Sie hat schon zweimal Getränke über mich geschüttet", sage ich und halte zwei Finger hoch.

„Und ihr seid immer noch Freunde?", fragt Emily erstaunt.

„Natürlich, sie ist meine beste Freundin", sage ich, und alle drei sehen mich erstaunt an.

„Charlie, wollen wir beste Freunde sein?", fragt Emily ihn, und Charlie schnappt nach Luft.

„Ja! Beste Freunde." Und sie geben sich die Hand darauf.

„Beste Freunde?", fragt Beth leise, als sie neben mir steht, und wir beobachten, wie die Kinder zum Spielen weglaufen.

Ich sehe an ihr hinunter, unsere Arme berühren sich, und mein Blick bleibt an ihren vollen Lippen hängen. Mein Blick wandert weiter nach unten, wo ich die Wölbung ihrer Brüste unter ihrer Geschäftskleidung erkenne, bevor ich ihn wieder nach oben richte, um ihren strahlend blauen Augen zu begegnen. Ihre Lippen öffnen sich, und ich bringe das Knurren zum Schweigen, das meiner Kehle entweichen will.

Die Dinge, die ich mit dieser Frau am liebsten anstellen würde, haben mich völlig aus der Freundschaftszone herausmanövriert. So sehr, dass ich nicht einmal mehr die Grenze dazu sehen kann.

Der Drang, sie zu küssen, durchströmt meinen Körper, und als sie hart schluckt, weiß ich, dass es ihr genauso geht. Aber ich bleibe aufrecht stehen und gebe keinen Zentimeter nach, denn ich weiß, wenn ich das täte, würden die Kameras hier heute eine ganz andere Geschichte berichten als die, die sie sollten.

„Hier. Für dich", sage ich und reiche ihr das Bild, das ich die ganze Zeit in der Hand gehalten habe. Sie nimmt es und faltet es auf. Ich höre, wie sie nach Luft schnappt, und beobachte, wie sich der Puls an ihrem Hals beschleunigt.

„Das hast du für mich gemacht?", fragt sie und unterdrückt ein Kichern, und ich grinse, als ihre Augen aufleuchten.

„Gefällt es dir?", frage ich und fühle mich plötzlich ein wenig verletzlich.

„Harrison! Es ist eine rosa Giraffe, was kann man daran nicht lieben! Ich werde sie in meinem Büro aufhängen. Der Raum braucht dringend ein bisschen Farbe", sagt sie lachend, und mein Lächeln wird breiter.

„Das ist großartig, ihr zwei!", ruft einer der Fotografen, und Beth und ich sehen ihn an, mitten im Lachen, Sekunden bevor wir in das Blitzgewitter blinzeln.

„Hey, Max!", sagt Beth und tritt vor, um den jungen Fotografen zu begrüßen.

„Der Junge aus Baltimore lässt dich jetzt für ihn arbeiten? Die beste Entscheidung, die er bisher in diesem Wahlkampf getroffen hat", sagt er jovial zu uns beiden, während er Beth in eine kurze Umarmung zieht. Er hat nicht unrecht.

„Harrison, das ist Max, ein freiberuflicher Fotojournalist." Er ist ein kleiner, pummeliger Mann mit einem Stoppelbart am Kinn und einem Stirnband, das ihm das lockige, blonde Haar aus dem Gesicht hält.

„Freut mich, dich kennenzulernen. Danke, dass du vorbeigekommen bist", sage ich, reiche ihm die Hand und bleibe professionell, während ich ihn mustere. Seine Hand liegt auf Beths Arm, und am liebsten würde ich sie wegschlagen, aber ich unterlasse es.

„Jederzeit. Ihr seht aus, als würdet ihr euch heute amüsieren", meint er und schaut zwischen uns beiden hin und her. Ich lege mir die Worte für meine Antwort sorgfältig zurecht. Er mag zwar die Fotos machen, aber er ist immer noch ein Journalist.

„Es ist eine großartige Schule, und sie leisten Erstaunliches", erkläre ich, wobei ich meinen Tonfall und meine Antwort einfach halte.

„Mit den Kindern zusammen zu sein macht so viel Spaß!", sagt Beth und ihr Gesicht strahlt.

„Entschuldigt die Unterbrechung, aber es ist an der Zeit, deine Ankündigung zu machen, und dann müssen wir gehen", sagt Oscar, als er und Eddie sich zu uns gesellen, und wir kommen zur Sache. Max geht, um sich den Medienvertretern anzuschließen, und Beth sorgt dafür, dass sie sich alle ordentlich verteilen.

Ich trete auf den Hof hinaus und spreche vor der Gruppe der Schulmitarbeiter, den Medien und meinem Team und stelle meine Bildungspolitik vor. Ich werde herzlich empfangen, und die Gruppe jubelt mir leicht zu. Ich lächle über ihre Begeisterung, aber es ist Beths Zustimmung, die ich suche, und ihr Lächeln und ihre strahlenden Augen geben mir alles, was ich brauche.

13

HARRISON

Ich beobachte Beth, während sie an ihrem Schreibtisch sitzt, und frage mich, was zum Teufel ich da tue. Ich sollte diese Gesundheitspolitik vor mir durchgehen, aber ich habe in der letzten, halben Stunde immer wieder denselben Satz gelesen, weil meine Augen sich ständig eher auf sie richten als auf die Dokumente mit den Finanzierungsanforderungen für die Krankenhäuser in Baltimore.

Ich dachte, ich könnte es auf die Reihe kriegen. Ich wusste, dass sie eine Bereicherung für meine Kampagne sein würde, und sie ist zweifellos die beste Einstellungsentscheidung, die ich je in meiner gesamten Laufbahn getroffen habe. Sie ist jeden Penny wert, den ich für sie ausgegeben habe, aber jetzt möchte ich sie behalten. Dauerhaft.

Aber in Momenten wie diesen, wo ich hier an meinem Schreibtisch sitze, und sie beobachte, beginne ich, meine Logik infrage zu stellen. Ich beobachte, wie ihre Hände über ihre Tastatur fliegen, ihre Finger sind zierlich und doch entschlossen. Ich habe beobachtet, wie sie sich Zeit nimmt, um nachzudenken und zu verarbeiten. Ihr Kopf neigt sich ein wenig nach links, wenn sie nachdenkt, und sie beißt sich auf die Unterlippe, wenn sie in Gedanken versunken ist.

Und diese vollen Lippen gehen mir nicht mehr aus dem Kopf.

Sie arbeitet mit laufendem Radio, was mich normalerweise stören würde, aber es ist so sehr Teil unserer Arbeitsroutine geworden, dass ich es nicht einmal mehr bemerke. Mir fällt jedes Mal auf, wie sie am Ende des Tages anfängt, auf ihrem Platz zur Musik zu wippen. Hundertprozentig aus dem Takt und unkoordiniert, aber ihr Gesicht ist entspannt, sie strahlt Freude aus und denkt, dass sie unbeobachtet ist.

Aber ich beobachte sie.

Unsere gemeinsamen Tage sind lang, und oft essen wir am Schreibtisch zu Abend. Das habe ich früher nie gemacht, aber jetzt genieße ich es, vor allem, weil wir so Zeit haben, über andere Dinge als die Arbeit zu reden. Zum Beispiel darüber, dass sie noch nie in einem Zoo war, um eine echte Giraffe zu sehen, oder darüber, dass ich Wasser verbrenne, weil ich keine Ahnung vom Kochen habe. Diese zusätzlichen Momente sind die langen Nächte wert. Die Richtlinien, die ich durchgehen muss, lese ich oft erst kurz vor Mitternacht, wenn sie bereits weg ist und mich nicht mehr ablenken kann. Doch je besser ich sie kennenlerne, desto mehr möchte ich sie um Mitternacht bei mir haben. In meinem Bett, nackt, sich unter mir windend.

„Harrison", erklingt die Stimme meiner Mutter und

ich zucke zusammen, als sie in mein Büro stürmt, Oscar und Eddie dicht auf den Fersen.

„Was ist los?", frage ich, während ich von meinem Schreibtisch aufstehe und Eddie hinter ihr einen misstrauischen Blick zuwerfe, der nur mit den Augen rollt.

„Was los ist? Ich werde dir sagen, was los ist", sagt meine Mutter, deren Gold- und Diamantenschmuck die Sonne einfängt und deren Schimmer auf die Bürowand fällt, während sie mit ihren Händen herumfuchtelt, eine Angewohnheit, die sie immer häufiger an den Tag legt. Ich sehe, wie Beth von ihrem Schreibtisch aufspringt und sich neben Oscar stellt.

„Mom, du kannst nicht einfach hier hereinplatzen, schreien und dich wie eine anspruchsvolle Diva aufführen." Ich seufze und reibe mir die Augen, denn das ist das Letzte, was ich brauche. Ich stecke bis über beide Ohren in Papierkram. In den nächsten Tagen steht eine Besprechung nach der anderen an, und das ist nur ein kleiner Teil meiner To-Do-Liste.

„Ich habe heute beim Mittagessen im Country Club mit Annabelle VanCleef gesprochen. Sie erzählte mir vertraulich, dass deine Opposition eine neue Richtlinie herausgibt, die besagt, dass sie ein neues Baugebiet in Ellwood Grove finanzieren wird." Meine Mutter spitzt die Lippen, und ich warte einen Moment.

Ellwood Grove ist *der* reichste Vorort im ganzen Bundesstaat. Dort in die Infrastruktur zu investieren, ergibt für niemanden einen Sinn. Warum brauchen die wohlhabendsten Menschen Geld von der Regierung, um über die Grundbedürfnisse hinaus etwas bereitzustellen?

„Er kauft Stimmen", sagt Beth, die mich direkt

ansieht, die Arme vor der Brust verschränkt, und beantwortet damit die Frage, die mir durch den Kopf ging. Meine Nasenflügel blähen sich auf, denn sie hat recht. Genau das tut er.

„Ziemlich offenkundige Art, es zu tun", sage ich, als ich mich von der Rückseite meines Schreibtisches bewege und zu Beth hinübergehe, meinem Gesprächspartner. Mich dem Bedürfnis hinzugeben, ihr näher zu sein, ist jetzt fast so natürlich wie das Atmen.

„Aber er braucht sie offensichtlich, warum sollte er sonst Mittel für etwas bereitstellen, das so ...", beginnt sie, und ich kann sehen, wie ihr Verstand rast.

„Lächerlich ist", beende ich ihren Satz und stütze meine Hände in die Hüften, während ich über das Szenario nachdenke. Wir stehen eng beieinander, die Energie prallt an uns beiden ab, als wären wir die Einzigen im Raum.

„Es bedeutet, dass er Angst hat. Er ..." Sie beißt sich auf die Unterlippe.

„Spielt Spielchen", sage ich und mein Blick bleibt an ihren Lippen hängen. Ich vergesse für einen Moment, wo ich bin.

„Lass mich Arthur anrufen", sagt sie plötzlich und sieht mich mit feurigen Augen an.

„Ich werde Ronald anrufen", füge ich hinzu, und wir drehen uns beide um. Erst als ich mich wieder hinsetze und das Telefon nehme, sehe ich auf. Drei Augenpaare starren mich an. Eddie grinst, Oscar runzelt die Stirn, und Mom sieht aus, als würde sie gleich in die Luft gehen.

„Ist das alles?", frage ich und schaue sie alle an.

„Wie ich sehe, habt ihr beide das im Griff", scherzt Eddie; sein Blick huscht zwischen mir und Beth hin und her, und er grinst verschmitzt, bevor er langsam rückwärts geht und aus meinem Büro verschwindet.

„Gebt mir Bescheid, falls ihr etwas benötigen solltet. Ich gehe ins Polizeipräsidium, um unsere Pläne für die Wahlnacht einzureichen", sagt Oscar, und ich nicke, bevor er sich ebenfalls zurückzieht.

Meine Mutter ist die Einzige, die noch hier ist, und ich sehe in ihren Augen, dass sie noch mehr sagen will. Ich sehe zu Beth hinüber, die bereits mit Arthur telefoniert, lächelt und in ihrem kleinen Büro in der Nähe der Fenster auf und ab geht. Zum hundertsten Mal fällt mir ihr heutiges Outfit auf. Ein schwarzer Bleistiftrock – mein Lieblingsrock.

„Harrison!", zischt meine Mutter, und ich drehe meinen Kopf zu ihr.

„Was gibt es noch, Mutter?", frage ich, während ich durch mein Handy scrolle, um die Nummer zu finden, die ich suche.

„Sei sehr vorsichtig, Harrison. Du willst doch nicht so werden wie dein Vater." Sie spuckt die Worte aus, Abscheu steht ihr ins Gesicht geschrieben, während sie zu Beth hinüberschaut und sie mit einem Blick ansieht, der jeden in die Knie zwingen würde. Beth ist allerdings zu sehr in ihr Gespräch mit Arthur vertieft, um überhaupt zu bemerken, dass meine Mutter noch hier ist.

„Was soll *das* heißen?", frage ich. Sie hat jetzt meine volle Aufmerksamkeit.

„Dass du dich offensichtlich auf der Jagd nach dem

billigsten, hässlichsten und in diesem Fall dicksten Rock der Stadt befindest", scherzt sie.

„Sei sehr vorsichtig mit deinen Worten, Mutter; einmal gesagt, kann man sie nicht mehr zurücknehmen. Ich werde nicht dulden, dass du so über Beth sprichst", sage ich leise, aber mit Biss, damit Beth es nicht hört.

„Ernsthaft, Harrison, sie ist ein Kind, um Himmels willen. Sie hat sogar dieses lächerliche Bild an ihrer Wand. So benimmt sich keine erwachsene Frau." Meine Mutter bezieht sich auf die rosa Giraffe, die ich für Beth in der Grundschule gemalt habe. Sie sagte, sie wolle es in unserem Büro aufhängen, und das hat sie auch getan. Sie zaubert mir jedes Mal ein Lächeln ins Gesicht, wenn ich sie ansehe.

„Ich denke, es ist an der Zeit, dass du gehst." Sie muss die Ernsthaftigkeit in meinen Augen sehen, denn sie schnaubt spöttisch, macht dann aber auf dem Absatz kehrt und geht, bevor noch ein weiteres Wort gesprochen werden kann.

Ich fluche leise und lockere meine zu Fäusten geballten Hände, bevor ich meinen Nacken drehe und versuche, die Wolke der Anspannung loszulassen, die sie immer mit sich zu bringen scheint, wenn sie in meinem Raum ist.

„Also, Arthur sagte, es ist wahr. Er hat erst gestern einen Anruf von unserem Konkurrenten erhalten, der sagte, dass er eine Strategie ausgearbeitet hat und jedem, der etwas auf sich hält, die Pläne zeigt, während er gleichzeitig um Unterstützung für seine Kampagne bittet", sagt Beth, während sie zu meinem Schreibtisch kommt und mir ein Glas Wasser reicht.

Ich nehme es entgegen und trinke einen Schluck. Sie liest in mir, wie in einem Buch. Oft komme ich morgens in aller Herrgottsfrühe ins Büro und habe schon eine Tasse frischen Kaffee auf dem Schreibtisch stehen, oder eine Akte erscheint wie von Zauberhand, wenn ich sie benötige. Wasser, um den schlechten Geschmack, den meine Mutter hinterlassen hat, loszuwerden, ist eine weitere Sache, die Beth tut, denn sie weiß, was ich brauche, bevor ich es tue.

„Scheiße", murmle ich, stehe auf und gehe zum Fenster.

„Das ist eigentlich eine gute Sache, Harrison", sagt Beth und stellt sich neben mich, woraufhin wir beide aus dem Fenster auf die Stadt schauen.

„Wie das?", frage ich, wohl wissend, dass sie in jeder Wolke einen Silberstreif sieht. Selbst in der Dunkelsten.

„Nun, er stellt staatliche Mittel für den reichsten Teil der Stadt bereit, um was zu bauen? Ein Gemeindezentrum? Einen Gemeinschaftspool? Nichts von alledem wird von diesen Leuten gewünscht oder genutzt. Er wird also sofort etwa siebzig Prozent der Wählerschaft aus den Außenbezirken verlieren, allein durch diesen Schritt", sagt sie, und sie hat nicht unrecht.

„Die Tatsache, dass er auch Gelder für die Autobahn bereitstellt, die er entlang des Golfplatzes in derselben Gegend bauen will, lässt mindestens weitere fünf bis zehn Prozent der Stimmen, die er in Ellwood zu gewinnen hofft, wegfallen", füge ich hinzu und sehe sie an.

„Wenn du mich fragst, serviert er uns die Wahl auf

einem Silbertablett." Sie wirft mir einen Seitenblick und ein süßes Grinsen zu.

Sie hat natürlich recht. Genau wie sie mit allem recht hat. Die Anspannung, die ich zuvor verspürt habe, schwindet langsam, als ich darüber nachdenke, was sie gerade gesagt hat. Ich liebe diesen Golfplatz. Dort spielen meine Brüder und ich jede Woche. Viele Leute haben mich an einem Wochenende angesprochen, als ich dort war, und ließen ihren Frust über die neue Autobahn in der Nähe raus.

„Wie bist du so gut darin geworden?", frage ich, wohl wissend, dass ich mich auf unsicheres Terrain begebe, je mehr ich über sie wissen will. Aber ich will alles wissen. Jeden Zentimeter und jede besondere Eigenart.

„Oh, ich habe Politikwissenschaften als Nebenfach studiert", lacht sie, und mein Interesse an ihr wächst noch weiter.

„Wirklich? Und warum? Was hat dich an Politik gereizt?", frage ich, drehe mich zu ihr um und schenke ihr meine ganze Aufmerksamkeit.

„Ich glaube, mein Wunsch, mehr für die Menschen zu tun. So viele Menschen kommen zu kurz, Harrison. Sie fallen durch die Maschen. Und der ganze bürokratische Aufwand, der mit der Zusammenarbeit mit dem Staat bei der Unterstützung im Gesundheitswesen, bei der Bildung und bei jeglicher Unterstützung, die Familien in Not benötigen, verbunden ist, ist ein Albtraum."

Ich weiß sofort, dass sie aus Erfahrung spricht. Der Drang, mich um diese Frau zu kümmern, durchfährt mich.

„Ich bin mir sicher, dass du diese Seite der Dinge

noch nie gesehen hast", fährt sie fort, während sie mir in die Augen sieht und auf meine Antwort wartet.

„Nein. Niemals. Aber ich weiß über sie Bescheid. Ich bin mir bewusst, dass wir viel tun können, um die Dinge einfacher zu machen. Fairer für alle. Das war die Hauptantriebskraft dafür, dass ich auf den Posten als Gouverneur kandidiere", antworte ich ihr ehrlich.

Ich wurde im Reichtum geboren. Die Artikel über mich, die besagen, dass ich mit einem silbernen Löffel im Mund geboren wurde, sind korrekt. Aber mein Vater hat dafür gesorgt, dass wir alle mit den Realitäten des Lebens aufwuchsen. Und während wir aufwuchsen, mussten wir alle in der Sozialhilfe arbeiten. Einige von uns engagierten sich ehrenamtlich, und Ben und ich sind noch immer in der Kanzlei viel ehrenamtlich tätig.

„Warum hast du dein Politikstudium nicht früher erwähnt?", frage ich sie neugierig, denn das ist ein weiterer Pluspunkt für sie.

„Die reale Welt kann man nicht aus einem Lehrbuch lernen. Nur die Lektionen des Lebens können uns die wirklichen Dinge lehren, die wir wissen müssen." Ihre Worte sind schwer, und ich lasse sie auf mich wirken.

„Ich hoffe, ich kann in dieser Rolle etwas bewirken ...", murmle ich, während ich durch das Fenster auf die Stadt hinausschaue und zum ersten Mal das Gewicht der Position spüre.

„Nun, ich denke, du würdest ein guter Gouverneur von Maryland sein. Du würdest eine Menge Leute stolz machen." Ihr Kompliment bestärkt mich und gibt mir ein Gefühl von Macht und Erfolg, und die Motivation, es besser zu machen. Besser für sie.

„Und das denkst du, obwohl ich dich fast jeden Tag bis spät in die Nacht arbeiten lasse? Auch heute Abend?", frage ich und grinse sie an, als hätte ich im Lotto gewonnen.

„Nur wenn ich mir aussuchen kann, was wir zum Abendessen bestellen", entgegnet sie und hebt die Brauen. Wir haben in dieser Woche schon ein paar Mal zusammen gegessen, da unser Tag nie wirklich um fünf Uhr zu Ende ist. Ihr Lächeln ist jetzt breit und passt zu ihren perfekten, strahlenden, blauen Augen, von denen ich nicht genug bekommen kann.

„Warum wählst du immer Italienisch? Ich weiß, dass es dein Lieblingsessen ist, aber wird es dir nicht irgendwann zu langweilig?", frage ich, obwohl ich es auch liebe.

„Meine Mutter hat mir jede Woche Lasagne gemacht, als ich klein war. Das erinnert mich an sie", antwortet sie leise, ihr Blick richtet sich auf die Stadt.

Alles in mir drängt mich dazu, sie zu berühren, aber mein Verstand sagt mir, dass ich mich wieder an meinen Schreibtisch setzen und an die Arbeit gehen soll. Es ist ein Zustand, in dem ich mich befinde, seit ich sie kennengelernt habe. Ich habe versucht, es zu zügeln. Ich habe versucht, diese wachsenden Gefühle unter Kontrolle zu halten.

„Ich habe etwas für dich", sage ich und sehe, wie sie den Kopf schief legt, und kann mir ein Lächeln nicht verkneifen.

„Wirklich?", fragt sie erstaunt, ihre Augen leuchten wieder und ihr Lächeln passt zu dem Meinen.

Ich ziehe die Karte aus meiner Brieftasche. Etwas, das ich gestern mitgenommen habe, weil ich dachte, es wäre eine nette Geste, aber jetzt könnte die Wirkung auf sie eine ganz andere sein.

„Wenn du den Rest des Jahres jeden Mittag und jedes Abendessen Italienisch essen willst, dann zeigst du einfach diese Karte und es geht aufs Haus", sage ich und überreiche die kleine, laminierte Karte, die das Restaurant für mich angefertigt hat. Als ich ihnen meine Kreditkarte überreichte, haben sie fast den Verstand verloren. In dem Moment schien es eine dumme Sache zu sein, aber jetzt weiß ich, dass es für sie so viel mehr bedeutet.

„Was?" Sie lacht unsicher, nimmt mir die Karte ab und schaut sie sich an.

„Du kannst so viel Lasagne bestellen, wie du willst", biete ich mit einem kleinen Lächeln an und stecke meine Hände in die Hosentaschen, um sie nicht an mich zu ziehen. Sie steht dicht bei mir, und ich schaue auf sie herab, während sie alles in sich aufnimmt.

„Harrison! Das ist lächerlich!", ruft sie lachend aus, und ich fühle mich wie ein König, weil ich ihr ein Lachen entlockt habe.

„Nein. Das bedeutet nur, dass du uns von nun an alle zum Essen einladen kannst." Mein Lächeln wird breiter, als ihr Lachen durch mein Büro schallt, und schon ist der Besuch meiner Mutter nur noch eine ferne Erinnerung.

14

BETH

SONDERMELDUNG

Der Wahlkampf für das Amt des Gouverneurs ist in vollem Gange. Der Milliardär Harrison Rothschild und sein Team sind in der Gemeinde unterwegs und besuchen Schulen, kleine Unternehmen und lokale Sporteinrichtungen.

Sein Team wurde von Beth Longmere, einer langjährigen Veranstaltungsexpertin aus DC, ergänzt. Beth ist vielen Medienvertretern auf Harrisons Wahlkampftour bekannt. Einige sagen sogar, sie bringe ein neues, positives Licht in die Kampagne und sei ein Kompliment für das charmante Lächeln, das wir alle kennen.

Es wird gemunkelt, dass die beiden eine Macht sind, die man nicht unterschätzen sollte. Dieser Journalist fragt sich, ob es nur ums Geschäft geht oder ob mehr dahintersteckt, als es den Anschein hat.

Die Nachricht wird fortgesetzt.

Mein neuer Job ist genauso arbeitsreich, wie ich ihn mir vorgestellt habe.

In dieser Woche haben Harrison und ich lokale Gemeinden besucht, bei politischen Sitzungen gesprochen und Sportvereine besucht, um uns den Menschen vorzustellen. Während er der Star der Show war, habe ich mich mit Eddie und Oscar zurückgehalten, Notizen gemacht, beobachtet und gelernt. Oft beendet er meine Sätze, oder ich habe bereits die Unterlagen, die er braucht. Die Art und Weise, wie wir zusammenarbeiten, ist reibungslos und ist nicht unbemerkt geblieben, laut den Seitenblicken, die Oscar uns immer wieder zuwirft.

Er macht mir häufig Komplimente. Er sagt mir, welch unglaubliche Arbeit ich leisten würde, und lässt mir täglich Lob zukommen. Diese Aufmerksamkeit schürt die Flamme, die zu flackern begann, als ich diese Stelle antrat, nur noch weiter. Ich wusste, dass ich fähig war, und ich bin stolz darauf, dass es mir gelungen ist, die Aufgabe nicht nur zu erfüllen, sondern die Erwartungen in vielerlei Hinsicht zu übertreffen. Dieses neue Selbstvertrauen, das täglich wächst, habe ich ihm zu verdanken.

Meine Gefühle für ihn entwickeln sich mit jedem Lächeln, das er mir schenkt, mit jeder flüchtigen Berührung seiner Hand oder mit den unverhohlenen Zeichen der Ritterlichkeit; wie wenn er mir beim Aussteigen hilft und meine Finger einen Augenblick länger hält, als er es müsste. Das ständige Blitzlichtgewitter der Medien ist der einzige Grund, warum er loszulassen scheint. Das hat meinen Tagträumen keinen Abbruch getan, ganz im Gegenteil, meine Gedanken laufen permanent auf Hochtouren.

Heute besuchen wir das Elmwood Seniorenzentrum, und ich werde gerade zu einer Schachpartie herausgefordert. Ich bin eine leidenschaftliche Schachspielerin, und die Schachfiguren vor mir haben meine ungeteilte Aufmerksamkeit. Ich will gewinnen.

„Du bist am Zug", sagt Garry, der ältere Mann, der mir gegenübersitzt, während ich sehe, wie Harrison und das Team herumlaufen und Hände schütteln, mit Leuten reden, all die Dinge tun, die ich tun sollte, aber ich kann mich nicht von einer Schachpartie lösen. Mein Vater würde mir nie verzeihen.

Ich schaue auf die Tafel und beiße mir auf die Innenseite der Wange. Garry ist gut. Wir spielen jetzt seit etwa zwanzig Minuten und immer mehr Leute versammeln sich um uns herum. Er hat eine solide Strategie, um jeden meiner Züge abzuwehren, aber ich bin zuversichtlich, und auch wenn ich mich ein wenig zurückgehalten habe, weiß ich, dass ich das hier bald beenden muss.

„So", sage ich als kleine Herausforderung. Er hat noch einen weiteren Zug vor sich, und wir können es beide deutlich sehen. Das Funkeln in seinen Augen verrät mir, dass er weiß, was ich vorhabe, aber er spielt gerne mit.

„Hey, Red!", ruft Max, der Fotograf, und sowohl Garry als auch ich schauen auf, als er gerade sein Foto macht.

„Haben Sie diese verdammten Fotografen nicht langsam satt?", murmelt Garry, während er wieder auf die Tafel schaut.

„Das gehört zum Geschäft. Ich habe mich inzwischen daran gewöhnt." Ob bei Veranstaltungen oder jetzt bei der Arbeit mit Harrison – ich habe jahrelange Erfahrung im Umgang mit den Medien, sodass viele, wie Max, gute Bekannte sind, die man haben sollte.

„Ich wusste nicht, dass du Schach spielst, Red", sagt Max und blickt auf das Brett zwischen uns.

„Das ist eine meiner Lieblingsbeschäftigungen!" Es ist das, was Dad und mich am meisten verbindet.

„Sie ist knallhart", sagt Harrison, als er sich mir von hinten nähert, und ich kann ihn in meinem Rücken spüren. Er berührt mich nicht, aber ich weiß, dass er da ist.

„Das ist sie ...", meint Garry und seine Stimme wird leiser, als er seinen Zug macht. Ich studiere seinen Zug. Es ist ein Zug, dank dessen ich das Spiel beenden kann.

„Schachmatt", sage ich, als ich seinen König umstoße und das Spiel beende.

„Das ist mein Mädchen." Harrisons sanfte Stimme streicht über meinen Hals, wo er sich zu meinem Ohr hinüber gebeugt hat. Seine Worte lassen meinen Körper unwillkürlich erbeben, und seine Hand legt sich auf meine Schulter. Er drückt sie sanft, und ich sehe zu ihm auf, wobei sich mein Mund leicht öffnet. Ich versuche, mich in seiner Nähe professionell zu verhalten, aber alles an ihm raubt mir den Atem.

Wir haben uns seit Wochen an unsere geschäftlichen Grenzen herangetastet; die Anziehung, von der ich weiß, dass sie nicht einseitig ist, ist immer weiter gewachsen. Seine Stimme war tiefer als sonst, voller Andeutungen, die sicher nur für mich bestimmt waren. Seine Augen funkeln vor Vergnügen, als er mich ansieht, und mir entgeht nicht, wie seine Mundwinkel leicht zucken und sich fast unmerklich auf die Unterlippe beißt. Ich spüre einen Anflug von Verlangen und Hitze in meinem Körper an Stellen, die auf keinen Fall reagieren sollten.

Wir verlieren uns im Blick des anderen, bis ich ein Klicken höre und das Objektiv der Kamera uns beide mit einem Ruck in die Realität zurückholt. Seine Hand löst sich augenblicklich von meiner Schulter, er macht einen kleinen Schritt zurück und sieht Garry auf der anderen Seite des Tisches an.

„Gutes Spiel, Garry", sage ich und reiche ihm die Hand, während ich ein breites Lächeln aufsetze.

„In der Tat, gut. Wenn Beths Schachspiel irgendwelche Hinweise gibt, dann würde ich sagen, Sie haben diese Wahl im Sack, Mr. Rothschild", sagt Garry zu Harrison, während er mir die Hand schüttelt und aufsteht.

„Sie ist mein Glücksbringer, Garry", entgegnet Harrison mit einem Lächeln und gibt ihm die Hand. Sein sanfter Ton jagt warme Wellen durch meinen Körper.

„Nun, wenn Sie mich fragen, brauchen wir einen Wechsel im Management. Maryland war in den letzten Jahren ganz in Ordnung, aber etwas frisches Blut wie Sie beide würde dem Staat guttun." Er nickt mir zu.

„Wenn wir gewinnen, werden Sie mit Sicherheit neue Ideen und eine neue Politik bekommen, die der Gemeinde hilft, sowie eine solide Finanzverwaltung, die sicherstellt, dass der Wohlstand des Staates wächst." Die politischen Themen kommen Harrison so leicht über die Zunge, als wären sie ein Evangelium, und jeder um uns herum hängt an seinen Lippen.

„Sie müssen mir nur versprechen, dass Sie, wenn Sie gewinnen, Beth hierher zurückbringen, damit wir noch ein Spiel spielen können. So viel Spaß hatte ich seit Jahren nicht mehr", sagt er und seine Augen leuchten, als er mich ansieht. Dann setzt er sich wieder hin, sein achtzigjähriger Körper zieht den weichen Sessel dem langen Stehen vor.

„Das ist ein Deal. Ich werde sie für das zweite Spiel so schnell wie möglich hierher bringen", sagt Harrison und lächelt; seine Hand legt sich auf meinen unteren Rücken, um mir zu signalisieren, dass wir losmüssen. Meine Bluse ist locker und verdeckt seine Finger, die auf meiner Haut liegen. Ich spüre, wie sein Daumen über meine Haut streichelt, und unsere Körper nähern sich einander, als wir uns in Bewegung setzen.

Je mehr wir zusammen sind, desto schwieriger wird es für mich, ihn nicht zu berühren. Die Wärme seiner Hand streicht über meinen Rücken und über meine Brust. Bei jedem Schritt, den wir machen, kann ich ihn spüren, und die Mauer, die ich gebaut habe, um ihn fernzuhalten, bröckelt. Wir haben zu lange umeinander herumgetanzt; ich könnte niemals weggehen, wenn ich doch nur zu ihm laufen möchte.

„Ich kann es kaum erwarten, Garry. Ich freue mich schon darauf", verabschiede ich mich und versuche, einen kühlen Kopf zu bewahren. Ich spüre, wie sich die Luft um uns herum verändert, die Stimmung ist gekippt, und ich denke bereits darüber nach, was passieren wird, wenn wir wieder im Büro sind.

Garry drückt noch einmal meine Hand, bevor Harrison und ich uns entfernen. Den ganzen Weg über zurück zum Auto, liegt seine Hand auf meinem Rücken, während sich seine Finger in meine Seite krümmen und dafür sorgen, dass ich in seiner Nähe bleibe.

Wir sind uns viel zu nah, als dass man es noch als professionell bezeichnen könnte.

ZURÜCK IM BÜRO setze ich mich mit Harrison zusammen und schaue mir den Terminplan für die nächste Woche an. Es ist das erste Mal seit ein paar Tagen, dass wir allein sind, und nach dem heutigen Morgen versuche ich, mich auf den Papierkram vor mir zu konzentrieren, anstatt auf seine wandernden Hände von vorhin. Sein Terminplan ist zermürbend, eine Besprechung nach der anderen, und es bleibt kaum Zeit für etwas anderes.

„Ist das normal? Dieser Zeitplan ist der Wahnsinn!", sage ich und sehe ihn an, als sei er verrückt.

„Leider. Ich will den Spitzenjob und er wird mir nicht in den Schoß fallen. Ich muss dafür arbeiten", sagt er, steht auf und geht zu seinem raumhohen Fenster und blickt auf die Stadt hinaus, die er bald regieren wird.

„Das verstehe ich, aber dieser Zeitplan ist fast jeden Tag von acht Uhr morgens bis zehn Uhr abends festgelegt. Du willst sogar während der Mittagspause arbeiten. Du gönnst dir nicht einmal eine halbe Stunde für dich selbst?", frage ich ihn, während ich aufstehe und zu ihm hinübergehe.

„So läuft dieser Job", sagt er und sieht zu mir hinunter, und als ich seinem Blick begegne, stockt mir der Atem.

„Du wirst dich fix und fertig machen." Ich bleibe ruhig und versuche, mich zu konzentrieren, auch wenn mein Inneres beginnt, mich zu verraten.

„Es muss getan werden." Seine Worte sind fast ein Flüstern, während er sich mir nähert, sodass kaum noch ein Zentimeter Platz zwischen uns ist.

„Du musst dir etwas Zeit nehmen. Es ist zu viel", sage ich und mache mir Sorgen, dass er sich zu sehr verausgabt, dass wir beide es tun könnten.

„Machst du dir Sorgen um mich?", fragt er mit einer hochgezogenen Augenbraue. Seine Hand hebt sich und streicht mir eine Haarsträhne aus dem Gesicht. Das Gefühl seiner Finger, die meine Wange streifen, lässt meine Knie beinahe nachgeben.

„Natürlich mache ich mir Sorgen um dich. Ich mache mir um jeden Sorgen. Wie planst du diese Zeit durchzustehen?", fahre ich fort, während meine Augen seine nach Antworten suchen, nicht nur auf diese Frage, sondern auf viele andere, die mir im Kopf herumschwirren.

„Mit dir." Seine Worte sind so selbstbewusst, dass sie fast schon verblüffend sind.

„Wie bitte?" Ich blicke ihn fragend an und weiche einen Schritt zurück.

„Mit dir. Mit dir an meiner Seite." Er kommt mir wieder näher, und ich spüre, wie sich seine Hand um meine Seite legt.

„Harrison, ich kann nichts tun, um dich zu unterstützen, außer zu den Treffen mitzukommen, ein paar Fotografen zu managen ...", sage ich und spüre unsere Hände, unsere Finger, die sich ineinander verschlingen. Es ist nicht mehr das freundliche Drücken, sondern etwas Intimeres. Etwas, nach dem ich mich schon die ganze Zeit über gesehnt habe.

„Sei bei mir. Bei jedem Schritt …" Ich weiß, dass seine Worte mehr bedeuten, als es den Anschein hat, denn seine Augen bohren sich in meine.

„Harrison, ich kann nicht so sein wie du. Ich kann die Leute nicht so umwerben wie du." Ich fühle mich wohl in diesem neuen Job, und ich fühle mich wohl mit ihm. Aber ich kann einen Raum nicht beherrschen, nicht wie Harrison.

„Es ist nicht nötig, dass du bist wie ich. Ich brauche dich, als du selbst. Du unterschätzt dich. Du kannst gut mit Menschen umgehen. Sobald du einen Raum betrittst, wendet dir jeder seine Aufmerksamkeit zu. Einschließlich mir. Allein deine Anwesenheit entspannt mich und bringt mich dazu, die Dinge besser machen zu wollen", sagt er leise und schaut mich ernst an. Seine Augen streifen über mein Gesicht, und mein Herzschlag beschleunigt sich.

Seine Gefühle sind nicht zu leugnen. Seine Worte durchbrechen den Schutzwall, den ich entwickelt habe, um meine Tagträumerei zu verbergen. Ich schlucke hart, während seine Körpersprache für ihn spricht. Meine Fingernägel bohren sich in meine Handfläche und ich spüre einen leichten Schmerz, der mich in der Realität verankert.

Harrison Rothschild sagt, dass er mich braucht. In seiner Kampagne und außerhalb davon. Ich bin fassungslos. Mir fehlen die Worte.

„Du bist wunderschön, Beth, innerlich und äußerlich

...", flüstert er und lässt endlich jegliche Formalitäten beiseite, während seine Finger sich um mein Kinn legen. Mein Atem stockt, mein Magen schlingert, und nur durch meinen eisernen Willen geben meine Beine nicht nach.

„Harrison ...", hauche ich, als wir beide näher zusammenrücken und unsere Gesichter nur noch Zentimeter voneinander entfernt sind. Mein Herz rast vor Aufregung. Wir sind in seinem Büro und jeder könnte hier hereinspazieren. Und ich brauche diesen Job wirklich. Ich brauche keinen Büroklatsch über unseren künftigen Gouverneur und seine Projektleiterin, der mich in die Arbeitslosigkeit katapultiert.

„Verdammt, ich will dich unbedingt küssen", stößt er aus, als würde er sich kaum noch unter Kontrolle halten können. Sein Daumen fährt über meine Lippe, zieht meine Unterlippe ein wenig nach unten, und ein Stöhnen entringt sich meiner Kehle, ohne dass ich dagegen ankomme. Dann knurrt er, seine Nasenlöcher blähen sich, sein Griff um meinen Kiefer wird fester. Seine andere Hand legt sich auf meine Wange und sein Blick wandert von meinen Augen zu meinen Lippen und wieder zurück, immer und immer wieder. Er tut so, als hätte er sein Verlangen schon so lange zurückgehalten, als könnte er sich keine Sekunde länger beherrschen.

„Harrison, wir können nicht ...", flüstere ich, ohne viel Überzeugung. Denn genau hier, genau jetzt, obwohl es das Letzte ist, was wir beide tun sollten, hat sich ein Kuss mit Harrison Rothschild noch nie so richtig angefühlt.

Er beugt sich vor, unsere Lippen streifen sich, und ich halte den Atem an.

„Harrison!", ruft Oscar, als er die Bürotür öffnet und in den Raum schreitet, wobei er glücklicherweise auf sein Handy schaut. Ich zucke heftig zusammen, stolpere nach hinten und falle fast um, aber Harrisons Hand fasst meinen Ellbogen und stellt sicher, dass alles in Ordnung ist, bevor er zulässt, dass ich mich von ihm entferne. Ich hoffe, wir schaffen es beide, den Anschein von Professionalität zu erwecken.

„Was ist los?", fragt Harrison und wirft mir einen besorgten Blick zu, doch seine Worte sind an Oscar gerichtet.

„Sieht so aus, als hätten die Fotografen heute Morgen im Seniorenzentrum ihren großen Tag gehabt. Lasst mich es euch zeigen", sagt Oscar und hebt den Kopf, um uns anzusehen. Er hält mitten im Schritt inne, seine Augen huschen zwischen mir und Harrison hin und her, zweifellos sieht er die Schuld, die mir ins Gesicht geschrieben steht. Harrison steht aufrecht, aber seine Augen bleiben auf mir gerichtet.

Ich ziehe die Schultern zurück und nicke Harrison zu, bevor ich mich wieder den Papieren in meinen Händen zuwende und sie durchblättere, so als ob ich sie in eine bestimmte Reihenfolge bringen würde, aber sie sind alle willkürlich aneinandergereiht – genau wie die Gedanken, die mir gerade durch den Kopf gehen.

Oscar geht weiter, beäugt uns beide immer noch misstrauisch, während er zu Harrisons Schreibtisch geht und auf seinem Computer herumtippt. Harrison und ich stehen hinter ihm, als Oscar die Website der *Society News* aufruft, und dort, direkt auf der Startseite, ist ein großes Foto von … mir.

Die Farben sind leuchtend und die Beleuchtung genau richtig. Ich schaue Oscar über die Schulter und betrachte es. Das bin ich, wie ich mit Garry Schach spiele, aber zu Harrison hinter mir aufschaue. Harrison blickt auf mich herab, seine Hand liegt auf meiner Schulter. Das Bild selbst zeigt nichts anderes als eine freundschaftliche Schachpartie in einem Seniorenzentrum, aber der Blick in Harrisons Augen, die sich in meine bohren, lässt etwas erahnen, von dem ich hoffe, dass die Öffentlichkeit es übersieht.

„Was zum Teufel ist das?", bellt Oscar, und ich zucke zusammen.

„Achte auf deinen Ton", entgegnet Harrison und wirft Oscar einen Blick zu, den ich von ihm noch nie gesehen habe. Oscar nickt, bevor er fortfährt.

„Harrison, du weißt, welches Bild wir vermitteln müssen. Beth, ich will nicht unhöflich sein, es ist ein tolles Foto. Eine tolle Geschichte. Aber ihr fangt an, euch zu viel zusammen zu zeigen. Die Medien fangen an, darüber zu diskutieren, wie gut ihr zusammenarbeitet, und gehen sogar so weit, mehr zu vermuten. Ich schlage vor, dass Beth sich bei den nächsten Besuchen zurückhält und stattdessen hier im Büro bleibt. Zumindest, bis sich die Situation beruhigt hat." Ich nicke ihm verständnisvoll zu, denn ich möchte nicht, dass Harrisons Kampagne durch irgendetwas überschattet wird. Aber ich merke, wie Harrison sich gegen die Idee sträubt.

„Nein", sagt Harrison und nimmt hinter seinem Schreibtisch Platz, während Oscar aufsteht. Ich sehe Harrison an, sein Gesicht ist ernst, sein Kiefer angespannt.

„Harrison, als Mitarbeiter ist es unsere Aufgabe, dafür zu sorgen, dass du im Rampenlicht stehst, nicht wir", fährt Oscar fort, und ich beobachte den Austausch zwischen den beiden mit Interesse, als Harrisons Blick zu mir wandert, bevor er ihn wieder auf Oscar richtet.

„Ich sagte nein. Beth begleitet mich. Überallhin." Harrison lässt keinen Raum mehr für Fragen, als er mich wieder ansieht. Ich atme tief ein, lasse die Worte auf mich wirken und schlucke. Das Vertrauen, das Harrison in mich setzt, ist fast so anziehend wie der Mann selbst. Oscar wirft mir einen Seitenblick zu, aber ich bleibe unparteiisch und weiß nicht, was ich sagen oder tun soll.

„Gut. Aber vielleicht weniger Schachspiele beim nächsten Besuch, Beth?", sagt Oscar zu mir, sein Tonfall klingt resigniert.

„Sicher. Kein Problem. Ich kann mehr in der Menge untertauchen, aber trotzdem ein freundliches Gesicht zeigen", sage ich und lächle, in der Hoffnung, dass das beiden gefällt.

„Oscar, lass uns kurz allein", sagt Harrison und ich beobachte Oscar, wie er nickt und schweigend das Büro verlässt und die Tür hinter sich schließt.

„Beth", beginnt Harrison, als er von seinem Schreibtisch aufsteht und auf mich zugeht. „Ich möchte nicht, dass du dich bei dieser Kampagne oder bei mir unwohl fühlst", sagt er, aber ich unterbreche ihn, bevor er fortfahren kann.

„Das tue ich nicht." Die Worte kommen schnell über meine Lippen, und ein Lächeln zupft an seinen Mundwinkeln. Bei ihm fühle ich mich nicht unwohl, er gibt mir das Gefühl, erwünscht zu sein.

„Wie stehst du dazu, rund um die Uhr mit mir zusammen zu sein? Denn meine Worte von vorhin entsprachen der Wahrheit. Ich will dich bei mir haben. Bei jedem Schritt auf diesem Weg."

Ich weiß, dass er mehr von mir will als nur Arbeit. Er will Zeit mit mir verbringen, viel Zeit, und ich kann mir das Lächeln nicht verkneifen, das sich jetzt auf meinen Lippen bildet, weil ich das auch will.

„Ich glaube, es würde mich freuen, an deiner Seite zu sein", sage ich und sehe ihm herausfordernd in die Augen. Seine Nasenflügel blähen sich, und sein Adamsapfel wippt, als er schluckt. Die Spannung im Raum steigt ... erneut.

„Wir werden die ganze Zeit von Kameras verfolgt werden. Sie werden unerbittlich sein. Du wirst beurteilt werden. Ob zu Recht oder zu Unrecht, die Medien werden dein Aussehen kommentieren, was du tust und was du nicht tust." An der kleinen Falte, die sich auf seiner Stirn bildet, merke ich, wie besorgt er ist.

„Ich schaffe das schon." Und das werde ich. Ich bin in meinem kurzen Leben schon durch die Hölle und zurückgegangen – ein paar Fotos mit einem Milliardär werden ein Kinderspiel sein.

„Ich werde dich beschützen. Was immer du brauchst, ich werde dafür sorgen, dass du es bekommst. Ich werde immer für dich da sein." Er nickt mir zu, um sicherzustellen, dass die Worte ankommen, und das tun sie. Er hat mich. Er wird mich nicht fallen lassen. Diese Wahrheit spüre ich tief in meinem Inneren.

„Ich glaube dir. Ich werde auch für dich da sein", sage ich und möchte, dass er weiß, dass ich alles in meiner Macht Stehende tun werde, um ihn zu unterstützen.

Er tritt näher an mich heran, genauso nah wie zuvor, und beugt sich hinunter, um mir ins Ohr zu flüstern. „Und morgen Abend ... möchte ich dich bei mir haben. Bei der Veranstaltung und danach. Morgen Abend ... gehörst du ganz mir", stößt er hervor; sein warmer Atem kitzelt meine Haut, das Gefühl erreicht meine Nippel, die augenblicklich hart werden und sich unter meiner Bluse abzeichnen. Als er sich zurückzieht, sehe ich sein Lächeln, das mich dieses Mal fast entwaffnet. Ich schlucke und lasse seine Worte auf mich wirken, während die Vorfreude auf das, was er verspricht, meinen Körper durchdringt.

„Morgen werde ich ganz dir gehören ...", entgegne ich, und seine Augen leuchten auf. Sein Kiefer spannt sich, und ich halte den Atem an. Die Worte, die wir beide sagen, lassen keinen Raum für Fragen. Er will mich und ich will ihn.

Es klopft an seiner Bürotür, und ich nutze die Gelegenheit, um meine Sachen zu packen und aus dem Büro zu verschwinden. Ich brauche Luft, Kaffee und muss mein Höschen wechseln, denn noch ein solcher Blick von Harrison, und ich werde eine Pfütze auf dem Boden hinterlassen.

15

BETH

Als die Nachmittagssonne fast den Horizont erreicht, vervollständigt die Visagistin meinen Look mit einem Hauch von Gloss auf meinen Lippen.

„So, alles fertig und Sie sehen fantastisch aus!", schwärmt sie.

„Vielen Dank, ich weiß das wirklich zu schätzen."

„Sie haben es sich noch nicht einmal angesehen! Hier", sagt sie und tritt zur Seite, damit ich mich zum ersten Mal in einem Ganzkörperspiegel betrachten kann. Ich bin einen Moment lang sprachlos, als ich die Frau betrachte, die mir aus dem Spiegel entgegenstarrt.

„Wow ..." ist alles, was ich hervorbekomme, als ich verblüfft dastehe, denn ich sehe wirklich toll aus. Natürlich und doch glamourös. Wie eine verbesserte Version meiner selbst. Mein Haar ist so glänzend und lebendig; ich hatte keine Ahnung, dass es jemals so aussehen könnte. Es fällt in sanften Wellen über meine Schultern, die jeder Shampoo-Werbung Konkurrenz machen. Mein

Körper ist in ein klassisches schwarzes Kleid gehüllt, das alles bedeckt, aber meine Kurven so betont, dass sogar ich sie berühren möchte. Meine glänzenden Lippen reflektieren das Licht von der Decke, und meine Wimpern wirken so lang, dass sie Schatten auf meine Wangen werfen.

„Wow, ist der richtige Ausdruck. Wenn Harrison ruft, renne ich, und in diesem Fall bin ich froh, dass ich es getan habe. Sie sehen umwerfend aus! So eine natürliche Schönheit." Ich lächle über ihre freundlichen Worte.

„Bittet er Sie häufig, Frauen zurechtzumachen?", frage ich und zucke innerlich zusammen, als die Frage über meine Lippen kommt.

„Nein. Niemals. Normalerweise sind es die Verabredungen seiner Brüder oder vielleicht seine Mutter. Aber ich nehme an, Sie sind etwas Besonderes für ihn, da Sie die Erste sind, um die ich mich für ihn kümmere", sagt sie lachend, und ich lache mit ihr, obwohl sich mein Magen gerade wie verrückt dreht.

„Ich kann einfach nicht glauben, dass ich das bin!" Ich schaue genauer in den Spiegel und frage mich, ob ich irgendetwas finde, dass seltsam aussieht, aber da ist nichts. Ich bin gestylt und alles ist an seinem Platz und genau so, wie es sein soll. Keine krausen Haare, kein mit Eiscreme verschmiertes Oberteil. Von den Zehenspitzen bis zum Scheitel sehe ich wunderschön aus und fühle mich auch so.

Als die Visagistin geht, nehme ich mein Handy und schieße ein Foto, um es meinem Vater zu schicken. Ich bin überrascht, dass ich überhaupt ein vernünftiges Foto hinbekomme, denn meine Hände zittern und meine

Nerven liegen blank. Der Gedanke, mit Harrison zusammen zu sein, geht mir schon den ganzen Abend durch den Kopf. *Ich will dich bei mir haben. Während der Veranstaltung und danach,* erklingt seine Stimme in meinem Kopf. Ich habe mich für heute Abend an allen Stellen meines Körpers rasiert und rieche, als hätte ich in Rosen gebadet. Obwohl ich ihn will, habe ich ein wenig Angst. Und in Anbetracht der Tatsache, dass Harrison und ich uns gestern in seinem Büro fast geküsst haben, bin ich ein nervöses Energiebündel, das kurz davor steht, in die Luft zu gehen.

Wir haben den vergangenen Tag professionell verbracht. Wir konnten zusammenarbeitet und jeder konzentrierte sich auf seine Aufgaben, aber seine Worte hallen noch immer in mir nach.

Ich greife nach meiner Tasche und überprüfe zum dritten Mal, ob ich alles dabeihabe, während ich versuche, meine rasenden Gedanken zu sortieren. Diese Veranstaltung braucht meine volle Aufmerksamkeit, und ich muss sie zu meiner Priorität machen. Sowohl Harrison als auch ich müssen das tun.

Das Telefon in meinem Hotelzimmer klingelt und die Rezeption teilt mir mit, dass mein Auto da ist. Da ich Harrison nicht warten lassen will, eile ich hinaus und steige in den Aufzug, während ich versuche, professionell zu wirken. Dies ist meine Arbeit, kein gesellschaftliches Ereignis, und ich bete, dass mein Herz aufhört zu rasen, damit ich einmal in meinem Leben elegant wirken kann.

Es dauert allerdings nur zwei Sekunden, bevor ich meinen Vorsatz zunichtemache. Als ich aus dem Aufzug eile, stoße ich direkt mit einem Hotelangestellten zusammen, der ein Tablett in der Hand hält. *Kaeng Phet*, so wie es aussieht und riecht, ist jetzt überall auf dem Boden verteilt. Ich schnappe nach Luft und schlage mir die Hände vor die Brust.

„Es tut mir so leid!", stoße ich hervor, das Bedürfnis, mich ständig für meine Ungeschicklichkeit zu entschuldigen, ist mir fast zur zweiten Natur geworden.

„Nicht Ihre Schuld, Ma'am. Ich habe nicht darauf geachtet, wo ich hinlaufe", antwortet der junge Mann, während er und ein anderer Angestellter beginnen, das Chaos aufzuräumen. Ich schaue auf mein Kleid, um den Schaden zu begutachten, und als ob heute Abend jemand seine schützende Hand über mich halten würde, merke ich, dass ich nicht einmal einen Spritzer auf mir habe. Das schwarze Kleid und die Schuhe sind noch immer im perfekten Zustand, der Boden im Foyer des Hotels allerdings weniger.

Ich will mich gerade erneut entschuldigen, als das Personal aufspringt und mir hilft, um das Chaos herumzukommen, wobei sie sich ausgiebig entschuldigen. Ich entferne mich schnell von der Szene und erblicke die schwarze Limousine, die am vorderen Hoteleingang wartet. Ich beschleunige meinen Schritt und als der Pförtner die Autotür öffnet, gleite ich auf den Sitz und blicke direkt in Harrisons Augen. Jetzt gibt es kein Zurück mehr. Ich spüre die Hitze, die von ihm ausgeht, und der Drang, auf dem Sitz näher an ihn heranzurutschen, ist so stark, dass ich mich am Griff der Autotür festhalte, um mich nicht zu bewegen. Ich habe unterschätzt, wie schwer das sein würde. Bei ihm zu sein, ihn aber nicht zu berühren, ist fast schmerzhaft.

„Wow, Beth. Du siehst toll aus!", sagt Eddie mit einem breiten Grinsen. Der jüngere Rothschild-Bruder wächst mir von Tag zu Tag mehr ans Herz. Er ist entspannter als sein Bruder und scheint sich um nichts in der Welt kümmern zu müssen. Harrison dagegen scheint die ganze Welt auf seinen Schultern zu tragen.

„Danke, Eddie. Du auch", entgegne ich mit einem nervösen Kichern, während ich am Träger meiner Handtasche herumfummle und meine Hände anfangen zu schwitzen. Alles, was ich bekomme, ist ein kleines Lächeln und ein Nicken von Oscar, während Harrison mich weiterhin anstarrt. Unsere Blicke treffen sich, und ich sehe, wie er schluckt. Ein ungezügeltes Feuer liegt in seinem Blick, während seine Augen langsam an meinem Körper herunterwandern, bevor sie wieder auf meinem Gesicht landen. Eddie und Oscar unterhalten sich über einen neuen Gesetzesentwurf, der im Kongress verabschiedet wurde, und ignorieren uns völlig.

Ich betrachte ihn genauso offen, wie er es bei mir getan hat. Harrison im Smoking ist ein noch besserer Anblick, als ich mir je vorgestellt habe. „Du siehst heute Abend sehr adrett aus." Ich lächle ihn an. Es ist keine Lüge. Ich habe ihn schon fast jeden Tag in Anzügen gesehen. Aber es hat etwas, ihn in diesem schwarzen Smoking zu sehen, mit dem schicken Revers und den sauberen, beeindruckenden, glänzenden schwarzen Schuhen, das nicht nur Geld und Macht ausstrahlt, sondern auch ein gesundes Selbstvertrauen, das er auf mich zu übertragen scheint.

„Du siehst exquisit aus", murmelt er leise, und mir fehlen die Worte. Sein Gesicht ist ernst, und ich kann meinen Blick nicht von ihm abwenden, während mir der Atem stockt. So hat mich noch nie jemand genannt, und ich weiß, dass er es ernst meint. Er ist immer konzentriert und man weiß, dass er das, was er sagt, immer so meint. Das ist eines der Dinge, die mich am meisten an ihm faszinieren. Seine Augen funkeln, während sich seine Lippen nach oben wölben, und ich spüre, wie meine Wangen sich erhitzen.

„Dein Team hat großartige Arbeit geleistet. Danke", sage ich. Ich fühle mich wie eine Prinzessin, die auf den Ball geht.

„Lass uns über unsere Strategie reden", sagt Oscar und unterbricht damit diesen Moment. Es ist eine kurze Fahrt zum Veranstaltungsort, und wir vertreiben uns die Zeit damit, darüber zu reden, wie wir die Dinge an diesem Abend angehen wollen. Meine Aufgabe heute Abend ist es, mit den Männern zusammen Gäste zu treffen und zu begrüßen und Zeit mit Arthur zu verbringen – beides kann man nicht als Arbeit für mich bezeichnen. Und obwohl ich Mrs. Rothschild wiedersehen werde, bin ich im Stillen optimistisch, dass es ein guter Abend werden wird.

Als wir ankommen, ist mein Körper wie elektrisiert. Ich bin nervös. Als Harrison aussteigt und sich umdreht, um mir seine Hand zu geben und mir aus dem Auto zu helfen, geht meine Nervosität durch die Decke und es ist mir schier unmöglich, mich zu beruhigen. Zusammen betreten wir den Ballsaal, unsere Körper summen vor Vorfreude. Es ist mir bewusst, dass es nicht nur das Ereignis selbst ist, das sie verursacht.

Ich staune über den Raum; er ist wunderschön und

es muss ein Vermögen gekostet haben, ihn so herzurichten. Ich spüre, wie Harrisons Finger zucken und sich um meine Hand schließen, wobei die Geste durch mein Kleid abgeschirmt wird. Als ich zu ihm aufsehe, merke ich, dass er mich nicht aus den Augen lässt. Es ist, als wären wir die einzigen beiden Menschen im Raum, trotz des Blitzgewitters.

Dann beugt er sich vor, sodass seine Lippen nur wenige Zentimeter von meinem Ohr entfernt sind. „Dein Körper sieht in diesem Kleid fantastisch aus, aber es juckt mich, es dir auszuziehen ...", murmelt er und ich atme scharf ein. Als er sich von mir löst, glänzen seine Augen und sein Lächeln wird breiter, und er drückt kurz meine Hand. Ich streiche mir die Haare aus dem Gesicht und spüre, wie mir eine leichte Hitze in die Wangen steigt.

„Lasst uns die Party starten!", sagt Eddie in einem Tonfall wie ein Student, laut genug, dass nur wir ihn hören können, was die aufkeimende Spannung unterbricht. Ich werfe den Kopf zurück und lache, dann höre ich das Klicken der Kameras, das mich mit einem dumpfen Schlag wieder in die Realität zurückholt. Ich schaue wieder zu Harrison und sehe seinen bewundernden Blick auf mir.

„Arbeit", sage ich, um ihn daran zu erinnern, wo wir sind.

„Arbeit", wiederholt er, und lässt meine Hand los, als er von einer Gruppe von Männern umringt wird. Ich atme tief durch, um meine Nerven zu beruhigen, drücke meinen Rücken durch und ziehe meine professionelle Rüstung an. Mit Harrison auf der einen und Eddie auf der anderen Seite bin ich von Männern in Smokings umgeben. Ich höre mir die Begrüßungen an und beobachte die Schulterklopfer, während ich auch die Champagnerflöten, die dreiköpfige Band und dann die Blumenarrangements in Augenschein nehme ... in denen sich noch immer Schleierkraut befindet.

Ich knirsche mit den Zähnen, als mir klar wird, wie dieser Abend enden wird. Die Leute werden in Kürze mit Schnupfen und Kopfschmerzen den Raum verlassen; niemand wird die Reden klar und deutlich hören, weil die Akustik im Raum nicht stimmt, und allem Anschein nach werden die meisten Leute schon vor 21 Uhr betrunken sein, wenn man danach geht, wie schnell die Champagnergläser geleert und volle gebracht werden.

Aus dem Augenwinkel erblicke ich Lillian Harper, die heute Abend wie ein Supermodel aussieht, wie sie auf Harrison zugeht und sich auf der anderen Seite bei ihm unterhakt. Ich habe Mühe, nicht die Augen zu verdrehen. Harrison versteift sich leicht neben mir, die Bewegung ist so leicht, dass sie scheinbar niemanden sonst auffällt. Ich bemerke, wie sich Lillians manikürten rote Fingernägel an seinem Ellbogen festkrallen, während sie laut über etwas lacht, das einer der Männer in der Gruppe sagt, und sich so in die Unterhaltung einmischt. Ich drehe mich um und sehe, dass Oscar bereits verschwunden ist und sich daran macht, Kontakte zu knüpfen. Ich bin dankbar, dass Eddie neben mir steht, denn Harrison wurde jetzt mit einer Gruppe von Männern und Lillian vollkommen in Beschlag genommen.

Ich habe gestern Abend versucht, mich auf den heutigen Abend vorzubereiten, indem ich die Gästeliste durchgesehen und versucht habe, den Namen Gesichter zuzuordnen, damit ich nicht völlig aus dem Konzept gerate. Meine Suche führte mich zu Harrisons Privatleben, was mich auch dazu brachte, Lillian genauer unter die Lupe zu nehmen. Während ich also im Bett lag, mit einer Gesichtsmaske aus dem Supermarkt, blitze ein Bild nach dem anderen, wo die beiden zusammen waren, vor meinem inneren Auge auf. Ich habe schon zuvor über sie recherchiert, aber so tief habe ich noch nie gegraben, und nachdem ich so viele Bilder von ihr und Harrison im Laufe der Jahre zusammen gesehen hatte, konnte ich nicht anders, als mich von ihrem glamourösen Aussehen eingeschüchtert zu fühlen.

Wenn ich sie jetzt zusammen betrachte, schwindet mein Vertrauen in mein Aussehen heute Abend. Eine weitere Erinnerung daran, dass ich mich in einer Welt befinde, in der ich absolut kein Recht habe, zu sein. Ich bin nur überrascht, dass ich noch keinen Drink verschüttet oder eine andere Katastrophe verursacht habe. Obwohl die Nacht noch jung ist. Vielleicht bin ich ja ein echtes Aschenputtel und halte bis Mitternacht durch, bevor sich alles in Luft auflöst.

„Bist du bereit, in den Ring zu steigen?", fragt Eddie, und ich lächle.

Ich drücke meine Schultern zurück. „Ja. Ich bin bereit."

„Denke an den Plan. Du lächelst, grüßt und plauderst mit Arthur."

„Verstanden."

Wir überlassen Harrison den anderen Männern und gehen in den Raum, wo Eddie mich einigen Leuten vorstellt. Unwohlsein macht sich in mir breit, als mich die Männer von oben bis unten mustern, aber ich spreche hauptsächlich mit ihren Frauen und begrüße sie alle herzlich, nehme auf, was jeder von ihnen sagt, und mache mir Notizen, die ich dann dem Team mitteilen kann. Eddie legt seine Hand um meinen Ellbogen und lenkt mich durch den überfüllten Raum, wo er mir zwei weitere Männer vorstellt, die beide fast so attraktiv aussehen wie Harrison.

„Beth, das sind meine anderen Brüder, Tennyson und Ben."

Ich erfahre, dass Tennyson die Baufirma der Familie leitet und Ben der Finanzchef und neue Geschäftsführer der Anwaltskanzlei ist, nachdem Harrison inmitten seiner Kampagne für sein potenzielles Gouverneursamt ist.

„Du bist also die Frau, die unsere Mutter die ganze Woche über in schlechte Laune versetzt hat. Prost", sagt Tennyson und hebt sein Glas. Meine Augen weiten sich, als ich den Sarkasmus spüre, der seine Worte begleitet.

„Kein Drink?", fragt Ben, sieht sich um und gibt einem Kellner ein Zeichen.

„Ich trinke nicht", antworte ich und schüttle den Kopf. Ich war noch nie ein großer Trinker. Ich möchte nicht einmal darüber nachdenken, welchen Schaden ich anrichten würde, wenn ich Alkohol intus hätte; meine Ungeschicklichkeit ist nichts, was noch verstärkt werden müsste.

„Da du mit ihr zu tun hast, wirst du deine Einstellung wahrscheinlich bald ändern. Wasser?", fragt Tennyson, als ein Kellner vorbeikommt, und ich nicke schnell, bevor er mir ein Glas reicht. Er scheint seine Mutter nicht wirklich zu mögen, und ich bin froh, dass ich nicht die Einzige bin, die mit ihr nicht klarzukommen scheint.

„Danke. Also ... eure Mutter hasst mich?", frage ich und verziehe das Gesicht, bereit für den Schlag der Wahrheit, der kommen wird.

„Unsere Mutter hasst die meisten Leute, also würde ich es mir nicht zu Herzen nehmen", antwortet Ben, und alle drei Männer grinsen, als wäre es ein Insider-Witz.

„Sie und Lillian scheinen sich gut zu verstehen", erwähne ich, als ich sehe, wie sich die beiden am anderen Ende des Raumes um Harrison drängen.

„Sie will, dass Harrison und Lilly heiraten, aber das wird nie geschehen", sagt Tennyson, während die anderen beiden eine Mischung aus Lachen und Schnauben ausstoßen, und mein Magen sinkt. Gegen Lillian anzukommen ist eine Sache, aber gegen seine Mutter eine ganz andere.

„Sie scheint reizend zu sein", meine ich und nehme einen Schluck Wasser. Sie ist wirklich wunderschön. Eifersucht macht sich in meinem Magen breit, als ich sie an Harrisons Seite sehe. Sie wäre eine sehr elegante First Lady von Maryland, und dieser Gedanke sticht mir in die Brust, als sich ihre Hand wieder um Harrisons Arm legt. Die Bewegung scheint ihr ganz natürlich zu sein, doch ich sehe, wie Harrison einen Schritt zur Seite macht. Er schafft Abstand. Eine Bewegung, die er bei mir nicht macht.

„Sie ist wie eine Schwester. Unsere kleine, zickige Schwester. Harrison empfindet nichts als brüderliche Liebe für sie", erklärt Ben, und ich schweige.

„Aber so wie es aussieht, hat er ein Auge auf jemand anderes geworfen", sagt Tennyson. Als ich mich umdrehe, um zu sehen, wen er meint, merke ich, dass Harrison mich direkt ansieht. Mein Herz bleibt stehen. Das Feuer in seinem Blick ist für jeden in diesem Raum offensichtlich. Mit einem Mal entsteht in mir das Bedürfnis, nach einem Glas Sekt.

„Oh, sieht so aus, als würde der Boss nach dir suchen", scherzt Ben mit einem verschmitzten Grinsen, während er an seinem Whisky nippt. Wenn er doch nur wüsste ...

„Nun gut meine Herren, ich mache mich mal wieder an die Arbeit", sage ich mit einem gut eingeübten, aufgesetzten Lächeln und ignoriere ihre neugierigen Blicke. Ich versuche, meine verschwitzten Handflächen an meinem Kleid zu trocknen und umklammere dann krampfhaft meine Handtasche.

„Es war mir eine Freude, euch beide kennenzulernen", sage ich, bevor ich mich umdrehe und zu Harrison gehe, der sich mit einem anderen Mann unterhält. Bei jedem Schritt, den ich mache, scheinen sich meine Knie immer mehr in Wackelpudding zu verwandeln.

„Beth", sagt Harrison und schenkt mir ein kleines Lächeln, Erleichterung schwingt in seinem Ton mit. „Das ist Ronald Harper, ein langjähriger Freund meines Vaters und ein großer Unterstützer meiner Kampagne", stellt Harrison vor, während sich seine Hand auf meinem Rücken niederlässt. Die Bewegung ist verblüffend, weil der ganze Raum sie sehen kann, sollte jemand in unsere Richtung blicken. Mein Blick wandert sofort zu ihm, und er zwinkert mir zu. Ich weiß nicht, warum ich mich dabei so gut fühle, aber es ist so, und Arbeit hin oder her, ich will nicht, dass er seine Hand wegnimmt.

„Freut mich, Sie kennenzulernen, Mr. Harper", sage ich und strecke meine Hand zum Schütteln aus, während Lillians Vater mich mit einem verkniffenen Gesichtsausdruck ansieht. Ich spüre bereits seine Kälte mir gegenüber.

„Harrison, ich hatte eigentlich erwartet, Lilly heute Abend an deiner Seite zu sehen", sagt er und ignoriert mich und meine ausgestreckte Hand völlig.

Ich lasse meine Hand sinken und trete unsicher von einem Fuß auf den anderen. Daraufhin legt sich Harrisons Hand nur noch fester um mich, umschließt meine Hüfte und zieht mich an sich. Mein Herzschlag beschleunigt sich, und ich bin mir nicht sicher, ob es die Nerven sind, weil die Leute mich nicht einmal grüßen wollen, oder die Tatsache, dass Harrison so offen mit seinen Handlungen umgeht. Mr. Harpers Blick fällt auf Harrisons Hand, er nimmt die Bewegung wahr, und ich sehe, wie sich seine Schultern versteifen. Er ist nicht glücklich.

„Das ist Beth, meine Projektleiterin." Harrison beendet die Vorstellungsrunde und ignoriert die vorangegangene Bemerkung.

Ich spüre, wie Harrisons Daumen Kreise über meine Hüften zieht, und ein warmes Kribbeln durchfährt meinen Körper. Ich weiß, dass er sich vergewissern will, dass es mir gut geht, also strecke ich meine Rücken durch. Ich hatte in meinem Leben schon mit schlimmeren Männern zu tun, und ich kann mich behaupten, aber ich muss mich professionell verhalten. Dies ist eine Arbeitsveranstaltung, ungeachtet der Tatsache, dass die

Hand meines Chefs auf mir liegt und mir das Gefühl gibt, ich sei eine Prinzessin auf seinem Ball.

Bevor einer von uns weiterreden kann, tritt der Moderator ans Mikrofon und bittet uns alle, Platz zu nehmen.

„Denk dran, du sitzt mit Eddie und mir an unserem Familientisch." Harrisons Worte dringen an mein Ohr, als er sich zu mir herunterbeugt. Mr. Harper ist bereits gegangen, und ich atme tief durch, in der Hoffnung, dass ich nicht über mein Kleid stolpere und etwas Dummes tue. Wir machen uns auf den Weg zu dem Tisch, an dem wir beide sitzen sollen, aber es gibt nur einen freien Platz.

„Harrison, du sitzt hier drüben, neben mir", sagt Lilly, setzt sich aufrecht hin und lächelt mich süffisant an. Ich schaue zu Harrison und merke, wie er seiner Mutter einen wütenden Blick zuwirft, die allerdings keine Miene verzieht.

„Ich kann mich woanders hinsetzen", bietet Eddie an und steht auf, während er und Oscar zwischen mir und Harrison hin und her schauen. Dies ist der Tisch für Harrisons Familie, aber er hat Oscar und mich als seine wichtigsten Mitarbeiter hinzugefügt. Offensichtlich wurde ich im letzten Moment an einen anderen Tisch gesetzt, aber niemand hat sich die Mühe gemacht, mich über den Wechsel zu informieren.

„Nein!", sage ich schnell und hebe beide Hände, um ihn daran zu hindern, sich zu bewegen, wobei mein breites Lächeln so falsch ist wie meine Wimpern heute Abend. „Ich bin sicher, dass woanders noch ein Platz frei ist. Das ist kein Problem."

Als ich aufwuchs, wurde ich in der Schule oft gehänselt, weil ich nie eine Mutter hatte, die zu den besonderen

Muttertagsveranstaltungen kam. Mein Vater sagte immer, man solle solche Leute mit Freundlichkeit töten. Also beschloss ich, die gleiche Taktik bei Mrs. Rothschild und Lillian anzuwenden.

„Beth", murmelt Harrison, wobei seine Hand noch immer auf meinem Rücken liegt. Die Wärme ist der einzige Trost, den ich vor den kalten Augen habe, die mich vom Tisch aus anstarren.

„Harrison, setz dich, bitte. Ich werde einen Platz finden", sage ich und entferne mich von ihm. Ich nehme all meine innere Stärke zusammen und fühle mich, als wäre ich wieder in der Schule und die beliebten Leute wollen nicht, dass ich mit ihnen am Mittagstisch sitze.

„Mutter, ich ...", setzt Harrison an und will auf sie zugehen, doch ich halte seine Hand fest und stoppe ihn auf halbem Weg. Er sieht mich an, und ich schüttle den Kopf und spüre, wie sein Griff um meine Hand fester wird. Er ist nicht glücklich, und ich schenke ihm ein kleines Lächeln, um ihm zu versichern, dass es mir gut geht, obwohl ich mich alles andere als gut fühle. Als ich mich im Raum umschaue, stelle ich fest, dass die meisten Leute ihre Plätze eingenommen haben und alle Augen auf uns gerichtet sind.

„Ich besorge dir einen anderen Platz", sagt Harrison und schaut sich im Raum um.

„Es ist in Ordnung, wirklich. Ich sehe Arthur drüben an der Bar. Ich werde mich zu ihm gesellen und mit ihm reden." Ich ziehe mich schnell von ihm zurück, um eine Szene zu vermeiden.

Ich nicke allen zu, setze mein strahlenstes Lächeln auf und trete schnell und leise zurück, als der Moderator beginnt, alle offiziell zu begrüßen. Als würde meine gute Fee auftauchen, sehe ich Arthur an der Bar stehen, der das Geschehen beobachtet, und atme erleichtert auf. Ohne zu zögern, gehe ich auf ihn zu.

„Diese Familie sind Arschlöcher, Bethy", murmelt er so, dass nur ich es hören kann, bevor er mir ein Glas mit kaltem Wasser reicht.

Ich nehme es und leere die Hälfte des Glases in einem Zug.

„Danke, das habe ich gebraucht", flüstere ich.

„Halte deinen Kopf hoch. Harrison hat etwas in dir gesehen. Lass dich weder von seiner Mutter noch von sonst jemandem kleinkriegen."

„Ich bin daran gewöhnt. Das passiert bei Veranstaltungen immer wieder. Außerdem ist es eine Arbeitsveranstaltung. Ich muss professionell bleiben."

„Wenn ich sehe, wie Harrison sich in deiner Nähe verhält, würde ich sagen, dass es bei ihm nicht nur um die Arbeit geht, meine Liebe", sagt er, als der Moderator ankündigt, dass die Vorspeisen serviert werden, und die Menge zu plaudern beginnt, während ihr Essen gebracht wird. Arthur ist sehr scharfsinnig, aber ich hätte nicht gedacht, dass ausgerechnet er auf Harrisons und meine Interaktionen achten würde. Vielleicht waren wir vorhin doch nicht so unauffällig, wie ich gedacht hatte.

„Lass uns nach hinten gehen, damit wir diese aufgeblasenen Arschlöcher nicht länger ertragen müssen", sagt Arthur und zeigt auf einen privaten Bereich am Ende der Bar.

„Hast du denn keinen Platz?", frage ich und verspüre bei der Vorstellung, dass ihm auch kein Platz zugewiesen worden ist, leichte Panik in mir aufsteigen und will sichergehen, dass er isst.

„Oh, ich habe einen Platz, Bethy, aber sie servieren nicht mein Essen. Sie servieren irgendeinen rohen Fischmist, den ich nicht esse. Ich möchte nur deine Meinung über etwas wissen, dann gehe ich", sagt er sachlich.

Ich schaue hinüber zu Oscar, der bereits vom Tisch aufgestanden ist und sich mit einem anderen Geschäftsmann auf der anderen Seite des Raums unterhält, den wir um Unterstützung bitten. Als mein Blick Harrison trifft, sehe ich, wie er sich vom Tisch erhebt, seinen Blick bereits auf mich gerichtet, und ich schüttle leicht den Kopf und schenke ihm ein beruhigendes Lächeln.

Wir beide scheinen den anderen zu verstehen, ohne überhaupt zu sprechen. Wir beide sind im Einklang; das ist etwas, was ich noch nie mit einem anderen Menschen erlebt habe.

Ich möchte nicht, dass er sich Gedanken über die Sitzordnung macht, sondern sich auf seine Rede heute Abend konzentriert. Ich drehe mich um und setze mich zu Arthur, wo wir für die nächste Stunde bleiben und die Vor- und Hauptspeisen auslassen.

„Sag mir, warum sollte ich Harrison unterstützen? Sag mir bitte, deine ehrliche Meinung. Du warst bei unserem Treffen ziemlich schweigsam. Ich will wissen, was du denkst." Arthur schaltet sofort in den Geschäftsmodus, und ich weiß das zu schätzen.

„Um ehrlich zu sein, ist das eine große Entscheidung. Ich kenne nicht die Hälfte der Dinge, die zwischen dir und seiner Familie vorgefallen sind. Ich kenne ihn nur seit ein paar Woche. Ich gehöre erst seit kurzer Zeit zu seinem Wahlkampfteam, und doch hat er etwas an sich. Ich weiß nicht, was es ist, aber er ist nicht wie seine Mutter. Ich habe seinen Vater nie kennengelernt, kann ihn also nicht vergleichen, aber er ist solide und verlässlich. Ich habe ihn in Bezug auf die Entwicklung meines Gemeindezentrums herausgefordert, und er hielt an seiner Sanierungsidee fest, zeigte aber Flexibilität bei der Herangehensweise und stellte sicher, dass die Gemeinde ebenfalls ihre Idee einbringen konnte. Ich kann dir nicht sagen, was du tun solltest, Arthur. Ich bin selbst noch immer dabei, alles über dieses politische Spiel zu lernen. Aber meine Stimme hat er, und ich bin gespannt, was er erreichen kann, wenn er erst einmal zum Gouverneur ernannt wird", sage ich ehrlich. Ich liebe Arthur und würde ihm niemals nur ein Verkaufsargument liefern. Seine Freundschaft bedeutet mir mehr als alles Geld in diesem Raum. Außerdem ist er klug genug, um seine eigenen Entscheidungen zu treffen, und ich bin mir sicher, dass er in diesem Bereich besser informiert ist als ich.

„Wenn er deine Unterstützung hat, Bethy, dann hat er auch meine", sagt Arthur und nimmt einen Schluck von seinem Whisky.

„Du machst das, weil du es willst, richtig? Nicht meinetwegen?"

„Ich tue dies, weil Harrison ein großartiger Führer sein wird. Ich glaube, dass er trotz seiner schrecklichen Eltern viel Gutes für die Gemeinde bewirken kann, und wenn das, was du über seine Investitionen in die Infrastruktur sagst, stimmt, dann wird er auch einen positiven

Einfluss auf die lokale Wirtschaft haben. Außerdem wird er gewinnen, Bethy. Mach keinen Fehler, deine Welt wird sich in ein paar Monaten sehr verändern, wenn er Gouverneur wird."

„Ich begleite ihn drei Monate lang bei seiner Kampagne, dann bin ich zurück in DC", erkläre ich eilig und verspüre das plötzliche Bedürfnis, alle Unklarheiten zu beseitigen.

„Das werden wir sehen. Baltimore tut dir gut", sagt er, und ich lächle. Ich neige dazu, ihm zuzustimmen. Ich bin so glücklich, dass ich ihn am liebsten umarmen würde, und das tue ich auch. Mit einem breiten Lächeln im Gesicht verlassen wir unsere ruhige Ecke an der Bar und sehen gemeinsam zu, wie Harrison die Bühne betritt, um seine Rede zu halten.

Dieselbe Rede, die ich in den letzten achtundvierzig Stunden fünfzigmal gehört habe, kommt präzise über seine Lippen, und seine Augen blicken über die Menge und sorgen dafür, dass sich jeder angesprochen fühlt.

„Dein Junge ist gut, das muss man ihm lassen", murmelt Arthur, als die Menge in Jubel ausbricht, und ich fühle mich noch immer überglücklich, weil ich Arthurs Unterstützung bekommen habe.

Plötzlich muss Arthur niesen. Er zieht sein Taschentuch hervor und putzt sich die Nase.

„Verdammtes Schleierkraut. Hast du ihnen nicht gesagt, dass sie das weglassen sollen?", fragt Arthur, dem meine früheren Erzählungen über die Veranstaltungen der letzten Jahre fest ins Gehirn gebrannt sind.

Ich seufze. „Das habe ich."

Er muss wieder niesen.

„Ich werde dich wohl sitzen lassen müssen. Diese Allergie macht mich noch fertig. Schach diese Woche?", fragt er und geht schon zur Tür.

„Vielleicht. Ich schreibe dir", sage ich mit einem Lächeln, und er winkt mir zu, während er zur Tür hinausgeht, ohne sich noch einmal umzudrehen.

Ich drehe mich um und mustere die Anwesenden. Ich sehe ein paar Männer, die sich die Nase mit ihren makellosen weißen Taschentüchern putzen, während die schwarz uniformierten Mitarbeiter um sie herumwuseln.

„Du musst am Verhungern sein?", sagt Eddie, als er neben mir auftaucht.

„Nein, eigentlich geht es mir gut." Ich bin so aufgeregt wegen Arthur, dass ich in diesem Moment nicht ans Essen denken kann.

„Es tut mir leid. Das war nicht die Sitzordnung, die Harrison genehmigt hat. Meine Mutter ..."

„Das ist kein Problem, Eddie, wirklich nicht. Nichts passiert." Auch wenn ich mir dabei dumm vorkam, muss er sich nicht schlecht fühlen wegen der Handlungen seiner Mutter.

„Es wird nicht wieder vorkommen. Harrison war stinksauer." Mein Herz schlägt etwas schneller, als mir Eddie sagt, dass Harrison genauso verärgert war wie ich, dass wir heute Abend nicht zusammen sein konnten.

„Also, ich habe Warner überzeugt", sagt Oscar, als er sich zu uns gesellt, sein Lächeln ist klein, aber dennoch da. Ich höre mir seine Geschichte an, wie er einen der führenden Ärzte dazu gebracht hat, unsere Gesundheitspolitik zu unterstützen, während mein Blick durch den Raum schweift. Die Leute gehen bereits, und es sieht so aus, als würde die Veranstaltung zu Ende gehen. Viel früher, als ich erwartet habe.

„Er unterstützt Harrison und spendet sogar fünfundzwanzigtausend für die Kampagne, das ist großartig", sagt Oscar, und ich möchte ihnen meine Neuigkeiten mitteilen, aber zuerst möchte ich Harrison davon erzählen.

„Die Leute scheinen zu gehen; ist es schon vorbei?", frage ich. In DC dauern diese Veranstaltungen bis spät in die Nacht, aber das Personal hat gerade erst das Dessert serviert.

„Jeder niest herum", sagt Eddie.

„Das soll wohl ein Scherz sein?", fragt Oscar verwirrt und schaut sich im Raum um, seine Stimme ist angespannt.

Ich bleibe still, obwohl ich sagen möchte: *Ich hab's euch gesagt.* Ich schaue mir die übrigen Leute an. Ich sehe, wie Harrison Hände schüttelt und sich mit einigen Männern an der Bar unterhält. Die Reporter haben alle zusammengepackt und sind zweifellos gegangen, um ihre Berichte für morgen zu schreiben.

„Beth, Sie sind noch immer hier?", fragt Mrs. Rothschild, als sie sich zu uns gesellt.

„Oh, natürlich. Es ist eine großartige Veranstaltung, Mrs. Rothschild. Der Raum sieht wunderschön aus", kommentiere ich und will versuchen, nett zu sein, obwohl ich ihr nur sagen will, was ich wirklich denke.

„Es tut mir so leid wegen der Sitzordnung. Wir müssen Sie auf dem Sitzplan übersehen haben", sagt sie in einer vorgetäuschten Entschuldigung.

„Das ist in Ordnung. Ich hatte sogar ein sehr produktives Meeting, während alle gegessen haben, also war alles bestens." Sie beachtet mich kaum, während sie ihren Mantel anzieht.

„Nun, ich denke, ich ziehe mich für heute zurück. Gute Nacht, Jungs", sagt sie und ignoriert mich, während sie zusammen mit den meisten Gästen den Raum verlässt. Erschrocken schaue ich mich im Raum um und frage mich, wer für das Aufräumen verantwortlich ist. Ich bemerke Lillian bei Harrison, die versucht, sich in das Gespräch einzuklinken, das er mit einem der wichtigsten Geldgeber führt, die ich heute Abend getroffen habe. Harrisons Körpersprache verrät mir alles, was ich über diese Situation wissen muss.

„Entschuldigt mich einen Moment", sage ich zu Eddie und Oscar und gehe in die Küche, um mit der Veranstaltungs-Crew zu sprechen. Wie erwartet, haben sie keine Ahnung, was los ist. Es stehen Tabletts mit Kaffee und Petit Fours bereit, aber da mehr als die Hälfte der Gäste bereits gegangen ist oder sich durch das Dessert geniest hat, wird kein Kaffee mehr benötigt.

Ich beschließe, die Sache selbst in die Hand zu nehmen und die Sache in Ordnung zu bringen. Ich gebe ihnen Anweisungen, damit sie mit dem Servieren aufhören und stattdessen mit dem Aufräumen beginnen. Ich gehe in den Hauptraum und versammle die Kellner in einer kleinen Gruppe in der Ecke und informiere sie über die Planänderung. Sie wirken erleichtert, dass sie endlich etwas klarere Anweisungen bekommen haben, und fangen unauffällig an, die Tische abzuräumen. Ich postiere mehr Personal an der Garderobe, damit es schneller für die Gäste geht, die bereits gehen wollen, und ich helfe dem Barteam, die Rechnung abzugleichen und den letzten Papierkram zu erledigen. Es wurde noch nichts bezahlt, also schnappe ich mir alle Rechnungen und suche Oscar, und gemeinsam bringen wir alles zu Ende.

„Da bist du ja", erklingt Harrisons Stimme hinter mir und hat eine sofortige, beruhigende Wirkung auf mich. Ich war in der letzten Stunde so sehr mit der Veranstaltungslogistik beschäftigt, dass ich nicht einmal bemerkt habe, wo er die ganze Zeit war.

„Oh, Entschuldigung, hast du mich gesucht?", frage ich und drehe mich um. Er wirkt gestresst, sein Haar ist ein wenig durcheinander, als wäre er die ganze Zeit mit den Händen hindurchgefahren.

„Geht es dir gut?", frage ich besorgt.

„Nein. Ich habe es gehasst, heute Abend nicht bei dir zu sein, und ich habe die letzte Stunde nach dir gesucht", gibt er zu, während er direkt auf mich zugeht und meine Hand ergreift, woraufhin er mich in eine kleine, dunkle Nische an der Seite der Bar zieht.

„Harrison?" Ich gehe schneller und mein Herzschlag beschleunigt sich bei dem Gedanken, was er vorhat.

Wir erreichen den abgelegenen Ort, und er bleibt stehen. Als er sich mir zuwendet, sehe ich all die ungebändigten Gefühle in seinen Augen.

„Verdammt, Beth, ich wollte schon die ganze Nacht deine Lippen auf meinen spüren", knurrt er und kommt langsam näher, als ob er sich an seine Beute heranpirschen würde. Hitze flammt in meinem Inneren auf, als ich ihn so sehe.

„Wirklich?", necke ich und sein Lächeln verwandelt sich in ein sexy Grinsen.

„Gott, ja." Er seufzt, bevor er den Abstand zwischen uns schließt und seine Finger um meinen Kiefer legt, während er die freie Hand um meine Taille schlingt. Ich klammere mich an seine Smokingjacke und ziehen ihn zu mir, während unsere Lippen aufeinandertreffen und wir uns so innig küssen, als würden wir einander mehr brauchen, als die Luft zu atmen. Das Gefühl seiner Lippen auf meinen ist alles, wonach ich mich gesehnt habe.

Er knurrt tief und leise, während er mich nach hinten stößt und mein Körper mit einem Keuchen gegen die Wand hinter mir prallt, während er den Kuss noch mehr vertieft.

Mein Herz rast, während ich mich an seine Jacke klammere. Die Veranstaltung ist erst vor wenigen Augenblicken zu Ende gegangen, und wir sind wie zwei Verhungernde, die endlich etwas zu Essen gefunden haben, aufeinander losgegangen.

„Du fühlst dich so verdammt gut an", flüstert er zwischen Küssen, während seine Hand meine Hüften und meine Taille hinauf und wieder hinunterwandert und meine Kurven abtastet. Ich stöhne in seinen Mund, als ich seine Berührung spüre, wölbe mich ein wenig und sehne mich nach so viel mehr. Seine Zunge fährt über meine Unterlippe und gleitet dann gegen meine in einem Tanz, der meine Gedanken durcheinander bringt.

Ich kann mich nicht erinnern, wann ich das letzte Mal geküsst worden bin. Ich gehe nicht aus; ich habe keine One-Night-Stands. Ich arbeite und kümmere mich um meinen Vater. Das war's. Ich habe meine Jungfräulichkeit während des Studiums auf ungeschickte Weise verloren und hatte danach noch ein paar andere Freunde, aber niemand hat mir jemals dieses Gefühl gegeben.

Ich klammere mich an Harrison, in der Hoffnung, dass meine Beine nicht unter mir nachgeben.

„Ich will nicht aufhören. Ich brauche dich", flüstere ich gegen seine Lippen und werfe all mein gutes Urteilsvermögen aus dem Fenster, wahrscheinlich zusammen mit meinem Job, während sich mein Körper an seinen presst.

Ich spüre, wie sein Griff um meine Taille fester wird. Unser animalisches Verlangen pulsiert in uns beiden, sodass ich überrascht bin, dass wir überhaupt noch angezogen sind. Mein Herz schlägt schnell, und ich fühle mich fast trunken von all den Empfindungen, die meinen Körper durchströmen.

„Scheiße, ich muss dich nach Hause bringen", knurrt er und zupft mit seinen Zähnen an meiner Unterlippe, bevor er mich wieder küsst, wobei seine beiden Hände jetzt meine Taille umschließen, während meine sich um seinen Nacken schlingen und mit seinem Haar spielen.

Ich wimmere leise. Ich habe mich noch nie so sicher und geborgen gefühlt. Ich fühle mich, als würde ich schweben.

„Ja, das solltest du", sagt eine Stimme aus der Nähe, und wir fahren plötzlich auseinander. Wir erblicken Eddie, der ein paar Meter entfernt im Flur steht, mit einem breiten Grinsen im Gesicht.

Ich schnappe überrascht nach Luft und Harrison

knurrt warnend, das Geräusch wandert meine Brust hinauf und lässt meine Brustwarzen hart werden.

„Ich dachte, du wärst schon weg", brummt er, sein Griff um mich lockert sich, und ich möchte am liebsten im Erdboden versinken. Ich schaue mich um, sehe aber sonst niemanden. Ich blicke wieder zu Eddie, der uns beide anschaut, in seinem Blick blitzt der Schalk auf, bevor er sich verabschiedet und davon stolziert.

Die Erkenntnis dessen, was wir gerade getan haben, drängt sich mir in den Kopf. Es gab eine Grenze. Wir wussten es beide und haben sie überschritten. Jetzt gibt es kein Zurück mehr. Die Erkenntnis, wie mein Leben jetzt aussehen wird, trifft mich hart. Es wird immer schwieriger werden, bis zu den Wahlen in seiner Nähe strikt professionell zu bleiben. Das könnte die schwierigste Aufgabe sein, die ich je zu bewältigen hatte. Aber ich werde es tun. Ich habe meine Wahl getroffen, und ich bereue sie nicht.

Wir sind uns beide bewusst, dass, wenn die Klatschseiten Wind davon bekämen, dass Harrison eine Romanze mit einer seiner Mitarbeiterinnen hat, dies nicht nur Schlagzeilen machen würde, sondern auch seine Chancen, Gouverneur zu werden, gefährden könnte, unabhängig davon, ob ich nur vorübergehend angestellt bin oder nicht.

War es dumm von uns, uns zu küssen? Auf jeden Fall. Würde ich es wieder tun? Ohne zu zögern.

„Bist du bereit?", fragt er und sieht mich an, als wolle er mich ganz verschlingen, und sein Blick lässt mich vor Erregung schwindlig werden.

„Ich bin bereit", sage ich und lächle, und seine

Lippen zucken, während seine Augen vor Vergnügen funkeln.

Mein Herz schlägt schneller, als sich seine Hand auf meinen Rücken legt und wir wie Eddie durch einen Hintereingang das Gebäude verlassen, wo uns niemand sehen kann.

16

HARRISON

Ihre Hand im Aufzug zu halten, ist die reinste Folter. Aber ich erinnere mich daran, dass ich ein verdammter Gentleman bin, trotz des Verlangens, das in meinem Körper brodelt und in mir den Wunsch aufkommen lässt, ihr hier und jetzt die Kleider vom Leib zu reißen.

Meinen Vorsatz, mich während dieses Wahlkampfes nicht ablenken zu lassen, habe ich schon vor Wochen über den Haufen geworfen. Ich versuche, mich zusammenzureißen, obwohl ich sie am liebsten gegen die Aufzugswand drücken, mich hinknien, ihr Kleid hochheben und mein Gesicht zwischen ihren Schenkeln versenken würde. Ich nehme all meine Selbstbeherrschung zusammen, während ich zusehe, wie sich die Lichter im Aufzug in einem gefühlten Schneckentempo zu meinem Penthouse hinaufbewegen.

Wenn ich ehrlich zu mir selbst bin, habe ich sie aus einem Impuls heraus in mein Team geholt. Ich sah sie, ich wollte sie und ich musste sie haben. Aber unsere wunderbare Zusammenarbeit, hat sie zu viel mehr werden lassen, und als ich sie heute Abend sah, konnte ich mich nicht mehr zurückhalten. Ich konnte meine Hände nicht länger bei mir behalten. Es klingelt, als wir mein Stockwerk erreichen, und nachdem sich die Türen geöffnet haben, dauert es nur Sekunden, bevor meine Lippen wieder auf ihren liegen.

„Harrison", haucht sie, als unsere Lippen aufeinandertreffen, als ich sie schmecke, als meine Zunge mit ihrer tanzt. Ich kann nicht genug von ihr bekommen.

„Du siehst in diesem Kleid einfach unglaublich aus", stöhne ich gegen ihre Lippen, während meine Hände an ihrem perfekten Körper auf und ab fahren und sich ihre Kurven einprägen wollen.

„Das verdanke ich dir", murmelt sie, als sich meine Lippen kurzzeitig von ihren lösen und ich meine Nase an ihre Halsbeuge drücke, ihren Hals küssen und ihr typisches Rosenaroma tief einatme. Ihr Kopf fällt zurück, sie öffnet sich mir, während ihre Hände sich in meinem Haar festkrallen, es greifen und daran ziehen, und ich liebe es verdammt noch mal.

„Ich habe das Gefühl, dass ich schon ewig auf dich warte", murmle ich ehrlich. Die letzten Tage haben sich wie Jahre angefühlt, in denen ich auf den Moment gewartet habe, in dem ich sie endlich küssen kann. Oscar hatte recht. Sie war eine Ablenkung, und jetzt stürze ich mich kopfüber in sie.

„Aber was ist mit der Kampagne ...?", flüstert sie und holt mich in die Realität zurück. „Ich will nicht, dass dies hier, deine Chancen Gouverneur zu werden, gefährdet." Meine Lippen treffen wieder auf ihre, sie wimmert leise und erwidert den Kuss mit ebenso viel Leidenschaft. Ich ziehe mich zurück, atme tief durch und versuche, ihre Sorgen zu zerstreuen.

„Wir behalten es für uns, bis wir wissen, wie es weitergeht. Aber um ehrlich zu sein, Beth, weiß ich nicht, wie ich mit dir arbeiten kann und dich nicht anfassen darf. Ich brauche schon einen Orden für meine bisherige Selbstbeherrschung." Ich lache und sie erwidert es.

„Okay, wir behalten es für uns ...", sagt sie, während sie sich auf die Zehenspitzen stellt und ihre Lippen wieder auf meine legt, und das ist die einzige Einladung, die ich brauche.

„Ich möchte dir dieses Kleid vom Leib reißen", stöhne ich. Ich habe so lange darauf gewartet, sie ganz für mich zu haben. Ich erinnere mich noch an das erste Mal, als ich sie sah, wie sie den verschütteten Champagner von meinen Schuhen wischte. Ich muss wie ein totales Arschloch ausgesehen haben, als ich ihr dabei zusah, aber ich war wie hypnotisiert. Seitdem versuche ich täglich, die Erinnerungen an ihre Augen aus meinem Gedächtnis zu bekommen, und jetzt, wo ich sie in meinen Armen halte, werde ich sie nicht mehr loslassen.

„Wage es nicht!", schimpft sie. „Der Reißverschluss ist hinten. Das Kleid ist zu schön, um es zu zerstören." Und ich tue, was sie sagt. Meine Hände wandern zur Rückseite ihres Kleides, ich finde den Reißverschluss und ziehe ihn nach unten, wobei ich meine Finger über die weiche Haut ihres Rückens und ihres Hinterns gleiten lasse.

Ich trete zurück und sehe, wie sie schluckt. Ich weiß

nicht, woher ich die Selbstbeherrschung nehme, aber ich warte.

„Lass mich dich ansehen", hauche ich. Ich bin steinhart und immer noch vollständig bekleidet, aber ich will mehr als alles andere sehen, was unter diesem Kleid ist. Sie ist zuerst etwas zögerlich, aber langsam zeigt sie es mir. Sie schiebt das Kleid von den Schultern und lässt es von ihrer üppigen Figur fallen, der Stoff streift über ihre Haut, bevor er zu Boden fällt.

„Verdammt schön." Ihre Wangen erröten bei meinem Kompliment. Ich trete daraufhin vor und hebe sie hoch.

„Harrison!", quietscht sie in meinen Armen, als ich sie wie eine Braut durch den Flur in mein Schlafzimmer trage.

„Harrison! Lass mich runter!" Sie lacht und zappelt in meinen Armen.

„Gut!", entgegne ich und werfe sie auf mein Bett, bevor ich meine Fliege löse und das Jackett abstreife.

Ich beobachte, wie ihre Brüste wippen, bevor ihr Körper in die Matratze sinkt. Ich versuche, das Hemd so schnell wie möglich auszuziehen, sodass die Knöpfe abreißen. Sie sieht sich im Zimmer um, bevor ihr Blick wieder auf mir landet und sie meinen nun nackten Oberkörper in sich aufsaugt. Das letzte Mal, als sie mich halb nackt gesehen hat, schaffte sie es nicht, den Blick auf mich gerichtet zu halten, aber jetzt lösen sich ihre Augen keine Sekunde von mir.

„Deine Muskeln scheinen wie gemeißelt", murmelt sie, während sie meinen Körper bewundert. Ihr Blick auf mich wirkt Wunder für mein Ego, während ich meinen Gürtel öffne und meine Hose herunterziehe. Jetzt nur noch mit meiner Unterhose bekleidet, bewege ich mich langsam auf sie zu. Mein Blick löst sich keinen Augenblick von ihr, und ich beobachte, wie sie hart schluckt.

„Dein Körper ist einfach unglaublich." Ich trete näher und fahre mit meinen Händen ihren Körper hinauf. Ich fühle ihre Kurven, beobachte, wie ihre Brüste den trägerlosen BH ausfüllen, wie ihre Atemzüge ihre Brüste zum Beben bringt, während sie unter mir zittert. Sie trägt schwarze Spitzenunterwäsche, die ich ihr am liebsten mit meinen Zähnen vom Körper reißen würde.

Ich beuge mich über sie und lege meine Lippen auf ihre, während ich mich zu ihr aufs Bett lege und meinen Körper über sie schiebe. Ich drücke meinen Hüften gegen sie, mein Schwanz streift ihre Mitte und lässt sie stöhnen.

„Sieh, was du mit mir machst, Beth. Sieh, wie hart ich für dich bin", stoße ich hervor, während meine Nase ein Muster von ihren Wangen über ihren Hals und wieder zurück zeichnet.

„Es ist lange her ...", flüstert sie und sieht mich mit einem verletzlichen Blick in den Augen an.

„Ich werde mich um dich kümmern", flüstere ich. Meine Worte schienen die Richtigen gewesen zu sein, denn ihre Hand umfasst meinen Hinterkopf und sie zieht mich wieder an ihre Lippen.

Während wir uns küssen, fahren ihre Hände meinen Körper hinauf und erforschen jeden Zentimeter, während ich tiefer wandere und die Körbchen ihres BHs nach unten ziehe. Ich umschließe eine ihrer üppigen Brüste, lege meine Lippen um die Brustwarze und sauge daran. Ich frage mich, wie lange ich mich noch so zurückhalten kann.

Sie wimmert, wölbt ihren Rücken und drückt mir ihre Brust entgegen. Ich ziehe das andere Körbchen nach unten, bevor mein Mund anfängt, ihre andere Brust zu liebkosen. Sie hat fantastische Brüste. Meine Hände legen sich um sie, wiegen sie und ich kneife in ihre Brustwarzen, was ihr ein weiteres Wimmern entlockt.

„Verdammt, ich könnte den ganzen Tag deine Lippen und diesen wunderschönen Körper küssen", stöhne ich gegen ihre Haut. Meine Hände streicheln und massieren ihr zartes Fleisch. Sie ist ganz Frau, und ich liebe es. Ich öffne ihren BH, werfe ihn quer durch den Raum und bahne mir mit meinen Lippen einen Weg an ihrem Körper hinunter, schmecke, erkunde, will ihre Haut als die meine markieren.

„Harrison, du fühlst dich an, als wärst du überall ...", murmelt sie, während sich ihr Rücken wölbt und ihre Hände durch mein Haar fahren, während meine Lippen den Saum ihrer Unterwäsche umspielen.

Ich fahre mit meinen Händen ihre prallen Schenkel hinauf, drücke sie auseinander und schiebe meine Finger zwischen sie, und höre sie keuchen. Meine Finger wandern über ihre warme, feuchte Mitte an der Außenseite ihrer hübschen, schwarzen Unterwäsche und ich sehe, wie sich ihre Hüften entspannen, während sie ihre Beine noch weiter spreizt. Ich stöhne bei der Tatsache, dass sie will, dass ich sie berühre.

„Du bist so feucht für mich ... Das muss weg." Meine Hände legen sich um ihre Hüften, greifen nach dem zarten Stoff und ziehen ihn ihr die Beine hinunter. Jetzt liegt sie völlig nackt unter mir, schaut zu mir auf, ihre Augen flehen mich fast an, mich an ihr zu laben, und die Überzeugung, dass diese Frau anders ist, durchfährt mich.

Ich beuge mich über sie und küsse sie erneut, das Gefühl ihre Lippen auf meinen zu spüren, ist süchtig machend, während meine Hand ihre Kurven hinunterfährt. Ich will alles an ihr spüren, will jeden Zentimeter berühren. Ich umkreise ihren Kitzler mit meinen Fingern, und bei der Berührung keucht sie auf. Ihre warme, feuchte Mitte sagt mir genau, was ihr gefällt. Ihre Hüften bewegen sich im Rhythmus zu meinen Fingern und sie reibt sich an meiner Hand. Unser Kuss wird intensiver, als meine Hand etwas tiefer geht. ich schiebe einen Finger in sie hinein, bevor ich ihn herausziehe und ihren Kitzler erneut umkreise. Ich wiederhole den Vorgang langsam und aufreizend, immer und immer wieder, während sie in meinem Mund stöhnt.

Ihr Körper beginnt sich zu winden, ihre Hüften zucken, und ihr Griff um meinen Nacken verstärkt sich.

„Ich will, dass du auf meinen Fingern kommst, Baby. Dann will ich meinen Schwanz in dich versenken", murmle ich. Meine Art mit ihr zu sprechen, gefällt ihr offensichtlich, denn in diesem Moment kommt sie zum Orgasmus, ihre Finger krallen sich in meine Haut, ihr Atem stockt, bevor sie ein lautes Stöhnen ausstößt und ich spüre, wie ihr Körper unter mir erbebt, während sich ihre Hüften noch heftiger bewegen.

„Ich komme, oh Gott", stöhnt sie, ihr Kopf fällt zurück aufs Bett, und ich beobachte, wie ihr Höhepunkt ihr Gesicht vor Euphorie zeichnet.

„Verdammt schön", murmle ich, während ich beobachte, wie sie nach Luft schnappt und ihre Augen öffnet, um mich anzuschauen. Ich bin so verdammt hart, dass ich darum kämpfe, ein Gentleman zu sein, und dann sehe ich, wie ein verschmitztes Lächeln auf ihrem Gesicht erscheint, während ich mit meinen Händen ihren Körper hinauffahre.

„Harrison, das war ... unglaublich", haucht sie, als ich mich vorbeuge und wieder eine ihrer Brustwarzen in meinen Mund nehme und langsam daran sauge. Als ich mich zurückziehe, bleibt mein Blick auf ihr haften, während ich meine Finger zum Mund führe und daran sauge. Ihre Augen weiten sich, als sie sieht, wie ich sie koste. Und ich muss feststellen, dass sie so gut schmeckt, wie sie aussieht.

17

BETH

Mein Körper sinkt in das Bett unter dem Mann, der mich heute Abend völlig aus den Socken gehauen hat, der mein Herz zum Rasen bringt wie nie zuvor.

Ich kann nicht glauben, dass das gerade wirklich passiert. Ich keuche, meine Beine zittern, mein Herz klopf so heftig, dass ich das Gefühl habe, dass es mir gleich aus der Brust springt. Und schon jetzt war es eine der besten Nächte meines Lebens.

„Das war verdammt wundervoll", sagt er, küsst meine verschwitzte Haut, und saugt an meiner Brustwarze, die er schnell als mein Kryptonit erkannt hat, ebenso wie seine schmutzigen Worte.

Ich stöhne auf, als ich wieder in sein Haar greife und seine Kopfhaut massiere, und ich höre, wie er vor Vergnügen stöhnt. Er richtet sich auf und sieht mir tief in die Augen, bevor seine Lippen wieder auf meine treffen. Verdammt, er ist ein wahnsinnig toller Küsser. Er ist leidenschaftlich und begehrt mich, als wäre ich die einzige Frau auf Erden.

Ich greife fest in sein Haar, während meine Zunge mit seiner tanzt, und ich spüre, seinen heißen, harten Schwanz, der über meinen Oberschenkel streift. Ich lasse meine Hand über seinen Oberkörper gleiten, streiche mit den Fingern leicht über seine Haut, bis ich seine Boxershorts ertaste; das einzige Kleidungsstück, das uns noch voneinander trennt, und lasse meine Hand hineingleiten.

Ich umklammere ihn und entlocke ihm ein Stöhnen, als seine Lippen auf meinen verweilen, dann beginne ich, seine Länge zu massieren und zu streicheln, und genieße es, wie er daraufhin zittert.

„Scheiße, wenn du so weitermachst, werde ich nicht lange durchhalten", knurrt er, bevor er sich von mir löst. Ich setze mich auf und stütze mich auf meine Ellbogen, um zu sehen, was er vorhat.

Als er neben dem Bett steht, zieht er seine Boxershorts aus, und ich erhasche einen ersten Blick auf den Mann, von dem ich bereits weiß, dass er der nächste Gouverneur sein wird. Mein Blick schweift über ihn, studiert seinen durchtrainierten Körper, seine wohlgeformten Muskeln, die an seinem Becken in ein V auslaufen. Dann wandert meine Aufmerksamkeit tiefer, als ich sehe, wie er seinen perfekten Schwanz packt, ihn auf und ab streichelt, während er mich aufmerksam beobachtet.

Ohne seinen Blick von mir abzuwenden, geht Harrison zum Nachttisch, öffnet die Schublade und holt eine Schachtel Kondome heraus, aus der er eines herausfischt und die anderen daneben liegen lässt. Mein Magen flattert erwartungsvoll.

Er ist ein Mann, der die Kontrolle hat, der genau weiß, was er will, und er will mich.

Er streift das Kondom über, bevor er zum Bett zurückkommt, mich von der Matratze hebt und mich zu dem großen Sessel bringt, der auf der anderen Seite des Zimmers steht.

„Ich möchte, dass du bei unserem ersten Mal die Kontrolle hast, Beth", sagt er und hält unsere Hände ineinander verschlungen, während er sich wie ein König auf den Sessel sinken lässt und seinen Kopf zurücklehnt, während seine Augen an meinem nackten Körper auf und ab wandern. „Jetzt sei ein braves Mädchen und komm und setz dich auf meinen Schwanz."

Braves Mädchen ... Diese zwei Worte zünden ein Feuer unter meiner Haut. Wenn ein Mann das außerhalb des Schlafzimmers zu mir sagen würde, würde ich ihn wahrscheinlich ohrfeigen. Aber hier und jetzt fühle ich, wie ich ihm nur noch mehr verfalle.

Harrisons Augen leuchten auf, als ich näher komme. Seine Nasenflügel blähen sich und sein Griff um meine Hand wird fester, als er mich auf sich zieht.

„Du magst es genauso, wenn ich dich lobe, wie du meine schmutzigen Worte magst, nicht wahr, Baby?", kommentiert Harrison, bevor sein warmer, feuchter Mund meine Brustwarze umschließt und an ihr saugt.

„Das tue ich", gebe ich atemlos zu, als ich mich rittlings auf ihn setze. Ich sollte mich unbehaglich fühlen, aber das tue ich nicht. Ich fühle mich begehrt.

„Na, dann sei ein braves Mädchen und gleite mit deiner feuchten Muschi auf meinen Schwanz, bis ich dich zum Schreien bringe."

Langsam senke ich mich, während er mit einer Hand seinen Schwanz ergreift und mich mit der anderen in Position zieht. Ich spüre, wie seine Spitze an meinen Eingang stößt und mich dehnt. Er ist riesig, und ich halte den Atem an, während ich auf ihn warte.

„Atme, Beth. Du schaffst es, ich habe dich." Sein Mund schließt sich wieder um meine Brustwarze, während meine Hände die Lehne des Sessels hinter seinem Kopf umklammern. Ich senke mich weiter, um ihn ganz in mir aufzunehmen, und mein Kopf fällt zurück, als ich es schaffe und ein langes Stöhnen ausstoße.

„Scheiße, bist du eng. Bewege deine Hüften für mich ... Zeig mir, was ich mit dir mache", knurrt er, während seine Hände meine Arschbacken packen und sein Kopf gegen die Lehne des Sessels sinkt, um mich offen zu bewundern. Sein Blick ist trunken vor Lust, und er beißt sich auf die Unterlippe, als ich anfange, mich zu bewegen. Meine Hüften wiegen sich und wippen wie eine Tänzerin, obwohl ich einer der unkoordiniertesten Menschen bin, die ich kenne.

„Das ist mein Mädchen. Mein wunderschönes, versautes Mädchen, das meinen Schwanz reitet", stöhnt er und entfacht damit das Verlangen in meinem Körper, und jedes Mal, wenn ich mich bewege, habe ich das Gefühl, zu explodieren.

„Harrison, das fühlt sich ..." Ich keuche, meine Brüste heben sich im Takt mit meinem Körper.

„Verdammt unglaublich an", beendet Harrison meinen Satz, und ich spüre, wie seine Hand meinen nackten Rücken hinaufgleitet und mein Haar packt, bevor er es mit der Faust zurückzieht.

Ich gebe ihm nach, mein Körper wölbt sich, meine Hüften bewegen sich jetzt anders, der Druck auf meine Klitoris ist berauschend. Ich habe das Gefühl, eine außerkörperliche Erfahrung zu machen.

„Harrison, ich kann nicht, ich werde ..." Ich keuche auf, unsere Körper schlagen aneinander, unser tiefes Bedürfnis nacheinander wird deutlich, als seine Finger sich in meine Hüften bohren und die andere Hand mein Haar noch fester zieht.

„Komm für mich, Beth, komm, wie das gute Mädchen, das du bist." Meine Hände bleiben, wo sie sind, während ich mich auf Harrison krümme, während die Wellen des Orgasmus über mich hinwegfegen.

„Harrison!" Ich schreie seinen Namen in den Raum hinaus und bin froh, dass wir allein sind, denn ich höre das Echo, als mich die pure Ekstase überkommt.

„Scheiße, Beth!", schreit Harrison fast zeitgleich. Sein Griff verstärkt sich, seine Bauchmuskeln spannen sich an, als er tiefer stößt, sein Orgasmus ist genauso intensiv wie meiner.

Mir ist heiß und ich ringe nach Luft, mein Haar steht zerzaust von meinem Kopf ab, und als ich von meinem Hochgefühl herunterkomme, lockere ich meinen Griff an der Sessellehne und lasse mich gegen ihn sinken. Harrisons Hände streicheln meinen Körper, wandern meinen Rücken auf und ab und entlocken mir ein leises Stöhnen.

Ich bin erschöpft. Noch nie habe ich eine solche Erregung erlebt wie in der letzten Stunde mit Harrison.

Ein paar Minuten lang sind wir still, beide befriedigt und vollkommen zufrieden.

„Lass uns unter die Dusche gehen. Ich möchte, dass du dich vor mich hinkniest und deine hübschen Lippen um meinen Schwanz legst." Er fährt mit seinem Dirty Talk fort, und ich lecke mir erwartungsvoll über die Lippen.

Ich trete zurück, schaue ihn an und schenke ihm ein Lächeln.

„Ja, Sir", flüstere ich und freue mich schon darauf, was Harrison sonst noch mit mir vorhat.

WIR GEHEN ZURÜCK in sein Schlafzimmer, geduscht, mit nassen Haaren und erschöpften Muskeln, bereit, uns dem Schlaf hinzugeben. Als ich auf seinem riesigen Bett liege, beobachte ich ihn, wie er aus dem Bad auf mich zukommt.

„Mir gefällt der Anblick von dir in meinem Bett", sagt er, während seine Augen über meinen nackten Körper gleiten und mein langes rotes Haar bewundern, das ich früher gehasst habe und das mich jetzt unbesiegbar erscheinen lässt. Das Selbstvertrauen, das ich jetzt verspüre, ist im Vergleich zu vor ein paar Wochen überraschend, aber ich fahre mit meinen Fingern über meine Hüften, um meine Kurven nachzuzeichnen, und lasse sie wieder sinken. Er sieht mir aufmerksam zu.

Er schaltet das Licht aus und überlässt uns dem hellen Schein des Mondes, der durch die Fenster scheint, während er sich neben mich sinken lässt.

„Wie fühlst du dich?", fragt er und sieht mich an, wobei die Falte zwischen seinen Augenbrauen mir zeigt, dass er etwas besorgt ist.

Ich hebe meine Hand und streiche über die kleine Falte zwischen seinen Augenbrauen, so wie ich es schon immer tun wollte, seit ich ihn kennengelernt habe, und die Spannung löst sich sofort.

„Perfekt", sage ich leise. Ich habe mich nackt noch nie so gut gefühlt. Ich habe mich noch nie so gut gefühlt, weder vor noch während, noch nach dem Sex. Als Harrisons Blick über mein Gesicht streift, schenke ich ihm ein kleines Lächeln, das er erwidert.

„Gut. Ich auch. Bist du sicher, dass es dir gut geht, nachdem, was bei der Veranstaltung passiert ist?", fragt Harrison und bezieht sich dabei auf seine Mutter und die Änderung der Sitzordnung.

„Es war nicht ideal, aber es ist in Ordnung", sage ich ehrlich.

„Es war nicht in Ordnung, und es wird nicht wieder vorkommen", entgegnet er, offensichtlich immer noch wütend über den Vorfall, und ergreift meine Hand.

„Im Ernst, das ist kein Problem", versuche ich wieder abzuwehren. Unsere ineinander verschränkten Finger beruhigen mich, jeglicher Stress oder jede Anspannung, die ich gespürt habe, ist wie weggeblasen.

„Aber für mich ist es ein Problem. Sag mir, warum habe ich dich heute Abend mit den Kellnern reden und in die Küche gehen sehen? Ist etwas schiefgelaufen?", fragt er und erneut legt sich seine Stirn in Falten. Ich atme tief ein und seufze, die hektische Nacht holt mich jetzt ein. Sein Daumen streicht über meine Hand und ein Kribbeln schießt über meinen Arm.

„Nein. Ich habe dafür gesorgt, dass aufgeräumt und alles ordnungsgemäß beendet wurde. Deine Mutter ist früher gegangen, und Lillian konnte ich nicht finden, also habe ich es einfach gemacht", sage ich achselzuckend und spüre eine schwere Erschöpfung in mir. Doch seine Berührung gibt mir Kraft.

„Was für ein Chaos ...", murmelt er, reibt sich den Kopf und schweigt.

„Oscar hat den Arzt überzeugt", sagt er dann lächelnd, und seine blauen Augen strahlen vor Glück.

„Ja, ich weiß. Das ist toll", entgegne ich und erwidere sein Lächeln.

„Das ist es. Wie war dein Abend? Wo warst du die ganze Zeit?" Seine Frage lässt eine warme Welle in mir aufsteigen. Es ist schön zu wissen, dass er nach mir gesucht hat. Dass ich nicht aus den Augen und aus dem Sinn war.

„Ich habe die meiste Zeit mit Arthur verbracht", sage ich. Ich bin so glücklich über das, was ich gleich erzählen werde, und ich weiß, dass er es auch sein wird.

Er hält inne und zieht angesichts meines Gesichtsausdrucks die Brauen hoch. „Und? Hattest du Glück?", fragt er und wartet gespannt auf meine Antwort. Ich beiße mir auf die Unterlippe und versuche vergeblich, mein Grinsen zu verbergen.

„Er spendet hunderttausend und wird morgen einen öffentlichen Unterstützungsbrief verfassen, den er in der Zeitung veröffentlichen wird", sage ich und kann mir ein breites Lächeln nicht verkneifen, das sich auf meinem Gesicht ausbreitet.

„Was?" Harrison setzt sich ruckartig auf, seine Augen sind nun weit aufgerissen und sein Lächeln verwandelt sich in ein breites Grinsen.

„Ja! Er sieht die gute Arbeit, die du leisten wirst, und freut sich, deine Kampagne zu unterstützen."

„Ja", sagt er, legt seine Hände um mein Gesicht und zieht mich zu sich heran, um seine Lippen auf meine zu pressen. Seine Aktion überrascht mich und ich klammere mich an seine Schultern.

„Beth, das ist unglaublich!" Er hält inne und lässt mich zurück aufs Bett sinken. Seine Hand streicht träge über meinen Nacken, über meine Schultern und meine Arme. Sein Gesicht bleibt nur wenige Zentimeter von meinem entfernt, und ich spüre seinen heißen Atem auf meinen Lippen.

„Du bist unglaublich", murmelt er, und mein Puls beschleunigt sich, als ich den Blick in seinen Augen sehe. Für einen Moment bin ich atemlos.

„Du auch", hauche ich.

Wir liegen nebeneinander und schweigen eine Weile, teilen süße Küsse, streicheln den Körper des anderen, wobei sich sein Blick keinen Augenblick von mir löst.

Alles ist genau so, wie ich es mir erträumt habe, bis mein Verstand zu rennen beginnt.

„Wie sollen wir das verbergen, Harrison?", frage ich, obwohl ich diesen Moment nicht zerstören will.

Er schaut einen Moment lang ernst und nachdenklich drein. „Ich weiß es nicht. Aber was ich weiß, ist, dass ich jetzt, wo ich auf den Geschmack gekommen bin, keine Ahnung habe, wie zum Teufel ich mit dir arbeiten soll, ohne dich bei jeder Gelegenheit über meinen Schreibtisch legen zu wollen", brummt er.

„Aber das können wir nicht. Wir haben Monate des Wahlkampfs vor uns. Ein kleiner Ausrutscher könnte das Ende von allem bedeuten. Ich möchte nicht der Grund dafür sein, dass du verlierst."

Harrison sieht mich an, wobei er seine Stirn wieder in Falten legt. „Ich will nicht, dass die Medien dich oder deinen Vater in die Mangel nehmen. Ich will nicht, dass du zu einem Spielball ihrer Interessen wirst. Denn wenn sie davon Wind bekommen, dann wird genau das passieren", sagt er ernst und seine Finger streichen über meine Wange.

„Dann verhalten wir uns professionell bei der Arbeit ...", sage ich und hoffe, dass das bedeutet, dass ich ihn immer noch irgendwie haben kann.

„Und ich habe dich ganz für mich allein hinter verschlossenen Türen ...", beendet er meinen Satz, beugt sich vor und legt seine Lippen wieder auf meine.

Die Nacht ist noch jung, und unser schlecht durchdachter Plan wird in den Hintergrund gedrängt. Unsere Gedanken sind jetzt nur noch in diesem besonderen Augenblick.

18

HARRISON

Als ich am dritten Loch des Tages stehe, ist mein Körper müde, aber mein Geist rast. Bisher habe ich mit meinen Brüdern eine beschissene Golfrunde gespielt, und zwar nur, um zu beweisen, dass ich beständig bin. Mein Ball fliegt über das üppige Grün des Fairways und landet mit Präzision im Bunker.

„Scheiße", murmle ich, doch ich bin keineswegs enttäuscht. Mein Lächeln ist riesig, weil ich ihren Duft noch immer auf meiner Haut riechen kann.

„Das war ein beschissener Schlag, Arschloch. Warum zum Teufel grinst du immer noch?", fragt Tennyson und sieht mich entgeistert an. Ich würde sagen, dass er heute Morgen mürrisch ist, aber er ist immer so, also zucke ich nur mit den Schultern und gehe zurück zu meiner Tasche.

„Hattest du letzte Nacht Sex?", fragt Ben, und Eddie lacht.

„Das geht euch nichts an", entgegne ich, während ich mich von ihren Blicken abwende, meinen Schläger zurück in meine Golftasche schiebe und mich in die Nähe des Golfcarts stelle, um darauf zu warten, dass die anderen ihre Schläge machen. Meine Gefühle sind eine Mischung aus Freude darüber, Beth in meinem Bett gehabt zu haben und dass ich jeden Zentimeter ihres Körpers kosten konnte, und Verwirrung, als ich aufwachte und merkte, dass sie weg war.

Sie hinterließ mir eine Nachricht, dass sie nach Hause musste, aber ich wünschte, sie hätte mich geweckt. Offensichtlich war ich nach all der körperlichen Aktivität, der vergangenen Nacht, völlig ausgepowert. Dennoch hatte ich mich heute Morgen auf mehr von ihr gefreut. Aber ich weiß, dass eine Nacht nicht das Ende ist, und eine Frau wie Beth braucht Zeit, um über unsere Entscheidung nachzudenken.

Ich will sie, in jeder Hinsicht. Aber ich will auch Gouverneur werden, und wenn ich beides haben könnte, dann wäre das fantastisch. Aber da ich meinen Wahlkampf gerade erst begonnen habe, kann ich nicht einfach so, etwas mit einer neuen Frau anfangen, vor allem nicht mit einer, die zu meinem Team gehört, egal wie sehr ich mit ihr zusammen sein möchte. Das ist uns beiden vollkommen klar. Wir werden also normal und professionell miteinander umgehen, und ich hoffe darauf, dass wir unsere Aktivitäten von gestern Abend in Zukunft jeden Abend wiederholen können. Ich hoffe nur, dass sie immer noch dasselbe denkt.

Ich ignoriere meine Brüder, ziehe mein klingelndes Handy aus der Tasche und sehe, dass es Oscar ist. Ich habe den ganzen Tag auf seinen Anruf gewartet. Heute werden die ersten Umfrageergebnisse der Gouverneurskampagne veröffentlicht, und ich muss wissen, wie ich so früh in der Kampagne dastehe.

„Die Umfrageergebnisse sind da", begrüßt mich Oscar, und ich versuche, seinen Tonfall zu deuten.

„Und?", frage ich, als Eddie sich neben mich stellt, während meine beiden anderen Brüder sich miteinander unterhalten. Über die Arbeit, zweifellos.

„Du liegst knapp in Führung. Deine aktuelle Zustimmungsrate liegt bei zweiundfünfzig Prozent, was gut ist. Die Opposition liegt allerdings bei achtundvierzig Prozent, es ist also knapp."

„Das ist gut. Bist du damit zufrieden?", frage ich ihn, während Eddie mir mit einem kleinen, aber stolzen Grinsen zunickt.

„Das ist großartig, aber wir haben noch ein bisschen Arbeit vor uns. Hast du die Nachmittagsausgabe von *Baltimore Business* gesehen?", fragt er zögernd.

„Nein. Warum?", frage ich, während Eddie damit beschäftigt ist, die Nachrichten auf seinem Handy aufzurufen.

„Sie haben eine kleine Geschichte über dich gebracht. Über das Ereignis von gestern Abend. Es ist in Ordnung, aber vielleicht möchtest du dir das Bild ansehen, das sie veröffentlicht haben. Ich muss mich wieder an die Arbeit machen. Wir reden später", sagt er, bevor er das Gespräch beendet, und ich schaue Eddie über die Schulter.

Auf dem Bildschirm seines Handys erscheint ein Bild von Beth und mir auf der Titelseite. Sie sieht umwerfend aus. Das Bild zeigt sie, wie sie lachend den Kopf zurück wirf und ich sie bewundernd ansehe. Ich erinnere mich genau an diesen Moment. Es muss mitten im Gespräch aufgenommen worden sein, als wir gestern Abend ankamen – bevor ich von Leuten überrannt und von ihr getrennt wurde. Eddie und Oscar waren direkt neben uns, wurden aber praktischerweise aus dem Bild herausgeschnitten.

Ben kommt an unsere Seite und schaut über Eddies andere Schulter. „Also, Beth, hm? Du konntest gestern Abend deine Augen nicht von ihr lassen."

„Beth ist großartig. Vermassele es nur nicht", mahnt Eddie, während er sein Handy wieder in die Tasche schiebt, und ich frage mich, ob er von meiner Kampagne oder von Beth spricht. Ich mache mir eine mentale Notiz, ihn später danach zu fragen.

„Sie ist heiß. Ich wünschte, ich hätte sie zuerst gesehen!", fügt Tennyson hinzu, als er sich zu uns gesellt. Sein Ruf als Frauenheld ist fast so groß wie der unseres Vaters. Jetzt ist *er* ein Playboy. Ich starre ihn an, während ich mich bemühe, nicht mit den Zähnen zu knirschen.

„Scheiße, magst du sie wirklich? Bedeutet sie dir etwas?", bohrt Tennyson weiter nach, als er merkt, dass er einen Nerv getroffen hat.

„Das Letzte, was ich brauchte, war sie. Das Letzte, wonach ich gesucht habe, war eine Frau. Das weißt du auch. Aber sie ist wie aus heiterem Himmel erschienen und jetzt kann ich nur noch an sie denken", sage ich und fahre mir mit der Hand über das Gesicht.

Ich schnappe mir einen Golfball und meinen Schläger für einen weiteren Schlag.

Meine drei Brüder sehen mir zu, wie ich mich an den Abschlag stelle und den Ball wieder kräftig auf das

Fairway schlage, aber diesmal landet er im Gebüsch auf der anderen Seite.

„Scheiße", knurre ich und kehre zu meinen Brüdern zurück.

„Konzentriere dich auf das Spiel und lass deinen Schwanz da raus", spottet Tennyson.

„Was ist mit meinem Schwanz?"

„Nichts, du hast einen tollen Schwanz, fast so groß und schön wie meiner", sagt Tennyson grinsend.

„Können wir eure beiden Schwänze da heraushalten?", meldet sich Eddie hinter mir zu Wort.

„Lass deinen Schwanz da raus", drängt Tennyson. „Was ist aus ‚Ich halte mich von Frauen fern und konzentriere mich auf meine Gouverneurskampagne' geworden?", fährt er fort, und er hat natürlich recht. Ich habe allen gesagt, dass ich den Frauen für die Dauer meiner Kampagne abschwöre, aber ich habe das genaue Gegenteil getan.

„Er wird sie nicht heiraten", wirft Ben ein, als wir vier in den Golfwagen steigen, um unsere Bälle zu suchen.

„Hör auf, so über sie zu reden", schnauze ich und hasse sie dafür, dass sie über sie reden, als wäre sie eine Frau, die ich nur in meinem Bett haben wollte. Sie ist so viel mehr als das.

Alle drei sehen mich verblüfft an.

„Heilige Scheiße. Du magst sie. Du magst sie *wirklich*?", sagt Ben voller Ehrfurcht.

„Oscar wird stinksauer sein", meint Eddie und schüttelt amüsiert den Kopf.

„Es ist mir scheißegal, was Oscar denkt. Sie ist anders. Ich kann es nicht erklären. Sie interessiert sich nicht für mein Geld, meine Familie oder mein Geschäft. Sie klebt nicht die ganze Zeit an ihrem Handy oder macht Selfies. Sie ist unabhängig, stark, widerstandsfähig, intelligent, freundlich, verdammt schön ..." Ich breche ab. Meine Brüder sind still, als ich sehe, wie sie mich alle anstarren.

„Aber wir müssen es für uns behalten. Zumindest bis zum Ende der Kampagne", sage ich abschließend. Meine Brüder sind noch einen Moment lang still.

„Sie wird also dein kleines, schmutziges Geheimnis sein? Weißt du, wie das aussehen wird, wenn es öffentlich wird?", fragt Eddie, der mit meinem Plan offensichtlich nicht zufrieden ist, da er bereits ein großer Fan von Beth ist.

„Das wird es nicht. Nur ihr drei und Beth wisst es. Und so wird es auch bleiben", brumme ich. Es gefällt mir zwar nicht, aber ich weiß, dass es so sein muss.

„Was ist mit Lilly?", fragt Eddie.

„Lilly geht das alles nichts an. Ich habe schon mit ihr gesprochen. Ich habe auch mit Mom gesprochen. Sie scheinen nicht zu verstehen, dass ich nicht mit Lilly zusammen sein will. Sie ist ein tolles Mädchen, das wissen wir alle, aber sie ist wie eine Schwester für uns."

„Ihr Vater war gestern Abend nicht glücklich. Ihm hat es nicht gefallen, dass du Beth angefasst hast, als du sie ihm vorgestellt hast, also sei nicht überrascht, wenn er deine Kampagne nicht mehr unterstützt", sagt Eddie.

„Das macht nichts, ich habe Arthur", sage ich. Bisher habe ich noch niemanden die fantastischen Neuigkeiten mitgeteilt, die Beth mir gestern Abend überbracht hat.

„Was?" Eddie stoppt den Wagen abrupt, und wir werden nach vorn geschleudert.

„Arthur Stratten?", fragt Ben. Der Mann, von dem niemand dachte, dass er jemals einen Rothschild öffentlich unterstützen würde, tut nun genau das.

„Wie zum Teufel hast du das hinbekommen?", fragt Tennyson verblüfft.

„Beth."

„Beth?", fragt Ben und seine Augen weiten sich.

„Kein Wunder, dass du sie gefickt hast", sagt Tennyson, und ich verpasse ihm einen Schlag auf den Arm dafür. Er ist ein paar Jahre jünger als ich, aber er ist genauso groß und breit, sodass ich das Gefühl habe, auf Zement zu treffen.

„Nicht, dass ich euch drei, einzelnen Arschlöchern irgendetwas erklären müsste, aber sie kann gut mit Menschen umgehen, ist ausgezeichnet in der Gemeinde, redet gerne und hilft. Sie ist Gold wert für mich und für meine Kampagne."

„Ist sie nur deswegen Gold wert?", fragt Ben und versucht abzuschätzen, wie ich tatsächlich zu der ganzen Sache stehe. Scharfsinnig, wie immer.

„Nein. Sie ist mir verdammt noch mal ans Herz gewachsen. Also, zurück zum Spiel", sage ich, während ich aussteige und mich auf die Suche nach meinem Ball mache. Meine Brüder stehen aufrecht da und schweigen, als ich meinen Schlag mache. Ich schlage noch einmal und beobachte, wie mein Ball durch die Luft fliegt, nahe an das Putting Green heran, bevor er sich nach links neigt und genau im Bunker landet.

Das wird ein verdammt langes Spiel werden.

19

BETH

Meine Gefühle in diesem Moment, könnten in keinem krasseren Gegensatz zu denen stehen, die ich vergangene Nacht verspürt habe. Vor weniger als vierundzwanzig Stunden wurde ich von dem Team von Magiern, die Harrison für die von seiner Mutter geplante Veranstaltung in mein Hotel geschickt hatte, perfekt herausgeputzt. Bevor der Milliardär selbst mich für den Rest des Abends in Anspruch nahm. Heute jedoch bin ich Zuhause, in den ältesten Kleidern, die ich habe, damit nichts Anständiges aus meinem Kleiderschrank durch den Dreck, den ich aus den Dachrinnen befördere, ruiniert wird. Nachdem ich die Dachrinnen gesäubert habe und die grauen Wolken, die heute Morgen in der Ferne zu sehen waren, am späten Nachmittag immer näher kommen, versuche ich eilig, das Loch im Dach zu finden, wo es in letzter Zeit immer durchtropft.

Normalerweise würde das ein Vermieter in Ordnung bringen, aber Dad und ich haben mit ihm vereinbart, dass wir für eine niedrigere Miete die gesamte Instandhaltung selbst übernehmen würden. Damals dachten wir, dass nichts repariert werden müsste, und ein paar Jahre lang hatten wir auch recht. Aber mit zunehmendem Alter ist das Haus nicht mehr so schön, wie es einmal war, und nach fast fünfzehn Jahren in diesem Haus beginnt es, zu verfallen.

„Verdammt!", fluche ich leise und hoffe, das Loch zu finden und es flicken zu können, bevor Dad vom Zentrum nach Hause kommt und mich anbrüllt, weil ich auf dem Dach war. Ich taste an den Blechplatten entlang und hoffe, die Stelle zu finden, an der es hereinregnet. Die feuchte Decke sieht heute schlimmer aus als noch vergangene Woche. Mir ist klar, dass, wenn ich die Stelle nicht finde und versuche, sie abzudichten, die für die Reparatur erforderlichen Wartungs- und Instandhaltungsarbeiten in die Höhe schießen werden.

Ich gähne leicht, müde von der Nacht. Mein Körper schmerzt an Stellen, die schon lange nicht mehr geschmerzt haben. Ich lächle über mich selbst. Die letzte Nacht war magisch. Wie mein eigener Aschenputtel-Traumball. Nur, dass mein Märchenprinz so schmutzige Dinge mit mir gemacht hat, dass mein Innerstes bereits danach verlangt, dass er das alles noch einmal macht.

Ich beiße mir auf die Lippe, als ich an seinen Mund auf meinem Körper denke. Hitze steigt mir in die Wangen und mein Körper fühlt sich warm an, obwohl der Wind auffrischt und die Sonne inzwischen hinter einer dunklen Wolkendecke verschwunden ist. Ich taste weiter herum und hoffe, dass ich nicht von einer Spinne gebissen werde, während ich weiter träume.

„Ja!", rufe ich laut in den leeren Garten unter mir, als meine Hand auf ein Loch, das halb unter einer Platte verborgen, trifft. Es ist groß genug, dass meine Hand hineinpasst, und ich bin stolz auf mich, dass ich es gefunden habe. Schnell drehe ich mich um, um die Werkzeuge zu holen, die ich mit aufs Dach gebracht habe. Ich habe sie mir in der Woche zuvor von meinem Nachbarn geliehen, um mich vorzubereiten, und ich überlege, wie ich das Loch verschließen kann. Aber als ich versuche, meine Hand aus dem Loch herauszuziehen, um nach den Werkzeugen zu greifen, bewegt sich meine Hand nicht. Ich drehe und ziehe, und dabei rutschen meine Füße leicht auf dem Blech aus, und mein Körper ruckt, um das Gleichgewicht zu halten. Die Kraft meiner Bewegung reißt meine Hand aus dem Loch und verursacht einen Schnitt in der Mitte meiner Handfläche.

„Ahhh!", schreie ich, greife nach meiner Hand, verliere das Gleichgewicht und falle vom Dach. Panik durchfährt mich und ich strecke meine unverletzte Hand aus, um mich an etwas festzuhalten. Irgendetwas!

Ich schaffe es, mich an der Dachrinne festzuhalten, als mein Körper vom Dach rutscht. Mein Körper baumelt genau zwei Sekunden lang, bevor die Dachrinne anfängt, nachzugeben und ich mein Gewicht nicht mehr halten kann und loslasse. Ich danke meinen Glückssternen für den großen Blumenstrauch, der meinen Sturz abfängt, bevor ich hart auf dem Boden aufschlage und mein Hintern im Gras landet. Zweifellos wird mein Körper noch tagelang geprellt sein, wenn man von dem Schmerz ausgeht, der meine Hüfte durchzuckt.

Ich bleibe einen Moment sitzen, um mich zu

sammeln. Es ist niemand zu Hause außer mir. Ich atme tief durch und zwinge mich, die Tränen zu unterdrücken, denn das hätte viel schlimmer enden können. Ich wackle mit den Zehen und beuge die Knie und stelle fest, dass nichts weh tut oder gebrochen ist, bis ich meine Hand betrachte, an der das Blut übers Handgelenk herunterläuft.

Da Dad mit Larry im Zentrum ist, weiß ich nicht, wen ich anrufen soll. Es fühlt sich nicht so schlimm an, als dass ich einen Krankenwagen rufen sollte, aber ich habe kein Auto und die Busse fahren sonntags nur jede Stunde. Ich sitze und denke nach, während das Blut meinen Unterarm überzieht und ich wieder mit den Zehen wackle, um mich zu vergewissern, dass ich mir nichts gebrochen habe. Da sich meine Hand taub anfühlt und ich den Schmerz in meinem Körper versuche, auszublenden, stehe ich auf und gehe ein paar Schritte zur Haustür, bevor meine Sicht verschwimmt und ich mich wieder setzen muss.

Mein Puls beschleunigt sich, weil ich spüre, wie die ersten Regentropfen fallen. Um nicht noch mehr Verletzungen zu riskieren, bewege ich mich auf den Knien vorwärts und krabbele langsam vom Rasen über den Fußweg zur Haustür, wo ich meine Schlüssel und mein Handy liegen gelassen habe.

Meine Kleidung ist schmutzig, meine Knie schmerzen, meine Hüfte pocht, und der Schmerz in meiner Handfläche ist so stark, dass ich das Gefühl habe, sie stünde in Flammen. Ich halte die Hand höher und bete, dass die Blutung nachlässt. Als ich zu den Wolken aufschaue, denke ich an meine Mutter, von der ich weiß, dass sie mich von oben ausschimpfen würde.

Zähneknirschend beuge ich mich vor, greife zum Handy und rufe die einzige Person an, die ich kenne, die ein Auto hat und vielleicht verfügbar ist.

Tom, mein Fahrer.

Wenn ich Glück habe, ist er in der Nähe. Ich rufe ihn an und innerhalb von zwanzig Minuten sehe ich ihn in meine Straße einbiegen. Ich beobachte, wie das Auto vor meinem Haus zum Stehen kommt und er eilig aussteigt und den Weg zu mir hinunterrennt.

„Beth! Was ist passiert?", fragt er überstürzt, mit einem panischen Ausdruck im Gesicht, und ich lasse meinen Blick an mir heruntergleiten und merke, dass ich wirklich schlimm aussehe.

„Nichts. Nur ein kleiner Unfall. Meinst du, du kannst mich ins Krankenhaus bringen? Es ist nur eine Viertelstunde entfernt." Ich komme mir dumm vor, aber ich setze mein breites Lächeln auf und knirsche hinter der Fassade mit den Zähnen.

„Komm, ich helfe dir", sagt Tom, beugt sich vor und hilft mir auf, ergreift meinen Ellbogen und begleitet mich langsam zum Auto. Er hält die Tür auf, während ich mich auf den weichen, schwarzen Ledersitz fallen lasse und den Atem ausstoße, den ich angehalten hatte. Ich halte meine Hand hoch und schlinge den unteren Teil meines Pullovers darum. Tom rast durch die Straßen und wir erreichen das Krankenhaus in Windeseile. Als wir vor der Notaufnahme anhalten, steige ich aus.

„Danke, Tom. Ich weiß das wirklich zu schätzen. Tut mir leid, dass ich dich am Wochenende angerufen habe."

„Warte, ich bringe dich rein." In der nächsten Sekunde ist er aus dem Auto gestiegen und rennt herum, um mir zu helfen.

„Nein, nein, es geht mir gut. Ich bin hier praktisch ein Stammgast. Bitte geh zurück zu deiner Familie und genieße den Rest deines freien Tages", sage ich. Ich fühle mich schuldig, dass ich ihn überhaupt anrufen musste. Schwarze Flecken tanzen vor meinen Augen, als ich versuche, in die Notaufnahme zu gehen. Tom hört mir nicht zu. Er begleitet mich bis zum Tresen und tritt dann zurück, um mir etwas Privatsphäre zu geben.

„Oh, Beth, was ist passiert?", fragt Mary, eine Krankenschwester der Notaufnahme. Ob man es glaubt oder nicht, aber ich bin hier Stammgast, und das schon seit Jahren. Wenn es ein Treueprogramm gäbe, wäre ich die Nummer eins.

„Nur eine kleine Schnittwunde, Mary, nichts Ernstes, aber sie muss vielleicht genäht werden", antworte ich und will nicht, dass sie sich Sorgen macht, obwohl meine Handfläche brennt und mir schwindelig ist. Ich weiß, dass sie hier viel zu tun haben, und ich fühle mich schlecht, weil ich heute eine weitere Person auf ihrer sehr langen Liste bin.

„Hier, leg das um deine Hand, damit es nicht noch mehr verdreckt, denn ich fürchte, es wird eine Weile dauern, bis die Ärzte heute Zeit haben", sagt Mary, und ich bin froh, von freundlichen Personen umgeben zu sein.

„Danke, Mary." Ich seufze, erschöpft von dieser ganzen Tortur.

„Wie ist das überhaupt passiert?", fragt sie, während sie meine Hand noch schnell grob umwickelt.

„Ich habe mich am Dach geschnitten."

„Will ich überhaupt Genaueres wissen?", fragt sie und beäugt mich misstrauisch.

„Ich habe nur versucht, ein Loch zu reparieren."

„Ein Loch? Beth, du kannst nicht alles allein machen. Haben wir nicht schon einmal darüber gesprochen? Es gibt Dinge, die müssen Profis machen, und ich würde sagen, auf ein Haus zu steigen, gehört dazu!", schimpft sie und ich nicke stumm.

„Setz dich, meine Liebe. Man wird sich so schnell wie möglich um dich kümmern. Willst du etwas Wasser? Eine Decke?"

„Nein. Es geht mir gut. Wirklich, es ist nur ein Kratzer." Ich schenke ihr ein kleines Lächeln. Auch wenn ich wie ausgedörrt bin und friere, möchte ich nicht, dass sie ihre Ressourcen an mich verschwenden. Mary tätschelt mir die Hand, und ich gehe aus dem Weg, damit sie sich um andere Patienten kümmern kann.

Als ich mich umdrehe, bemerke ich, dass Tom immer noch da ist. Er beobachtet mich, während er sein Handy einsteckt.

„Das wird eine lange Wartezeit, Tom. Es geht mir gut hier. Geh ruhig. Ich bin hier in guten Händen."

Er mustert mich misstrauisch, nickt dann aber. „Gut. Ruf mich an, wenn du etwas brauchst", sagt er, und ich sehe ihm nach, wie er mich zögernd verlässt, während ich ein paar Schritte gehe und mich auf einen der weißen Plastikstühle im Wartezimmer fallen lasse. Mary hatte recht, es ist viel los, aber das ist wohl normal für einen späten Sonntagnachmittag.

Ich ziehe meine Beine an die Brust und schlinge meine Arme um sie, während die Geräusche des Krankenhauses und der Geruch von Desinfektionsmittel mich in eine Zeit zurückversetzen, die ich nicht wieder erleben möchte. Eine Zeit, in der ich von Sanitätern durch die Türen gebracht wurde.

Ich lehne meinen Kopf gegen die Knie, will alles vergessen, doch die Visionen kommen mit voller Wucht zurück, und ich presse meine Augen zusammen, um den pochenden Schmerz in meiner Hand zu unterdrücken. Ich versuche, meine Gedanken unter Kontrolle zu halten, aber die Erinnerungen an meine Mutter reißen mich mit sich.

Und wie damals sehe ich nur Dunkelheit.

20

HARRISON

Als ich am achtzehnten Loch angekommen bin, klingelte mein Handy in meiner Tasche. Ich habe es die letzten zehn Minuten ignoriert, während ich versuchte, diesem schrecklichen Spiel ein Ende zu setzen, was durch die unerbittlichen Hänseleien meiner Brüder über Beth nicht unbedingt einfacher wurde. Trotzdem kann ich nicht anders, als zu lächeln und zu lachen. So unbeschwert habe ich mich seit … nun, seit Ewigkeiten nicht mehr gefühlt.

Ich ziehe mein Handy aus der Tasche, als wir mit dem Wagen zurück zum Clubhaus fahren, und bin überrascht, dass es Tom ist.

„Tom?", frage ich. Es ist Sonntag, unser einziger, wirklich freier Tag in der Woche.

„Es geht um Beth. Sie ist im Krankenhaus", antwortet er schnell.

„Was? Wo?" Mein Herzschlag beschleunigt sich und Besorgnis durchströmt mich. Tom nennt mir die Adresse und was er weiß, und sobald der Wagen anhält, renne ich schon zu meinem Auto.

„Was ist passiert?", ruft Eddie mir nach, während meine Brüder mich ansehen, bereit, in Aktion zu treten.

„Es geht um Beth. Sie ist im Krankenhaus."

„Warte. Wir kommen mit!", sagt Eddie.

„Nein. Ich rufe euch später an." Ich schließe die Autotür und lasse den Motor an. Alle drei stehen auf dem Parkplatz und sehen mir nach, als ich wegfahre.

Das Krankenhaus liegt eine Stunde Fahrt entfernt, aber ich schaffe es in vierzig Minuten und sehe Tom draußen neben seinem Auto stehen, genau dort, wo er mir gesagt hat, dass er sein würde.

„Sie wartet noch immer in der Notaufnahme. Sie haben sich noch nicht um sie gekümmert", sagt er, als ich an ihm vorbeilaufe und das Gebäude betrete. Es ist das reinste Chaos. Überall wimmelt es von Menschen und Krankenschwestern, ganz anders als in dem Privatkrankenhaus in Baltimore, in das unsere Familie geht.

Die Leute schreien, Maschinen werden von Raum zu Raum geschoben, und die Telefone klingeln ununterbrochen. Die Schlange der Wartenden ist lang, und das Personal sieht erschöpft aus. Mein Blick schweift über die Menge, bis ich ihr leuchtend rotes Haar entdecke.

„Beth!", stoße ich aus, erleichtert, dass ich sie gefunden habe, aber mit leichter Panik, weil sie aussieht, als sei sie bewusstlos.

„Beth", sage ich noch einmal, als ich an ihre Seite trete. Sie hockt zusammengekrümmt auf einem billigen Plastikstuhl, ihre Augen sind geschlossen, und ich sehe getrocknetes Blut auf ihrer Wange.

„Beth", wiederhole ich, diesmal etwas lauter, und rüttle sanft an ihrer Schulter.

„Hmmmm", höre ich sie stöhnen.

„Beth, alles in Ordnung?" Ich streiche ihr sanft die Haare aus dem Gesicht. Ihre Haut ist klamm und blutverschmiert, ihr Gesicht ist blass, und sie scheint kaum noch bei Kräften zu sein.

„Autsch", stößt sie aus, während sie ihre Augen langsam öffnet, sie aber sofort wieder gegen das helle Licht zusammenkneift und ihre Hand hochhält, um die Helligkeit abzuschirmen. Alles, was ich sehe, ist rot. Blut bedeckt ihre Hand und ihren Arm, der schlecht gewickelte Verband ist durchweicht, und ich spüre Wut in mir aufsteigen.

„Schwester!", rufe ich der älteren Dame am Tresen zu, die aufschaut. Ihre Augen weiten sich vor Erkennen, bevor sie zu uns eilt.

„Beth, wie geht es dir, Schatz?", fragt sie, als würde sie sie kennen.

„Was glauben Sie, wie es ihr geht? Sie braucht einen Arzt, sofort!", rufe ich und kann meine Wut kaum unterdrücken.

„Untersuchungsraum eins wurde gerade frei. Ich hole einen Rollstuhl", sagt sie mit einem besorgten Ausdruck in den Augen und eilt den Flur entlang.

„Ist schon gut. Ich nehme sie", stoße ich hervor, während ich Beth hochhebe. Ihr Körper hängt schlaff in meinen Armen, ihr Kopf ruht an meiner Schulter. Ich richte mich auf, halte sie fest und wünsche mir, sie würde ein weiteres Lebenszeichen von sich geben.

„Harrison?", murmelt sie. „Was machst du denn

hier?" Ihre Augen sind kaum geöffnet, und ich stelle fest, dass ihre Kleidung voller Blut ist.

„Ich bin bei dir, Beth. Ich bringe dich zu einem Arzt, der sich um dich kümmern wird", versuche ich einfach zu erklären, da ich nicht sicher bin, wie klar ihr Verstand ist.

„Du riechst gut", flüstert sie, vergräbt ihren Kopf an meinem Hals, und ich gluckse, froh, dass sie noch spricht und wach ist. Ich versuche, das Ziehen in meiner Brust zu ignorieren, das jedes Mal auftritt, wenn ich in der Nähe dieser Frau bin.

Die Leute starren uns unverhohlen an, als ich mich durch den Warteraum und den Gang hinunterbewege und der Krankenschwester folge. Ich weiß, dass man mich erkannt hat, denn einige von ihnen haben ihre Handys gezückt und machen Fotos oder vielleicht sogar Videos. Ich ziehe Beth fester an mich, um sie vor den Kameras abzuschirmen. Ich schaue geradeaus und atme erleichtert auf, als wir den Untersuchungsraum betreten, wo ein Arzt wartet.

„Ahh, Beth, lange nicht gesehen", grüßt der ältere Arzt, als ich sie auf den Untersuchungstisch lege, und er lächelt sie herzlich an. Obwohl ich sie sanft hinlege, sehe ich, wie sie eine Grimasse zieht, als sie versucht, ihren Körper in eine bequemere Position zu bringen.

„Hey, Doc. Tut mir leid, dass mein letzter Besuch etwas länger her ist", sagt sie und stöhnt leise.

„Was ist denn heute passiert?", fragt er mit einem Anflug von Vertrautheit. Sowohl er als auch die Krankenschwester scheinen Beth gut zu kennen.

„Ich bin vom Dach gefallen", sagt sie, und ich falle fast selbst um.

„Vom Dach? Was zum Teufel hast du auf dem Dach gemacht?", frage ich schockiert.

„Ich wollte ein Loch reparieren. Ich habe mich am Blech geschnitten", sagt sie und hebt ihre Hand.

„Okay, ich werde das hier säubern, und dann können wir den Schaden beurteilen", sagt der Arzt.

„Ich bin Doktor Standford. Werden Sie hierbleiben oder auf dem Flur warten, Mr. Rothschild?", fragt er mich. Ich sehe zu Beth hinunter und bemerke, dass sie die Augen geschlossen hat.

„Ich werde draußen warten. Ich lasse Ihnen etwas Privatsphäre", sage ich. Ich gehe langsam zur Tür hinaus und schließe sie hinter mir. Ich finde einen weißen Plastikstuhl im vorderen Teil des Raumes und setze mich, während mich die Erschöpfung übermannt. Ich stütze die Ellbogen auf die Knie, halte den Kopf gesenkt und versuche, meinen Herzschlag unter Kontrolle zu bringen.

„Machen Sie sich keine Sorgen um Beth, sie wird schon wieder auf die Beine kommen. Das tut sie immer. Sie hat nur etwas zu viel Blut verloren, das ist alles. Rufen Sie ihren Vater an oder soll ich das machen?", fragt die Krankenschwester.

„Ich kümmere mich darum, danke."

„Gern geschehen, Mr. Rothschild", sagt sie mit einem kleinen Lächeln, und ich beobachte, wie sie in den Warteraum zurückkehrt, um sich um die anderen Patienten zu kümmern. Mein Blick bleibt auf das Geschehen im Warteraum haften, denn so etwas habe ich noch nie in meinem Leben gesehen. Ich war in Krankenhäusern, in vielen sogar, aber nur zur Einweihung und um meinen Vater vor seinem Tod zu besuchen. Alles waren hochmoderne private Einrichtungen, makellos, mit viel Personal und modernster Ausstattung.

Bei diesem Krankenhaus bekommt man das Gefühl, sich in einem Kriegsgebiet aufzuhalten. Die Bodenfliesen haben Risse, die Wände brauchen einen neuen Anstrich, im Flur flackert ständig ein Licht, und die Geräte scheinen Jahrzehnte alt zu sein. Ich greife nach meinem Handy und rufe meine Kontakte auf, suche nach Beths Notfallkontaktdaten und finde die Nummer ihres Vaters.

Nachdem ich ihm kurz alles erklärt habe und er nicht im Geringsten überrascht oder schockiert darüber war, dass Beth im Krankenhaus ist, schicke ich Tom zum Gemeindezentrum, um ihn abzuholen und nach Hause zu bringen. Allerdings war Beths Vater erst damit einverstanden, nachdem ich ihm versprochen habe, Beth direkt nach Hause zu bringen, sobald Doktor Standford mit ihr fertig ist. Nachdem ich aufgelegt habe, schaue ich auf mein Telefon. Ich glaube nicht, dass ihr Vater mich besonders mag, wenn man von unserem einzigen Treffen im Gemeindezentrum ausgeht, und mein heutiger Anruf wird dazu führen, dass er mich noch weniger mag.

Ich rufe meine Brüder und dann Oscar an und bitte auch ihn um einen Überblick über unsere Gesundheitspolitik. Dieses Krankenhaus muss das erste sein, in das wir investieren – und das werden wir sofort tun.

Als ich alle Anrufe erledigt habe, kommt Dr. Standford aus dem Untersuchungszimmer.

„Es geht ihr gut. Es waren nur ein paar Stiche

nötig. Allerdings sollte sie sich die nächsten ein oder zwei Tage schonen. Sie hat einen großen Bluterguss an der Hüfte, aber ansonsten ist sie hart im Nehmen", sagt er lächelnd, bevor die Schwester herbeieilt und den müden, älteren Arzt in das nächste Untersuchungszimmer mit einem anderen Patienten begleitet.

Ich öffne die Tür und betrete den stillen Raum. Beth hat sich aufgesetzt und sieht mich direkt an.

„Was machst du denn hier? Warst du nicht heute beim Golfen?", fragt sie.

„Ich komme von dort. Tom hat mich angerufen."

„Du hättest nicht kommen müssen. Es ist nur ein kleiner Schnitt."

„Ein kleiner Schnitt? Du bist vom verdammten Dach gefallen!" Ich versuche, ruhig zu bleiben, aber meine Stimme wird mit jedem Wort lauter. Ich fahre mir mit der Hand durch die Haare und beginne, im Raum auf- und abzugehen.

„Mir geht es gut. Ich will nicht, dass du dir Sorgen um mich machst", entgegnet sie, und ich kann nicht glauben, was ich da höre.

„Dir geht es *nicht* gut. Und ich werde mir Sorgen um dich machen." Dabei spitzt sie die Lippen, und ich weiß bereits, dass sie widersprechen wird.

„Harrison. Mir. Geht. Es. Gut", sagt sie langsam, und ich stoße den Atem aus, den ich angehalten hatte. Auch wenn ich immer noch verärgert bin, glaube ich ihr.

„Es hat mir nicht gefallen, heute Morgen allein aufzuwachen", murmle ich. Wahrscheinlich sollte ich damit warten, aber ich kann es nicht.

„Ich wollte dich nicht wecken", meint sie und schenkt mir ein kleines Lächeln. Nur, ich kaufe ihr das nicht ab.

„Warum bist du so früh gegangen?" Meine Frage ist einfach, aber ich sehe, wie sie tief Luft holt, als würde ihr die Antwort wehtun.

„Letzte Nacht … fühlte ich mich wie Aschenputtel. Ich fühlte mich schön, sorglos, und das Zusammensein mit dir war fantastisch. Aber mein Leben ist nicht so, Harrison. Es ist nichts davon. Ich habe mich schon ewig nicht mehr sorglos gefühlt, ich trage nie schöne Kleider, ich fühle mich nie schön. Ich musste nach Hause in meine Realität, die ganz anders ist als dein Luxus-Penthouse mit seiner perfekt kuratierten Kunst und seinen luxuriösen Annehmlichkeiten", antwortet sie leise, und das gefällt mir nicht. Ganz und gar nicht.

„Du bist wunderschön. Du bist jede verdammte Minute eines jeden Tages schön. Und wenn ich dir das zeigen muss, werde ich es tun", knurre ich und lege meine Hand um ihre.

„Ich fühle mich wie dein kleines, schmutziges Geheimnis, Harrison. Ich möchte mit dir zusammen sein, mehr als alles andere, aber ich schätze, daran muss man sich erst einmal gewöhnen." Sie lehnt sich an mich, wobei sich ihr Körper entspannt, zweifellos von den Schmerzmitteln.

„Beth, ich weiß, du hast Verantwortungen. Du musst dich um deinen Vater kümmern, und das kann überwältigend sein. Lass mich dir helfen. Lass mich für dich da sein; lass mich dir die Last abnehmen. Ich möchte bei dir sein, jede Sekunde. Ich möchte dich mehr berühren, als ich sollte, und ich weiß, dass die nächsten Monate hart sein werden, aber du bist nicht mein schmutziges Geheimnis, Beth; du bist mein verborgener Schatz", offenbare ich meine Gefühle und will, dass sie weiß, dass sie mir viel mehr bedeutet als ich in Worte fassen kann.

Ich sehe sie an und bemerke, dass ihre Augen glasig werden. Meine starke, schöne Frau ist in meinen Armen gerade verletzlich. So etwas habe ich noch nie von ihr gesehen, und mein Herz verkrampft sich; der Schmerz, sie so aufgewühlt zu sehen, erdrückt mich fast.

„Versprich mir einfach, dass du nicht mehr auf das Dach steigst?", sage ich warnend. Ich kann noch immer nicht glauben, dass sie das getan hat. Sie bleibt verdächtig still.

„Ich werde Eddie anrufen, damit er ein Gebäudewartungsteam organisiert, das morgen zu euch kommt, um den Schaden zu reparieren."

„Nein! Ich brauche keine Almosen, Harrison. Ich kann es selbst machen", protestiert sie verärgert.

„Das sind keine Almosen. Ich kümmere mich um dich."

„Ich brauche niemanden, der sich um mich kümmert und ich brauche auch dein Geld nicht." Selbst in ihrem erschöpften Zustand rutscht sie vom Untersuchungstisch und stellt sich direkt vor mich.

„Hör zu, Beth. Die letzte Nacht war keine einmalige Sache für mich, und ich dachte, ich hätte mich klar ausgedrückt, aber ich werde es noch einmal tun. Ich will dich. Alles von dir. Ich will dich in meinem Bett. Ich will, dass du an meiner Seite arbeitest. Ich will dich in meinem Leben. Also werde ich dafür sorgen, dass dein gottverdammtes Dach repariert wird, und ich werde es mit meinem Geld tun, ob du willst oder nicht."

Wir sehen uns in die Augen, und wenn Blicke töten könnten, würde ich bereits auf dem Boden liegen und nicht einmal mehr zucken. Aber irgendetwas verändert sich, und bevor noch mehr Worte gesprochen werden können, nehme ich sie in meine Arme und küsse sie.

21

BETH

Ich klammere mich mit meiner unverletzten Hand an sein Hemd, während seine Lippen die meinen verschlingen. Seine Hände legen sich auf meine Wangen, ziehen mich zu sich heran und halten mich fest, als wolle er mich nie wieder loslassen. Unsere Lippen pressen sich aufeinander, während unsere Zungen miteinander tanzen, und ich wimmere leise. Der Schmerz, den ich in meiner Hand und meiner Hüfte spüre, ist jetzt längst vergessen. Alles, was ich spüre, ist ihn.

Es gibt kein Zögern, kein Gefühl von Unbehagen, nur pures Verlangen, Bedürfnis und Forderung, während er seine Lippen auf meine presst. Seine Körperwärme hüllt mich in eine warme Decke der Sicherheit, in die ich mich einrollen möchte und nie wieder verlassen will. Ich hätte nie gedacht, dass ich zu den Frauen gehöre, die die Präsenz eines Mannes als beruhigend empfinden würden. Ich habe es immer geschafft, für mich und meinen Vater zu sorgen. Ich bin unabhängig, stark und daran gewöhnt, Dinge allein zu erledigen. Aber in seinen Armen schmilzt mein Körper dahin, und wenn er mich im Arm hält, bekomme ich das Gefühl, dass alles gut werden wird. Er riecht nach einer Mischung aus Sonnencreme und Sommerbrise, und ich möchte am liebsten für immer in seinen Armen liegen.

Er zieht sich ein wenig von mir zurück und wir sehen uns an. Unsere Atemzüge sind schwer, meine Finger klammern sich noch immer an sein Hemd. Seine Hände bleiben auf meinem Gesicht, umschließen meine Wangen, während seine Augen mein Gesicht absuchen. Ich sehe die Sorgenfalte auf seiner Stirn, und jede Verärgerung oder Wut, die ich zuvor verspürte, verflüchtigt sich.

„Du bist stur. Hat dir das schon mal jemand gesagt?", sagt er, legt seine Stirn gegen meine und sieht mir direkt in die Augen.

„Du bist herrisch. Hat dir das schon mal jemand gesagt?", entgegne ich, bevor wir uns beide sanft anlächeln.

„Es schien dir gestern Abend zu gefallen …", murmelt er, und ich denke an die schmutzigen Dinge, die er sagte, und mein Körper verrät mich sofort bei der Erinnerung.

„Es hat mir gestern Abend hervorragend gefallen …" Meine Stimme ist atemlos, und ich sehe, wie das Feuer wieder in Harrisons Augen auflodert. Unser Hunger nacheinander ist immer noch sehr lebendig.

„Wenn so etwas noch einmal passiert, rufst du mich sofort an."

„Ganz gewiss nicht. So etwas passiert andauernd."

Beinahe hätte ich über seinen Gesichtsausdruck gelacht, kann mich aber in letzter Sekunde daran hindern.

„Was meinst du damit, das passiert ständig?"

„Harrison, ich falle, ich stolpere, ich verschütte Getränke, ich falle von Dächern. Ich bin ungeschickt, ein Tollpatsch, eine wandelnde Katastrophe."

„Erstens: Du bist nichts von alledem. Zweitens: Ich rufe Eddie an, damit er jemanden organisiert, der morgen dein Dach repariert, und ich akzeptiere kein Nein als Antwort. Und drittens ..." Er hält inne und sieht mir in die Augen.

„Und drittens?"

„Und drittens: Du rufst mich an, wenn so etwas noch einmal passiert", wiederholt er.

Ich schnaube und sehe ihn an, wie er mich unverwandt anstarrt, als wolle er mich herausfordern, weiter zu protestieren, aber ich nicke nur, verärgert darüber, dass er mich so weit gebracht hat, dass ich nachgebe. Ich bin von niemandem abhängig, und doch wirbelt er seine Magie um mich herum, und ich stimme allem zu.

Ich habe mich schlecht gefühlt, als ich ihm heute Morgen eine Nachricht hinterlassen habe, und ich fühle mich immer noch verletzlich, wenn ich ihm jetzt die Karten auf den Tisch lege. Aber ich fühle mich ein wenig leichter, weil ich einen Teil meines Lebens mit ihm geteilt habe und er nicht Reißaus genommen hat.

„Warum musstest du so lange im Wartezimmer warten? Warum hat man sich nicht gleich um dich gekümmert?"

„Weil dies eines der am heftigsten unterfinanzierten Krankenhäuser im ganzen Land ist. Weil es nicht genug ausgebildete Ärzte und Krankenschwestern gibt, um all den Menschen zu helfen, die Hilfe brauchen. Harrison, ich bin so ungeschickt, dass ich fast jeden Monat mit dem einen oder anderen Wehwehchen hier bin. Ich warte, bis ich dran bin. Ich will dem Krankenhaussystem nicht noch mehr zur Last fallen; die haben schon genug zu tun, ohne dass jemand wie ich ständig hier ist", sage ich seufzend und fühle mich plötzlich sehr erschöpft von diesem Tag.

Er schaut sich um, und ich sehe, wie seine Augen den Raum begutachten. Die fadenscheinigen Vorhänge vor dem Fenster und das dünne Gummi auf dem Untersuchungstisch. Der weiße Plastikstuhl an der Seite des Zimmers, der voller Flecken und Kratzer ist, und die abgeplatzten Bodenfliesen, die schon bessere Tage gesehen haben. Aber das ist alles, was wir haben. Es ist alles, was ich je gekannt habe.

„Bist du bereit, zu gehen? Ich habe deinen Vater angerufen und ihm gesagt, dass ich dich nach Hause bringen werde", bietet er an, und ich nicke stumm. Ich weiß, dass man mir die Leviten lesen wird, sobald ich zur Tür hereinkomme, auch wenn ich eine fünfundzwanzigjährige Frau bin. Mehr als fähig, ein Loch im Dach zu reparieren. Oder auch nicht, wie es scheint.

„Musst du nicht irgendwo sein?", frage ich und versuche, an seinen Terminkalender zu denken und daran, was er heute vorhatte. Er hält mich fest, während ich zur Tür schlurfe, und ich umklammere seinen Arm, damit ich nicht stolpere und falle, was durchaus möglich ist. Vor allem, weil ich mich immer noch benommen fühle.

„Ich bin genau da, wo ich sein muss", sagt er, und ich

fühle, eine wohlige Wärme, die sich in meinem Körper ausbreitet. Er beobachtet mich, während seine Hand auf dem Türgriff ruht, und darauf wartet, dass ich das, was er gerade gesagt hat, verarbeite. Seine Worte sind so einfach, aber die Bedeutung ist so schwer. Er macht mich zu einer Priorität, etwas, was ich nur sehr selten für jemanden war.

Als ich zu ihm aufschaue, lächelt er mich verständnisvoll an. Er öffnet die Tür und wir werden von den Geräuschen eines geschäftigen Krankenhauses begrüßt.

WIR FAHREN in Harrisons Sportwagen vor mein kleines, heruntergekommenes Haus vor. *Wenigstens ist unser Garten schön*, denke ich bei mir, als er mir die Autotür öffnet und ich aussteige. Ich stelle mich neben ihn und betrachte das Haus und die hübschen roten Rosen im Vorgarten, auch wenn ein Strauch ein wenig zerquetscht aussieht.

Ich habe noch nie einen Mann mit nach Hause gebracht. Während des Studiums hatte ich wegen der Distanz nie einen festen Freund. Nervosität breitet sich in mir aus, als ich neben seinem Auto stehe, das wahrscheinlich mehr wert ist als einige der Häuser in dieser Straße. Einschließlich unseres Eigenen.

„Das ist also der Tatort?", fragt er und zeigt auf die Seite des Hauses, wo die Dachrinne verbogen ist.

„Ja", sage ich und betrachte das Chaos, das ich hinterlassen habe. Die Dachrinne hängt in einer Weise, wie sie es vorher nicht tat. Die Leiter lehnt noch immer am

Haus, mein kleines, einfaches Werkzeug ist auf dem Rasen verstreut, und eine Blutspur folgt meinem Weg zur Haustür.

„Geh hinein und sieh nach deinem Vater. Ich bin gleich da", sagt er und ich sehe, wie er seine Ärmel hochkrempelt.

„Harrison? Wirklich, du musst nicht ...", setzte ich an, denn er ist nicht für die Gartenarbeit angezogen.

„Beth?" Die Stimme meines Vaters ertönt von der Seite, und ich sehe ihn an der offenen Haustür. Er sieht mich an, bevor er Harrison einen kurzen Blick zuwirft.

„Geh, ich komme in ein paar Minuten nach", sagt Harrison. Ich beobachte, wie er zur Seite des Hauses geht, das Werkzeug zusammensucht und die Leiter wegnimmt.

„Was zum Teufel hast du dir dabei gedacht, auf das Dach zu steigen?", weist mein Vater mich sofort zurecht, als ich zu ihm gehe. Er ist alles andere als glücklich.

„Ich muss das Dach reparieren!" Meine Verteidigung ist schwach, aber wenigstens bin ich ehrlich.

„Du hättest dir den Rücken brechen können", brüllt er fast, als sein eigenes Leiden in unser Gespräch eindringt. Mein Herz schlägt schneller bei seinem Tonfall.

„Du hättest jemanden rufen sollen, der es repariert", sagt er, diesmal etwas leiser.

„Dad, wir haben kein Geld ... Die Heizungsrechnung war hoch, und ich wusste, dass es zu viel kosten würde, ein Team zu rufen!", sage ich und flehe ihn um sein Verständnis an. Ich erzähle ihm nicht, dass ich heimlich

Geld beiseitelege, um ihm einen neuen Rollstuhl zu kaufen.

Ein Muskel an seinem Kiefer zuckt, und er nickt mir verständnisvoll zu.

„Ist hier irgendetwas im Gange, worüber ich mir Sorgen machen muss?", fragt Dad und sieht Harrison an, der unseren kleinen Garten in Ordnung bringt, bevor sich sein Blick wieder auf mich richtet.

„Nein. Aber wir verbringen gerne Zeit miteinander, Dad. Ist es in Ordnung, dass er hier ist?", frage ich zögernd, denn wir haben noch nie darüber gesprochen, dass ich jemanden mit nach Hause bringe. In meinem Leben gab es nie jemanden, den ich mit nach Hause bringen konnte.

„Von allen Männern in der Stadt bringst du den mit nach Hause, der für das Amt des Gouverneurs kandidiert … Jeder Blinde kann sehen, dass da etwas im Gange ist, Beth. Sei einfach vorsichtig", murmelt mein Vater, während wir beide Harrison dabei zusehen, wie er die letzten Dinge aufräumt, die Sicherheit der Dachrinne überprüft und das Chaos beseitigt, das ich hinterlassen habe.

„Okay, ich habe alles weggeräumt", sagt Harrison und kommt auf uns zu, woraufhin Dad ihn mit zusammengekniffenen Augen ansieht.

„Sie können gern auf einen Drink hereinkommen und sich die zweite Hälfte des Footballspiels ansehen. Ich denke, das bin ich Ihnen schuldig", brummt mein Vater, während er seinen Rollstuhl umdreht, um hineinzugehen.

„Tut mir leid, normalerweise ist er etwas gastfreundlicher", lüge ich, während ich mich Harrison zuwende und mich entspanne, als er mir ein freundliches Lächeln schenkt. Jetzt, wo wir an der Tür stehen, bin ich noch nervöser, weil ich ihn in meinem einfachen Haus habe. Harrison ist so groß, dass er fast den oberen Rand des Türrahmens erreicht, etwas, womit Dad und ich noch nie zu kämpfen hatten.

„Es ist alles in Ordnung. Er hat sich Sorgen gemacht. Ich kann mir vorstellen, dass ich, wenn ich eine Tochter hätte und erfahren würde, dass sie vom Dach gefallen ist und im Krankenhaus liegt, auch ein wenig neben mir stehen würde."

Ich seufze und lasse die Schultern sinken.

„Komm schon, ich glaube, die Ravens spielen", sagt er, während seine Hand sanft meine Taille berührt. Ich ziehe überrascht die Augenbrauen hoch.

„Du bist Football-Fan?" Er sieht mit seiner Golfkleidung nicht wie ein Football-Fan aus.

„Jeder ist ein Football-Fan", sagt er grinsend, und ich lächle, als er sich zu mir herunterbeugt und mir einen Kuss auf die Nase drückt, bevor wir hineingehen. Mein Vater nimmt ihn sofort in Beschlag und die beiden beginnen sich über den Sieg der Ravens gegen Tampa Bay zu unterhalten.

22

HARRISON

„Wie geht es deiner Hand?", frage ich sie, sobald sie mein Penthouse betritt. Seit ihrem Unfall war sie fast jede Nacht hier. Aber heute habe ich ihr den Tag freigegeben, damit sie ihn mit ihrem Vater verbringen kann. Sie hatten beide Arzttermine im Krankenhaus. Ihre Fäden mussten gezogen werden, und ihr Vater hatte eine spezielle Physiotherapie, die er gerade ausprobiert. Eigentlich hatte ich sie begleiten wollen, leider war es nicht möglich gewesen. Ich hatte Hände zu schütteln und Kontakte zu knüpfen, und so etwas ausfallen zu lassen können wir nicht riskieren. Wenn ich mir einen Tag freinehme und dabei entdeckt werde, wie ich ihn mit ihr und ihrem Vater verbringe, dann läuft die Gerüchteküche auf Hochtouren.

„Es ist alles in Ordnung. Mach dir keine Sorgen. Siehst du, schon besser", sagt sie, während sie ihre Reisetasche auf den Boden wirft, zu mir ins Wohnzimmer kommt und ihre Hand hochhält.

Ich nehme ihre Hand und ziehe sie näher an mein Gesicht heran, um sie zu betrachten.

„Warum bist du so besorgt?", fragt sie, und ich sehe sie an, als sei sie verrückt.

„Weil du mir gehörst und ich mich um dich sorge, wenn du verletzt bist. Ich mache mir Sorgen um dich, wenn du im Büro gestresst bist. Ich mache mir Sorgen um dich und deinen Vater, da ihr ganz allein in diesem Haus lebt. Ich hasse es, wenn du nicht hier bei mir bist." Ihre schönen Augen blicken mich an, und jedes Mal, wenn ich in sie schaue, habe ich das Gefühl, ihr noch mehr zu verfallen.

„Ich mache mir auch Sorgen um dich. Du arbeitest zu viel, du brauchst mehr Zeit für dich. Auf deinen Schultern lastet eine Menge Druck. Lass mich auch auf dich aufpassen", sagt sie, und ihre Stirn wird von Sorgenfalten gezeichnet.

„Du hast etwas vergessen", sage ich, weil ich es von ihr hören will.

„Was denn?", fragt sie und hebt die Augenbrauen.

„Dass ich dir gehöre", murmle ich und will unbedingt, dass sie es laut sagt.

„Oh, ja, das hatte ich vergessen. Harrison, *du* gehörst *mir* ganz allein", sagt sie süß und lächelt, und meine Schultern entspannen sich. Ich hatte gar nicht gewusst, wie sehr ich das hören musste. Ich schaue wieder auf ihre Hand, auf die dünne rote Linie auf ihrer Haut, führe sie zu meinen Lippen und küsse ihre Handfläche.

„Hmmmm ... viel besser ..." Sie spielt mit mir, während sie sich auf die Unterlippe beißt.

„Ich habe den ganzen Tag darauf gewartet, dich zu

berühren", gestehe ich, während meine Lippen an der Innenseite ihres Arms hinunterwandern und ihre weiche Haut mit Küssen übersäen. „Verdammt, es macht mir zu schaffen, dass ich dich nicht berühren kann, wann immer ich will", sage ich ehrlich.

„Ich kann auch nicht sagen, dass mir diese ganze Heimlichtuerei gut gefällt", stößt sie frustriert hervor. Ich weiß, dass es schwer für sie ist. Nacht für Nacht ihren Vater zu verlassen, sich hinauszuschleichen, ihre Klamotten für ihre Übernachtungen ein- und wieder auszupacken, damit sie am nächsten Tag im Büro etwas anderes anziehen kann.

„Es wird bald vorbei sein ... dann werden wir unsere Beziehung öffentlich machen", murmle ich und denke schon an die Wahlnacht, an die Übernahme des Gouverneursamtes, alles mit ihr an meiner Seite.

„Ich weiß ...", flüstert sie, als meine Lippen die ihren treffen, und ich küsse sie, als wäre es mein letztes Mal.

„Wie geht es deiner Hüfte?", frage ich, während meine Lippen zu ihrem Hals hinunterwandern, sie in mich aufnehme und schmecke, als hätte ich sie tagelang nicht gesehen und nicht nur ein paar Stunden.

„Es ist alles in Ordnung. Der Arzt hat gesagt, dass es keine Probleme geben wird", antwortet sie, ihre Stimme wird atemlos, während meine Hände über ihre Kurven wandern.

„Gut", sage ich, bevor ich sie hochhebe. Meine Hände liegen auf ihrem Hintern und sie schlingt ihre Beine um meine Taille.

„Wohin bringst du mich?", fragt sie atemlos.

„Ich bin hungrig." Ich bringe sie ins Esszimmer und setze ihren Hintern auf meinen großen Tisch.

„Vielleicht kann ich dir dabei helfen", murmelt sie, als meine Lippen ihren Hals entlang wandern. Ich spüre, wie ihre Brustwarzen fast augenblicklich hart werden.

„Vielleicht kannst du das", stöhne ich, als ihre Hände meinen Rücken hinauffahren. Sie drückt ihre Brust heraus und ich fahre mit meinen Händen ihren Rücken hinauf, während ich meinen harten Schwanz an ihr reibe.

„Ich werde dich ausziehen, bevor ich dich vernasche, und dann werde ich dich meinen Namen so laut schreien lassen, dass die ganze Stadt weiß, dass du mir gehörst", knurre ich und meine Finger machen sich daran, ihre Bluse aufzuknöpfen.

„Du wirst unsere Tarnung auffliegen lassen ...", stöhnt sie, als ich die Körbchen ihres BHs nach unten ziehe und meine Lippen um ihre Brustwarze lege, an ihr sauge und sie mit meiner Zunge umspiele.

„Scheiß auf unsere Tarnung", knurre ich, bevor ich ihre Bluse quer durch den Raum werfe und ihren BH ausziehe. Ich weiß, dass wir vorsichtig sein müssen, aber ich kann es kaum erwarten, bis diese Heimlichtuerei endlich vorbei ist.

„Ich will dich auch nackt ...", haucht sie. Sie öffnet den Reißverschluss meiner Jeans und schiebt sie nach unten, während ich mein Hemd ausziehe.

„Du zuerst." Ich öffne den Reißverschluss ihres Rocks, sodass er an ihrem Körper herunterrutscht und auf dem Boden landet, bevor ich ihre Unterwäsche nach unten schiebe und sie aus beiden heraussteigen lasse.

„Setz dich", fordere ich sie auf und setze sie wieder auf den Tisch, wobei ich ihre leuchtenden Augen beobachte. Ich lege meine Handfläche auf ihre Brust, drücke sie nach hinten und sie senkt sich langsam, bis sie nackt vor mir liegt.

„Berühre deine perfekten Brüste, Baby", stoße ich hervor, nicht sicher, wie lange ich durchhalten kann, aber ich werde dafür sorgen, dass sie zuerst kommt. Ich bin anspruchsvoll, aber sie reagiert so gut auf mich im Schlafzimmer.

Ich beobachte, wie ihre Hände verführerisch ihre Seiten hinaufgleiten, bis sie ihre Brüste ergreifen und sie zusammendrücken, wobei ihre Finger ihre Brustwarzen umspielen.

„Braves Mädchen", murmle ich, während ich ihre Beine spreize. Sie trieft bereits vor Erregung und ist mehr als bereit für mich.

„Verdammt, bist du feucht." Ich bewundere sie, meine Hände umfassen ihre Knie und fahren mit den Handflächen an der Innenseite ihrer Beine hinauf, um sie noch weiter zu spreizen. Ihre Hüften bewegen sich ein wenig, hungrig nach mir, und ich kann nicht mehr warten.

Ich beuge mich vor und lecke sie. Als ich höre, wie ihr Atem stockt, tue ich es noch einmal.

„Harrison ...", murmelt sie, ihr Körper windet sich, aber ihre Hände bewegen sich nicht mehr.

„Berühre weiter deine Brüste, Baby. Spiel mit deinen Nippeln, während ich dich mit meiner Zunge bearbeite", stoße ich hervor, bevor ich meine Zunge wieder in sie stoße. Ich lecke sie, genieße jeden Zentimeter von ihr, während sie keucht, stöhnt und ihr Körper sofort auf meine Berührung reagiert.

„Deine Zunge ist magisch", keucht sie und hebt ihren Rücken vom Tisch, während ich an ihrer Klitoris sauge. Ich tue es wieder, beschleunige den Rhythmus, bewege meine Zunge, schmecke und lecke, bevor ich wieder und wieder an ihrem Kitzler sauge. Ich mache keine Pause und ich lasse nicht nach. Meine Hände umklammern ihre Beine, spreizen sie so weit wie möglich, und ihre Hüften beginnen zu zucken.

„Harrison, oh mein ... Harrison ...", keucht sie immer wieder.

Sie schreit meinen Namen so laut, dass er durch den Raum hallt. Ihre Hände legen sich auf meinen Hinterkopf, ziehen mich näher und greifen in mein Haar; die ganze Szene ist so heiß, dass auch ich fast komme.

Sie sank keuchend auf dem Tisch zusammen, und ich küsse mich langsam an ihrem Bein hinunter, bevor ich aufstehe und ihre Schönheit in mir aufnehme.

„Wie fühlst du dich?", frage ich und fahre mit meinen Händen ihre Beine auf und ab. Ich kann nicht aufhören, sie zu berühren. Wenn ich könnte, würde ich es den ganzen Tag tun, jeden Tag.

„Hungrig", sagt sie und sieht mich verführerisch an.

„Sei ein braves Mädchen und dreh dich um. Leg deinen Kopf hier an die Tischkante, damit ich deine hübschen Brüste wippen sehen kann, während ich deinen Mund ficke."

Ich beobachte, wie sie sich auf ihren fantastischen Hintern setzt, bevor sie sich dreht und wieder hinlegt. Genau so will ich sie haben. Meine Muskeln spannen sich an, während ich ihren Anblick in mir aufnehme. Ihr Selbstvertrauen im Schlafzimmer wächst von Tag zu Tag. Ich greife nach ihrem Haar, ziehe es unter ihr hervor und sehe zu, wie die langen roten Wellen von der Kante meines Esstisches auf den Boden fallen.

„Braves Mädchen", stöhne ich, während meine Hand ihren Kiefer umfasst und meine Finger an ihm entlangstreichen. Sie leckt sich bereits die Lippen, während ihr Kopf ein wenig über die Kante hängt und auf mich wartet.

Ihre Hände wandern über ihren Körper, und ich beobachte, wie sie an ihren Kurven auf und ab wandern, ihre Brustwarzen umkreisen und wieder ihren Bauch hinunterfahren.

„Du bist so verdammt sexy", stoße ich hervor, mein Schwanz fühlt sich heiß und schwer in meiner Hand an. Ich trete vor und berühre mit meiner Spitze ihre Lippen. Ihre Zunge gleitet heraus und umkreist meine Eichel, bevor sie leicht daran saugt und ich weiter in sie eindringe.

Sie stöhnt, während sie die Hände ausstreckt, sie auf meinen Hintern legt und mich noch näher an sich zieht.

„Scheiße, du bist perfekt", stöhne ich, als ich mich zurückziehe, um dann wieder in sie einzudringen, diesmal tiefer. Ihr Kopf senkt sich noch ein wenig mehr und öffnet ihre Kehle, während ich beginne, in ihren Mund zu stoßen. Ihre Hände bleiben auf meinem Hintern, ihre Nägel graben sich in meine Haut, und ich beobachte, wie ihre Brüste im Rhythmus meiner Stöße auf und ab wippen.

„Gott, ich kann nicht genug von dir bekommen. Du

siehst gerade so verdammt heiß aus", stoße ich voller Bewunderung aus und sie stöhnt auf, wobei die Vibration bis zu meinen Eiern zu spüren ist.

Ich beuge mich vor und kneife in ihre Brustwarze, bevor ich sie mit meiner Hand umfasse und sie sanft drücke. Ihr Rücken wölbt sich und sie bewegt eine ihrer Hände von meinem Hintern über ihre Kurven und ihren Bauch hinunter zu ihrer warmen, feuchten Mitte.

„Das ist mein Mädchen. Spreiz die Beine, Baby. Zeig mir, wie du dich selbst fickst." Ich keuche bei dem Anblick, den sie mir bietet. Meine schmutzigen Worte bringen sie wieder zum Stöhnen und ich stoße tiefer in sie, während sich ihre Beine noch weiter spreizen und ich beobachte, wie ihr Finger ihre Klitoris umkreist, bevor sie ihn in sich schiebt.

„Scheiße, Beth ... wirst du wieder kommen, Baby? Komm noch einmal für mich, während du dich selbst fickst." Meine Selbstbeherrschung ist beinahe am Ende, aber ich reiße mich zusammen. Ich will unbedingt, dass sie noch einen weiteren Höhepunkt bekommt.

Innerhalb weniger Augenblicke bebt ihr Körper und ihr Kiefer entspannt sich. Ich ziehe mich zurück und sie holt tief Luft, bevor sie schreit, als sie kommt.

„Verdammt, Baby, du bist so schön, wenn du kommst." Sie sieht mich an und ihre Hände landen wieder auf meinem Hintern, zwingt mich vorwärts und zurück in ihren warmen, feuchten Mund. Ich zögere nicht, bewege mich schneller, jage meiner Erlösung nach, halte mich an ihrem Kopf und gebe mich dem Höhepunkt hin.

„Scheiße!", schreie ich, als ich ihre Kehle berühre und

in ihrem Mund komme. Sie schluckt, und ich halte mich am Tisch fest, da ich Angst habe, dass meine Beine nachgeben könnten, dann ziehe ich mich aus ihr zurück und schaue auf sie herab. Ihre Augen sind verhangen vor Lust, ihre Lippen rot und glänzend, und sie lächelt. In diesem Moment, als ich ihr lächelndes Gesicht betrachte, kommt mir ein Gedanke in den Sinn. Einer, der noch nie zuvor da war.

Ich werde dieses Mädchen heiraten.

23

—————

HARRISON

Es kommt mir vor, als wäre es eine Ewigkeit her, dass ich hier war. Aber die Erinnerung an Beth in ihrer engen Yogahose ist immer noch tief in meinem Gedächtnis verankert, eine Erinnerung, die ich fast jeden Abend hervorhole, wenn ich ohne sie unter der Dusche stehe. Jetzt, wo ich weiß, dass sie nur wenige Meter von mir entfernt ist und genau diesen Kurs besucht, muss ich mich zwingen, mich zu ihrem Vater und seinem Freund Larry zu setzen und ihnen beim Schachspielen zuzusehen.

„Sie sind also an einem Sonntag ganz allein hier?", fragt mich ihr Vater, der mich misstrauisch beäugt.

„Nun, ich höre nie wirklich auf zu arbeiten, und ich wollte in das Zentrum kommen, um zu sehen, wie es funktioniert. Um ein Gefühl für die Gemeinde zu bekommen", antworte ich. Ich räuspere mich. *Plötzlich scheint es in diesem Raum zu eng und zu heiß zu sein.* Wie soll ich ihm die Wahrheit sagen? Wie viel hat Beth ihm über uns erzählt?

„Mm-hmm ...", höre ich Larry leise vor sich hinmurmeln, seine Augen sind auf das Schachbrett gerichtet, da er am Zug ist.

„Das hat doch nichts mit der Tatsache zu tun, dass meine Tochter heute hier ihren Yogakurs besucht, oder?" Beths Vater wirft mir einen Blick zu, der mir sagt, dass er genau weiß, warum ich hier bin, und es nicht darum geht, Stimmen zu gewinnen.

„Beth und ich haben einige Zeit miteinander verbracht. Ich genieße ihre Gesellschaft", sage ich und versuche, ehrlich zu sein, ohne zu viel zu verraten. Schnell schaue ich mich um, um sicherzugehen, dass niemand sonst zuhört.

„Beth ist in vielerlei Hinsicht großartig, aber lassen Sie mich Ihnen eines sagen, sie ist mein Ein und Alles, also seien Sie ja vorsichtig." Wir haben ein gutes Verhältnis zueinander, das einzig und allein darauf beruht, dass wir beide eingefleischte Ravens-Fans sind. Außerdem haben wir einen wunderbaren Nachmittag auf seinem Sofa verbracht, als ich nach dem Krankenhausbesuch zusammen mit ihm das Football-Spiel im Fernsehen verfolgte. Obwohl seine Warnung klar und deutlich ist, fügt er ein leichtes Nicken und ein knappes Lächeln hinzu, das mir zeigt, dass er keinen Einspruch erhebt.

„Mr. Rothschild", ruft eine Männerstimme neben mir, und ich drehe mich rechtzeitig um, um zu sehen, wie der Manager des Zentrums, Jeff Soundso, auf mich zukommt.

„Ich wusste nicht, dass Sie heute kommen würden", sagt er, als ich aufstehe und ihm zur Begrüßung die Hand schüttle.

„Nur ein zwangloser Besuch in der Gemeinde, um mich zu unterhalten und zuzuhören."

„Oh, Larry und George sind in einer ausgezeichneten Position, um Ihnen alles über das Zentrum und jeden hier zu erzählen, da sie fast jeden Tag hier sind", sagt Jeff, während er sich neben den Stuhl von Beths Vater stellt. Das ist eine merkwürdige Bewegung, die ich nicht wirklich verstehe.

Ich höre Larry wieder murmeln, und diesmal wirft er mir einen kurzen Blick zu, bevor er genauso schnell wieder auf das Schachspiel vor ihm blickt.

„Harrison?" Ich höre Beths Stimme hinter mir und drehe mich um.

„Hey, Ba... Beth", sage ich und bremse mich, bevor ich sie vor allen anwesenden Baby nenne.

„Was machst du hier?", fragt sie. Ihre Augen leuchten auf, als sie mich sieht, und die Tatsache, dass ich das bewirke, lässt mich wie einen König fühlen. Allerdings fällt mir auf, wie Jeff seinen Blick über sie wandern lässt. Es gefällt mir nicht, wie er sie ansieht. Ganz und gar nicht.

„Er hat nur kurz vorbeigeschaut, um sich mit den Einheimischen zu unterhalten", antwortet Jeff für mich, und als ich ihn ansehe, runzle ich die Stirn. *Hat er gerade für mich gesprochen?*

„Natürlich", sagt Beth und fuchtelt mit der Hand herum, als gäbe es keinen anderen Grund, warum ich hier sein sollte. Doch das Bild der Frau, die verschwitzt in ihren Sportklamotten vor mir steht, ist eine weitere Erinnerung, die ich jetzt hervorholen kann und der einzige Grund, warum ich an meinem freien Tag in der Woche hier bin. Ihr Haar ist zu einem unordentlichen Dutt hochgesteckt, ihr Körper ist leicht verschwitzt, ihre Brüste sehen verdammt fantastisch aus, und ich möchte ihr am liebsten sofort die Kleider vom Leib reißen.

„Ich habe gerade mit deinem Vater und Larry geplaudert, die seit einer Stunde hier sind. Sie nehmen das Schachspiel ziemlich ernst", sage ich mit einem Lächeln, das sie erwidert, und ihr Vater räuspert sich hinter mir, was unsere Aufmerksamkeit voneinander ablenkt.

„Beth, warum zeigst du Harrison nicht den Gemüsegarten da hinten", murmelt ihr Vater, und ich ziehe die Augenbrauen hoch. Der alte Mann gibt mir eine Chance. Es scheint, als wüsste er, was Sache ist.

„Natürlich. Komm mit", sagt sie mit einem strahlenden Lächeln, und ich folge ihr zur Tür hinaus.

„Was machst du hier?", flüstert sie mir zu, als wir durch den hinteren Garten gehen, wo große Tomatenpflanzen blühen und mit den Paprikapflanzen konkurrieren.

„Ich hatte etwas Zeit und wollte dich sehen", sage ich ehrlich. Denn außerhalb des Wahlkampfes kann ich an nichts anderes denken als an sie. Wir gehen weiter den Weg entlang, bis wir einige Büsche erreichen, die uns vor neugierigen Blicken schützen.

„Du hast mich gestern und gestern Abend gesehen! Jeder kann uns hier sehen ... Das ist wahrscheinlich nicht klug ..." Ihr besorgter Blick macht mich fertig, denn ich weiß, dass ich die Ursache dafür bin. Wir bleiben hinter einem großen Zitronenbaum stehen, und ich sehe, wie ihre Augen über den ganzen Hof huschen, um sicherzustellen, dass niemand sonst hier ist.

„Beruhige dich. Es ist niemand hier." Ich nehme ihre beiden Hände in meine und streichle mit meinen Daumen über ihren Handrücken.

„Harrison, ich möchte deine Chance, Gouverneur zu werden, nicht ruinieren", sagt sie mit schmerzverzerrtem Gesicht.

„Das wirst du nicht. Das werden wir nicht. Wir sind vorsichtig, aber hast du es deinem Vater gesagt? Denn er scheint genau zu wissen, warum ich hier bin." Sie stöhnt, und das Geräusch trifft mich direkt in die Leistengegend.

„Nein. Nicht wirklich. Ich habe niemandem etwas gesagt. Aber er kann durchaus eins und eins zusammenzählen. Also denke ich, dass die Tatsache, dass ein Rothschild, der für das Amt des Gouverneurs kandidiert, der den ganzen Nachmittag mit ihm auf seinem kleinen Sofa saß und Fußball schaute, es vielleicht verraten haben könnte", entgegnet sie frech, und das gefällt mir verdammt gut. Ich liebe es, wenn sie mich herausfordert, mich reizt, meinen Namen in meinem Bett schreit, all das. Ich liebe alles an ihr.

„Mir gefiel das Sofa, es war gemütlich", sage ich und grinse.

„Harrison!" Sie stöhnt wieder, und ich trete näher an sie heran, zu nahe, als dass es professionell wäre.

„Weißt du, was mir noch gefällt ...", flüstere ich und sehe, wie sich ihre Pupillen weiten und mein Herz schneller schlägt, weil ich weiß, dass ihr mein Dirty Talk gefällt. Das schnelle Heben und Senken ihrer Brust, verrät sie.

„Was?", flüstert sie, ihre Augen sind nun auf meine gerichtet, und ich grinse.

„Ich liebe es, dich meinen Namen schreien zu lassen", stoße ich hervor, und Erinnerungen an unsere früheren Begegnungen miteinander schießen mir durch den Kopf. Wie sie unter mir liegt, auf allen Vieren vor mir hockt, wie ich sie an die Wand der Dusche presse. Ich kann sie auf jede Weise haben.

„Mr. Rothschild! Möchten Sie kommen und die Damen in der Küche kennenlernen? Sie bereiten gerade Wochenendmahlzeiten für die Obdachlosen vor", ruft Jeff von der Hintertür her, und ich entferne mich von Beth und drehe mich zu ihm um. Er steht da und sieht uns direkt an. Ich weiß nichts über ihn, aber nach seiner Unterbrechung und der Art, wie er Beth ansieht, kann ich nicht behaupten, dass ich ihn besonders mag.

„Danke, Jeff, es wäre mir ein Vergnügen", stoße ich hervor.

„Willst du mitkommen und mich den Küchendamen vorstellen?", frage ich Beth, die lächelt, während ihre Wangen sich röten, und sie räuspert sich, um mir zu sagen, dass ich sie aus dem Konzept gebracht habe.

„Aber natürlich. Die machen das beste Essen aller Zeiten!", ruft sie, als sie sich auf den Weg zum Gebäude macht.

„Nicht so gut wie deine Muschi, wette ich", murmle ich, während ich ihr zurückfolge, wo ein wütender Jeff auf uns wartet.

24

HARRISON

„Bist du sicher, dass du weißt, was du da tust?“, fragt mich Oscar zum zehnten Mal in dieser Woche. Ich beobachte ihn von der Seite, während wir durch das makellose, erstklassige Privatkrankenhaus in Baltimore gehen, die Patienten besuchen und mit den Ärzten über die neuen Behandlungsmittel sprechen, die sie sich von mir erhoffen, wenn ich Gouverneur werde.

Ich habe Oscar heute Morgen von Beth und mir erzählt. Ich musste es tun. Es wird immer schwieriger für mich, Abstand zu halten. Das Bedürfnis, ständig in ihrer Nähe zu sein, ist fast erdrückend. Ich glaube, ich hatte noch nie so sehr das Bedürfnis, mit einer Frau zusammen zu sein, wie mit ihr.

Aber mein Vater hat ein Erbe hinterlassen, eines das schwer auf meinen Schultern lastet. Eine neue Freundin im Wahlkampf um das Gouverneursamt vorzustellen, ist nicht das Klügste, was ich machen könnte, auch wenn die Leute sie zu lieben scheinen.

Oscar hat mich den ganzen Morgen über nur frustriert angelächelt und mich immer wieder mit den gleichen Fragen gelöchert. Ich bin frustriert, weil er sich ständig in mein Leben einmischt. Aber ich bezahle ihn großzügig dafür. Er sorgt dafür, dass ich mich konzentriere, dass ich der Öffentlichkeit das gebe, was sie will, damit ich diese Wahl gewinnen und ihren Staat regieren kann.

„Gut. Ich werde nicht mehr fragen. Ich meine, die Umfragen laufen gut. Ich würde es nur ungern sehen, wenn das durch irgendetwas gefährdet werden könnte. Wir haben so viel gute Arbeit geleistet, und du liegst so weit in Führung, dass du fast nicht mehr aufzuhalten bist. Fast ...“, sagt er und sieht mich mit zusammengekniffenen Augen an. Ich ignoriere die Warnung in seiner Stimme und schaue stattdessen zu der Frau hinüber, die jedermanns Herz gestohlen hat, auch meines, während sie am Bett eines älteren Mannes sitzt und seine Hand hält, während er ihr von seiner Behandlung erzählt.

Heute gibt es hier keine Presse, und dafür bin ich dankbar. Wir brauchen alle etwas Freiraum. Die Handys, die mich vor einem Monat beim Tragen von Beth im Krankenhaus aufgenommen haben, nachdem sie vom Dach gefallen ist, haben alle ihre Fotos an die Gesellschafts- und Wirtschaftsnachrichten verkauft, und ich und meine Mitarbeiterin waren die Schlagzeilen. Jetzt gelte ich als fantastischer, fürsorglicher Chef, der sich an den Wochenenden um seine Mitarbeiter kümmert, und Beth ist die wunderbare Mitarbeiterin, die einfach Teil des Volkes ist. Die Tatsache, dass sie in einem Vorort wohnt und im örtlichen Krankenhaus behandelt wird, war gut für meine Beliebtheit und brachte Beth und mich noch näher zusammen.

„Wir können bis zu siebzig Patienten hier auf der Station behandeln, mit speziellen Chemotherapiezimmern am Ende des Flurs, aber wir brauchen zusätzliche Krankenschwestern und Stationsmitarbeiter und eine Finanzspritze, damit wir uns mit der Komplementärmedizin befassen können, die den Patienten nachweislich bei ihrer Krebsheilung hilft", sagt Dr. Warner. Er ist einer der führenden Mediziner in Baltimore und der größte Unterstützer meiner Kampagne im Gesundheitswesen.

„Von welcher Art von Komplementärmedizin sprechen wir?", frage ich aufrichtig interessiert, denn ich habe noch nicht viel über die Vermischung von westlicher Medizin und alternativen Therapien gehört, aber es macht Sinn.

Als er antwortet, ertönt ein lauter Donnerschlag und lässt alle zusammenzucken. Beth springt von ihrem Stuhl auf und tritt nervös von einem Fuß auf den anderen, der Mann im Bett neben ihr, scheint sich mehr Sorgen um sie als um sich selbst zu machen.

„Wir hoffen, dass wir für den Anfang Aromatherapie, Akupunktur und Massage anbieten können. Im weiteren Verlauf könnten wir auch chiropraktische Behandlungen und andere Dinge einführen. Ich möchte wirklich ein multidisziplinäres Team haben, das sich dafür einsetzt, dass unsere Patienten physisch, psychologisch, emotional und spirituell betreut werden. Es geht um die medizinischen Bedürfnisse, aber auch um ihr Wohlbefinden. Ich denke, wir könnten hier wirklich ein hochmodernes Fachkrankenhaus erschaffen." Ich bewundere seine Leidenschaft und sein Engagement.

Ich nicke und schaue mich um; es ist ganz anders als das, was Beth und ich in ihrem örtlichen Krankenhaus erlebt haben. Hier ist alles neu, frisch gestrichen, sauber, und es sieht aus, als würde alles professionell und systematisch ablaufen. Doch auf der anderen Seite der Stadt sieht es ganz anders aus. Ich kann die Notwendigkeit des medizinischen Fortschritts hier verstehen. Aber andere Krankenhäuser brauchen eine größere Finanzspritze, nur um auf diesen Standard zu kommen. Im Bereich der Gesundheitsfürsorge gibt es sicherlich noch viel zu tun, das steht fest.

Ich wende mich von Dr. Warner ab, der sich mit Oscar unterhält, und mache mich auf den Weg zu Beth.

„Hallo, ich bin Harrison Rothschild", stelle ich mich dem Mann vor, der im Bett liegt und Beths Hand hält. Ich stelle mich hinter sie und lege meine andere Hand auf ihren Rücken, eine natürliche Bewegung, die dem alten Mann nicht entgeht. Ich schenke ihm ein aufrichtiges Lächeln, während sie sich leicht an mich lehnt. Es ist jedes Mal herrlich, sie in meiner Nähe zu haben.

„Guten Tag, Harrison, ich bin Tony", sagt er.

„Tony ist heute für seine letzte Chemotherapie hier, ist das nicht fantastisch!", sagt Beth, ihr Lächeln ist strahlend und voller Freude, und ich kann nicht umhin, zu bemerken, dass ihr Körper ein wenig zittert, während draußen weiteres Donnergrollen zu hören ist. Geistesabwesend reibe ich ihr beruhigend über den Rücken.

„Es freut mich zu hören, dass es dir gut geht. Was hältst du von dem Krankenhaus hier?", frage ich.

„Sie sind großartig hier, wirklich professionell und bieten je nach Diagnose viele verschiedene Möglichkeiten. Sie bieten einen individuellen Ansatz." Ich nicke.

„Entschuldigt die Unterbrechung, aber wir müssen uns beeilen", sagt Oscar, kommt zum Bett und schenkt Tony ein kleines Lächeln und ein Nicken.

„Danke für deinen Besuch, Harrison. Und Beth, es war schön, mit dir zu reden. Ich wünsche dir viel Glück bei den Wahlen in ein paar Wochen. Ich werde für dich stimmen."

„Ich weiß das zu schätzen", sage ich und schüttle ihm noch einmal die Hand, bevor Beth sich zu ihm beugt und ihn umarmt, was ihm ein noch breiteres Lächeln ins Gesicht zaubert. Und obwohl keine Worte über seine Lippen kommen, weiß ich genau, wie er sich fühlt.

DER STURM LÄSST während des ganzen Tages über nicht nach. Ich lehne mich in meinem Bürostuhl zurück und beobachte Beth an ihrem Schreibtisch. Sie telefoniert, um unsere Termine für den Rest der Woche zu bestätigen, und ich bewundere sie in aller Offenheit, ohne dass jemand anderes dabei ist. Ich ertappe mich dabei, wie ich das immer öfter tue, vor allem, wenn wir lange arbeiten, was oft der Fall ist. Ein weiterer, lauter Donnerschlag ertönt von draußen und ich sehe, wie sie in ihrem Stuhl aufspringt, was sie schon den ganzen Tag über getan hat.

Beim Blick aus dem Fenster sehe ich nur trübe, graue Wolken, und ich denke über mein Wochenendprogramm nach. Wir hatten diese Woche viel zu tun, und Beth, Oscar, Eddie und ich haben die letzten Tage über sehr lange gearbeitet, um Informationen über unsere Politik zusammenzustellen und mit unserem Finanzteam an unseren Budgets zu arbeiten. Wir arbeiten ständig an der Verbesserung und Anpassung, wenn neue Informationen eintreffen. Wie versprochen, habe ich ein öffentliches Unterstützungsschreiben von Arthur erhalten. Die Dinge waren nicht schlecht, bevor Beth an Bord kam, aber sie sind auf jeden Fall besser, seit wir sie bei uns haben. Wenn ich nur aufhören könnte, sie anzuschauen, und mich auf den politischen Papierkram vor mir konzentrieren könnte, aber der Drang, sie zu nehmen, jagt durch meinen Körper, denn es ist bereits mehrere Tage her, dass ich ihren fabelhaften, nackten Körper gesehen habe.

Wir hatten diese Woche nicht viel Zeit für uns allein ... und ich konnte nur an sie denken. Jetzt, wo ich sie in ihrem Büro beobachte, ihr Schreibtisch nur ein paar Meter von mir entfernt, ihr Rosenduft, der zu mir vordringt, ist der Drang, sie über meinen Schreibtisch zu beugen, mehr als präsent.

„Störe ich?", fragt mich Eddie, als er vor meinem Schreibtisch steht. Ich habe ihn nicht kommen hören und er sieht mich an wie die Katze, die einen Kanarienvogel gefangen hat.

„Was willst du?"

„Verzeih, dass ich dich bei deiner Aktivität unterbreche ...", sagt er und zieht eine Augenbraue hoch.

„Sei vorsichtig ...", warne ich.

„Das für heute Abend geplante Abendessen im Freiluft-Atrium der Stadt wurde abgesagt. Verständlicherweise", sagt er und deutet zum Fenster, während wir beide den Regen draußen beobachten.

„Also, lieber Bruder, jetzt hast du einen seltenen Freitagabend frei und kannst tun, was du willst. Und ich frage mich, was zum Teufel du tun wirst", sagt er sarkastisch, als wir uns beide umdrehen und Beth ansehen.

„Ich weiß nur, dass die Reporter vor dem Gebäude lauern. Offensichtlich gab es diese Woche wenig Nachrichten, und sie warten darauf, dass du etwas tust, also schlage ich vor, dass ihr beide euch zurückhaltet", fährt Eddie fort und schenkt mir ein amüsiertes Grinsen. Alle meine Brüder wissen über Beth und mich Bescheid, und ich bin dankbar für Eddies Vorwarnung.

„Danke", murmle ich und mein Blick fällt wieder auf die schöne Frau auf der anderen Seite des Raumes.

„Was? Was habe ich verpasst?", fragt sie, als sie auflegt und uns beide fragend ansieht.

„Harrison wird es erklären. Ich bin dann mal weg. Wir sehen uns am Montag", sagt er mit einem strahlenden Lächeln.

„Oh, okay. Ich wünsche dir ein schönes Wochenende", sagt sie und betritt mein Büro, als Eddie geht. Ich springe von meinem Stuhl auf, als sich die Bürotür schließt und ich die gewünschte Privatsphäre habe.

„Was ist passiert?", fragt sie mich.

„Meine Veranstaltung heute Abend ist abgesagt worden. Also bringe ich dich nach Hause." Ich greife nach ihrer Hand und führe sie an meine Lippen.

„Harrison", zischt sie leise und warnend, während ihr Blick zur Tür schweift.

„Niemand ist hier, sie sind alle übers Wochenende weggefahren", murmle ich, während ich mich herunterbeuge und meine Lippen auf ihren Hals lege. Ich höre, wie sie keucht, und das Geräusch schießt direkt in meinen Schwanz, der bereits anschwillt.

„Wir dürfen uns nicht erwischen lassen", stöhnt sie, während sie ihren Kopf leicht nach hinten neigt und mir mehr von ihr anbietet. Ich lege meine Hände um ihre Taille und halte sie fest an mich gedrückt, während ich mich ihren Lippen nähere und Küsse auf ihren Kiefer verteile. Bevor ich ihren Mund erreichen kann, ertönt draußen ein lauter Donnerschlag, und sie macht regelrecht einen Satz in die Luft und schreit auf.

„Beth?"

„Tut mir leid, ich habe mich nur ein wenig erschrocken ...", flüstert sie, während sie ihre Hände auf ihre Brust presst. Ich merke, wie schnell sie atmet und ihre Augen zum Fenster schweifen.

„Ich bringe dich nach Hause", sage ich etwas strenger.

„Das Gewitter ist ziemlich heftig. Bei dem Wetter können wir nicht fahren", murmelt sie und sieht mich an, als sei ich verrückt.

„Wir werden nirgendwo hinfahren. Ich werde dich hoch in mein Penthouse bringen ..." sage ich, während ich langsam auf sie zugehe, als würde ich mich einem verängstigten Tier nähern.

„Und dann werde ich dich ausziehen und mit deinem schönen Körper schmutzige Dinge anstellen, angefangen damit, dass du auf meinem Schwanz kommst", säusele ich, mein Gesicht nur wenige Zentimeter von ihrem entfernt, und ihre Augen leuchten auf.

„Wirklich?", fragt sie, ein kleines Lächeln umspielt ihre Lippen, und ich ziehe sie wieder fest an mich, damit ich ihren Körper unter meinen Händen spüren kann.

„Sag mir, was du sonst noch vorhast", flüstert sie, ihre Hände wandern zu meiner Brust, dann meine Vorderseite hinunter, eine wandert weiter nach Süden und umfasst meinen steinharten Schwanz. Ich knurre, als sie meinen Schwanz durch meine Hose massiert.

„Ich glaube, ich schließe jetzt erst einmal meine Bürotür ab, bevor ich dich auf meinen Schreibtisch lege, deine schönen Beine spreize und deine Muschi mit meiner Zunge ficke", stoße ich hervor und bin fast bereit, sie hochzuheben, über meine Schulter zu schmeißen und hier herauszumarschieren. Ich weiß, dass wir uns auf extrem gefährlichem Terrain befinden, wenn wir hier so in meinem Büro stehen. Ich sollte nicht einmal so mit ihr reden ... Jeder könnte plötzlich hereinkommen.

„Nun, Mr. Rothschild, das klingt nach einem Angebot, das ich nicht ablehnen kann. Lassen Sie mich die Tür für Sie abschließen", sagt sie in ihrem professionellen Tonfall, und ich bin mir nicht sicher, ob es die Tatsache ist, dass sie mich bei meinem Nachnamen nennt, oder die Tatsache, dass sie meine Fantasie ausleben will, aber ich bin erregter, als ich es je für möglich gehalten hätte. Ich beobachte, wie sie in ihrem engen schwarzen Bleistiftkleid die Hüften schwingt, und höre das Klicken des Schlosses an meiner Tür, bevor sie dasselbe an ihrer tut. Ich setze mich an meinen Schreibtisch, lehne mich in meinem Bürostuhl zurück und betrachte sie bewundernd, als sie zurückkommt. Ihre

Kurven werden heute von ihrem schwarzen, eng anliegenden Kleid hervorgehoben und ihre feuerroten Haare fallen ihr locker über den Rücken. Ich bin ein verdammter Glückspilz.

„Komm her", sage ich und sie schiebt ihren Körper zwischen mich und meinen Schreibtisch. Ich beuge mich vor und streiche mit meinen Händen über ihre Beine, schiebe ihr Kleid die Oberschenkel hinauf, bis es um ihre Hüften liegt. Ich werde mit dem Anblick meiner liebsten, schwarzen Spitzenunterwäsche belohnt, die mich zum Stöhnen bringt.

Ich beuge mich vor, drücke mich an sie und streiche mit meiner Nase über die Spitze. Das Pulsieren unter meiner Hose bringt mich fast an meine Belastungsgrenze. Dann stehe ich auf, meine Hände fest unter ihrem Hintern, und hebe sie hoch, sodass sie auf meinem Schreibtisch zum Sitzen kommt.

„Lehn dich zurück und leg dich hin", knurre ich an ihrem Mund, während ich meine Zunge zwischen ihre Lippen schiebe und ihren Körper sanft nach hinten drücke. Ich spüre ihre Brüste an meinem Oberkörper, ihre Hände greifen nach meinem Hemd, und ihr kaum hörbares Stöhnen ist wie flackernde Flammen auf meiner Haut, die mich dazu bringen, sie so schnell wie möglich komplett ausziehen zu wollen.

„Das ist es. Du siehst wunderschön aus, wenn du auf meinem Schreibtisch liegst ...", murmle ich, während ich mich wieder aufrichte und auf sie hinunterschaue. Sie ist perfekt, ihre Haare liegen aufgefächert auf dem Tisch, ihr Rücken ist leicht gewölbt, was ihre fantastischen Titten noch mehr zur Geltung bringt. Ich habe keine Ahnung, wie ich sie bekommen habe, aber ich bin verdammt froh, dass ich es getan habe. Bevor ich mich wieder in meinen Stuhl setze, nehme ich ihre Füße und stelle sie auf den Armlehnen meines Stuhls ab. Ich fahre mit meinen Händen an ihren nackten Beinen auf und ab, ihr Körper zittert bereits unter meiner Berührung, bevor meine Finger über die dünne schwarze Spitze zwischen ihren Schenkeln streifen.

„Du bist schon so feucht für mich, Baby ..." Ich stöhne und fühle ihre feuchte Unterwäsche, als ich die schwarze Spitze beiseite ziehe und sie sanft mit meinen Fingern reibe, ihren Kitzler finde und ihn umkreise, ihre perfekte Muschi reize, die nur auf mich wartet.

„Harrison ..." Ihre Hände fahren verlangend an ihren Schenkeln auf und ab, bevor sie sie an ihre Seiten legt und ihre Finger um die Kante meines Schreibtisches krallt.

„Schhhh. Ganz ruhig, Baby", flüstere ich, während ich mich nach vorn beuge und mit meiner Zunge über ihre Falten streiche. Ihr Geschmack breitet sich auf meiner Zunge aus, und ich lecke sie wieder und wieder.

„Oh ... mein ..." Sie wimmert, als ihre Hände in mein Haar greifen und sie beginnt, meine Kopfhaut zu massieren, was ich verdammt noch mal liebe.

Ich fahre mit meinen Händen an den Innenseiten ihrer Beine hinauf, halte kurz vor ihrer Mitte inne und spreize ihre Beine weiter, sodass sie ganz offen ist und ich eintauchen kann. Ich umkreise ihren Kitzler mit meiner Zunge, immer und immer wieder, bevor ich in sie eindringe und die Bewegung wiederhole, bis ich spüre, wie ihre Hüften zucken.

„Harrison ...", höre ich sie leise flüstern, als ihre Hände sich von meinem Haar lösen und sich wieder an meinem Schreibtisch festhalten.

„Mmmm ... Baby?", murmle ich, nicht bereit, mich von ihrem Geschlecht zu lösen.

„Das kannst du so gut", keucht sie, und ich sehe, wie sie sich auf die Unterlippe beißt, während ihre Hüften langsam gegen mein Gesicht wippen.

„Gib es mir, Baby. Komm auf meiner Zunge für mich." Ich versuche, leise zu sein, obwohl mein Büro schalldicht ist.

„Ich werde ...", ist alles, was sie herausbekommt, als ich hart an ihrer Klitoris sauge und ihr Körper sich von meinem Schreibtisch wölbt, ihre Hände greifen wieder in mein Haar, ziehen daran, aber ich lasse nicht nach. Ich sauge an ihr, während ihr Körper zuckt und ein lautes Stöhnen ihren Lippen entweicht, dann sackt sie auf dem Schreibtisch zusammen. Ich lecke sie noch einmal sanft, bevor ich mich zurückziehe, ihr die Spitzenunterwäsche wieder anziehe und ihr Kleid wieder zurechtrücke.

„Gott, ich liebe es, wie du schmeckst", murmle ich, während ich sie an mich ziehe und umarme.

„Nennt man das Freitagabend Happy Hour?", scherzt sie.

„Nun, ich bin ziemlich glücklich, Baby", sage ich grinsend, und ihre Augen tanzen vor Freude.

„Ich auch ...", flüstert sie, während sie vom Schreibtisch rutscht und ihr Haar zurechtrückt.

„Lass mich dich für Runde zwei nach oben bringen",

knurre ich in ihr Ohr, dann küsse ich ihren Hals und knabbere an ihrer Haut.

„Geh schon vor.“

Ich warte nicht eine Minute länger. Ich schnappe mir meine Tasche, und wir machen uns auf den Weg zu meinem privaten Aufzug, um das Büro diskret zu verlassen.

25

BETH

Ich bin schon den ganzen Tag über nervös. Das Gewitter hat heute Morgen begonnen und es gibt keine Anzeichen dafür, dass es nachlässt. Aber nachdem Harrison mich über seinen Schreibtisch gelegt hatte, ließ die Anspannung, die meinen Körper fast den ganzen Tag über gequält hatte, ein wenig nach.

Wir kommen uns immer näher, so nahe, dass ich mich fast nicht mehr daran erinnern kann, wie mein Leben vor ihm aussah. Er hat sein Wort gehalten. Er unterstützt mich, kümmert sich um mich, und privat erweckt er meinen Körper zum Leben, wie es kein Mann zuvor getan hat.

Wir meinen es ernst miteinander. Wie das alles passiert ist, ist in meinem Kopf verschwommen, aber ich bin glücklich. So glücklich wie seit Ewigkeiten nicht mehr. Unsere Beziehung ist immer noch nur für uns, und obwohl ich weiß, dass Harrison es öffentlich machen will, war es schön, ihn zuerst privat kennenzulernen. Es gibt weniger Druck, weniger Erwartungen. Wir können einfach wir selbst sein, wenn wir zusammen sind. Ich glaube, das ist der Grund, warum wir so schnell zueinander gefunden haben.

Seine Wohnung ist ruhig und dunkel, kein Licht brennt. Ich stehe in der Nähe seiner großen, raumhohen Fenster und blicke nach draußen. Meine Gedanken sind ganz woanders, während Harrison in seinem Arbeitszimmer am Ende des Flurs einen Anruf entgegennimmt. Ich wohne jetzt praktisch hier, der Wechsel von der Eventmanagerin in DC zu Harrisons ‚Mädchen für alles‘ war schnell gemacht, sowohl beruflich als auch persönlich. Aber es fühlt sich an, als würde ich endlich irgendwo hingehören.

Ich strecke meine Hand aus, lege sie flach gegen das Fenster und habe das Gefühl, den Sturm zu berühren.

„Tut mir leid, Baby“, sagt Harrison, der hinter mir auftaucht und mich aus meinen Gedanken reißt. Sein zärtlicher Kosename für mich ist etwas, das er schon fast ein paar Mal in der Öffentlichkeit gesagt hat, etwas, mit dem wir vorsichtiger sein sollten. Aber ich höre ihn gerne.

Als wir seine Wohnung erreichten, wollte sein Telefon nicht aufhören zu klingeln, und so stehe ich seit fünfzehn Minuten hier und warte darauf, dass er sein Telefonat beendet.

„Alles in Ordnung?“, frage ich, als er sich an meinen Rücken schmiegt, seine Hände legen sich um meine Taille, während er seinen Kopf senkt und meinen Hals küsst. Ich öffne mich ihm wie eine Blume und lehne meinen Kopf an seine Schulter, während seine Hände meinen Körper hinauf wandern und meine Brüste umschließen. Ich stöhne leise auf. Ich liebe es, wenn er meine Brüste berührt.

„Gut. Aber ich habe ein Problem", murmelt er gegen meine Haut, und ich habe das Gefühl, dass meine Knie nachgeben werden, als er eine Stelle genau zwischen meinem Ohr und meiner Schulter trifft und meine Brustwarzen sofort hart werden.

„Welches Problem?", frage ich leise. Seine Hände und Lippen fühlen sich an, als ob sie überall auf mir wären. Mein Körper wird zu Wachs in seinen Händen.

„Du hast zu viel an. Komm, lass uns duschen", sagt er, während er mich hochhebt und mit mir in sein Zimmer geht. Ich merke, dass es ihm gefällt, mich zu tragen. Normalerweise würde ich mich dagegen sträuben. Ich bin zu schwer, um hochgehoben und getragen zu werden. Aber Harrison hat mich fest im Griff, sein Gang ist sicher. Es gibt kein Schwanken, keinen verkniffenen Gesichtsausdruck. Es ist, als würde es ihm leicht fallen, mich zu tragen.

„Du wirst dir noch den Rücken verrenken, wenn du mich immerzu herumträgst." Die Worte kommen mir über die Lippen, bevor ich überhaupt darüber nachdenken kann. Ausreden für meine üppigeren Proportionen sind durch jahrelange Entschuldigungen für mich selbst so normal geworden, dass ich automatisch jedem einen Ausweg biete, mich normal zu behandeln.

„Wenn ich mir den Rücken verrenke, bedeutet das nur, dass du dich mehr auf mein Gesicht setzen musst, während ich mich erhole ... also macht es mir nichts aus." Dass Harrison witzig und frech ist, ist etwas Neues. Ich lache und fühle mich gleich besser.

Er geht ins Badezimmer und lässt mich auf meine Füße sinken, während er sich hineinbeugt und die Dusche anstellt. Sie ist riesig. Tatsächlich ist das gesamte Badezimmer fast so groß, wie das Haus, das ich mit meinem Vater teile. An der einen Wand steht ein großer Whirlpool, die mindestens fünf Personen Platz bietet, daneben die Doppeldusche und an der anderen Wand ein Doppelwaschtisch. Umrahmt wird das Ganze von einem weiteren großen, raumhohen Fenster, das heute wegen der dicken, grauen Wolken draußen keine Aussicht bietet.

Ich beobachte, wie Harrison seine Krawatte löst, bevor er geschickt und schnell jeden Knopf seines Hemdes öffnet, es auszieht und dann auf den Boden wirft. Meine Augen kleben an ihm. Ich habe ihn schon häufiger nackt gesehen, aber sein Anblick ist einfach göttlich, einer, an dem ich mich nie satt sehen werde, und meine Hände wandern automatisch zu seiner Brust.

„Ich mag das Gefühl deiner Hände auf mir", sagt er, während seine Hände mein Gesicht umfassen und er mich zu sich zieht. Unsere Lippen treffen aufeinander, verschmelzen und bewegen sich, während unsere Zungen einander erforschen, und keiner von uns kann genug bekommen. Ich spüre, wie seine Hände zu meinem Rücken wandern, während er geschickt den Reißverschluss meines Kleides öffnet und die Träger von meinen Schultern schiebt.

Er zieht sich zurück und sieht mich an, wie ich in seinem Badezimmer stehe, umgeben von Dampf, nur mit meinem schwarzen Spitzen-BH, meiner Unterwäsche und meinen schwarzen High Heels bekleidet. Eigentlich sollte ich mich unbehaglich und verlegen fühlen, aber das tue ich nicht. Die Art, wie Harrison mich ansieht, erfüllt mich mit einem Selbstvertrauen, von dem ich nicht wusste, dass ich es habe.

„Du hattest das den ganzen Tag unter deinem Kleid an und hast es mir nicht gesagt?", fragt Harrison und schüttelt den Kopf, während seine Hand zu meiner Brust wandert und meine Brustwarze berührt.

„Du musst dich bei der Arbeit konzentrieren. Du brauchst keine Ablenkungen", tadle ich mit einem Augenzwinkern.

„Du hast mich von dem Moment an, als ich dich vor einem Jahr traf, abgelenkt. Jetzt, wo ich dich habe, wirst du mir auf keinen Fall wieder entwischen." Mit jedem Tag, den ich mit ihm verbringe, verliebe ich mich mehr und mehr. Ich hätte nie gedacht, dass ich jemanden finden würde, der zu mir passt. Ich hätte nie gedacht, dass ich würdig genug bin. Aber Harrison gibt mir das Gefühl, begehrt zu sein, und dass ich alles für ihn bin. Nachdem ich jahrelang das Gefühl hatte, eine Enttäuschung und nie genug zu sein, erfüllt es mich mit so viel Kraft, ich selbst zu sein.

Seine Hände fahren über meine Haut, und er greift nach den Trägern meines BHs und zieht sie an beiden Schultern herunter, dann schiebt er die Körbchen herunter. Er bewundert mich ganz offen.

„Du bist ein echter Busenliebhaber", sage ich kichernd, während ich nach dem Verschluss meines BHs greife, ihn öffne und ihn auf den Boden fallen lasse.

„Oh nein, ich bin ein Beth-Liebhaber. Deine Brüste, dein Arsch, deine Kurven, dein Haar, deine Augen, wenn du mich ansiehst. Die Art, wie du gehst, wie du redest, wie du jedes Mal stöhnst, wenn ich dich berühre, wie du keuchst, bevor du kommst. Die Art und Weise, wie du so brav bist, wenn ich dir meinen Schwanz in den Mund schiebe ... Verdammt, alles an dir gefällt mir. Ich bin also ein Beth-Liebhaber durch und durch ...", sagt er, und zum zweiten Mal in weniger als fünf Minuten bin ich sprachlos.

Dann öffnet er seinen Gürtel und zieht seine Hose und Unterwäsche in einem Zug herunter. Sein Schwanz ist groß, pochend und bereit, als er seine Daumen in meiner Unterwäsche einhakt und sie langsam von meinen Beinen herunterzieht, darauf wartend, dass ich sie abstreife und sie dann zur Seite wirft, auf unsere anderen Klamotten.

„Lass uns duschen, bevor ich dich wieder schmutzig mache", sagt er, als wir unter das dampfende Wasser steigen.

„Schmutzig?", frage ich und bewundere das Wasser, das über seine Brustmuskeln und Schultern gleitet, und muss mich selbst kneifen, dass ich tatsächlich mit einem solchen Mann zusammen bin.

„Verdammt schmutzig", knurrt er, zieht mich an sich, unsere nackten Körper pressen sich aneinander, er hält mich fest. Ich spüre, wie er an meinem Bauch pocht, und ich löse meine Lippen von seinen, schaue ihm in die Augen und sinke langsam auf die Knie. Unsere Augen lösen sich keinen Augenblick voneinander, aber ich sehe, wie ein Muskel an seinem Kiefer leicht zuckt und sein Brustkorb sich etwas schneller hebt und senkt.

„Wie schmutzig?", frage ich, während ich mich nach

vorn beuge und mit meiner Zunge um seine Spitze fahre. Ich sehe, wie sich sein Griff um den Duschrahmen über meinem Kopf festigt und seine Knöchel fast weiß hervortreten.

„Machst du mich heiß, Baby?", grummelt er, kaum in der Lage, die Worte auszusprechen, während seine Augen auf meinen Mund gerichtet sind.

„Mmmmmm", ist alles, was ich hervorbringe. Er ist groß und dick auf meiner Zunge, und köstlich.

„Scheiße, Baby, das fühlt sich so gut an", stöhnt er und seine Hüften zucken leicht, während ich ihn immer tiefer und schneller nehme.

Er starrt mich weiterhin an und umschließt meinen Kiefer, sein Daumen streichelt ihn einen Moment lang.

„Du bist heute gierig. Dein hungriger Mund sieht wunderschön aus, wenn er sich um meinen Schwanz legt." Er beißt sich auf die Unterlippe, seine Augen kleben immer noch an meinen. „Fass dich an. Berühre deine Muschi und sag mir, ob du feucht für mich bist."

Ich zögere nicht, und als meine Hand meinen Bauch hinunter und zwischen meine Schenkel gleitet, stöhne ich auf, als meine Finger meinen Kitzler finden.

„Braves Mädchen ...", stöhnt er. „Aber ich will, dass du auf meinem Schwanz kommst", sagt er, beugt sich herunter, packt mich unter den Armen und zieht mich auf die Beine. Dann legen sich seine Hände unter meinen Hintern und heben mich hoch, wobei er mich mit dem Rücken gegen die Kachelwand drückt. Er ist schnell und bewegt mich, als würde ich nichts wiegen.

Unser gegenseitiges Verlangen übertrifft alle Vorstellungen, die wir von einer langsamen und stetigen Nacht hatten. Ich schlinge meine Beine um seine Taille, gerade als er in mich eindringt und mich vollständig ausfüllt.

„Scheiße, bist du eng, Baby. So verdammt eng." Seine Lippen finden meine, und wir küssen uns, während ich mich an seine Größe gewöhne. Eine seiner Hände massiert meine Brüste und kneift in meine Brustwarze, bis ich in unseren Kuss hinein wimmere. Seine andere hält meinen Hintern und packt ihn so fest, dass ich weiß, dass ich blaue Flecken bekommen werde. Aber ich liebe jede Berührung, die er mir schenkt.

Er beginnt, seine Hüften langsam an meinem Unterleib zu reiben, wobei sein Unterleib auf eine neue Art und Weise gegen meine Klitoris stößt, sodass ich fast auf der Stelle komme.

„Oh, Harrison ... schneller", stöhne ich, während mein Kopf gegen die Fliesen sackt und meine Finger sich in sein Fleisch im Nacken graben.

Er fängt an, sich schneller zu bewegen, füllt mich mit jedem Stoß vollständig aus. Seine Stöße sind hart und schnell, und ich schließe meine Beine um seine Taille, ziehe ihn fester an mich.

„Scheiße, Beth." Er stößt so hart in mich hinein, dass meine Brüste gegen seine Brust wippen, unsere Haut unter dem dampfenden, heißen Wasser klatscht aufeinander, wir beide krallen uns aneinander, wollen den anderen völlig verschlingen.

„Ich werde ...", keuche ich. So etwas habe ich noch nie erlebt. Meine Gedanken wirbeln durcheinander, mein Herz springt mir fast aus der Brust, und Harrisons Griff um mich wird noch fester, während eine Hand zu meiner Klitoris wandert, die er kurz massiert, bevor ich komme.

„Harrison!" Ich schreie seinen Namen und höre, wie er durch den gekachelten Raum schallt, während ich meinen Kopf zurückwerfe, meinen Körper gegen ihn wölbe, mich an ihm reibe, meine Muskeln zittern, meine Hüften zucken und mein Körper bebt, als er sich nach vorn beugt und an meiner Brustwarze saugt, bevor ich ihn knurren höre.

„Scheiße! Beth, Baby", schreit er, als sein Orgasmus ihn durchströmt. Unsere Bewegungen werden langsamer, als der Dampf um uns herumwirbelt, und er lässt meine Füße langsam zu Boden sinken.

„Lass mich dich sauber machen, Baby", sagt er, schnappt sich Seife und Schwamm und reibt langsam meinen Rücken, während ich mich erschöpft an ihn lehne.

„Das musst du nicht", sage ich nur halbherzig, weil sich seine Hände auf meinem Körper so gut anfühlen.

„Doch, das muss ich, aber mach dir keine Sorgen, Baby, meine Gedanken sind immer noch schmutzig. Morgen früh wirst du wieder schmutzig sein ..."

Ich lächle an seiner Brust, als seine Hand mein Kinn berührt und es anhebt, damit ich zu ihm aufschaue.

„Du gehörst mir ganz allein", sagt er, bevor er seine Worte mit einem Kuss wie ein Versprechen besiegelt.

26

HARRISON

Ich liege hier und beobachte sie schon seit fast drei Stunden. Ich ertappe mich dabei, wie ich das immer öfter tue. In der Stille des frühen Morgens, bevor das hektische Leben beginnt, das ich führe. Ich liege schweigend da, stütze mich auf einen Ellbogen und beobachte sie beim Schlafen. Ihr Gesicht ist völlig entspannt, ihre Lippen sind leicht geöffnet, ihr Brustkorb bewegt sich rhythmisch auf und ab. Sie ist meine Meditation, und ich frage mich, wie ich jemals ohne sie leben konnte.

Draußen regnet es noch immer, und das leise Grollen des Donners wird immer lauter, je näher das Gewitter kommt. Das Morgenlicht scheint schwach auf ihren Körper und hebt ihre Kurven hervor. Sie hat eine schwache Narbe, die quer über ihren Körper verläuft. Sie ist lang, aber so dünn und verblasst, dass man sie gar nicht bemerkt, wenn man sie nicht so genau betrachtet, wie ich es tue. Die Spitze ihrer Brustwarze kommt bei jedem ihrer Atemzüge unter der Decke zum Vorschein.

Es ist, als würde sie mich verhöhnen, mit mir Kuckuck spielen, und ich gebe schließlich nach. Ich will sie nicht wecken, aber ich brauche sie jetzt sofort.

Ich beuge mich vor, lege meine Zunge darum, sauge und knabbere daran, spüre ihr zartes Fleisch in meinem Mund. Ich höre, wie sie leise aufseufzt. Jetzt, wo ich angefangen habe, kann ich nicht mehr aufhören, schiebe mich über sie und positioniere mich zwischen ihren Beinen. Ihre Augen sind immer noch geschlossen und sie schläft noch immer. Ich verteile kleine Küsse auf ihren Bauch und ihre Hüften und fahre die kleine Narbe nach, die an ihrer Seite verläuft. Langsam wird sie wach, also fahre ich mit meiner Liebkosung fort, meine Lippen finden ihre warme Mitte, wo ich mich positioniere, meine Zunge fährt langsam zwischen ihren Falten hindurch, mein Schwanz ist bereits hart und drückt gegen die Matratze.

„Harrison?", haucht sie.

„Hmmm?", antworte ich, während meine Zunge ihren Kitzler umspielt, sie langsam und neckisch umkreist, bevor ich sanft an ihr sauge. Ich liebe Frauen, ihre Körper, ihr Stöhnen, ihren Geschmack, aber Beth, sie ist etwas ganz anderes. Ich schließe die Augen und verliere mich in ihr; das Gefühl von Leichtigkeit und Verlangen vermischt sich, wenn ich bei ihr bin. Es ist leicht mit ihr, und doch sehnt sich mein Körper nach ihr.

„Oh Gott, das fühlt sich so gut an ...", stöhnt sie, während sich ihre Hüften gegen meinen Mund bewegen und ihre Hände sich an meinen Kopf legen. Ich bin im Himmel. Genau hier, mit ihr in meinem Bett, könnte ich glücklich sterben.

Ich verstärke meine Bemühungen, meine Hände wandern ihren Körper hinauf, erfassen ihre Brust, und ich weiß, dass sie kurz vor dem Höhepunkt steht, als sie ihre Beine weiter spreizt. Dann sauge ich fester, mein Bedürfnis nach ihr wird fordernd, und ich drehe ihre Brustwarze ein wenig und sie kommt.

„Oh mein Gott ...", ruft sie, hebt ihren Kopf vom Bett und ihr Blick findet meinen. Ihr Haar klebt ihr an der Stirn und ihre Lippen sind leicht geöffnet. Sie ist verdammt schön.

Ihr Körper sackt wieder in sich zusammen, und ich fahre mit meinen Lippen an ihm entlang. Sie kichert, als ich ihre Taille erreiche.

„Hmmm ... guten Morgen", murmelt sie, und meine Lippen erobern ihre.

„Morgen."

„Wie spät ist es?", fragt sie und streckt sich, während sie ganz aufwacht und mir ihren nackten Körper präsentiert.

„Es ist ungefähr neun Uhr morgens", murmle ich, während ich ihre Brüste streichle. Eigentlich sollte ich mich schuldig fühlen, weil ich sie geweckt habe. Sie hat nur ein paar Stunden geschlafen, weil wir die ganze Nacht über beschäftigt waren.

„Schlaf wieder ein ...", murmle ich, während meine Zunge über ihre andere Brustwarze streicht.

„Unwahrscheinlich ...", lacht sie. Ich blicke ihr ins Gesicht und sehe ihr Grinsen.

Ich will ihr gerade schmutzige Dinge zuflüstern, als ein lauter Donnerschlag mich verstummen lässt und Beth heftig zusammen zucken lässt.

„Oh mein Gott", schreit sie mit angsterfüllter Stimme, ihre Hände umklammern die Bettdecke und sie zieht sie bis fast an ihr Kinn.

„Es ist alles in Ordnung, es ist nur ein Gewitter", sage ich, beobachte sie und nehme ihre Hand. Sie hält sie fest umklammert. Ihre Augen blicken sich hektisch im Zimmer um, und sie zieht die Beine an die Brust. Ihre Atmung hat sich beschleunigt, und ich merke, wie ihre Hände zu zittern beginnen.

„Hey, komm her", sage ich, lehne mich gegen das Kopfteil und ziehe sie an meine Seite. Ich lege meinen Arm um sie, und sie schmiegt sich eng an mich.

„Tut mir leid, ich hasse Gewitter." Ich kann ihren rasenden Herzschlag auf meiner Haut spüren. Besorgt streichle ich ihren Rücken und ziehe sie noch näher an mich.

„Ich bin bei dir."

Ein weiteres Donnern erschüttert die Wände, und sie springt wieder auf, obwohl sie sich diesmal noch mehr an mich klammert. Ich greife nach der Decke und ziehe sie über sie.

„Hattest du schon immer Angst vor Gewittern?", frage ich.

„Seit ich etwa fünf Jahre alt war ...", antwortet sie, während sie zum Fenster schaut. Ich sehe nichts als dunkelgraue Wolken, immer noch so dicht wie in der Nacht zuvor.

„Was ist passiert, als du fünf warst?", frage ich und mein Atem beschleunigt sich genauso wie ihrer.

„Ich hatte einen Autounfall. Das war die Nacht, in der mein Vater querschnittsgelähmt wurde und meine

Mutter starb", sagt sie, und mein Herz setzt einen Schlag aus. Ich ziehe sie noch näher an mich. Mein Herz wird schwer für sie und für alles, was sie durchgemacht hat.

„Es tut mir leid. Das muss hart gewesen sein", flüstere ich, während ich darauf warte, mehr über ihre Geschichte zu erfahren. Ich reibe über ihre Arme, um sie zu trösten.

„Ja. Das war es", sagt sie nur. Ich bemerke, wie sie aus dem Fenster starrt und die grauen Wolken beobachtet, die am Himmel vorbeiziehen. Ich dränge sie nicht. Ich bin dankbar, dass sie sich mir gegenüber öffnet. Ich möchte alles über sie wissen, aber in ihrem Tempo.

„Ich glaube, deine Mutter wäre sehr stolz auf die Frau, die du geworden bist", biete ich an, denn das wäre sie. Alle Eltern würden sich glücklich fühlen, jemanden wie Beth als Tochter zu haben.

„Meinst du?", fragt sie und sieht mich mit ihren großen, blauen Augen an. Mein Herzschlag beschleunigt sich, und ich sauge sie in mich auf. Sie schaut mich weiterhin unschuldig an, als könnte ich ihr die Welt schenken. Und das werde ich auch.

„Ich bin mir sicher", bestätige ich, und sie schenkt mir ein kleines Lächeln. Ich spüre, dass sie dieses Thema nicht vertiefen möchte, also lenke ich das Gespräch in eine andere Richtung.

„Als ich fünf Jahre alt war, hatte ich einen Hund namens Ralph. Ein Golden Retriever."

„Der Glückspilz."

„Er war mein bester Freund ... Wir gingen überall zusammen hin. Meine Mutter hat ihn gehasst. Er hat sie immer zur Weißglut getrieben und hatte eine besondere

Vorliebe dafür, ihre Rosenstöcke auszugraben ... Ich vermisse diesen sabbernden, haarigen Freund immer noch", sage ich und ein kleines Lächeln der Erinnerung umspielt meine Lippen.

„Gut zu wissen, dass deine Mutter nicht nur mich nicht leiden kann. Ich glaube, ich hätte Ralph gemocht", meint sie und sieht zu mir auf.

„Ralph hätte dich geliebt. Und meine Mutter hasst jeden, aber sie wird sich schon noch mit dir anfreunden, wenn sie merkt, wie wichtig du mir bist", sage ich ehrlich, während ich meine Finger mit ihren verschränke und die andere Narbe auf ihrer Handfläche betrachte, die von dem Sturz vom Dach vor ein paar Wochen stammt. Sie sieht aus, als wolle sie noch etwas sagen, aber es dauert einen Augenblick, bis sie spricht.

„Du musst heute Vormittag in der Stadt sein, nicht wahr?", fragt sie, um das Thema zu wechseln, da sie meinen Zeitplan stets im Blick hat.

„Ja, ich muss mich mit dem *Baltimore Business Bureau* und meiner Mutter zum Mittagessen treffen, und dann muss ich mich mit Ben treffen, um die Quartalszahlen der Anwaltskanzlei durchzusprechen", sage ich, während ich mir den Kopf reibe und schon zögere, mein Bett zu verlassen und den Tag zu beginnen.

„Nun, warum gehe ich nicht und mache dir einen Kaffee, während du duschst?"

„Mir wäre es lieber, wenn du mit mir duschen würdest", sage ich und fahre mit meinen Händen über ihren Körper.

„Ja, aber dann kommst du zu spät, und manche Leute werden das als respektlos empfinden, und ich will nicht

der Grund sein, dass deine Beliebtheitswerte sinken ..."
Ich weiß, dass sie recht hat. Ich weiß, dass ich mein Ziel
im Auge behalten muss. Aber es fällt mir immer schwerer, mich von ihr zu trennen.

„Es sind nur noch ein paar Wochen ...", sage ich und
lasse den Zeitrahmen offen, denn sobald ich Gouverneur
bin, möchte ich unsere Beziehung öffentlich machen.

„Ich weiß ...", flüstert sie, das Gewicht der Zeit lastet
schwer auf uns. „Geh!", sagt sie und schubst mich spielerisch, während sie lächelt, und ich muss mich bewusst
anstrengen, um das Bett zu verlassen. Widerwillig gehe
ich ins Bad, stelle die Dusche an und beobachte, wie sie
sich nackt durch mein Schlafzimmer bewegt, bevor sie
eines meiner weißen Hemden anzieht und wie der
feuchte Traum eines jeden Mannes aussieht.

27

BETH

Ich laufe nackt herum und ziehe Harrisons weißes Hemd an. Der Stoff fühlt sich an wie die warme, schützende Umarmung, die ich brauche, sein Duft hüllt mich ein, dennoch zucke ich bei jedem Donner zusammen. Der Sturm ist schon seit Stunden aktiv, und ich muss Dad anrufen und ihm sagen, dass es mir gut geht. Er ist letzte Nacht bei Larry geblieben, er ist also glücklicherweise nicht allein.

Er weiß, dass ich Zeit mit Harrison verbringe. Zweifellos wurde er durch mein ständiges Lächeln und meinen tagträumerischen Blick misstrauisch. Dad sagt nicht viel, aber ich weiß, dass die beiden sich mittlerweile besser verstehen, denn Harrisons Ausflug ins Gemeindezentrum hat Wunder für ihre Beziehung bewirkt.

Ich räume schnell Harrisons Zimmer auf, denn mit den überall verstreuten Klamotten und dem ungemachten Bett sieht es aus, als hätte eine Bombe eingeschlagen, dann gehe ich hinunter in seine Küche und bleibe stehen.

Es ist etwas, was ich noch nie gesehen habe, bevor ich Harrison kennenlernte, und das mir jedes Mal den Atem raubt, wenn ich es sehe. Groß, mit schwarzen, glänzenden Schränken, ohne auch nur einen Fingerabdruck. Die Arbeitsflächen aus schwarzem Marmor sind frei von Unordnung. Er hat etwa fünf verschiedene Geräte, die alle wie Backöfen aussehen, und einen riesigen Kühlschrank, der aussieht, als wäre er aus einem Film.

Ich betrete die Küche und gehe schnell in die Speisekammer des Butlers, die eigentlich nur eine weitere Küche ist, aber versteckt. Ich schalte die Kaffeemaschine ein und mache mich daran, für jeden von uns einen Kaffee zuzubereiten. Obwohl sie hochmodern aussieht, ist sie relativ einfach zu bedienen.

Während ich die Milch aufschäume, glaube ich, ein Klingeln zu hören. Mein Blick fällt auf den Ofen, dann auf den Geschirrspüler, aber beide sind ausgeschaltet, und da ich sonst nichts sehe, wende ich meine Aufmerksamkeit wieder der Arbeit zu. Ich lächle vor mich hin, spüre die Erregung nach dem Sex, leere meinen Kaffee und gehe noch immer in Gedanken versunken zurück in die Küche.

„Was zum Teufel machst du da?", höre ich einen hohen Schrei und zucke zusammen. Der Kaffee spritzt mir auf die Hände und Schmerzen schießen mir in die Arme. Die Tassen fallen mir aus der Hand und zerschellen auf dem sauberen, polierten Boden. Harrisons makellose Küche sieht jetzt aus wie ein Saustall. Meinetwegen.

Du kannst keine schönen Dinge haben. Du machst alles kaputt.

„Was zum Teufel machst du hier?", wiederholt Mrs. Rothschild von der anderen Seite der Frühstückstheke. Sie trägt ihren typischen Chanel-Tweedanzug, ihre Designerhandtasche und dazu passende Schuhe, und ihr Haar ist geföhnt und geflochten. Obwohl sie perfekt geschminkt ist und ihre Lippen glänzen, verzieht sich ihr Gesicht zu einer hässlichen Fratze und sie blinzelt mich an, als wäre ich der leibhaftige Teufel. Ich dagegen bin bis auf das Hemd ihres Sohnes nackt, mein Haar ist ein einziges Durcheinander, und ich bin mir ziemlich sicher, dass Harrison letzte Nacht Knutschflecken an meinem Hals hinterlassen hat.

„Mrs. Rothschild!", rufe ich erschrocken aus und versuche, den Schmerz in meinen Händen zu verdrängen. Ich kann mich nicht bewegen, denn um meine nackten Füße herum ist zerbrochenes Porzellan verstreut, sodass ich es wahrscheinlich nicht bis zum Waschbecken schaffe, ohne mich zu verletzen. Ich atme durch den Schmerz und hoffe inständig, dass ich keine Blasen an den Händen bekomme.

„Ich wusste von dem Moment an, als ich dich gesehen habe, dass du Ärger bedeutest. Und hier bist du nun, das neueste Flittchen meines Sohnes auf seinem Weg, mit allen Frauen der Stadt zu schlafen. Ich schätze, er hat dich angelächelt, und du hast dich einfach hingelegt und deine Beine breit gemacht, wie die kleine Schlampe, die du bist!", faucht sie giftig, und ich bin von ihrer Heftigkeit überrascht.

„Mrs. Rothschild, so ist es nicht ...", stottere ich und fühle mich wie ein Lamm auf dem Weg zur Schlachtbank.

„Du fickst meinen Sohn und erhoffst dir, etwas von seinen Millionen abzubekommen, ist es nicht so? Du bist nichts weiter als ein Stück Scheiße an seinen Schuhen. Er wird Gouverneur werden. Du bist ein Nichts. Ein Niemand.“

„Aber, Mrs. Rothschild, ich bin ...“ Ich versuche erneut zu erklären, dass ich nicht nur ein One-Night-Stand bin, aber sie unterbricht mich.

„Kein Wort mehr von dir. Räum dieses Chaos auf und zieh dich gefälligst an. Und noch ein Rat, bevor ich gehe ...“, sagt sie und macht einen Schritt auf mich zu.

„Und nur, damit du es weißt, Beth, Veranstaltungsplanerin ...“, sie spuckt meinen Namen aus, als wäre er Gift. „Du bist nicht gut genug für meinen Sohn und wirst es auch nie sein. Also schwing deinen fetten Arsch hier raus und komm nie wieder zurück“, faucht sie, und ich sehe sie mit großen Augen an, schockiert über den Hass, den sie mir entgegenbringt, obwohl ich ihr nie etwas getan habe.

Ich bleibe stehen und beobachte sie, als sie die Schultern strafft und in den Aufzug stolziert. Ich bleibe wie erstarrt stehen, bis sich die Türen schließen und sie weg ist.

Mein Herz rast und zerbricht fast an der Situation. Meine Gefühle für Harrison sind so stark wie nie zuvor, und die Seifenblase, in der ich mit ihm gelebt habe, wurde gerade durch ihre Worte zum Platzen gebracht. Der Schmerz des heißen Kaffees brennt in meinen Händen und holt mich in die Realität zurück. Da ich keine andere Wahl habe, gehe ich auf das Waschbecken zu und fluche leise, als die Porzellansplitter in meine Füße eindringen. Nach ein paar Schritten drehe ich das kalte Wasser auf und halte sofort meine Hände darunter. Ich seufze, als das Wasser einen Teil des Schmerzes lindert.

„Beth? Scheiße, was ist passiert?", fragt Harrison, als er um die Ecke kommt, nur mit einem Handtuch um die Hüfte geschlungen, wobei das Wasser ihm über den Oberkörper läuft.

„Ich habe den Kaffee fallen lassen. Es tut mir so leid, Harrison", flüstere ich, denn die Ereignisse des Morgens lassen meine Augen tränen.

„Das Chaos ist mir egal, Baby. Geht es dir gut?", fragt er besorgt und kommt auf mich zu.

„Stopp!", sage ich und hebe meine Hand. „Du wirst dich noch verletzen. Hast du einen Besen?", frage ich und sehe, wie er zu Boden schaut, dann zu meinen Füßen und dann zu meinen Händen, die ich noch immer unter das kalte Wasser halte.

„Hast du dich verbrüht?", fragt er.

„Mir geht's gut. Du musst dich fertig machen, sonst kommst du zu spät", sage ich entschlossen, drücke meine Gefühle tief zurück und ziehe die Schultern zurück.

„Beth, ich werde dich nicht so zurücklassen", sagt Harrison, während er sich umschaut und den Schaden begutachtet.

„Harrison. Es geht mir gut. Du musst gehen und dich fertig machen. Ich werde hier aufräumen und nach Hause gehen." Ich will, dass er geht, denn ich kann die Tränen nicht mehr länger zurückhalten.

„Beth, hast du Schmerzen? Was ist los, Baby?", fragt er, als könne er spüren, dass es mehr ist als nur eine zerbrochene Tasse.

„Harrison. Du musst dich an deine Verpflichtungen halten. Keine Ablenkungen, schon vergessen?" Ich leihe mir Oscars Worte und sehe, wie sich seine Lippen zu einer dünnen Linie zusammenpressen. Er geht zu einem Schrank und holt einen Besen. Schnell fegt er die Scherben auf einen kleinen Haufen und dann auf ein Kehrblech.

Dann kommt er auf mich zu und nimmt meine Hände, um jeden Zentimeter genau zu inspizieren. Meine Brust spannt sich an, meine Emotionen kochen über. Dann hebt er mich hoch, setzt mich auf den Tresen und untersucht meine Fußsohlen. Mein Herz ist schwer, zu gleichen Teilen kurz davor, an seiner Zuneigung für mich zu zerbrechen, und weil ich weiß, dass seine Mutter recht hat. Er wird Gouverneur werden. Ich bin ein Niemand.

„Deine Füße sind in Ordnung, deine Hände auch. Aber geht es dir gut?", fragt er, während sich sein besorgter Blick in mich bohrt.

„Ich habe dir doch gesagt, dass ich ungeschickt bin", murmle ich achselzuckend, denn ich werde ihm auf keinen Fall von dem Besuch seiner Mutter erzählen.

„Du bist nicht ungeschickt, du bist wunderschön", sagt er, bevor er mich von der Theke zieht und in sein Schlafzimmer führt. Er hilft mir beim Anziehen und ruft Tom an, damit er mich nach Hause bringt. Die ganze Zeit über dreht sich mein Inneres, und als ich zu Hause ankomme, gehe ich geradewegs in mein Badezimmer und übergebe mich. Der Stress dieses Morgens hat mir jedes Gefühl von Normalität genommen, weil ich weiß, dass ich mich in den einzigen Mann verliebt habe, den ich ruinieren könnte.

28

HARRISON

SONDERMELDUNG

Es ist noch eine Woche bis zur Wahlnacht, und die Umfragen sehen in Harrison Rothschild einen klaren Sieger. Harrison und sein Team haben in den letzten Wochen unermüdlich gearbeitet, um sich die nötigen Stimmen zu sichern, und seine Popularität ist in den Außenbezirken, wo er die Zahlen aufholen musste, sprunghaft angestiegen.

Harrison kann sich jedoch noch nicht ausruhen, denn die letzte Woche des Wahlkampfs ist traditionell die heikelste. In dieser Woche werden die Wahlen gewonnen oder verloren, da beide Parteien ihren Wahlkampf intensivieren und die schlaflosen Nächte beginnen.

Die Nachricht wird fortgesetzt.

Es war eine hektische Zeit, und der Wahlkampf war hart. Ich habe von morgens bis abends Besprechungen, und ein paar Nächte in der Woche habe ich Beth in meinem Bett. Am liebsten würde ich sie jede Nacht bei mir haben und mit ihr ausgehen, essen gehen oder einfach nur zusammen sein. Aber für die Welt da draußen bleiben wir rein platonisch. Jetzt, wo die Wahlen näher rücken, wird alles hektischer, mein Stresspegel steigt, und ich wünschte mir mehr als alles andere, dass wir unsere Beziehung öffentlich machen können, aber noch dürfen wir nicht alles auf den Kopf stellen. Noch nicht.

Ich sehe Beth in jeder Hinsicht als Bereicherung an. Aber Oscar ist der festen Überzeugung, dass jede große Neuigkeit, zu der auch eine Beziehung mit Beth gehören würde, die Umfragen negativ beeinflussen könnte. Ich denke, dass es sich positiv auswirken würde, aber Oscar ist sich nicht sicher und will es nicht riskieren. Beth schweigt zu all dem.

Tatsächlich ist sie seit dem Wochenende, an dem sie während des Sturms bei mir war und den Kaffee in der Küche verschüttete, ruhiger als sonst. Zuerst dachte ich, es läge daran, dass ich Erinnerungen an den Autounfall und ihre Mutter wachgerüttelt hatte. Ich weiß, wie sich die Vergangenheit in einen Menschen einschleichen und seine Sichtweise auf die Dinge verändern kann. Aber im Laufe der Wochen ist das Licht in ihren Augen schwächer geworden, obwohl wir uns immer noch so nahestehen. Ich beobachte sie aufmerksam während der Arbeit und sorge dafür, dass sie alles hat, was sie benötigen könnte.

Sie tut das Gleiche für mich. Wir beide kümmern uns umeinander, als hätten wir Angst, dass der andere zusammenbricht.

Ich fange an zu glauben, dass die Geheimnistuerei der Grund für ihre Zurückhaltung ist. Es gefällt mir nicht, sie verstecken zu müssen, aber wir haben bereits am Anfang darüber gesprochen. Sie kannte die Gründe dafür und hat mich trotzdem voll und ganz unterstützt. Jetzt habe ich zu viel Angst, das Thema mit ihr anzusprechen, denn wenn sie es jetzt öffentlich machen will, weiß ich nicht, was ich tun würde. Ich möchte weder sie noch die Wahl verlieren. Also habe ich mich in Schweigen gehüllt und mich nur auf das Wesentliche konzentriert. Diese letzte Woche wird die härteste und längste Woche meines ganzen Lebens sein.

Mein Team und ich sitzen im Konferenzraum des Polizeipräsidiums von Baltimore und treffen uns mit dem Polizeichef und seinem Team. Wir erhalten eine polizeiliche Einweisung in die Sicherheitsverfahren, die in der Wahlnacht eingehalten werden sollen. Die Möglichkeit, dass ich Gouverneur werde, ist real. Es ist ein knappes Rennen, und es ist noch lange nicht vorbei. Aber ich habe eine Chance, und eine Chance ist alles, was ich brauche.

„Was wir normalerweise sehen und was wir erwarten, ist eine verstärkte Polizeipräsenz in der ganzen Stadt. Sowohl in den Tagen vor der Wahl als auch danach werden wir die Sicherheitsvorkehrungen verstärken müssen", sagt der Polizeichef.

„Wir sollen also unser persönliches Sicherheitsteam

aufstocken, und es wird mehr Polizei auf der Straße geben?", fragt Eddie und will die Details wissen.

„Ja. Bei Großveranstaltungen wie einer Wahl dieser Größenordnung benötigen wir zusätzliche Ressourcen, denn die Sicherheit der Öffentlichkeit und aller Teilnehmer ist unser oberstes Anliegen. Ich würde Ihnen auch raten, wenn Sie die Mittel haben, Ihre persönliche Sicherheit für Ihre Familie und enge Kontakte zu erhöhen."

„Gibt es eine Sicherheitsbedrohung für uns?", fragt Beth, und ich höre die Nervosität in ihrer Stimme. Mein Blick wandert zu ihrem Gesicht, in dem ich Sorge sehe.

„Ich hoffe nicht, aber wir müssen vorbereitet sein." Der Polizeichef tut sehr wenig, um ihr Sicherheit zu vermitteln. Ich beobachte sie, wie sie mit leicht zitternder Hand nach ihrem Glas greift. Als ob mein Körper es wüsste, lehne ich mich ein wenig zu ihr hin, und als sie versucht, nach dem Glas zu greifen, verfehlt sie es und stößt es zur Seite, wo es die Kante erreicht und fällt.

Aber ich reagiere sofort. Mein Körper bewegt sich von selbst, und ich fange das Glas auf, bevor es auf dem Boden aufschlagen kann. Ein Keuchen entweicht ihren Lippen, während alle Augen auf mich gerichtet sind.

„Alles in Ordnung?", frage ich leise, wobei sich meine Frage nicht unbedingt auf das Glas bezieht, und sie weiß das. Sie nickt leicht, als ich ihr das Glas reiche, sie es füllt und ich beobachte, wie sie einen tiefen Schluck nimmt, bevor sie es zurück auf den Tisch stellt.

„Welche Zahlen für die Sicherheit schlagen Sie vor?" Oscar geht auf die Einzelheiten ein und bringt alle wieder auf den Boden der Tatsachen zurück, während ich Beth weiter beobachte. Ich weiß, ich sollte es nicht tun, aber ich greife unter dem Tisch nach ihrer Hand und drücke sie. Ihr Kopf dreht sich zu mir, und ihre Augen weiten sich. Es ist das erste Mal, dass wir uns in einer professionellen Umgebung so berühren. Sie ist schockiert, doch ich will mehr. Ich begnüge mich damit, meinen Daumen über ihren Handrücken fahren zu lassen, und beobachte, wie sie verarbeitet, dass ich für sie da bin. Immer.

„Auch in der Wahlnacht wird es Straßensperrungen geben. Wir werden Ihre Route planen. Zum jetzigen Zeitpunkt haben wir Sie vom späten Nachmittag bis zur Bekanntgabe im Four Seasons Hotel untergebracht. Wenn Sie das Hotel verlassen, werden Sie von der Polizei auf der President Street durch die Stadt nach Hause eskortiert.“

„Das hört sich alles gut an. Eddie wird unsere persönlichen Sicherheitsvorkehrungen verstärken und dafür sorgen, dass die Sicherheit aller hier Anwesenden und unsere engen Freunde und Familien gewährleistet ist. Wir werden alles tun, was Sie in Bezug auf eine verstärkte Polizeipräsenz vorschlagen, und jeder Zugang, den Sie zu mir, dem Team oder unserem Veranstaltungsort benötigen, wird Ihnen gewährt, wenn Sie ihn brauchen. Die Sicherheit aller steht an erster Stelle“, sage ich. Der Polizeichef scheint erleichtert zu sein, dass alle seine Vorschläge angenommen wurden. Ich stehe auf, schüttle ihm die Hand. Mein Team und ich verlassen zusammen den Raum, denn wir müssen zu unserem Mittagessen, dem Letzten vor den Wahlen.

Als wir im Restaurant ankommen, werde ich sofort mit Schulterklopfern und Händeschütteln begrüßt, während Beth mit der Managerin des Lokals spricht, um sicherzustellen, dass das Mittagessen planmäßig verläuft. Die Leute lachen und lächeln, und obwohl die Wahl noch nicht stattgefunden hat, sind alle zuversichtlich. Einschließlich mir.

„Harrison, mein Schatz, wie geht es dir? Es sind nur noch wenige Tage!" Die Stimme meiner Mutter schallt durch den Raum und zeigt sie als liebevolle, vernarrte Mutter. Aus dem Augenwinkel sehe ich, wie Tennyson die Augen verdreht, bevor er sich auf den Weg zur Bar macht, während Ben und Eddie sie beobachten, wie sie quer durch den Raum auf mich zukommt und die Aufmerksamkeit aller auf sich zieht, während ihre goldenen Armbänder an ihren Armen klimpern.

„Mutter", sage ich und hauche einen Kuss auf ihre Wange. Dabei schaue ich mich nach Beth um und sehe, wie sie sich am anderen Ende des Raumes mit Arthur unterhält.

„Kommt, setzen wir uns", sagt meine Mutter und lässt ihren Blick durch den Raum schweifen, und jeder findet seinen Platz. Meine Mutter sitzt neben mir, Eddie an meiner anderen Seite. Lilly sitzt mir direkt gegenüber und sieht mich mit einem sehnsüchtigen Lächeln an, von dem ich mir wünsche, dass es verschwindet. Beth sitzt mit Arthur und Tennyson an einem Ende, die drei lachen und unterhalten sich und machen alle anderen neidisch auf den Spaß, den sie offensichtlich haben. Aber ich lächle, während ich sie beobachte. Sie sieht so gut aus, wenn sie glücklich ist.

Nachdem alle fertig gegessen haben, stehe ich auf und schlage mein Messer leicht gegen mein Glas, um Aufmerksamkeit zu erregen.

„Ich möchte diese Gelegenheit nutzen, um jedem Einzelnen von euch für eure anhaltende Unterstützung, eure Zusagen, eure Beratung, eure Zeit und eure Kontakte zu danken. Die Wahl rückt immer näher, und mein Team und ich werden viel zu tun haben, um noch mehr Menschen zu treffen und für unsere Kampagne zu werben, damit wir am Samstag bereit sind", sage ich, und in der Menge ertönt Beifall.

„Ich bin zuversichtlich, dass ich mit euch allen an meiner Seite am Samstag eine neue Stelle mit neuen Aufgaben antreten werde, und ich weiß, dass ich auch dann auf eure Unterstützung zählen kann. Es bedeutet mir sehr viel, euch hier zu haben und ..." Ich halte inne, als mein Blick auf Dr. Warner fällt. Sein Gesicht ist rot angelaufen, und er ringt nach Luft.

„Dr. Warner?", frage ich, und alle sehen ihn an.

„Oh mein Gott!", ruft meine Mutter und ich sehe, wie Beth ihren Stuhl zurückschiebt und zu ihm läuft.

„Dr. Warner. Haben Sie einen EpiPen?", fragt sie und scheint bereits zu wissen, was los ist und was getan werden muss, während der Rest von uns einfach nur dasteht und sie beobachtet, einige nippen immer noch an ihrem Champagner, als ob das eine Art Unterhaltung wäre.

Er zieht ihn aus seiner Tasche, während er sich in den Stuhl zurückfallen lässt.

„Scheiße", stoße ich hervor und schreite endlich zur Tat. Ich renne hinüber und packe ihn unter den Armen, als er vom Stuhl rutscht, und lege ihn auf den Boden, während Beth den EpiPen nimmt.

„Okay", keucht sie, bevor sie ihm hart in den Oberschenkel sticht. Ich höre meine Mutter nach Luft schnappen, Lilly steht hinter ihr und beruhigt sie, während der Rest der Menge zusieht. Mein Blick trifft sich mit dem von Beth über Dr. Warner hinweg, und ich weiß, dass wir das Gleiche denken.

„Oscar, ruf den Notruf", belle ich.

„Schon erledigt; sie sind auf dem Weg", antwortet er.

„Macht Platz. Die Sanitäter sind da", ruft die Managerin des Restaurants wenige Minuten später, öffnet die Türen und schiebt die Leute aus dem Weg, als ein Team von Sanitätern mit einer Trage hereinkommt. Beth und ich treten zurück, als sie seine Vitalwerte messen. Ich beobachte ihn besorgt, aber es geht ihm schon besser, er setzt sich allmählich auf und kann den Sanitätern zusammenhängende Antworten geben. Er atmet normal, und ich sehe, wie Beth sich mit einem der Sanitäter unterhält und ihm ebenso wie der Managerin des Restaurants einen Überblick verschafft. Dann wird er auf die Trage gelegt und in den Krankenwagen gebracht.

Meine Gäste packen ihre Sachen zusammen – einige sind bereits gegangen – und ich sehe Beth an und versuche, ihr zu entlocken, was vorgefallen ist.

„Welches Essen wurde ihm serviert?", fragt meine Mutter neben mir und sieht Beth böse an. Alle Anwesenden verstummen und beobachten den Austausch.

„Seine Ernährungswünsche wurden bei seiner Bestätigung zu diesem Event vermerkt. Ich werde dem nachgehen müssen ..." sagt Beth und sieht immer noch aus, als stünde sie unter Schock.

Aber meine Mutter lässt sie nicht ausreden.

„Offensichtlich bist du völlig inkompetent! Du hast den Mann fast umgebracht! Und dabei sind es nur noch wenige Tage bis zur Wahl. Du hast wahrscheinlich gerade jede Chance, dass Harrison Gouverneur wird, zunichtegemacht, du dumme Kuh", spuckt meine Mutter.

„Mutter. Das reicht!", rufe ich. Mir gefällt ihre Andeutung nicht und auch nicht, wie öffentlich es ist.

„Okay, Leute, ich glaube, wir sind jetzt fertig. Vielen Dank für eure Unterstützung und wir freuen uns darauf, euch auf der Wahlparty am Samstagabend zu sehen", sagt Oscar, während er und Eddie die Gäste zur Tür hinausführen. Das Mittagessen ist im Sande verlaufen. Meine Nerven sind angespannt. Ich mache mir Sorgen, dass sich das auf die Wahlergebnisse auswirkt, und als ich Oscar um Bestätigung bitte, sagt er nichts. Seine gespitzten Lippen und sein Seitenblick sagen mir alles, was ich wissen muss.

„Harrison, ich wusste von dem Moment an, als du dieses Mädchen eingestellt hast, dass sie Ärger bedeutet. Jetzt hat sie alles ruiniert", drängt meine Mutter, was mich noch mehr aufregt.

„Mutter, ich sagte, es reicht!", belle ich, während ich versuche, meine Gedanken zu sammeln. Ich fahre mir mit den Händen durchs Haar und beobachte, wie die letzten Gäste gehen, schüttle ihre Hände und setze ein falsches Lächeln auf, um ihnen zu versichern, dass alles in Ordnung ist, obwohl ich es selbst nicht glaube. Beth ist ein Profi; ich weiß, dass sie das nicht einfach übersehen hat. Sie ist seit ein paar Wochen nicht mehr sie selbst, aber es muss eine andere Erklärung geben.

„Harrison, ich habe die Ernährungspläne zweimal überprüft, seine Mahlzeit war korrekt", sagt sie und sieht mich an. In ihrem Blick liegt ein flehender Ausdruck, dass ich ihr glauben soll. Und das tue ich.

„Harrison, sei kein Narr. Sie arbeitet wahrscheinlich für deine Konkurrenz. Haben sie dich dafür bezahlt, dieses Spektakel zu veranstalten, damit sie gewinnen? Du brauchst doch das Geld, oder? Du wohnst doch in Riverside, oder?", wettert meine Mutter, als sei es eine Sünde, der Arbeiterklasse anzugehören.

Beths Augen weiten sich, und sie weicht bei den grausamen Worten einen Schritt zurück. Ich will auf Beth zugehen, aber sie schüttelt den Kopf und hält mich auf. Ich schlucke meine Wut hinunter und sehe mich im Raum um. Viele Augen beobachten diesen Austausch. Ich blicke zu Beth, die stoisch bleibt und mir einen Blick zuwirft, der mich dazu bringt, genau dort zu bleiben, wo ich bin.

„Gütiger Gott", murmelt Tennyson, und ich sehe, wie er den Rest seines Whiskys hinunterkippt, während Arthur Stratten sich hinter Beth stellt. Meine Füße bewegen sich nicht, während ich zwischen den beiden wichtigsten Frauen in meinem Leben stehe und mich frage, was zum Teufel hier los ist.

„Wir sollten gehen", sagt Oscar neben mir, der einzige, klare Kopf in dieser Scheiße.

„Ja, das sollten wir", schimpft meine Mutter und wirft Beth einen weiteren bösen Blick zu.

Ich fahre mir mit der Hand übers Gesicht und frage mich, wie etwas so einfaches wie ein Dankeschön-Mittagessen mich in die Gefahr gebracht hat, die Wahl zu verlieren, weil einer meiner wichtigsten Unterstützer beinahe gestorben wäre. Ich bin mir sicher, dass die Mediengeier bereits ihre Kreise ziehen. Die Paparazzi folgen wahrscheinlich dem Krankenwagen und stehen vor dem Krankenhaus Schlange. Ich kann mir die Schlagzeile schon vorstellen: *Baltimore Junge nach versuchtem Mord in Ungnade gefallen.*

„Ein Nachrichtenteam ist gerade draußen aufgetaucht", sagt Eddie und reißt mich damit aus meinen Gedanken.

„Wir haben einen Hinterausgang", meldet sich die Managerin des Restaurants. Mein Blick bleibt auf Beth gerichtet. Ich sehe, wie sie hart schluckt und tief einatmet.

„Beth, du solltest mit uns kommen", sage ich, weil ich sie unbedingt in meinen Armen halten will.

„Du gehst mit Eddie und Oscar. Ich bringe die Situation hier in Ordnung", entgegnet Beth, und ich sehe, wie sie die Schultern strafft und ihre professionelle Rüstung anlegt. Ich weiß, dass sie das nicht mit Absicht getan hat. Ich weiß, dass es ein schrecklicher Unfall gewesen sein muss. Aber ich habe mich seit Jahren darauf konzentriert, Gouverneur von Maryland zu werden. Es war ein lebenslanger Traum. Und jetzt könnte alles den Bach heruntergehen, wegen einer einzigen Ernährungsvorschrift bei einer Veranstaltung, die sie für mich organisiert hat. Meine Emotionen und Gefühle laufen auf Hochtouren.

Ich schlucke, als ich sie ansehe. Ihr Körper ist angespannt.

„Geh", flüstert sie, ihre Augen sind glasig, und ich möchte sie am liebsten in den Arm nehmen und ihr sagen, dass alles gut wird. Ihr sagen, dass ich sie liebe. Denn das tue ich, und in diesem Moment möchte ich, dass sie es weiß.

„Harrison, um Himmels willen, lass uns gehen", sagt meine Mutter, bevor sie zur Hintertür geht.

„Ten wird sich um sie kümmern. Ich werde ihn anrufen, um sicherzugehen, dass alles in Ordnung ist", flüstert mir Eddie ins Ohr, und ich sehe Beth an, mit Arthur und Tennyson an ihrer Seite. Ich werfe Tennyson einen Blick zu, um sicherzugehen, dass er hier bei ihr bleibt, und er nickt. Das ist das Einzige, was meine Beine dazu bringt, sich in Bewegung zu setzen. Zu wissen, dass er für mich auf sie aufpassen wird.

Weil ich mich nicht ablenken lassen darf. Ich muss mich konzentrieren.

29

BETH

Ich sehe ihm nach, wie er zur Hintertür hinausgeht, und als sich die Tür hinter ihm schließt, stütze ich mich auf den Stuhl vor mir, damit ich nicht zusammenbreche. Meine Handflächen schwitzen und mein Herz rast, während Angst, Stress und Vorahnung durch meinen Körper jagen und mich fast in Ohnmacht fallen lassen. Eventmanagement gehört zu den zehn stressigsten Jobs der Welt, und das ist der Grund.

„Bethy, es wird alles gut", sagt Arthur.

„Wie konnte er das falsche Essen bekommen? Das stand doch ganz klar auf den Papieren!", stoße ich aus. Panik durchströmt meinen Körper und setzt sich in meiner Brust fest.

„Sehen wir uns den Papierkram des Restaurants an. Wir müssen ohnehin alle Informationen sammeln, falls der Arzt das Restaurant oder Harrison verklagt", sagt Tennyson, und mein Körper erstarrt. Dieser Gedanke ist mir nicht einmal in den Sinn gekommen. Ich war so besorgt um Dr. Warners, dass ich nicht an die Möglichkeit dachte, dass er Harrison verklagen könnte. Mein Verstand rast, mein Körper ist müde, und das Adrenalin lässt langsam nach, während wir drei darauf warten, dass die Managerin des Restaurants zurückkommt, bevor wir ihr unsere Fragen stellen.

„Ihr solltet beide gehen", sage ich, weil ich sie nicht länger aufhalten will. Wer weiß, wie lange das dauern wird. Ich kann sehen, wie die Managerin andere Gäste zum Gehen drängt und das Restaurant schließen will.

„Wir können bei dir bleiben", sagt Arthur, und mir wird ein wenig warm ums Herz. Er ist mir ein wirklich guter Freund.

„Es ist in Ordnung, Arthur. Ich bin ein großes Mädchen. Außerdem wird es hier wahrscheinlich bald vor Reportern nur so wimmeln, also denke ich, dass ihr beide gehen solltet, bevor ihr geschnappt werdet und auf die Titelseite der *Society News* kommt", sage ich, und beide denken über meine Worte nach.

„Gut, ich werde gehen. Aber ruf mich an, wenn du etwas brauchst", sagt Arthur, bevor er mich umarmt und zur Tür hinausgeht. Er mag sein ruhiges Leben und ich will nicht, dass er in dieses Chaos hineingezogen wird.

„Harrison will, dass ich bleibe", sagt Tennyson.

„Das ist wirklich nicht nötig."

„Vielleicht nicht, aber ich weiß mein Leben zu schätzen, und wenn mein Bruder herausfindet, dass ich dich hier allein gelassen habe, dann bin ich mir ziemlich sicher, dass er mich umbringen wird." Es ist als Scherz gemeint, aber ich lache nicht. Tief im Innern weiß ich, dass ich Harrison etwas bedeute, aber es bleibt die Tatsache, dass ich gerade seine Chance, Gouverneur zu werden, ruiniert haben könnte. Ich wusste, dass es nicht einfach werden würde, seiner Mutter heute zu begegnen. Ich habe sie seit jenem Morgen nicht mehr gesehen, als sie mich in seiner Küche beschimpfte. Seitdem fühle ich mich neben der Spur, nicht ich selbst. Niemals hätte ich gedacht, dass sie mich so sehr hassen würde. Und das nur, weil sie ihren Sohn liebt. Ich weiß, dass Harrison mich nicht allein lassen wollte, und das ist der einzige Grund, warum ich ihn zur Tür scheuchen konnte. Ich weiß, dass er mir vertraut und an mich glaubt. Er weiß, dass ich keine Schuld an all dem trage, aber ich muss herausfinden, wie es passiert ist.

„Gut, sie sind weg. Ich hole den Papierkram und befrage den Koch, und dann können wir darüber reden, was vorgefallen ist, Beth", sagt die Managerin des Lokals, als sie zurückkommt. Ich weiß, dass diese Dinge Zeit brauchen. Ich sehe, wie Tennyson auf seine Uhr schaut.

„Geh. Bitte. Du hast bestimmt eine Million Dinge zu tun, und die nächsten Stunden hier herumzusitzen, Papierkram durchzugehen und auf mich aufzupassen, macht keinen Spaß", sage ich und versuche, ihn zum Gehen zu bewegen. Ich muss nicht auch noch für einen weiteren Rothschild verantwortlich sein.

„Gut. Aber gib mir dein Handy, damit ich meine Nummer speichern kann." Ich tue, worum er mich bittet, denn ich habe keine Kraft mehr zu protestieren.

„Ruf mich an, wenn du etwas brauchst", sagt er. Es ist nett gemeint, aber ich werde ganz gewiss nicht darauf zurückkommen. Ich bin ein Profi, ich komme allein zurecht. Genau wie mit allem anderen in meinem Leben.

„Klar!", entgegne ich und schenke ihm ein kurzes,

beruhigendes Lächeln, und dann tut er etwas, das mich erschreckt. Er zieht mich zu einer Umarmung heran. Seine Arme legen sich um meine Schultern und meine Augen beginnen zu tränen.

„Meine Mutter ist böse. Harrison hat nur Augen für dich. Bitte, hab einfach Geduld mit ihm. Er hat im Moment mit sehr viel zu kämpfen", sagt Tennyson, und ich nicke, nachdem ich bei seiner Freundlichkeit die Fähigkeit zu sprechen verloren habe.

„Ruf mich an", sagt er und tritt langsam zurück. Ich sehe ihm nach und warte ein paar Augenblicke, bevor ich auf den Stuhl sinke, den Kopf hängen lasse und mich frage, wie ich das Chaos, das ich angerichtet habe, wieder in Ordnung bringen soll. *Dumm, dumm, dumm,* schimpfe ich mit mir selbst. Ich habe noch nie so viel Mist gebaut. Der Mann hätte sterben können! Ich überlege, ob ich Kelly um Rat fragen soll, aber da ich weiß, dass sie sich gerade voll und ganz auf ihr Baby konzentriert, will ich sie mit diesen Dingen nicht belästigen.

Ich sitze dreißig Minuten lang mit dem Kopf in den Händen da und warte darauf, dass die Managerin des Lokals mit ihrem Chefkoch im Schlepptau zurückkommt.

„Gut, ich habe den ganzen Papierkram hier", sagt sie mit einem kleinen Lächeln, das mir signalisiert, dass das Restaurant keinen Fehler gemacht hat und ihr Gewissen rein ist. Mein Herz sinkt.

„Ich habe hier Ihre E-Mails und die endgültigen Papiere, die beide unterschrieben und in denen die Ernährungsvorschriften des betreffenden Mannes beschrieben sind", fährt sie fort, und ich bin verwirrt.

„Und was ist dann passiert?", frage ich und schaue zwischen ihr und dem Koch hin und her und zurück zu den Papieren.

„Es gab eine Änderung", sagt sie und sieht mich an.

„Was meinen Sie mit einer Änderung?"

„Nun, eine Stunde vor Beginn der Veranstaltung erhielten wir einen Anruf, dass wir die Ernährungsvorschriften ändern müssen."

„Von wem?", frage ich überrascht, denn ich habe nicht angerufen, und ich bin mir ziemlich sicher, dass auch Oscar nicht angerufen hat.

„Von Ihnen. Sie haben angerufen und mit dem Chefkoch gesprochen und um eine Änderung gebeten."

Ich sehe sie an und kann nicht glauben, was ich da höre.

„Ich habe keinen solchen Anruf getätigt."

„Ich habe mit Ihnen gesprochen. Sie haben mir erklärt, welche Änderung vorgenommen werden müssen. Die spezifische Anforderung war, dass der betreffende Mann anstelle der Rotweinsoße eine Meeresfrüchtesoße auf seinem Steak serviert bekommt. Ich habe Ihnen gesagt, dass eine solche späte Änderung eine Gebühr von fünfzig Dollar nach sich ziehen würde, und Sie haben dem zugestimmt."

„Gibt es einen Beweis für diesen Anruf?", frage ich, denn ich weiß, dass ich ihn nicht angerufen habe.

„Ich wurde schon einmal in einem Restaurant in DC, das ich früher leitete, hintergangen, als jemand anrief, um Änderungen vorzunehmen, und die Gäste mit einer hohen Rechnung zurückließ, der sie nicht zustimmten, also nehme ich jetzt alle meine Telefongespräche auf", sagt er, während er die Aufnahme abspielt, und ich höre Mrs. Rothschilds Stimme durch den Lautsprecher, die verlangt, dass das Essen für Dr. Warner eine Meeresfrüchtesoße auf seinem Steak enthält, und die der zusätzlichen Gebühr zustimmt. Dr. Warner ist allergisch gegen Meeresfrüchte. Offensichtlich war es die Soße, die bei ihm einen anaphylaktischen Schock auslöste.

Die Anruferin bestätigt, dass ihr Name Beth ist, aber es ist eindeutig die Stimme von Mrs. Rothschild. Ich bin so schockiert, dass ich kaum atmen kann. Diese Frau hasst mich so sehr, dass sie das Leben eines Mannes riskiert hat, um mich loszuwerden.

„Wir werden alle Unterlagen an unsere Anwälte weitergeben. Falls Sie oder der Arzt klagen wollen, haben wir die vollständige Dokumentation und die Aufnahme des Anrufs", sagt die Managerin. Ich nicke verständnisvoll. Es ist nicht ihre Schuld, dass jemand fast gestorben wäre.

„Ich denke, wir drei hier wissen, dass diese Person nicht ich war. Sie hört sich überhaupt nicht nach mir an. Und eine Stunde vor dem Mittagessen war ich in einer Besprechung mit dem Polizeipräsidenten, ich habe also ein wasserdichtes Alibi", erkläre ich und beide nicken. Sie wissen genauso gut wie ich, wessen Stimme das war. Aber keiner von uns will den Namen laut aussprechen.

„Wir verstehen", entgegnet die Managerin mit einem kleinen, mitleidigen Lächeln.

„Können Sie diese bitte ausdrucken und den endgültigen Dateien beifügen, damit mein Team über die zusätzlichen Kosten und die Situation informiert ist. Außerdem möchte ich eine Kopie der Aufnahme per E-

Mail und SMS erhalten, wenn möglich." Ich muss alles tun, um mich aus dieser Situation zu befreien.

„Ich werde Ihnen den vollständigen Bericht und die Schlussrechnung schicken, bevor ich Feierabend mache." Ich schaue aus dem Fenster und sehe, dass es bereits dunkel geworden ist. Ich bin schon seit Stunden hier, und der Kampfgeist hat mich fast verlassen. Seit Mrs. Rothschild vor Wochen in Harrisons Küche diese giftigen Worte zu mir gesagt hat, fühle ich mich zerbrechlich. Ich will mir nicht vorstellen, wie weit sie gehen wird, um Harrison und mich zu trennen.

Ich verabschiede mich, gehe in die dunkle, kühle Nacht und überlege, wie ich am besten nach Hause komme. Tom ist nicht da, da er heute Nachmittag Mrs. Rothschild und die anderen abholen musste, und ich wollte ihn nicht bitten, mich ebenfalls abzuholen. Stattdessen schlinge ich meinen Mantel um mich und gehe mit gesenktem Kopf zur Bushaltestelle. Ich rede mir immer wieder ein, dass ich wegen der kühlen Nachtluft zittere und nicht wegen des leisen Donnergrollens, das sich über mir abspielt. Es ist erst acht Uhr abends, aber ich weiß schon jetzt, dass dies eine lange Nacht für mich werden wird, da Dad bei Larry ist.

30

HARRISON

Ich habe sie alleine gelassen. Ich weiß, dass ich das nicht hätte machen sollen, aber da Oscar und meine Mutter mich praktisch zur Tür hinausgedrängt haben, wusste ich, dass ich gehen musste, bevor die Medien Wind davon bekamen, was heute geschehen war. Also habe ich sie alleine gelassen.

„Ich habe gerade noch einmal im Krankenhaus angerufen, und Dr. Warner geht es gut. Ich habe ihm gesagt, dass wir ihn morgen früh besuchen werden", sagt Oscar, kommt ins Wohnzimmer und setzt sich neben Eddie auf das Sofa. Mein Team hat sich hier in meinem Wohnzimmer versammelt, alle bis auf eine.

„Gott, wie konnte das nur alles so schiefgehen?", sagt Eddie, lehnt sich zurück und sagt die gleichen Worte, die wir uns den ganzen Abend über immer wieder sagen. Wir haben uns diese Frage schon ein Dutzend Mal gestellt. Das Restaurant hat uns mitgeteilt, dass seine Diätvorschriften geändert wurden, aber ich habe Ben und meine Rechtsabteilung damit beauftragt, das zu klären. Meine Augen können keine Verträge oder Richtlinien mehr sehen; mein Verstand ist im Moment wie betäubt.

„Ich bin sicher, es war ein einfacher Fehler ...", sage ich gedankenverloren, den Blick immer noch auf das Fenster gerichtet, wo ich die dunklen Wolken betrachte. Denn es gibt keine andere Erklärung. Jemand hat einen Fehler gemacht. So etwas kann passieren. Und dem Arzt geht es glücklicherweise gut.

„Ein einfacher Fehler, der dich buchstäblich in eine Mordermittlung hätte verwickeln können", murmelt Oscar und macht aus dem ganzen Vorfall etwas, das es nicht ist.

„Gott sei Dank wusste Beth, was zu tun war", sagt Eddie, und er hat recht. Wir anderen standen nur herum und sahen zu, wie Dr. Warner einen anaphylaktischen Schock erlitt. Wie nutzlose Statuen standen wir alle wie angewurzelt auf der Stelle, und Beth war die Einzige, die sofort handelte. Mein Glücksbringer. Sie kommt immer zu meiner Rettung.

„Beth weiß immer, was zu tun ist ...", murmle ich, frustriert darüber, dass sie meine Anrufe nicht entgegennimmt, und ich hoffe, dass es ihr gut geht. Ich habe die ganze Nacht an nichts anderes gedacht als an sie. Ich will sie sehen. Ich muss sie sehen. Mein Bruder Tennyson ist auch seltsam still und nimmt meine Anrufe nicht entgegen. Obwohl ich weiß, dass er oft bis spät in die Nacht an unseren internationalen Bauprojekten arbeitet und sich in Videokonferenzen mit China befindet.

„Ich kann nicht behaupten, dass deine Mutter in

dieser Situation eine Hilfe war. Werden wir in der Hinsicht ein Problem haben? Gibt es noch mehr Brände, die in den nächsten Tagen auftauchen könnten und die ich löschen muss?" Oscar sitzt da und scrollt durch sein Handy, zweifellos um die vielen Medienanfragen abzuwehren, die uns derzeit erreichen.

Eddie schnaubt. „Wo auch immer unsere Mutter ist, du kannst dir sicher sein, dass es immer Ärger gibt, der ihr folgt."

„Sie hat sich heute völlig danebenbenommen. Ihren Ton gegenüber Beth werde ich nicht noch einmal tolerieren. Wenn so etwas in der Öffentlichkeit noch einmal passiert, sorgt einer von euch dafür, dass sie verschwindet, denn ich werde mich für Beth einsetzen. Ich werde nicht noch einmal so weggehen wie heute", sage ich, und mein Magen fühlt sich schwer an, wütend darüber, dass Beth heute nicht wollte, dass ich ihr beistehe, und wütend darüber, dass meine Mutter uns überhaupt in diese Lage gebracht hat. Aber am meisten ärgere ich mich über mich selbst, weil ich auf die beiden gehört habe. Ich hätte mir Beth schnappen und uns beide da herausholen sollen, und die Tatsache, dass ich es nicht getan habe, bereitet mir ein flaues Gefühl im Magen.

„Wir haben morgen das Fotoshooting bei dieser Frauenzeitschrift, und dann werde ich ihr sagen, dass sie zu Hause bleiben und sich bis zur Wahlnacht zurückhalten soll", sagt Eddie.

„Erkläre mir bitte, warum wir schon wieder ein Fotoshooting für eine Frauenzeitschrift machen", frage ich, verwirrt darüber, dass das auf dem Terminkalender steht.

„Ich wünschte, ich könnte dir eine Antwort darauf

geben. Das war etwas, das unsere Mutter schon früh im Wahlkampf angesprochen hat. Sie wollte, dass du das Shooting machst, um ihrer Freundin zu helfen, die den Zeitschriftenverlag leitet. In dem Moment dachten wir, dass es helfen könnte, die Stimmen der älteren Frauen in den Vororten zu bekommen", erzählt Eddie, und ich erinnere mich an das ganze Gespräch.

„Es wird uns helfen, ein positives Bild von Harrison zu vermitteln. Es könnte das sein, was wir brauchen, um sein Profil in diesen letzten Tagen aufzufrischen. Hoffentlich verdeckt es jegliche negative Medienaufmerksamkeit, die von dem heutigen Mittagessen ausgehen könnte", sagt Oscar, der wie immer sehr vernünftig ist.

„Oscar, wir alle wissen, dass Harrison kein Problem damit hat, die Stimmen der Frauen zu gewinnen." Eddies abfällige Bemerkung trägt wenig dazu bei, die Stimmung im Raum aufzuhellen.

„Um auf deine Mutter zurückzukommen. Sie scheint Beth nicht zu mögen ... Hatten sie irgendeine Meinungsverschiedenheit, von der ich nichts weiß?", fragt Oscar, und ich sehe, in der Spiegelung des Fensters, wie er mich ansieht.

„Nein. Das ist nur Mom und ihre reiche, überhebliche Art, Harrison, ihr erstgeborenes Lieblingskind, zu kontrollieren." Eddies Tonfall ist boshaft.

Ich überlasse es ihnen, ihr Gespräch miteinander hinter mir fortzusetzen. Meine Augen bleiben auf die Wolken gerichtet, während ich ihre Worte aus meinen Gedanken verdränge, und beobachte, wie sich der Himmel weiter verdunkelt und in fast hypnotischer

Bewegung ist. Ich nippe langsam an meinem Whisky, spüre das Brennen in meiner Brust und reibe mir die Augen, in der Hoffnung, dass die Kopfschmerzen und die Anspannung verschwinden.

Ich denke über die Wahl nach. Die Umfragen sind positiv, aber diese letzten Tage sind entscheidend. Ich muss alles richtig machen und den Wahlkampf wieder in Gang bringen. Aber ich muss auch die Dinge mit Beth wieder ins Lot bringen. Ich habe das Gefühl, dass ich in zwei Richtungen gezogen werde. Ich habe bereits erwartet, dass die letzte Woche des Wahlkampfs lang und stressig werden würde. Ich treffe viele Leute, schüttle immer mehr Hände. Ich muss einfach die nächsten Tage überstehen und sowohl die Wahl als auch Beth gewinnen.

Als ich aus meinen Gedanken aufschrecke, höre ich das tiefe Grollen eines Donners, und ein scharfer Blitz durchschneidet den Himmel und erhellt ihn, und ich weiß, dass es nur einen Ort gibt, an dem ich sein muss.

„Ich muss gehen", sage ich plötzlich, stelle mein leeres Whiskyglas auf den Küchentisch und schnappe mir meine Schlüssel und meine Jacke, während ich zum Aufzug eile.

„Wo gehst du hin?", fragt Eddie besorgt, als sowohl er als auch Oscar vom Sofa aufstehen und mich anstarren.

„Da draußen tobt ein Gewitter", antworte ich, während ich meinen Kragen zurechtrücke und auf den Aufzug warte.

„Und?", fragt Oscar und zieht die Augenbrauen hoch, als ob ich den Verstand verloren hätte.

„Und Beth braucht mich", sage ich knapp, bevor ich einsteige und den Knopf für das Untergeschoss drücke. Die Fahrstuhltüren schließen sich und beide sehen mich an, als wäre ich verrückt, und vielleicht haben sie recht. Ich bin verrückt.

Verrückt nach Beth.

31

BETH

Das Haus ist dunkel, kalt und still, als ich eintrete. Mein Haar und meine Kleidung sind nass, der Regen hat mich auf dem Heimweg von der Bushaltestelle durchnässt. Mein Handy hat ununterbrochen geklingelt, aber ich war so darauf fokussiert, sicher nach Hause zu kommen, dass ich es den ganzen Abend über ignoriert habe. Als ich das Haus betrete, empfängt mich nicht automatisch die Wärme, die ich erwartet hatte. Es ist leer, still und lässt mich frösteln.

Ich schalte sofort alle Lichter an, ziehe mich aus und ziehe meinen warmen Pullover und meine alte Jogginghose an. Ich überprüfe jedes Zimmer und stelle sicher, dass die Fenster verschlossen und die Hintertür gesichert ist. Als ich durch den Flur ins Wohnzimmer gehe, erstarre ich, als alle Lichter erlöschen.

„Scheiße", fluche ich leise, als ich instinktiv nach der Wand taste und ein paar weitere Schritte in Richtung

Wohnzimmer mache. Ich bin fast am Sofa, wo meine Decke auf mich wartet, und dann passiert es.

Ein heftiges Donnergrollen lässt die Wände erzittern. Die Fenster klappern und meine Knie geben nach. Ich falle auf den Boden und rolle mich zu einem Ball zusammen. Ich mache mich klein, während ich meinen Körper an die Wand schiebe, bis ich sie im Rücken spüre.

Mein Atem beschleunigt sich, mein Herz rast, und eine Träne rollt über meine Wange. Ich hasse es, so zu sein. Das passiert jedes Mal, wenn ein Sturm aufzieht. Mein gesunder Menschenverstand verabschiedet sich und ich fühle mich wieder wie das kleine Mädchen, das auf dem Rücksitz des Autos festsitzt, während um mich herum das Gewitter tobt.

„Es ist alles in Ordnung. Du schaffst das. Es ist nur ein kleines Gewitter", sage ich mir, als ich meinen Puls am Handgelenk pochen spüre und mein Mund trocken wird. Ich höre den Regen und sehe die hellen Blitze durch unsere dünnen Vorhänge, und ich weiß, dass der Sturm noch eine Weile anhalten wird. Ich muss versuchen, mich zusammenzureißen. Zumindest, bis ich auf dem Sofa bin und mich in die Decke einrollen kann.

Ich räuspere mich und versuche, meinen Körper zu entspannen. Auf allen Vieren krieche ich langsam ins Wohnzimmer. Das Dach klappert und ich ducke mich sofort, halte mir die Hände über den Kopf und kneife die Augen zu. Aber es ist nicht so laut wie der erste Donnerschlag. Es donnert erneut und ich schaue auf, in der Hoffnung, in dem dunklen Haus etwas sehen zu können.

„Beth!", höre ich eine Stimme vor der Haustür.

„Beth!", ertönt es erneut, wobei ich es über den Regen

hinweg kaum hören kann, und ich ziehe den fadenscheinigen Vorhang an der Seite der Eingangstür weg und schaue nach draußen.

Harrison steht in seinem vom Regen durchnässten Designeranzug da. Sein Haar ist nass und klebt an seiner Stirn. Ich werfe einen kurzen Blick auf sein Auto vorn auf der Straße, bevor ich ihn wieder ansehe. Seine Augen finden meine, und ich schlucke. Ich sitze immer noch auf dem Boden, meine Hände zittern, mein Herz rast. Aber ich stemme mich hoch und öffne die Tür.

„Was machst du hier?", frage ich schockiert, als ich sehe, dass er es wirklich ist und nicht nur ein Hirngespinst meiner verrückten Fantasie.

„Es gewittert!", ruft er, das Wasser tropft ihm vom Gesicht und läuft ihm über die Wangen, während er mich anschaut.

„Harrison, ich habe nicht ...", setze ich an, um zu erklären, dass es heute nicht meine Schuld war. Aber ich will ihm auch nicht sagen, dass es seine Mutter war. Es würde ihm das Herz brechen, wenn er wüsste, dass seine Mutter so etwas tun würde. Die Worte bleiben mir in der Kehle stecken.

„Der heutige Tag ist mir egal. Alles andere ist mir egal. Nur du. Nur du bist mir wichtig." Ich sehe seine Augen, die mich anflehen, während das Lichtspiel des Himmels sein Gesicht beleuchtet.

Ich beobachte ihn, wie der Regen an seiner Kleidung herunterläuft und auf den Boden tropft. Ein weiterer lauter Donnerschlag vibriert durch das Haus und im Nu steht er direkt vor mir. Er umarmt mich, und ich vergrabe meinen Kopf an seiner Brust. Er hebt mich hoch und tritt die Tür zu, dann bringt er mich mit ins Wohnzimmer und setzt mich auf das Sofa.

„Kein Licht?", fragt er und schaut sich um, und ich kann die Falte zwischen seinen Augenbrauen im fahlen Licht von draußen erkennen.

„Der Strom ist ausgefallen", sage ich leise und ziehe meine Knie an meine Brust. Mein Körper zittert fast unkontrolliert, Kälte gemischt mit Angst, zusammen mit Unruhe. Ich ziehe an meiner Decke, um mich zuzudecken, und spüre, wie mein Körper vor seinen Augen der Angst nachgibt.

Er zieht seine nasse Jacke aus, wirft sie über die Rückenlehne des Sofas und setzt sich zu mir, wobei er mich fest an sich zieht.

„Es ist okay, Beth. Alles wird wieder gut", flüstert er mir ins Ohr und umarmt mich fest. Er beugt sich vor, greift nach der Decke, wirft sie über uns beide und ich schmiege mich an ihn. Meine Hand umklammert sein Hemd, während seine meinen Rücken auf und ab fährt. Mein Körper zittert weiter, aber ich versuche, meine Atmung zu kontrollieren.

Während Blitz und Donner weiter über den Himmel ziehen, flüstert Harrison mir immer wieder süße Dinge ins Ohr, wie sehr er sich um mich sorgt, wie froh er ist, dass er mich gefunden hat, all die Worte, die ein Mädchen wie ich immer hören wollte. Er redet über eine Stunde lang, das ganze Gewitter hindurch, und hört erst auf, als das Gewitter vorbei ist.

Wir sind still, die einzigen Geräusche im Raum sind jetzt das leichte Prasseln des Regens auf dem Blechdach und unser Atem. Ich kann seinen Herzschlag hören, stark und rhythmisch in seiner Brust, die Gleichmäßigkeit erfüllt mich mit seiner Kraft.

„Wir sollten in der Nacht des Unfalls nicht im Auto sein ...“, sage ich leise, und die Worte sprudeln nur so aus mir heraus. Harrison schweigt, hört zu und lässt mich meine Geschichte erzählen.

„Es war den ganzen Tag über sonnig und sogar warm gewesen. Mom hatte bei der Arbeit neue Freunde kennengelernt, und sie luden uns zu sich nach Hause zum Abendessen ein. Mom war sehr gesellig, sie fand immer neue Freunde, und Dad und ich schlossen uns ihr an, weil wir auch gerne neue Leute kennenlernen wollten.“ Ich schlucke, mein Mund ist trocken, aber ich fahre fort.

„Sie waren eine reiche Familie, die in der Nähe von DC lebte, viel reicher als wir. Ich erinnere mich, dass ihr Haus groß und majestätisch war wie ein Schloss. Es war wunderschön, so etwas hatte ich noch nie gesehen. Sie hatten keine Kinder, und ich glaube nicht, dass es ihnen gefiel, mich in ihrem Haus zu haben. Ich erinnere mich, dass ich Angst vor ihnen hatte und mich immerzu in der Nähe meines Vaters aufhielt“, flüstere ich. Ich habe diese Geschichte noch nie jemandem erzählt.

Harrison streichelt mir den Rücken, hält mich fest und küsst meinen Scheitel.

„Wir waren etwa eine Stunde lang dort. Mein Vater trank etwas mit dem Ehemann, meine Mutter plauderte und lachte mit der Ehefrau, und ich saß still auf dem Sofa, zu ängstlich, um mich zu bewegen. Ich erinnere mich, dass sie einen langen Esstisch hatten, und als das Abendessen näher rückte, füllte sich der Tisch. Kein einziger Zentimeter war mehr frei. Es wurden Teller und Platten mit Essen hingestellt, zu viel für uns allein. Es war ein Festmahl." Ich höre, wie sich meine Stimme ein wenig verändert, die Erinnerungen an diesen Abend sind jetzt sehr lebendig in meinem Gedächtnis.

„Ich stand auf und ging zum Tisch hinüber. Ich wollte es mir einfach genauer ansehen. All dieses Essen, ein Festmahl im wirklichen Leben, nicht nur aus meinen Märchen. Ich wollte es mit meinen eigenen Augen sehen. Aber das hätte ich nicht tun sollen. Ich hätte im Wohnzimmer sitzen bleiben sollen."

Ich halte inne, mein Herzschlag beschleunigt sich, meine Hände schwitzen und mein Kopf beginnt zu pochen, während die Erinnerungen mich packen.

„Was ist passiert?", flüstert Harrison.

„Ich stand neben dem großen Tisch und schaute nur. Ich habe nichts davon angefasst. Als ich mich gerade umdrehen und zu meinem Platz auf dem Sofa zurückkehren wollte, öffnete sich die Tür zum Flur und ein großer Labrador kam hereingestürmt. Er warf einen Blick auf mich und rannte direkt auf mich zu. Da ich nie einen Hund hatte, wusste ich nicht, dass nur spielen wollte. Ich hatte Angst. Ich dachte, er würde mich fressen", fahre ich fort.

„Der Hund stürzte sich auf mich, und ich schrie. Ich fiel nach hinten und griff nach dem Einzigen, was in Reichweite war, um nicht zu fallen. Das Tischtuch. Ich fiel und schrie vor Angst. Der Hund sprang auf mich und fing an, mein Gesicht zu lecken, aber meine Finger hatten sich noch immer an dem Tischtuch festgekrallt, und das ganze Festmahl stürzte auf uns herab."

„Meine Mutter schämte sich. Ich war immer so ungeschickt, ich machte immer alles kaputt. Sie und mein Vater zogen mir meinen Mantel an und brachten mich schneller zur Tür hinaus als die Blitze, die in jener Nacht über den Himmel zuckten.“

„Ich weiß noch, dass es viel Geschrei gab, als wir ins Auto stiegen. Mein Vater hatte ein paar Drinks gehabt, also fuhr uns meine Mutter nach Hause. Als es Nacht wurde, hatte das Wetter umgeschlagen und es war dunkel und stürmisch. Es donnerte und blitzte häufig und anhaltend. Die Straßen waren voller Wasser. Es war keine lange Fahrt, aber es kam mir wie eine Ewigkeit vor, weil sie so langsam fuhr, da sie durch den dichten Regen kaum etwas sehen konnte. Ich erinnere mich, dass die Scheibenwischer so schnell hin und her sausten, dass es fast schon komisch war. Meine Mutter war wütend. Sie schrie mich an, weil ich ihren Abend ruiniert und sie vor ihren neuen Freunden blamiert hatte. Sie hatte mich zuvor gewarnt, dass ich nichts tun sollte, was den Abend ruinieren könnte. Ich habe es versucht. Ich habe mich so sehr bemüht, brav zu sein. Ich saß leise da, legte meine besten Manieren an den Tag. Meine Mutter war wütend und schimpfte mit mir während der ganzen Fahr zurück nach Hause. Ich kann ihre Stimme immer noch hören. *,Du hast alles kaputt gemacht! Ich kann dich nirgendwo mit hinnehmen. Du hast mich und deinen Vater blamiert.‘“*

„Sie war wirklich aufgebracht. Sie fuhr, schrie, es regnete in Strömen, und der Donner und die Blitze machten mir Angst. Mein Vater versuchte, mit ihr zu reden, damit sie sich beruhigt und auf die Straße konzentriert. Es ging alles so schnell. In der einen Minute hörte ich sie mich noch anschreien, in der nächsten hörte ich nur noch meine Schreie.“

„Du warst noch ein Kind. Es war nicht deine Schuld“, sagt Harrison, allerdings nehme ich seine Worte kaum wahr.

„Sie fuhr bei Rot über die Kreuzung, stieß mit einem anderen Auto zusammen, und unser Auto überschlug sich. Meine Mutter war nicht angeschnallt und starb noch an der Unfallstelle. Mein Vater brach sich den Rücken und kann seitdem nicht mehr laufen, und ich habe Metallplatten in der Schulter, wo der Sicherheitsgurt mir das Leben rettete, aber meine Knochen zertrümmerte.“

„In dem anderen Auto saß eine Familie. Beide Eltern starben und der kleine Junge wurde zum Waisenkind.“

„Ich habe in dieser Nacht meine Mutter getötet. Es ist meine Schuld, dass mein Vater nicht mehr gehen kann. Ich habe einen kleinen Jungen zum Waisenkind gemacht. All das ist meine Schuld. Ich habe alles ruiniert, Harrison, und ich habe solche Angst, dass ich auch dich ruinieren werde.“ Ich kann die Tränen nicht zurückhalten, sie laufen mir ungehindert über die Wangen. Harrison zieht mich zu sich heran, um mir in die Augen zu sehen, umschließt meinen Kiefer, fängt jede einzelne Träne auf und streicht sie mit seinem Daumen weg.

„Der Unfall war nicht deine Schuld. Deine Mutter ist gefahren. Das Wetter war schlecht, die Leute waren nicht angeschnallt, es gab so viele Faktoren“, sagt Harrison die Worte, die schon jeder Berater zu mir gesagt hat.

„Aber ich war der Grund, warum wir damals überhaupt gefahren sind.“

„Du warst ein Kind. Das ist nicht deine Schuld. Es war ein schrecklicher Unfall. Du solltest dich nicht an den Schmerz klammern, den er verursacht hat. Du musst ihn loslassen. Ich bin bei dir, Beth. Ich werde dir helfen, deine Last zu tragen. Ich werde immer an deiner Seite stehen, wenn du mich lässt", flüstert Harrison, sein Atem streift meine Lippen.

„Ich habe solche Angst ...", flüstere ich und fühle mich wieder wie das kleine Mädchen.

„Ich bin bei dir. Ich werde dafür sorgen, dass dir nichts passiert", sagt er, als seine Lippen meine berühren, und er besiegelt sein Versprechen mit einem Kuss.

Ich hoffe nur, dass er es halten kann.

32

HARRISON

*Es sind nur noch wenige Tage bis zu den Gouverneurswahlen
im Bundesstaat Maryland, und der Wahlkampf des klaren
Favoriten Harrison Rothschild ist ins Stocken geraten.
Unseren Quellen zufolge wäre gestern bei einem
Dankeschön-Mittagessen für Geldgeber der Unterstützer
Doktor Robert Warner aufgrund einer allergischen Reaktion
fast gestorben.*

*Harrison wurde heute Morgen gesehen, wie er das örtliche
Krankenhaus besuchte, in dem Dr. Warner die Nacht
verbracht hatte. Man kam nicht umhin, festzustellen, dass
sein Team heute um eine Person geschrumpft war, wobei die
Abwesenheit seiner Projektleiterin Beth Longmere auffiel.*

*Ist Beth schuld an dem Vorfall im Restaurant gestern, oder ist
Marylands Liebling woanders?*

Die Nachricht wird fortgesetzt.

„Marylands Liebling, ernsthaft, diese Reporter haben keine Ahnung", spottet meine Mutter neben mir auf dem Rücksitz des Autos, während sie Radio hört. Wir sind auf dem Weg zu dem Fotoshooting im Patterson Park, das meine Mutter vor Monaten mit einem ihrer Society-Freunde vom *Town and Country Magazine* für mich arrangiert hat. Damals hielten wir es für eine großartige Idee. Jetzt, nachdem ich letzte Nacht nur ein paar Stunden mit Beth auf ihrem Sofa geschlafen habe, wäre ich am liebsten irgendwo anders als hier.

Beth sitzt mit Oscar und Eddie im Auto hinter uns. Sie verhält sich äußerst professionell, hält sich aber von meiner Mutter fern, was ich ihr nicht verdenken kann.

„Du hast dich gestern ziemlich inakzeptabel benommen", sage ich. Gestern war ich nach der Sache mit Doktor Warner zu wütend, um mit ihr zu reden. Mein Beschützerinstinkt, den ich für Beth verspüre, ist jetzt hellwach und pulsiert durch meine Adern nach dem, was sie mir gestern Abend erzählt hat. Ihre Geschichte bestätigt mir, dass sie stärker ist, als viele Leute ihr zutrauen. Aber nur weil sie diese Last gut trägt, heißt das nicht, dass sie nicht schwer ist, und ich werde tun, was ich gesagt habe. Ich werde ihr helfen. Das werde ich immer tun.

„Ohh", spottet sie wieder und wedelt mit der Hand in der Luft, um meine Worte wegzuwischen. „Sei nicht albern, Harrison." Sie übernimmt keine Verantwortung für ihr Handeln. Ich will noch etwas sagen, aber wir halten vor dem Park, und ich warte nicht auf sie, als ich aussteige. Ich fühle mich, als würde ich gleich explodieren. Meine Emotionen kochen regelrecht über. Anstatt ein nettes, unterstützendes Elternteil zu sein, macht meine Mutter alles nur noch schlimmer.

Ich gehe direkt zu meinem Team. Oscar und Eddie unterhalten sich mit Lilly und ich frage mich, was sie hier zu suchen hat. Mein Blick wandert zu Beth, die ein paar Meter entfernt steht und sich mit dem Fotografen unterhält. Ich sehe ihr Lächeln und beginne mich zu entspannen.

„Okay, bringen wir es hinter uns", murmle ich zu Oscar, der in die Hände klatscht.

„Gut, wo fangen wir an?", fragt er den Journalisten.

„Nun, wie Mrs. Rothschild vorschlug, wollten wir ein paar Fotos unten am See machen, von Ihnen beiden, wie Sie die Enten beobachten", sagt der junge Journalist.

„Uns beiden? Von meiner Mutter und mir?", frage ich, weil ich dachte, es handele sich um ein Solo-Shooting, aber ich könnte mich irren. Vielleicht wollen sie ein Familienshooting.

„Nein, Dummerchen", sagt meine Mutter und ich sehe Eddie an. Sie führt etwas im Schilde. Er nickt zustimmend.

„Natürlich von dir und Lilly!", ruft meine Mutter.

„Ich glaube nicht, dass ...", beginnt Oscar, aber meine Mutter unterbricht ihn.

„Es ist lediglich ein Beitrag, der Harrisons Leben und sein Aufwachsen zeigen soll. Lilly hier wird nur ein paar

Aufnahmen mit ihm machen, die sie in dem Artikel verwenden werden, um darüber zu sprechen, dass ihr lebenslange Freunde seid", fährt meine Mutter fort, und obwohl ich sicher bin, dass es nicht die ganze Wahrheit ist, will ich es hinter mich bringen. Ich atme tief durch, um meinem Frust Luft zu machen.

„Gut, lasst uns loslegen", stoße ich hervor und stapfe, ohne auf jemanden zu warten, zum See. Der Fotograf, Lilly und der Journalist folgen mir, während Beth und die anderen bei den Autos zurückbleiben. Ich bemerke, dass ein paar Paparazzi auftauchen, und ich nehme an, dass das mit den gestrigen Ereignissen zusammenhängt, denn normalerweise folgen uns Paparazzi nicht zu so unbedeutenden Ereignissen wie diesem.

„Großartig", grummle ich und frage mich, ob dieser Tag noch schlimmer werden könnte.

„Hier ist gut. Stellt euch einfach nebeneinander und unterhaltet euch. Ich muss mich erst einmal um das Licht kümmern", sagt der Fotograf, und ich seufze, ich habe absolut keine Lust, mich mit Lilly zu unterhalten.

„Wie geht es dir nach gestern, Harrison?", fragt sie.

„Gut. Dr. Warner geht es besser, das ist die Hauptsache." Ich habe heute Morgen mit ihm gesprochen, und es geht ihm gut, er hegt keinen Groll und er ist immer noch ein entschiedener Befürworter.

„Natürlich, aber es war eine schreckliche Verwechslung", sagt sie und lässt ihre Anschuldigung in der Luft hängen.

„Großartig. Okay, wenn ihr herschauen könntet und bitte lächeln", ruft der Fotograf, und wir tun es. Wir beide sind gut trainiert.

„Es hätte viel schlimmer sein können", meine ich, ohne ins Detail gehen zu wollen. Das Restaurant hat vorhin weitere Unterlagen an meine Anwaltskanzlei geschickt. Ben und sein Team werden sie heute durchgehen.

„Ja, natürlich, aber Beth hätte mit ihrer Unfähigkeit beinahe einen Menschen umgebracht. Davon solltest du dich wirklich distanzieren, Harrison", sagt Lilly. Ich trete zurück, schaue sie an und frage mich, wie aus der süßen Lilly, dem jungen Mädchen, das jeden Sommer mit meinen Brüdern und mir zusammen war, eine Miniaturausgabe meiner Mutter werden konnte. Wenn ich ihr in die Augen schaue, sehe ich, wie das Böse aus ihr heraus zu sickern beginnt, ihr Lächeln ist so unecht wie ihre Nägel.

„Pass auf, was du sagst, Lilly", knurre ich leise. Denn die Respektlosigkeit, die die Leute Beth gegenüber an den Tag legen, nehme ich langsam sehr persönlich.

„In ein paar Tagen wirst du also Gouverneur. Freust du dich schon?", fragt sie, wechselt den Tonfall und das Thema, schaut zu mir auf und strahlt. Ich nicke ihr kurz zu, denn trotz des gestrigen Vorfalls sind die Umfragen immer noch gut, und mein Vorsprung ist immer noch groß.

„Es ist noch nicht vorbei, Lilly", sage ich, um nicht zu voreilig zu sein.

„Oh! Oh, nein!", sagt sie und schaut schnell nach unten.

„Was?"

„Ich habe meinen Ring verloren", sagt sie panisch.

„Was meinst du?"

„Mein Ring, der Diamantring, den mir meine Groß-
mutter hinterlassen hat." Damit weiß ich, welchen Ring
sie meint. Ein riesiges Ding, das an ihrer Hand zu protzig
aussieht. Ich schaue hinunter und sehe ihn im Gras
glitzern.

„Ich sehe ihn, lass mich ihn holen." Ich knie mich
hin, nehme den Ring und reiche ihn ihr. Dann höre ich
Jubel, die Kamera klickt, und ich schaue mich um, bevor
ich begreife, was los ist.

Meine Mutter und Lilly haben das alles geplant. Ich
befinde mich in einer Position, als würde ich ihr einen
Heiratsantrag machen und ihr den größten Diamanten
überreichen, den ein Kameraobjektiv aus ein paar
Metern Entfernung einfangen könnte. Genau das Richtige für die paar Paparazzi, die *zufällig* pünktlich aufgetaucht sind. Ich schaue sofort zu den Autos hinauf und
sehe, wie Beth mich mit offenem Mund anstarrt, aber sie
verschwindet schnell hinter meiner Mutter, die mir das
größte Lächeln von allen schenkt.

Dann wird mir klar, dass dieser Tag tatsächlich noch
viel schlimmer werden konnte.

33

BETH

Ich beobachte aus der Ferne, wie die Kamera Fotos von Lilly und Harrison unten am See macht. Sie sehen einfach perfekt zusammen aus. Lillys Haar glänzt in der Sonne, und sie trägt ein wunderschönes geblümtes Kleid, das sich in der Brise bewegt. Mein Magen fühlt sich bei diesem Anblick schwer an, aber ich straffe meine Schultern und verdränge jede aufkommende Eifersucht. Harrison war gestern Abend mit mir zusammen, in den vergangenen Wochen haben wir die meisten Nächte zusammen verbracht. Ich nehme ihn beim Wort, ich weiß, dass er für mich genauso empfindet wie ich für ihn. *Es ist nur ein Fotoshooting,* sage ich mir.

Nachdem ich mich gestern Abend ihm gegenüber geöffnet habe, fühle ich mich leichter. Meine Geheimnisse und Ängste waren so lange begraben. Die Schuldgefühle, die ich seit meiner Kindheit mit mir herumtrage, haben an mir gezehrt, und nach einer sehr langen und beängstigenden Nacht konnte Harrison mir helfen, sie ein wenig zu lindern.

„Oh, sie sind ein perfektes Paar, finden Sie nicht auch, Beth?", fragt seine Mutter von der Seite zu mir.

„Sie sind beide Profis vor der Kamera. Von Mr. Rothschild würde ich nichts anderes erwarten", sage ich, schenke ihr ein Lächeln und bleibe professionell, während ich die Dokumente in meiner Hand fest umklammere. Eddie tritt ein wenig näher und sieht mich wissend an. Ich spüre bereits eine tiefe Traurigkeit darüber, wie verärgert Harrison und Eddie sein werden, weil sie genau wissen, wer gestern versucht hat, mir etwas anzuhängen, und wie weit sie bereit ist zu gehen. Ich beobachte Mrs. Rothschild und frage mich, was ich finden würde, wenn ich die Fähigkeit hätte, in ihre Seele zu blicken. Sicher, sie ist gemein, aber ich habe das Gefühl, dass sie auch sehr traurig und einsam ist.

„Ich kann es kaum erwarten, bis sie heiraten und mir Enkelkinder schenken. Das wird die größte Society-Hochzeit des Jahres!", strahlt sie und klatscht in die Hände. Oscar blinzelt sie an, als ob sie verrückt wäre, und ich höre Eddie knurren. Mir wird wieder etwas flau im Magen, denn ich weiß, dass es buchstäblich nichts gibt, was diese Frau nicht tun würde, um Harrison an die Spitze zu bringen, und offensichtlich hegt sie eine tiefe Zuneigung zu Lilly. Ich blicke zurück auf das perfekte Paar, sie passen zusammen, aber ich bemerke, dass Harrisons Haltung steif ist, sein Lächeln breit, aber nicht echt. Die Falte zwischen seinen Augen hat sich schon seit seiner Ankunft in seine Stirn gegraben. Und auch wenn ich sie jetzt nicht sehen kann, weiß ich, dass sie da ist.

Mein Handy klingelt in meiner Handtasche. Ich ziehe

es heraus und sehe, dass es Jeff ist. Ich werfe es zurück in meine Tasche, weil ich jetzt nicht mit ihm reden will.

„Wie hast du es geschafft, das zu organisieren, Mom?", fragt Eddie. Ich höre aufmerksam zu, obwohl meine Augen auf Harrison gerichtet bleiben. Er ist müde, gestresst, und ich fühle mich schuldig, weil ich meinen Teil dazu beigetragen habe.

„Oh, Edward, daran habe ich monatelang gearbeitet. Ich wollte unbedingt den Moment festhalten, in dem Harrison vor Lilly auf ein Knie geht", schwärmt sie und klatscht vor Freude in die Hände. Ich drehe meinen Kopf in ihre Richtung, und Eddie sieht mich über ihren Kopf hinweg an, während wir uns beide fragen, wovon zum Teufel sie spricht.

Mein Handy klingelt erneut. Als ich es herausziehe, sehe ich Larrys Namen auf meinem Display aufleuchten. Ich will gerade antworten, als ich die Rufe der Paparazzi höre, die wie wild Fotos machen, und ich schaue zu ihnen.

Harrison kniet nieder und reicht Lilly etwas. Ich blinzle, um einen genaueren Blick darauf zu werfen, und es ist unschwer zu erkennen, dass es ein Diamantring ist. Lilly lächelt und schwärmt, als würde er ihr die Welt schenken, und mir dreht sich der Magen um. Ich möchte hinunterlaufen, ihm den Ring aus der Hand reißen und ihn in den See werfen. Aber meine Füße bleiben am Boden kleben, während mein Herz einen Schlag aussetzt. Mein Blick fällt auf Harrison, und sein Gesichtsausdruck wirkt verwirrt, als er aufsteht und sich umschaut, um mich anzusehen. Unsere Blicke treffen sich, während mein Verstand zu verstehen versucht, was passiert, bevor sich Mrs. Rothschild direkt vor mich stellt und mir die Sicht auf ihn versperrt.

„Herzlichen Glückwunsch, mein Sohn! Ich kann die Hochzeit kaum erwarten!", ruft sie und jubelt, und ich stehe fassungslos da.

Hat er mich angelogen? Hat er gestern Abend gelogen, als er sagte, er wolle mich und würde immer für mich da sein? Ich sehe Eddie und Oscar an, und sie sehen genauso schockiert aus wie ich.

„Beth", sagt Eddie und kommt auf mich zu. „Langsam und tief einatmen", flüstert er, und ich merke, dass ich fast hyperventiliere.

„Ich bin verwirrt. Hat Harrison ihr gerade tatsächlich einen Antrag gemacht?", frage ich, schaue Eddie an und versuche, seinen Gesichtsausdruck abzuschätzen, um herauszufinden, ob das alles echt ist oder nur ein Albtraum. Eddie schaut wieder auf die Szene hinunter, bevor er mich erneut ansieht. Der Schock steht ihm deutlich ins Gesicht geschrieben, aber er sagt weder Ja noch Nein.

Ich gehe einen Schritt zur Seite und schaue über Mrs. Rothschilds Schulter und sehe, wie Harrison auf den Fotografen zugeht. Seine Haltung macht klar, dass er über etwas absolut nicht glücklich ist.

Mein Handy klingelt wieder, ich greife danach und sehe, dass es diesmal Marci ist, die anruft, und mein Körper erstarrt aus einem ganz anderen Grund.

„Hallo, Marci?" Ich nehme den Anruf entgegen, meine Stimme schwankt, während ich mich von der Menge entferne, die immer lauter wird und jetzt anfängt zu schreien. Ich ignoriere sie alle, mein Herz schlägt mir bis zum Hals, weil ich weiß, dass etwas nicht stimmt. Das Foto-Shooting am See ist jetzt völlig in den Hintergrund gerückt.

„Beth, Schatz, du musst sofort kommen. Dein Vater hatte einen Herzinfarkt." Marcis Stimme klingt panisch durch das Telefon, und meine Beine bewegen sich schon von selbst schneller.

„Oh mein Gott, was ist passiert?", frage ich, und ich höre hinter mir Leute meinen Namen rufen, aber ich ignoriere sie. Ich muss zu Dad. Ich schaue auf die Autos und sehe, dass Tom von anderen blockiert wird, aber ich kann keine Zeit verlieren. Als ich die Straße hinauf-schaue, sehe ich ein Taxi, also renne ich los.

„Ich komme, Marci, ich komme", keuche ich und renne los. Mein Herz pocht wie wild, und ich habe das Gefühl, dass ich mich übergeben muss. Während ich laufe, stopfe ich meinen Papierkram in meine große Tasche.

„Der Krankenwagen ist gerade im Zentrum angekom-men", sagt sie und hält mich auf dem Laufenden.

„Wo bringen sie ihn hin?", keuche ich, als ich in das Taxi steige.

„Das General. Wo bist du?", fragt sie, und ich kann auch in ihrer Stimme Panik hören.

Ich sage dem Fahrer schnell, wohin er fahren soll und verspreche ihm ein großes Trinkgeld, wenn er sich beeilt, was er auch tut. Seine Reifen quietschen, als er losfährt und wie ein Verrückter durch den Verkehr auf die Auto-bahn fährt.

„Was ist passiert?", frage ich, während ich versuche, mein rasendes Herz zu beruhigen.

„Er hat mit Larry Schach gespielt, wie immer. Er sagte, er fühle sich nicht wohl, und Jeff meinte, das könne an dieser neuen Saftkur liegen, die sie machen. Also haben wir ihm etwas zu essen gegeben, um zu sehen, ob das hilft. Aber das tat es nicht, und er bekam starke Schmerzen in der Brust, also riefen wir die Sanitäter. Es tut mir so leid, Beth", sagt sie und ich höre sie weinen.

„Oh mein Gott", flüstere ich und mir kommen die Tränen. Ich darf ihn nicht verlieren.

Ich höre ein Piepen, das mir sagt, dass andere versuchen mich anzurufen, aber ich ignoriere sie alle.

„Ich fahre mit den Sanitätern, wir treffen uns im Krankenhaus", sagt Marci, und als ich im Hintergrund die Sirenen höre, laufen mir die Tränen über die Wangen.

„Okay", flüstere ich, und sie beendet den Anruf. Mein Telefon leuchtet sofort auf, und Harrisons Name blinkt auf dem Display. Ich drücke auf Ignorieren. Ich kann jetzt nicht mit ihm reden. Ich muss an meinen Dad denken. Harrison und seine Kampagne müssen warten.

34

HARRISON

Ich bin wütend. Fuchsteufelswild. Das Blut rauscht in meinen Ohren. Ich balle immer wieder meine Hände zu Fäusten und versuche zu begreifen, was genau passiert ist, doch ich fühle mich wie in einem anderen Universum, und meine Rettungsleine nimmt meine Anrufe nicht entgegen.

Lilly weint, meine Mutter schreit mich an, und Oscar und Eddie beschlagnahmen jede Kamera, die wir sehen können, und löschen alle Aufnahmen. Das ist eine weitere Sache, die ich im Moment nicht gebrauchen kann.

Wie ich vom hoffentlich zukünftigen Gouverneur in diesen Schlamassel geraten konnte, ist mir unbegreiflich. Ich brauche Beth. Ich muss sie sehen, mit ihr reden, sie berühren.

„Sie macht nichts als Ärger, dieses Mädchen. Ich bin froh, dass wir sie losgeworden sind", faucht meine Mutter, als die Kameras zurückgegeben werden und die Journalisten verschwinden. Ich kneife die Augen zusammen, als ich sie ansehe, und sehe, wie Eddie sich neben mir ein wenig windet. Oscar blickt uns der Reihe nach an, und Lilly tupft sich neben meiner Mutter die Augen ab.

„Was für ein Problem hast du mit Beth, Mom?", frage ich sie unverblümt, und meine Hände verkrampfen sich genauso wie mein Kiefer. Ich bin stink wütend.

„Oh ...", spottet sie und wedelt mit der Hand in der Luft, als wäre meine Frage das Lächerlichste, was sie den ganzen Tag über gehört hat.

„Ja?", frage ich.

„Oh, Harrison, das kann nicht dein Ernst sein. Sie ist ein Nichts, ein Niemand. Wer zum Teufel sind ihre Mutter und ihr Vater? Sie sind kein Teil unserer Gesellschaftsklasse. Sie kommt aus dem armen Teil der Stadt. Ein Rothschild verkehrt nicht mit dieser Art von Menschen. Wie alt ist sie? Achtzehn, neunzehn? Sie ist ein Kind! Im Ernst, Harrison, du solltest es besser wissen. Wenn du nicht aufpasst, wirst du genau wie dein Vater."

Und da ist er. Der Hass, den sie für meinen Vater empfindet, sickert in mein Leben.

Und es hört jetzt auf.

Ich gehe langsam auf sie zu, während sie mich schockiert anstarrt. Mein Gesichtsausdruck verrät ihr offensichtlich genau, was ich in diesem Moment fühle. Meine Nasenflügel blähen sich, als ich meinen Nacken knacke und direkt vor ihr stehe, mein Gesicht nur Zentimeter von ihrem entfernt.

„Ich liebe Beth. Sie ist die richtige Frau für mich. Wir sind seit drei Monaten privat zusammen, unsere Beziehung hat sie *für mich* geheim gehalten, damit die

Kampagne nicht beeinträchtigt wird und wir etwas Zeit miteinander verbringen können, um herauszufinden, ob wir zusammenpassen, bevor wir es öffentlich machen. Ich liebe alles an ihr, auch ihren Namen, ihren Wohnort und ihr Alter", sage ich leise und drücke meine Worte mit Nachdruck aus, damit sie versteht, wie ernst ich es meine.

Meine Mutter steht schockiert da, und öffnet und schließt ihren Mund, wie ein Fisch auf dem Trockenen.

„Es gibt keine andere für mich. Beth ist die eine. Also schlage ich vor, du akzeptierst es und hörst auf, mich mit meinem verdammten Vater zu vergleichen!", brülle ich ihr ins Gesicht. Ich werde nie laut. Weder ihr gegenüber, noch meinen Brüdern, noch meinem Personal. Zu niemandem. Ich schreie nie. Ich bin der Ruhige, der Charmante, der ursprüngliche Junge aus Baltimore. Aber heute bin ich alles andere als das.

„Harrison, ich ...", stottert sie, aber ich hebe meine Hand und lasse sie nicht ausreden. Sie muss das hören.

„Ich weiß, wie er dich behandelt hat. Ich weiß, dass er ein verdammtes Arschloch war, das in jeder Stadt eine Frau hatte, und es tut mir leid, dass er dir wehgetan hat. Aber wenn du dich noch einmal in mein Leben einmischst, verlierst du einen Sohn, denn ich will dich mit deiner giftigen Einstellung nicht mehr in meiner oder Beths Nähe haben", sage ich klar und deutlich, und ich höre Lilly an ihrer Seite keuchen, aber meine Augen bleiben auf meine Mutter gerichtet. Ihr Gesicht wird blass, und ich sehe, wie sie schluckt.

„Komm, Mom, ich bringe dich und Lilly ins Auto, dann könnt ihr nach Hause fahren", bietet Eddie an, nimmt ihren Ellbogen und führt sie weg, ohne dass sie ein weiteres Wort sagen kann.

„Einen Familienstreit in der Öffentlichkeit auszutragen, ist nicht gerade das, wozu ich raten würde, aber ... das musste irgendwann mal sein", sagt Oscar neben mir, während wir beide darauf warten, dass Eddie zurückkommt, damit wir uns überlegen können, wie wir dieses Feuer löschen können. Auf Twitter ist mein Name zweifellos schon in aller Munde.

Ich nehme mein Handy und versuche es noch einmal bei Beth. Sie sah verwirrt aus, als sie mich auf den Knien sah, aber ich hatte nicht erwartet, dass sie weglaufen würde. Ich habe ihr gestern Abend versprochen, dass sie die Einzige für mich ist, und ich hoffe, dass sie immer noch glaubt, dass das stimmt. Max, ihr Paparazzi-Freund, ist immer noch hier, und mir sinkt das Herz, weil ich weiß, dass er die Situation soeben aus erster Hand miterlebt hat. Er schenkt mir ein kleines Lächeln, als er zögernd zu mir kommt.

„Entschuldigung, Mr. Rothschild. Wir haben einen Tipp bekommen, heute hierherzukommen, aber wir wussten nicht, warum."

„Ist schon gut, Max, du machst nur deine Arbeit", sage ich und fahre mir mit der Hand durch die Haare.

„Geht es Beth gut?", fragt er mich.

„Ich weiß nicht, sie geht nicht an ihr Telefon", sage ich ehrlich, ohne zu wissen, warum ich ihm so viel sage. Oscar räuspert sich warnend neben mir, sagt aber nichts.

„Soll ich versuchen, sie für dich zu finden? Ich kenne das Taxi-Unternehmen, mit dem sie gefahren ist, also kann ich ein paar Anrufe tätigen", bietet er an. Es kommt mir vor wie Spionage, aber ich nicke, weil ich nicht weiß, was ich sonst tun soll. Er macht die Anrufe, spricht mit ein paar Leuten und sieht mich mit einem kurzen Lächeln an.

„Sie ist im General Hospital. Anscheinend gab es einen Vorfall mit ihrem Vater. Das Taxi hat sie gerade bei der Notaufnahme abgesetzt", sagt Max, und ich spüre eine Mischung aus Erleichterung, dass sie nicht wegen meiner Mutter weggelaufen ist, und Panik darüber, was mit ihrem Vater passiert ist.

„Danke, Max. Ich weiß das zu schätzen", sage ich, während ich zu den Autos eile.

„Man darf nicht aufhören, für das zu kämpfen, woran man glaubt, Mr. Rothschild", ruft Max mir nach. „Ich hoffe nur, dass ich die ersten Fotos bekomme, wenn Sie beide endlich bekommen, was Sie verdienen", fügt er mit einem breiten Lächeln hinzu, das ich erwidere.

„Abgemacht!", sage ich und merke, dass ich gerade unsere Liebesbeziehung einem Paparazzi drei Tage vor dem Wahltag bestätigt habe, und es ist mir egal. Ich will nur Beth.

35

BETH

Ich mache einen abgetretenen Pfad in den bereits abgenutzten Teppich im Wartebereich, in den uns Schwester Mary gebracht hat. Marci sitzt auf einem Stuhl und hat den Kopf in die Hände gestützt. Ihr blaues Haar ist immer noch lebendig, aber ihr Lächeln ist verblasst. Larry sitzt neben ihr und bleibt stoisch, aber ich beobachte, wie seine Daumen umeinander kreisen, etwas, das er nur tut, wenn er gestresst ist. Jeff geht in entgegengesetzter Richtung zu mir. Wir beide sehen aus wie Soldaten in einem Palast. Keiner von uns ist in der Lage, sich zu setzen, zu nervös für Neuigkeiten.

„Warum brauchen sie so lange?", murre ich erneut. Wir sind jetzt schon fast eine Stunde hier, ohne dass es etwas Neues gibt. Meine Hände hören nicht auf zu zittern, mein Herz fühlt sich schwer an, und ich habe den ganzen Nachmittag versucht, die Tränen zurückzuhalten.

„Er ist in guten Händen, Liebes", sagt Marci, in deren Augen ebenfalls Tränen schimmern. Ich habe Dad nie gefragt, was zwischen den beiden läuft, etwas, dem ich immer noch auf den Grund gehen muss.

„Ich wünschte, sie würden sich beeilen", murmelt Larry.

„Beth, was brauchst du?", fragt Jeff freundlich und hilfsbereit. Das seltsame Gefühl, das ich immer bei ihm hatte, ist heute in dieser Situation überraschenderweise nicht vorhanden.

„Ich will ihn einfach nur sehen", sage ich, bleibe stehen, und Jeff kommt zu mir herüber.

„Er wird schon wieder. Da bin ich mir sicher." Seine Hand legt sich auf meine Schulter und drückt sie. Die Geste ist freundlich, und ich weiß sie zu schätzen.

„Beth!" Ich drehe mich ruckartig um und sehe Harrison und die Jungs hereinstürmen. Die Anwesenden starren sie an und Telefone werden gezückt, da wir uns in einer sehr öffentlichen Umgebung befinden. Mein Herz macht einen Satz, als ich ihn sehe, aber mein Kopf ist ein Wirbel von Gefühlen, die ich im Moment nicht in den Griff bekomme.

„Was ist passiert?", fragt Harrison mit besorgtem Blick, aber ich habe nicht die Kraft, um zu antworten. Ich will ihm vertrauen, aber ich hatte noch keine Zeit, alles zu verarbeiten. Ich bin am Ende meiner Kräfte, die Grenze ist so nah, dass ich sie berühren kann, aber ich nehme alle Kraft zusammen, die ich noch habe.

„Ihr Vater hatte einen Herzinfarkt", antwortet Jeff an meiner Stelle. Normalerweise wäre ich wütend über sein Verhalten, aber ich bin erleichtert, dass ich die Worte nicht aussprechen muss.

„Beth, Baby", sagt Harrison und geht mit ausgebreiteten Armen auf mich zu.

Ich merke, wie Fotos und wahrscheinlich auch Videos gemacht werden, und mein Blick schweift umher. Alle Augen sind auf uns gerichtet.

„Hey, hast du nicht gerade einem Mädchen im Park einen Heiratsantrag gemacht?", ruft ein junger Mann. Mein Blick fällt auf Harrison, und ich spüre, wie mir Übelkeit in die Kehle steigt. Erinnerungen an ihn, wie er vor Lilly kniet und zu ihr aufblickt, kommen mir in den Sinn, und ich blinzle ihn verwirrt an.

„Beth, können wir irgendwo reden?", fragt er.

„Harrison, ich kann nicht ...", flüstere ich. Ich habe das Gefühl, ich breche gleich zusammen. Ich habe nicht geschlafen und nichts gegessen. Mein Leben ist heute Morgen völlig aus den Fugen geraten, und ich kann nicht einmal mehr klar denken.

„Beth, Baby, lass mich dich halten." Ich möchte in seine Arme fallen, wirklich. Aber ich kann meine Füße nicht bewegen. Ich weiß, dass ich in dem Moment, in dem ich es tue, zusammenbrechen werde.

„Sie hat gesagt, sie kann nicht. Außerdem haben wir alle deinen Heiratsantrag online gesehen, also warum gehst du nicht zu deiner Verlobten zurück!", wirft Jeff ein, seine Worte sind voller Wut, und ich spüre, wie Marci und Larry zu uns kommen. Mir schwirrt der Kopf ... Was ist los? Ich schaue mich nach allen Seiten um, aber ich kann mich nicht wirklich konzentrieren. Mein Herz rast, und mein Körper fühlt sich an, als würde er schwanken. *Ist das ein Traum?*

„Beth, Baby ... Ich bin für dich da." Harrison sagt die

Worte, die ich hören will, aber ich kann mich nicht bewegen. Ich spüre, wie die Übelkeit in meiner Kehle aufsteigt, und ich schlucke schnell, um sie zu unterdrücken.

„Harrison, wir sollten gehen", sagt Oscar, der sich im Raum umschaut und sieht, dass die Aufmerksamkeit aller auf uns gerichtet ist.

„Beth. Ich habe dir versprochen, dass ich für dich da bin. Ich werde dieses Versprechen nicht brechen", sagt Harrison. Ich kämpfe darum, meinen Körper aufrecht zu halten, und kann kaum etwas von dem hören, was er sagt. Schwarze Punkte tanzen vor meinen Augen, und ich versuche, langsam zu atmen, versuche, stark zu bleiben, und lehne mich ein wenig an Marci, um mich zu stützen.

„Harrison, wir müssen gehen", sagt Eddie, und ich sehe, wie Harrison sich kurz umsieht, bevor ich ihn fluchen höre.

„Beth, ich komme wieder, Baby. Ich komme wieder", sagt er, bevor er sich umdreht. Ich sehe ihm nach, als er den Flur entlang zurückgeht und draußen verschwindet.

Er wird zurückkommen. Er hat es versprochen. Ich weiß, dass er zurückkommen wird.

„Beth?", höre ich einen Mann hinter mir sagen und wir drehen uns alle vier um. Dr. Standford steht zusammen mit Schwester Mary am Rande des Zimmers und sieht mich besorgt an.

„Wie geht es ihm?", frage ich.

„Wir haben ihn stabilisiert, allerdings ist er noch nicht über den Berg. Wir müssen noch eine Reihe von Tests durchführen, aber er liegt auf der Intensivstation, und du kannst ihn ein paar Minuten besuchen", sagt er, und ich habe ihn noch nie so ernst gesehen. Immer, wenn ich zur Behandlung komme, ist er gut gelaunt. Heute gibt es nicht einmal den Hauch eines Lächelns.

Ich nicke und wünsche mir nichts sehnlicher, als meinen Vater zu sehen.

„Tut mir leid, aber nur Beth kann zu ihm gehen. Heute werden keine weiteren Besucher zugelassen. Ihr könnt nach Hause gehen und euch ausruhen, und Beth kann euch auf dem Laufenden halten", erklärt er, und sie nicken. Nacheinander umarmen mich Marci, Larry und Jeff herzlich, bevor sie mich verlassen und ich Dr. Standford auf die Intensivstation folge.

Es wird ruhiger, als er mich in Dads Zimmer führt. Ich muss mich am Türrahmen festhalten, damit ich nicht zusammenbreche. Er ist mit einer Vielzahl von Maschinen und Schläuchen verbunden. Ich betrete zögernd das Zimmer und halte den Atem an.

„Du kannst dich eine Weile setzen. Sprich mit ihm, er kann dich hören. Es wird ihm guttun, deine Stimme zu hören. Hab keine Angst vor den ganzen Geräten, sie überwachen nur seinen Zustand und das meiste davon wird bald entfernt", sagt er, während er meine Schulter drückt, dann den Raum verlässt und die Tür hinter sich schließt.

Ich ziehe einen Stuhl heran und setze mich, froh, endlich meine Füße entlasten zu können. Ich sehe mich um und nehme alles in mich auf.

„Wer hätte gedacht, dass du zuerst auf der Intensivstation landest?", flüstere ich, denn meine Vergangenheit zeigt, dass ich diejenige bin, bei der es wahrscheinlicher war, hier zu landen.

„Dad, bitte werde wieder gesund. Ich will nicht, dass du mich auch verlässt", hauche ich, während die Tränen, die ich zurückgehalten habe, ungehindert über meine Wangen laufen. Ich lasse sie fallen, sie bedecken mein Gesicht und tropfen auf meine Kleidung. Es ist in gewisser Weise kathartisch, ich reinige mich von dem Stress, der Verwirrung und dem Schmerz. Ich dachte, nachdem ich gestern Abend die ganze Nacht mit Harrison geweint hatte, würde ich keine Tränen mehr haben, aber anscheinend kommen welche, wenn die Welt beschließt, einem das Herz entzweizureißen.

„Ich nehme an, Larry hat dich heute beim Schach geschlagen und du warst ein schlechter Verlierer?", frage ich ihn und versuche, die Stimmung aufzulockern.

„Es ist allerdings ein wenig dramatisch, deswegen gleich einen Herzinfarkt zu bekommen, Dad. Du hättest sicher auch anders protestieren können", sage ich.

Ich seufze. „Harrison hat heute einer anderen Frau einen Antrag gemacht. Ich bin mir nicht sicher, was das alles sollte, Dad. Ich dachte, er wäre der Richtige. Das dachte ich wirklich. Ich habe ihm gestern Abend alles erzählt. Und zwar alles. Dass der Unfall meine Schuld war, dass ich alles ruiniert und Unschuldige getötet habe, und er ist nicht weggelaufen. Er hat mich nicht verlassen. Er hielt mich die ganze Nacht fest. Aber dann heute ..." Ich verstumme, als mir das Gesicht von Mrs. Rothschild in den Sinn kommt.

„Ich weiß es nicht. Ich weiß einfach nicht, was los ist", sage ich und schüttle den Kopf, weil mir die Welt zu viel wird. Ich drücke seine Hand. „Sag mir, was ich tun soll, Dad. Ich weiß nicht mehr, was ich tun soll." Ich lehne meinen Kopf an sein Bett und ruhe eine Weile still. Das stetige Piepen der Maschinen wiegt mich in den Schlaf.

„Beth", höre ich und spüre eine leichte Berührung an meiner Schulter.

„Beth, wach auf", sagt die Stimme wieder, ich öffne die Augen und setze mich auf, mein Nacken schmerzt von der unbequemen Haltung.

„Beth, geht es dir gut?", fragt Doktor Standford neben mir. Ich schaue mich im Raum um. Bis auf die Maschinen ist es still. Ich sehe Dad an, aber er sieht genauso aus wie zuvor.

„Es ist alles in Ordnung, Beth. Du bist schon seit Stunden hier. Warum gehst du nicht nach Hause, ruhst dich aus und kommst morgen früh wieder. Ich rufe dich an, falls sich etwas ändern sollte."

„Ich will ihn nicht alleine lassen", sage ich ehrlich, denn ich habe Angst, dass er nicht mehr da ist, wenn ich zurückkomme.

„Er ist in guten Händen. Ich verspreche, dass ich dich bei jeder Veränderung anrufen werde. Wir werden noch einige Tests durchführen und ihn genau beobachten", sagt Doktor Standford und hilft mir beim Aufstehen. Ich nicke und weiß, dass er recht hat.

Ich schaue Dad noch einen Moment lang an, bevor ich mich umdrehe und das Zimmer verlasse, wobei das helle Licht des Flurs meine Augen brennen lässt.

Als ich mich umschaue, sehe ich einen Mann auf den

Hartplastikstühlen sitzen, und mein Herz setzt einen Schlag aus.

„Harrison?", flüstere ich und bin überrascht, ihn dort zu sehen. Er reißt den Kopf hoch und steht auf. Sein Anzug ist zerknittert, seine Krawatte und sein Hemd sind am Hals offen. Er ist allein, kein Eddie oder Oscar, und er sieht aus, als wäre er schon seit Stunden hier.

„Was tust du hier?", flüstere ich, und Tränen brennen wieder in meinen Augenwinkeln.

„Ich bin für dich da. Ich habe es dir gestern Abend gesagt, Beth, ich bin bei dir", sagt er.

„Was ist mit Lilly?", frage ich, weil ich die Situation immer noch nicht ganz begreifen kann.

„Meine Mutter ist dafür verantwortlich gewesen. Es war auch für mich eine Überraschung", sagt er, nimmt meine Hand in seine und streicht mit dem Daumen über meine Handfläche. Wir stehen einen Moment lang so da, bevor er meine Hand an seine Lippen hebt und meine Finger küsst, einen nach dem anderen. Seine andere Hand legt sich um meine Taille und er zieht mich näher zu sich.

„Harrison ...", flüstere ich und sehe zu ihm auf. Die Tränen laufen mir über die Wangen, und ich greife nach seiner Jacke, um mir Halt zu geben. Die Erleichterung darüber, dass er keine andere hat, durchströmt meinen Körper.

„Nicht weinen, Baby. Ich bin hier. Ich gehe nicht mehr weg. Du bist nicht mehr allein." Harrisons Worte lösen noch mehr Tränen aus, und er umfasst mein Gesicht, streicht sie mit seinem Daumen beiseite und hält mich fest.

„Ich habe dich vermisst", sagt er und sieht mir in die Augen. Ich lehne meinen Kopf an seine Brust und er schließt mich fest in seine Arme.

„Ich habe dich auch vermisst." Meine Tränen benetzten sein Hemd, nicht anders als der Champagner vor all den Monaten.

„Wie geht es deinem Vater?", fragt er, während seine Hand über meinen Rücken streicht, und ich schmiege mich an ihn. Ich kann nicht sprechen, also schüttle ich den Kopf und vergrabe meinen Kopf an seiner Brust. Dann kommen mir wieder die Tränen. Ich glaube, ich habe in meinem Leben noch nie so viel geweint wie in den letzten vierundzwanzig Stunden.

„Ich habe dich", flüstert er.

„Komm mit. Lass mich dich nach Hause bringen. Wir können duschen und morgen früh wiederkommen."

„Aber die Wahl?", frage ich, ziehe mich von ihm zurück und sehe ihn verwundert an.

„Was ist damit?"

„Es fehlen buchstäblich nur wenige Tage, Harrison. Du kannst nicht mit mir zusammen sein. Du musst deine letzte Wahlwerbung machen, die Leute treffen, Hände schütteln ...", sage ich, wohl wissend, dass Oscar und Eddie im Moment völlig überfordert sein müssen.

„Ich muss noch ein paar Dinge erledigen, aber das kann alles bis morgen warten. Heute Abend bringe ich meine Freundin nach Hause, ziehe sie aus und stelle sie unter die warme Dusche, bevor ich sie in meine Arme schließe und mit ihr schlafe. Der Rest kann bis morgen früh warten. Ich werde dich hier morgen früh absetzen, bevor ich zurück in die Stadt fahre."

„Okay …", flüstere ich und ein kleines Lächeln bildet sich um meine Lippen.

„Gut … Lass uns gehen."

Ich lehne mich an ihn, während wir zum Aufzug gehen und direkt in den Keller fahren, wo Harrisons Auto auf uns wartet, um uns nach Hause zu bringen. Zusammen.

36

HARRISON

Ich bin in einem weiteren Seniorenzentrum, um die Meinung der älteren Generation zu ändern, die meinen Vater immer noch hasst, schüttle Hände und rede. Mein Körper ist anwesend, aber mein Geist ist woanders. Das Gedränge in den Medien ist größer denn je, und da Beth sie nicht unter Kontrolle hat, platzt Oscar fast eine Ader.

„Kommen Sie her und lassen Sie sich anschauen", sagt eine ältere Frau von der anderen Seite des Raumes, als ich lächelnd zu ihr gehe.

„Hallo, Ma'am, wie geht es Ihnen heute?", frage ich und reiche ihr die Hand zum Schütteln.

„Na, sind Sie nicht ein gut aussehender Junge", sagt sie, während ihre faltige, alte Hand auf meiner ruht.

„Nun, da bin ich mir nicht sicher", antworte ich und lache ein wenig über ihre Unverfrorenheit.

„Sind Sie verheiratet, mein Lieber?", fragt sie.

„Nein, das bin ich nicht. Sind Sie es?"

„Ja, mein Lieber. Mein Gerald ist die Liebe meines

Lebens. Er ist vor ein paar Jahren gestorben, und mein Herz schlägt immer noch nur für ihn", sagt sie fast wehmütig. Ich streichle ihre Hand und schweige.

„Wissen Sie, die Liebe ist eine komische Sache. Ich wollte nie heiraten. Ich war jung und sorglos. Ich war die Erste in meiner Familie, die studierte und eine gute Ausbildung erhielt. Ich wollte Lehrerin werden, Karriere machen. Sich zu verlieben war nicht Teil meines Plans", fährt sie lächelnd fort.

„Was ist passiert?", frage ich neugierig.

„Gerald ist passiert. Er ist wie aus heiterem Himmel aufgetaucht und hat mich eines Tages fast überfahren. Er war zu sehr damit beschäftigt, auf meinen Hintern zu starren, um auf die Straße zu achten, glaube ich ...", antwortet sie, und ich muss lachen.

„Nun, ich werde beim Fahren immer auf die Straße achten." Ich nicke ihr zu, und in meinem Kopf blitzen Erinnerungen an Beths hübschen Hintern in der Yogahose aus dem Gemeindezentrum vor all den Monaten auf.

„Machen Sie das, aber vergessen Sie nicht, auch nach oben zu schauen, denn Sie wollen doch nicht verpassen, einen tollen Arsch auf Ihrer Reise zu sehen." Daraufhin muss ich noch lauter lachen. Ich habe noch nie eine ältere Frau erlebt, die so redet.

„Danke. Es war schön, mich mit Ihnen unterhalten zu können", sage ich lächelnd und drücke ihre Hand.

„Ich werde für Sie stimmen, mein Lieber. Viel Glück."

Ich nicke, stehe auf und gehe noch ein wenig im Raum umher, meine Gedanken sind jetzt bei Beth und ihrem Hintern und nicht mehr bei der Wahlkampfveranstaltung. Die Medien machen weiterhin Schnappschüsse, das Klickgeräusch ist konstant.

„Wir müssen nach vorn gehen und ein paar Fragen beantworten. Der Bereich ist überfüllt mit Reportern", sagt Oscar, und ich weiß, dass die Zeit gekommen ist. Es waren zwei Tage voller Aufruhr, und obwohl meine politischen Ziele immer noch erreichbar sind, ist es jetzt sicherlich unberechenbarer als je zuvor.

Wir verlassen das Zentrum und gehen zur Eingangstreppe, damit die Mitarbeiter und Mitglieder nach einem turbulenten Morgen etwas Ruhe haben. Ich sehe ein paar bekannte Gesichter in der Paparazzi-Meute, einige Journalisten, die ich kenne, und Max, dem ich kurz zunicke.

Ich warte einen Moment, bis alle fertig sind, und als ich sehe, dass alle mich ansehen, fange ich an.

„Ich danke Ihnen allen, dass Sie heute hierhergekommen sind. Es war eine ereignisreiche Woche, und da nur noch ein Tag verbleibt, ist es wunderbar, hier im *Willow Bark*-Seniorenzentrum zu sein, um zu hören, welche Ratschläge die ältere Generation mir geben kann und welche Bedürfnisse sie hat. Ich möchte dem gesamten Team von *Willow Bark* dafür danken, dass wir heute hier sein durften."

„Ich stehe jetzt zur Verfügung, um einige Fragen zu beantworten", erkläre ich.

„Harrison, sind Sie mit Lillian Harper verlobt?", ruft ein männlicher Journalist aus dem hinteren Teil der Gruppe.

„Nein, das bin ich nicht", stelle ich klar, bevor ich zur nächsten Frage übergehe.

„Harrison, stimmt es, dass Beth Longmere aus Ihrem

Team für den Beinahe-Tod von Doktor Warner diese Woche verantwortlich ist?"

„Nein. Mein Team untersucht die Angelegenheit noch, aber ich freue mich, sagen zu können, dass Doktor Warner bei bester Gesundheit ist, was das Wichtigste ist."

Ich schaue mich um und nehme die nächste Frage an und die nächste; sie prasseln auf mich ein, und ich beantworte jede von ihnen gekonnt, wahrheitsgemäß und prägnant.

„Harrison wird noch eine Frage beantworten, bevor wir für heute Schluss machen", ruft Oscar und ich nicke, um die letzte Frage zu beantworten.

„Harrison, stimmt es, dass Beth Longmere nicht mehr zu Ihrem Team gehört und sie des versuchten Mordes an Doktor Warner angeklagt werden soll?" Ich sollte auf diese Frage vorbereitet sein, aber das bin ich nicht. Wer, der bei klarem Verstand ist, würde so etwas für möglich halten?

„Ich kann Ihnen versichern, dass es keinen Fall von versuchtem Mord gibt. Wie ich bereits sagte, geht es Dr. Warner gut, und mein Team überprüft derzeit die Angelegenheit, um sicherzustellen, dass eine solche Verwechslung nicht noch einmal vorkommt."

„Das sind alle Fragen für heute. Danke, Team. Wir sehen uns am Wahltag!", sagt Oscar schnell und beendet das Gespräch mit den Journalisten, während Eddie und ich dem Personal des Seniorenzentrums die Hand schütteln und uns bedanken.

„Wir müssen los. Ben hat einen Notruf abgesetzt", sagt Eddie in mein Ohr und ich blicke ihn fragend an. Seit Dads Tod hatten wir keinen Notruf mehr. Er zuckt mit den Schultern und weiß auch nicht, was los ist. Schon als wir jünger waren, haben wir uns gegenseitig den Notruf geschickt, wenn etwas passiert war, das wir Brüder dringend besprechen mussten.

„Wohin gehen wir?", frage ich.

„Deine Wohnung. Ben und Tennyson sind schon da", sagt Eddie, und ich bekomme eine Gänsehaut. Vielleicht ist eine von Dads Freundinnen dabei, mehr Geld zu verlangen oder so etwas; das Timing wäre perfekt, denn morgen sind die Wahlen.

„Gut, gehen wir", sage ich, denn ich weiß bereits, dass es eine schlechte Nachricht sein wird.

„Okay, wir sind da, was ist los?", frage ich, als Eddie und ich den Aufzug verlassen und Ben und Tennyson auf dem großen Sofa in meinem Wohnzimmer sitzen sehen.

„Du musst dich hinsetzen", sagt Ben mit grimmigem Blick.

„Ja, verdammt", sagt Tennyson, und ich sehe, dass er schon einen Whisky in der Hand hält, also weiß ich, dass es wirklich schlechte Nachrichten sein werden.

„Scheiße", murmle ich, fahre mir mit der Hand durch die Haare und lasse mich auf das Sofa fallen.

„Was ist los?", fragt Eddie.

„Ich bin den Papierkram vom Restaurant durchgegangen", beginnt Ben, und mein Herz sinkt. Eddie sieht mich an. Wir sind beide überzeugt, dass Beth keinen Fehler gemacht hat, aber vielleicht irren wir uns.

„Und?", frage ich ungeduldig.

„Du musst dir etwas anhören", sagt er, legt sein Handy auf den Couchtisch und spiel ein Audio ab.

Wir beugen uns alle nach vorn, meine Ellbogen ruhen auf meinen Knien, während wir unsere Mutter hören, die um eine Änderung der Mahlzeit für Dr. Warner bittet, offensichtlich um genau das, gegen das er allergisch ist.

„Verdammte Scheiße", flucht Eddie und lehnt sich schockiert zurück.

„Sie ist der verdammte Teufel. Das sage ich dir schon seit Jahren!", stößt Tennyson hervor, während er einen weiteren Schluck von seinem Whisky nimmt. Von uns allen hat er die schlechteste Beziehung zu unserer Mutter.

„Sie hat hier wirklich eine Grenze überschritten. Sie hat fast einen Menschen umgebracht!", ruft Ben aus.

„Und hat es dann Beth angehängt!", fügt Tennyson hinzu und sieht mich an.

Ich bin still, während ich all die Informationen aufnehme und versuche, die Teile zu sortieren. Ich denke an Beth und die Zeit, die wir zusammen verbracht haben. Ich blicke hinüber in die Küche und erinnere mich an den Morgen, an dem sie den Kaffee verschüttete und die Tassen auf den Boden fallen ließ.

„Warum zum Teufel sollte sie das tun?", frage ich und sehe Ben an, weil ich weiß, dass er mir die Antwort geben wird. Wir sind beide Anwälte und haben jahrelang zusammengearbeitet. Ich weiß, dass er jede mögliche Option betrachtet und die gesamte Situation beurteilt hat. Ich weiß, dass er mir die Wahrheit sagen wird.

„Weil sie der verdammte Teufel ist", wiederholt Tennyson.

„Ich vermute, dass sie erfahren hat, dass du und Beth etwas miteinander habt, und nicht wollte, dass das so bleibt. Wenn sie dir also auf der Veranstaltung zeigt, wie inkompetent Beth ist, könnte sie dich vielleicht davon überzeugen, stattdessen Lilly zu heiraten", sagt Ben.

„Aber sie hatte keine Ahnung von Beth und mir", sage ich und sehe Eddie an.

„Ich habe es niemandem erzählt, und wenn Oscar oder ihr Idioten es nicht getan habt, konnte sie es nicht wissen", sagt Eddie. Meine Brüder schütteln den Kopf, und ich weiß, dass auch Oscar nichts gesagt hätte.

„Es sei denn ...", murmle ich, meine Gedanken beginnen sich zu sammeln.

„Es sei denn, was?", fragt Ben, eindeutig im Anwaltsmodus.

„Es gab einen Morgen, an dem Beth hier war und sich etwas seltsam verhielt. Warte, lass mich die Videos der Überwachungskameras überprüfen", sage ich, springe auf und greife nach meinem Handy. Ich nehme das Thema Sicherheit sehr ernst, wie wir alle, deshalb haben alle unsere Penthäuser Kameras an der Eingangstür und in den Aufzügen, und ich habe noch eine hier in meinem Wohnzimmer, damit ich immer weiß, wer kommt und geht. Ich finde das Video von dem Morgen, an dem Beth den Kaffee verschüttet hat und sehe, wie sie in meinem weißen Hemd in die Küche geht.

„Verdammtes, glückliches Arschloch ...", murmelt Tennyson hinter mir, und ich merke, dass sich alle meine Brüder um mich scharen und auf mein Handy schauen.

„Da!", sagt Eddie und deutet auf die rechte Seite des Bildschirms.

Unsere Mutter erscheint und erschreckt Beth, sodass sie den Kaffee fallen lässt. Ich drehe die Lautstärke auf, und gemeinsam hören und sehen wir uns ihre Interaktion an, bis ich sie beende, als ich die Küche betrete.

„Beth wusste es und hat nichts gesagt", murmelt Eddie.

„Beth hat alle Berichte und die Aufzeichnung aus dem Restaurant Anfang der Woche zusammengetragen und dafür gesorgt, dass sie wie üblich an uns weitergeleitet wurden. Das bedeutet, dass sie bereits weiß, dass Mom versucht hat, das alles ihr anzuhängen. Und sie hat es dir nicht gesagt?", fragt Ben.

„Scheiße, hat sie etwa versucht, unsere verdammte Mutter zu retten, indem sie nichts gesagt hat?", fragt Tennyson konsterniert.

„Nein. Sie hat versucht, Harrison zu retten", sagt Eddie und sieht mich an.

„Unglaublich. Wenn du sie nicht heiratest, werde ich es tun", stößt Tennyson hervor, setzt sich wieder hin und nimmt einen weiteren Schluck. Ich muss mit ihm über seinen Alkoholkonsum sprechen. Ich werfe ihm einen bösen Blick zu, bevor ich aufstehe.

„Wohin gehst du?", fragt Ben.

„Ich gehe zu Beth. Ihr Vater hatte einen Herzinfarkt und liegt im Krankenhaus auf der Intensivstation. Ich kann mich nur auf sie und die Wahl morgen konzentrieren. Mom wird warten müssen", sage ich und sehe sie der Reihe nach an.

„Ich werde alles mit dem Four Seasons für die

morgige Wahlnacht bestätigen", meint Eddie und steht auf.

„Nein. Ich habe eine bessere Idee. Ich werde dich und Oscar vom Auto aus anrufen." Ich gehe, um den Aufzug zu rufen.

„Ich nehme deinen Whisky mit nach Hause", sagt Tennyson, als er aufsteht, die Flasche ergreift, die er geöffnet hat, und das Etikett betrachtet. Es ist mein bester Whisky. Eine Flasche Sullivans Cove French Oak.

„Ersetze ihn dieses Mal wenigstens, Arschloch." Tennyson ersetzt nie den Whisky, den er mir abnimmt.

„Ja, Herr Gouverneur", sagt er mit einem gespielten Gruß, und ich frage mich, ob er jemals erwachsen werden wird.

37

BETH

Ich sitze neben Dads Bett und halte seine Hand. Ich bin seit heute Morgen hier, und mein Magen ist vor lauter Angst noch immer so verkrampft, dass ich nichts essen kann. Nicht, dass ich es versucht hätte. Harrison hat mir einen Kaffee gemacht, als ich aufgewacht bin, und seitdem habe ich nichts mehr zu essen versucht.

Ich schaue auf sein Gesicht, seine Hand und dann wieder auf sein Gesicht und hoffe, dass er aufwacht und mir sagt, dass alles gut wird. Die meisten Geräte sind entfernt worden und er sieht aus, als würde er einfach nur schlafen, mit einem Tropf in einem Arm und einem Herzmonitor an der Brust.

Die einzigen Geräusche, die ich höre, sind die ständigen Fragen, mit denen Harrison während seiner Pressekonferenz bombardiert wird, die auf dem Fernseher hinter mir läuft. Fragen über mich und meine Inkompetenz bei der Veranstaltung Anfang der Woche. Mein Ruf beginnt, Schaden zu nehmen. Ich wünschte, ich würde mir mehr Sorgen machen, aber das tue ich nicht. Ich kümmere mich um den Mann, der in dem Bett neben mir liegt, und um den Mann auf dem Bildschirm. Alles andere ist in diesem Moment zweitrangig. Die Tatsache, dass das alles von seiner Mutter eingefädelt wurde, liegt mir immer noch schwer im Magen. Ich weiß, dass Harrison den Papierkram aus dem Restaurant sehen wird, und es wird ihm zweifellos das Herz brechen.

„Hmm, was muss ein Mann tun, um einen Schluck Wasser zu bekommen ...", krächzt mein Vater und ich fahre fast aus der Haut.

„Dad!"

„Schhhh, Beth ...", knurrt er und reibt sich mit der Hand über die Stirn.

„Dad!", flüstere ich. „Ich hole dir etwas Wasser." Ich eile zum Beistelltisch und gieße eine kleine Menge in einen Plastikbecher, den ich prompt verschütte, weil meine Hände so stark zittern. Ich stehe unter Schock, weil er plötzlich wach ist.

Ich fülle den Becher noch einmal, kehre zu ihm zurück, lehne mich über das Bett und helfe ihm, sich ein wenig aufzusetzen, um einen kleinen Schluck zu nehmen, während mir die Tränen über die Wangen laufen.

„Kein Grund, zu weinen. Ich lebe doch noch, oder?", sagt Dad und atmet tief durch.

„Ich bin so erleichtert. Ich hatte solche Angst, dich allein zu lassen, auch wenn es nur für wenige Minuten war. Ich wollte dich nicht auch noch verlieren, Dad ...", flüstere ich und weine hemmungslos.

„Aber, aber, Beth." Er holt noch einmal tief Luft. „Hör auf zu weinen. Mir geht es gut."

„Ich hätte bei dir sein sollen. Ich hätte diesen Job nicht annehmen sollen. Wenn ich bei dir gewesen wäre, hätte ich dir früher Hilfe besorgen können. Ich hätte die Zeichen erkannt", sage ich und schimpfe mit mir selbst, weil ich es getan habe. Ich habe die Anzeichen gesehen. Er war blass und müde. Ich wusste, dass etwas nicht stimmte, aber ich habe es ignoriert.

„Das ist nicht deine Schuld, Beth."

„Ich hätte mehr machen müssen. Ich muss mich besser um dich kümmern ... Ich konnte nicht gut genug für Mom sein, aber ich habe versprochen, immer gut genug für dich zu sein", sage ich, immer noch schluchzend.

„Hör auf. Hör einfach auf, Beth. Es gab nichts, was du oder jemand anderes hätte machen können. Und hör auf, dir die Schuld für deine Mutter zu geben", tadelt er mit strenger, wenn auch leiser Stimme. Ich schweige. Er hat mir gegenüber seit ihrem Tod nie von ihr gesprochen. Ich konnte das Thema nicht ansprechen, ohne dass er weglief. Zum ersten Mal seit fast zwei Jahrzehnten erwähnt er sie. Ich warte darauf, dass er fortfährt.

„Du hast deine Mutter nicht umgebracht. Das hat sie ganz allein getan. Sie hat nicht auf die Straße geachtet; sie hat überreagiert, als ein Kind dafür sorgte, dass ein paar Teller zu Bruch gingen, und ist unberechenbar gefahren. Wir können nicht länger mit Gewissensbissen leben. Jahrelang haben wir auf Autopilot gelebt. Jahrelang haben wir uns die Schuld gegeben. Aber das muss aufhören. Wenn dieser Herzinfarkt mir etwas gegeben hat, dann ist es die Ohrfeige, die ich brauchte, um mein Leben wieder in den Griff zu bekommen, Beth. Damit ich wieder anfange zu leben. Und das solltest du auch."

Ich betrachte ihn, seine Augen öffnen und schließen sich, sein Atem geht schwer und heftig. Meine Tränen sind versiegt, und ich straffe meine Schultern. Ich habe mit meinem Vater nie über den Unfall gesprochen, obwohl uns zahlreiche Berater gesagt haben, dass wir genau das tun sollten. Gemeinsam sind wir Profis darin geworden, die Vergangenheit zu ignorieren, sie tief in uns zu vergraben und die Schuldgefühle und Albträume, die uns nach dieser Tragödie verfolgten, zu verdrängen. Aber heute hat er die Worte gesagt, von denen ich nie dachte, dass ich sie hören würde. Er gibt mir nicht die Schuld. Ich gebe ihm nicht die Schuld. Langsam nicke ich, während seine Worte zu mir vordringen. Mein Körper und mein Geist haben in den letzten Tagen einen solchen Wirbelwind von Emotionen durchlebt, dass ich nicht sicher bin, wie lange ich noch klar denken kann.

„Ich habe dich lieb, Dad", sage ich und ein kleines Lächeln huscht über mein Gesicht.

„Ich liebe dich auch, Kleines." Er benutzt den Kosenamen, den er seit Jahren nicht mehr benutzt hat. Seine Augen werden glasig, als er meine Hand drückt.

„Ich rufe die Schwestern", sage ich, lächle noch breiter, und er stöhnt auf. Die Vorstellung, gleich von Leuten umringt zu sein, gefällt ihm gar nicht. Sobald ich auf den Knopf drücke, öffnet sich die Tür, und drei Krankenschwestern stürmen herein und übernehmen, sodass ich gezwungen bin, zurückzutreten und ihnen etwas Platz zu machen.

Sie beugen sich über sein Bett, messen seinen Blutdruck, stellen ihm Fragen, füllen seinen Tropf auf und setzen ihn etwas auf. Meine Finger und Hände verkrampfen sich, während ich versuche, den Worten, die sie sagen, zu folgen. Mein Herz rast. Ich muss ruhig bleiben, denn ich weiß, dass er noch nicht über den Berg ist.

Doktor Standford kommt durch die Tür, sein Gesicht ist ernst, als er das Klemmbrett nimmt, um die Krankenakte meines Vaters einzusehen. Er blättert die Seiten durch und beginnt, ihm Fragen zu stellen. Mein Kopf schwenkt zwischen den beiden hin und her, als würde ich ein Tennismatch beobachten. Ich schaffe es kaum zu atmen, weil ich zu viel Angst habe, um etwas zu sagen oder zu tun, während ich zu allem und jedem, den ich kenne, bete, dass Dad bald wieder auf den Beinen ist. Ich schaue Dr. Standford an und sehe, wie er lächelt. Das erste Lächeln, das er seit unserer Ankunft gezeigt hat, und ich atme endlich auf.

„Beth, auf ein Wort?", fragt er mich, und wir beide gehen nach draußen.

„Wie geht es ihm?", frage ich, sobald wir den Flur betreten haben.

„Er ist stark. Das ist gut. Dein Vater ist ein Kämpfer. Wir werden ihn zur Beobachtung noch eine Weile hierbehalten, und wenn es ihm dann immer besser geht, verlegen wir ihn auf die allgemeine Station."

„Das ist gut, oder? Großartig!" Bei dieser guten Nachricht fühle ich mich so lebendig wie seit Tagen nicht mehr.

„Ich werde später noch einmal nach ihm sehen, und

bis dahin werden die Schwestern noch einige Untersuchungen vornehmen. Sie werden dir Bescheid geben, sobald sie fertig sind", sagt er, bevor er mir auf die Schulter klopft und mir ein weiteres warmes Lächeln schenkt, und ich würde vor Freude am liebsten in die Luft springe.

Ich beobachte ihn, wie er den leeren Korridor entlanggeht, bis er um eine Ecke verschwindet. Ich starre eine Minute lang auf den leeren Korridor, bis ein anderer Mann im Anzug in Sicht kommt, und ich renne los. Ich renne so schnell ich kann durch den Korridor und sehe Harrisons verwirrten Blick, bevor ich springe, und er fängt mich auf, so wie er gesagt hat, dass er es immer tun wird.

„Was ist passiert?", fragt er, während er weitergeht und meinen Hintern umschließt, um mich zu tragen, während ich meine Beine um ihn schlinge, frisch gebügelter Anzug hin oder her. Meine Arme umschlingen seinen Hals, und ich vergrabe meinen Kopf an seiner Schulter und atme seinen Duft ein, der mich noch mehr beruhigt.

„Er ist aufgewacht! Er wird wieder gesund!", rufe ich aufgeregt, bevor ich mich zurückziehe und Harrison ansehe, wie er genauso lächelt wie ich.

„Das sind tolle Neuigkeiten", sagt er und stellt meine Füße auf den Boden, als wir wieder vor der Tür meines Vaters stehen.

„Beth?", sagt die Krankenschwester zögernd. „Sie können jetzt wieder hineingehen." Ich warte nicht. Ich ziehe Harrison an der Hand hinter mir her und gehe ins Zimmer, wo ich Dad sehe, der gerade etwas isst.

„Ein erwachsener Mann braucht mehr als diese armselige Ausrede für Götterspeise", murrt er, als ich zu seinem Bett gehe.

„Wie fühlst du dich, Dad?", frage ich und nehme zaghaft seine Hand. Er drückt meine Finger und schenkt mir ein kleines Lächeln.

„Gut. Etwas angeschlagen, aber es geht mir gut."

„Du hast mir einen riesigen Schrecken eingejagt", flüstere ich, während die Gedanken an das, was wäre wenn, noch in meinem Kopf herumschwirren. Ich spüre, wie Harrison hinter mich tritt, seine Hand ruht auf meiner Schulter und tröstet mich.

„Hör auf, Beth, mir geht es gut. So wie es aussieht, macht ihr euch überhaupt keine Sorgen um die Wahlen, wenn ihr am Bett eines alten Mannes steht. Wie steht es um die Wahlen, Harrison?", fragt er, um das Thema zu wechseln.

„Nun, es wird ein knappes Rennen. Ich muss noch mit ein paar Leuten reden, aber im Grunde kann ich zu diesem Zeitpunkt nicht mehr viel tun. Es liegt jetzt an den Wählern."

„Beth, warum rufst du nicht Marci und Larry an und gibst deinem Vater eine Umarmung, bevor ihr beide losgeht und das tut, was ihr für die morgige Wahl tun solltet. Denn auch wenn ich es zu schätzen weiß, weiß ich, dass ihr beide nicht an meinem Bett bleiben solltet."

„Dad ..."

„Nein, Beth. Du musst gehen. Ich werde hier sein; ich habe nicht vor, irgendwo hinzugehen."

Dad sieht Harrison und dann mich an, und ich seufze.

„Gut. Sei nett zu den Krankenschwestern", warne ich, denn er hat die Angewohnheit, ziemlich unfreundlich zu reagieren, wenn er Hilfe von anderen bekommt.

„Ich lasse den Fernseher an, damit ich dich sehen kann", murmelt er zu Harrison.

„Ich hoffe, Sie und Beth stolz zu machen, Sir", sagt Harrison etwas förmlicher, und mein Vater sieht ihn an.

„Das tust du bereits", murmelt er, und ich glaube, ich sterbe fast vor Freude darüber, dass Dad dem Mann, der immer noch fest und verlässlich hinter mir steht, etwas anderes sagt als nur Schlechtes.

Es ist ruhig, als ich am frühen Abend zu Hause sitze. Harrison hat mich nach Hause gebracht, nachdem Dad uns beide für den Tag weggeschickt hat, und während Harrison den Nachmittag auf einer Baustelle und in einem Geschäftszentrum verbrachte, habe ich ein Nickerchen gemacht und dann mit dem Putzen begonnen. Da ich so nervös bin, dass ich keine Sekunde still sitzen kann, habe ich jeden Zentimeter des Hauses geputzt. Das Badezimmer und die Küche haben noch nie so geglänzt. Die Fenster und Türen sind poliert, der Teppich ist gewaschen und bereits trocken. Die Vorhänge sind staubfrei, und die Schlafzimmer haben alle frische Bettwäsche und sind makellos. Das Haus ist bereit für Dads Rückkehr, hoffentlich in einer Woche oder so, je nachdem, wie es ihm geht.

Marci und Larry haben ihn heute besucht, Jeff konnte nicht gehen, da im Zentrum etwas passiert sei. Jetzt, wo ich in meinem Wohnzimmer stehe und die Ergebnisse meiner Arbeit betrachte, atme ich auf und entspanne mich.

Mein Handy klingelt, und ich gehe zum Küchentisch und nehme den Anruf entgegen, als ich sehe, dass es Harrison ist.

„Baby, öffne die Tür", ist alles, was er sagt, bevor er das Gespräch beendet.

Ich spähe um die Küchenwand herum, sehe seinen Schatten an der Tür und öffne sie schnell.

Dort steht tatsächlich Harrison, der müde, aber glücklich aussieht, und in seinen Händen hält er den größten Strauß roter Rosen, den ich je gesehen habe.

„Harrison?"

„Die sind für dich." Ich trete zurück und lasse ihn herein.

„Warum?"

„Dafür, dass du einfach du bist", sagt er und reicht mir den riesigen Strauß, während er seine freie Hand um meine Taille schlingt. Dann zieht er mich fest an sich, der Stress der letzten Wochen fällt von uns beiden ab und wir stehen einfach nur zusammen da.

„Du riechst gut", flüstert er.

„Solltest du nicht auf einer Wahlparty sein oder so?", frage ich, denn es ist Wahlabend. Ich bin mir sicher, dass seine Mutter eine Party für ihn organisiert hat.

„Wie ich höre, gibt es hier eine Party für zwei", murmelt er, seine Lippen streifen mein Schlüsselbein und sofort macht sich ein angenehmes Prickeln in meinem Körper breit.

„Ist das so?", necke ich. „Was hast du noch gehört?"

„Dass es dir gefällt, wenn ich dich hier küsse …", sagt er, während seine Lippen an meinem Hals knabbern, woraufhin meine Brustwarzen hart werden. Die Wirkung, die er auf mich hat, ist unglaublich.

„Was noch?", frage ich atemlos, während ich meinen Kopf zur Seite fallen lasse und ihm Zugang zu meinem Hals gewähre.

„Dass unter diesen Klamotten die süßeste Muschi ist, die ich je gekostet habe …"

Mir stockt der Atem, bevor ich fortfahre.

„Was noch?"

„Dass ich dich die ganze Nacht auf meinem Schwanz kommen lassen will, bevor ich dich morgen früh unter der Dusche wieder nehme. Denn morgen werde ich zum Gouverneur gewählt, und ob du bereit bist oder nicht, du wirst meine First Lady sein …", flüstert er, und mein Herz setzt einen Schlag aus.

„Harrison?"

„Ich möchte dich morgen vorstellen. Als meine Freundin. Ich möchte, dass die Welt alles über uns erfährt, und ich möchte allen zeigen, wie toll du bist", sagt er und zieht sich zurück, um mich anzuschauen.

„Was ist mit deiner Mutter?", frage ich und halte den Atem an, weil ich weiß, dass es noch so viel zu besprechen gibt.

„Überlass sie mir. Du musst dir keine Sorgen um sie machen. Ich weiß alles, Beth, und es tut mir so leid, dass dir das alles passiert ist. Aber ich möchte, dass du weißt, dass sich unser Leben morgen ändern wird. Ich muss nur wissen, ob du an meiner Seite stehen wirst, denn ich glaube nicht, dass ich es ohne dich schaffe." Ich spüre das

Gewicht seiner Worte auf meinen Schultern, aber sie sind nicht schwer, sondern wärmen mich.

„Ich bin an deiner Seite", flüstere ich, froh, dass er seine Mutter im Griff hat, und noch mehr freue ich mich, an seiner Seite zu sein, wenn er die Wahl gewinnt.

„Toll, wo sind wir stehen geblieben?", murmelt er, als sich seine Lippen auf meine legen.

38

HARRISON

Ihre weichen Lippen bewegen sich auf meinen, ich schlinge meine Arme um ihre Mitte und ziehe sie an mich. Ich fühle mich wie Zuhause angekommen. Sie macht alles wieder gut, sorgt dafür, dass ich den Kopf über Wasser halte. Die Woche war hart, aber hier bei Beth in ihrem kleinen Vorstadthaus zu sein, lässt alles besser werden.

„Gott, ich habe dich vermisst. So sehr", flüstere ich und lasse meine Hände über ihren Körper wandern. Ich weiß nicht, wie ich noch einen Tag leben kann, ohne sie zu berühren.

„Ich habe dich auch vermisst. Ich will nie wieder so eine Woche haben", murmelt sie gegen meine Lippen, während ihre Hände meinen Mantel von den Schultern streifen, nachdem ich ihr die Blumen abgenommen und auf den Beistelltisch gelegt habe.

„Nie wieder", bestätige ich, während ich meine Hände um ihre Taille lege und ihre glatte Haut spüre, bevor ich sie höher wandern lasse, weil ich mehr von ihr spüren will.

„Ich kann nicht glauben, dass morgen die Nacht ist, für die wir alle so hart gearbeitet haben", flüstert sie, als meine Lippen über ihren Hals gleiten.

„Ohne dich hätte ich das alles nicht geschafft. Du bist mein Fels in der Brandung, Beth. Ich wusste sofort, als ich dich sah, dass du etwas Besonderes bist. Jede Minute eines jeden Tages, den ich mit dir verbringe, ist die beste Investition, die ich je getätigt habe. Ich liebe dich. Ich liebe dich so sehr, dass es weh tut, und morgen möchte ich es allen zurufen. Ich möchte, dass die Welt weiß, wie viel du mir bedeutest." Ich sehe sie ernst an. Ich meine jedes Wort genauso, wie ich es sage. Die Gefühle, die ich für diese Frau habe, brechen endlich durch und mein Herz rast in meiner Brust, während ich auf ihre Antwort warte. Obwohl ich es in ihren Augen sehen kann, bevor sie spricht.

„Ich hätte nie gedacht, dass ich die eine für mich richtige Person finden würde, Harrison. Niemals hätte ich gedacht, dass ich jemanden haben würde, der mich so sieht, wie ich bin. Jemand, der sich um mich sorgt, der alles, was ich bin und was ich in mir trage, annehmen kann. Aber du hast mich gesehen. Du hast direkt in mein Herz gesehen und bist nie zurückgewichen. Ich liebe dich, Harrison." Ihre Stimme ist nur noch ein Flüstern und ihre Augen werden glasig.

„Ich möchte dich anbeten. Heute Nacht sind wir allein, und ich will dir alles zeigen, was ich habe und was du mir bedeutest", stoße ich hervor, mein Verlangen nach ihr ist jetzt stärker denn je und pulsiert durch meinen

Körper. Meine Lippen landen auf ihren, mein Vorgehen ist intensiv, aber sie passt sich meiner Kraft an, während ihre Hände meine Schultern umklammern.

„Scheiße, ich will dich nackt." Ich drücke sie gegen die Küchenwand, meine Hände wandern jetzt ihren Rücken hinauf, um ihren BH zu öffnen.

„Harrison, zu viele Klamotten", stöhnt Beth, während ihre Hände über mein Hemd fahren, an den Knöpfen ziehen und es mir vom Leib reißen. Ich ziehe es aus und werfe es auf den Boden, bevor ich ihr Gesicht ergreife und meine Lippen wieder auf ihre lege.

Unser Kuss ist fieberhaft, unsere Zungen umtanzen einander, und meine Haut kribbelt, als ich spüre, wie ihre Hände meine Vorderseite hinunterwandern und auf meinem Gürtel landen. Sie stöhnt in meinem Mund, als sie meinen Gürtel löst und ich meinen Reißverschluss öffne.

„Lass mich", keucht sie und zieht mir die Hose über den Hintern, ihre Hände landen auf meinem harten Schwanz.

„Beth, Baby ..." Meine Hände landen auf beiden Seiten ihres Kopfes, klatschen dann gegen die Wand, meine Stirn lehnt gegen ihre, während sie meine Länge auf und ab streichelt.

„Bist du bereit für mich, Baby? Das wird hart und schnell werden." Ich schaue ihr direkt in die Augen, und sie lächelt.

„Ich kann mit allem umgehen, was du mir gibst ..." Ihr Vertrauen legt einen Schalter um, und ich zögere nicht.

Ich schiebe ihren Rock hoch und hebe sie an. Ihre

Beine legen sich automatisch um meine Taille, und ich spüre ihr heißes, feuchtes Inneres an meinem harten Glied, während ich sie mit dem Rücken gegen die Wand drücke, unsere Bewegungen sind so verzweifelt, dass ich die Bilder hinter ihr klappern höre.

„Harrison, ich brauche dich …", fleht sie.

„Dieses hübsche Höschen muss weg", stoße ich hervor, während ich die Spitze zur Seite ziehe, und ohne eine weitere Sekunde zu warten, versinke ich in ihr und schiebe mich ganz hinein.

Sie atmet scharf ein, ihr Kopf fällt nach hinten und schlägt gegen die Wand, und sie stöhnt, das Geräusch wandert direkt zu meinem Schwanz. Ich fühle mich wild, mein Verlangen nach ihr wird immer stärker und ich ziehe mich ein wenig zurück, bevor ich wieder in sie stoße.

„Spürst du das, Baby? Spürst du, wie sehr ich mich nach dir sehne? Wie sehr ich in dir sein will, dich zu der Meinen machen will, dich tief markieren will?"

„Markiere mich als dein. Ich gehöre ganz dir, Harrison", sagt sie, während sie sich an meinen Schultern festkrallt und ihre Hände in mein Haar gräbt, während sie sich gegen die Wand stemmt und meine Stöße ihre perfekten Brüste auf und ab wippen lassen.

„Scheiße, du bist so schön, so verdammt schön. Du bist wie für mich gemacht." Ich habe kaum genügend Luft zum Atmen, mein Blick ist unablässig auf sie gerichtet.

„Harrison, ich bin so nah dran", stöhnt sie, während sie ihren Kopf nach vorn lehnt und meine Lippen erobert.

„Komm auf meinen Schwanz, Baby. Reibe deine perfekte Muschi an mir; zeig mir, was ich mit dir mache." Meine Worte sind fordernd, und sie verkrampft sich um mich.

„Harrison ... ich kann nicht ... Harrison ...", keucht sie immer wieder, als ich spüre, wie sich ihre Nägel in meine nackten Schultern graben und ihr Kopf wieder zurückfällt. Ich lege meine Lippen um ihre Brustwarze und sauge, und dann spüre ich, wie sie zittert. Ihr ganzer Körper zittert, ihre Bewegungen sind unkontrolliert, und sie schreit meinen Namen.

„Baby ...", keuche ich, meine Bewegungen werden schneller, während ich in sie stoße, ihre feuchte Muschi zuckt um mich herum und lässt mich kommen.

„Beth, verdammt, Beth!", rufe ich, meine Stimme dröhnt durch den Raum, während meine Hände ihren üppigen Hintern packen und ich fester an ihrem Nippel sauge.

Ich halte mich an ihr fest, wir keuchen beide und lehnen uns gegen die Wand. Ich küsse ihren Hals, schmecke ihre Haut, die jetzt mit einem leichten Schweißfilm überzogen ist. Es war nicht mein Plan, sie in ihrem Wohnzimmer an der Wand zu ficken, aber es konnte nicht warten. Ich ziehe mich von ihr zurück und genieße ihren den lusttrunkenen Blick, den sie mir immer nach dem Sex zuwirft.

„Geht es dir gut?", frage ich, wohl wissend, dass ich sie härter angepackt habe als je zuvor. Ich bin immer noch in ihr und würde am liebsten gleich zur zweiten Runde übergehen, aber ich ziehe mich langsam zurück und lasse sie auf ihre Füße sinken.

„Es ging mir nie besser", sagt sie und lächelt. „Obwohl ich nicht glaube, dass ich dieses Wohnzimmer jemals wieder auf dieselbe Weise betrachten kann." Ich dämpfe ihr Lachen mit meinem Mund, küsse sie, halte sie dicht bei mir und will sie nicht mehr loslassen.

„Komm mit mir", flüstert sie, ihre Augen sind liebestrunken, als sie meine Hand ergreift und mich in den Flur führt. Ich schnappe mir unsere Kleidung vom Boden und folge ihr, sehe mich um, bevor sie mich in ihr Schlafzimmer zieht und die Tür schließt. Es ist klein. Ihr Bett ist frisch gemacht. Ich werfe unsere Kleidung auf einen kleinen Sessel in der Ecke und betrachte die wenigen Schmuckstücke und Fotos, die sie im Zimmer hat. Sie hält es ordentlich. An der Wand hängt ein großer Standspiegel, und eine sanfte Tischlampe wirft warmes Licht in den ansonsten dunklen Raum.

„Hmmm, verbringst du hier deine Nächte ohne mich?", frage ich und nehme alles in mich auf.

„Das tue ich. Aber heute Abend bist du bei mir." Sie zieht ihren Rock aus und wirft ihn quer durch den Raum. Sie steht nun völlig nackt vor mir, und ich bewundere sie.

„Siehst du etwas, das dir gefällt?", fragt sie neckisch und mein Schwanz reagiert sofort.

„Ich sehe etwas, das ich liebe ...", sage ich und gehe auf sie zu, um ihren Körper an meinem zu spüren. „Und ich liebe es, dass du ganz mir gehörst", füge ich hinzu und lege meine Hände für einen Moment auf ihre Hüften, bevor ich sie an ihren Seiten auf und ab gleiten lasse. Ich merke, wie ihre Brustwarzen hart werden und sich eine Gänsehaut auf ihrem Körper ausbreitet. Ich liebe es, eine solche Wirkung auf sie zu haben.

„Für immer dein, für heute Nacht und alle Ewigkeit." Zum ersten Mal seit langer Tagen sehe ich ihre Augen wieder funkeln. Ich streiche ihr die Haare aus dem Gesicht und streichle ihre Wange.

„Für immer mein", stoße ich hervor und genieße den Klang dieser Worte. Meine Hand wandert ihren Rücken hinauf und ich beuge mich vor, bis ihr Busen sich gegen meine nackte Brust drückt. Ihre Hände wandern meinen Oberkörper hinunter, bevor sie meinen harten Schwanz umfasst und mich streichelt.

„Scheiße, Baby, ich brauche dich wieder", stöhne ich in ihren Mund, während ich sie zu mir heranziehe und sie in einen heißen Kuss verwickle.

„Besser?", fragt sie, als sie sich kurz zurückzieht, und sie greift nach meinem Schwanz, während ich sie in mich aufsauge.

„Du bist heute Abend ein sehr braves Mädchen. Komm her. Ich möchte dich überall anfassen, während du deine schöne Muschi an mir reibst", sage ich und führe sie zum Bett.

Ich setze mich auf ihr Bett, drehe sie und ziehe sie auf meinen Schoß, sodass ihr Rücken sich an meine Brust drückt. Ich küsse ihren Hals von hinten und meine Hände wandern über ihren weichen Bauch zu ihren perfekten Brüsten, die ich mit meinen Händen knete.

„Das fühlt sich so gut an ...", stöhnt sie, während ihr Kopf auf meine Schulter zurückfällt, ihr Körper offen und mir völlig ausgeliefert.

„Ich möchte, dass du deine Beine weit öffnest und mich in dir versinken lässt", knurre ich.

Sie richtet sich ein wenig auf, ich halte meinen

Schwanz mit der Faust in Position, sie senkt sich langsam und nimmt mich in sich auf. Zentimeter für Zentimeter fühle ich, wie sich ihre Muschi um mich schließt.

„Das ist es, Baby, nimm alles", knurre ich, während sich meine Hände um ihre Taille legen und ich sie nach unten drücke, während ich gleichzeitig in sie eindringe.

„Jetzt, Baby. Reite mich. Reibe deine süße Muschi an mir", stöhne ich in ihr Ohr, während ich ihr leicht in den Nacken beiße. Dann beginnt sie sich zu bewegen. Ihre Hüften bewegen sich, sie nimmt mich auf und zieht mich wieder heraus, bevor ich erneut eindringe. Wir beide bewegen uns im Takt, finden einen heißen, langsamen Rhythmus, und sie lehnt sich mit einem Wimmern an meine Brust.

„Sieh, wie verdammt schön du bist", hauche ich, während ich in den großen, bodenlangen Spiegel schaue, der direkt gegenübersteht. Ich betrachte unser Spiegelbild, ihr Körper bewegt sich auf meinem, meine Hände streicheln wieder ihren Körper hinauf, um ihre Brüste zu greifen.

„Harrison ...", stöhnt sie, und ich weiß, dass sie es liebt. Während wir vorher hart und schnell waren, ist es jetzt langsam und sinnlich. Meine Augen bleiben unverwandt auf das Spiegelbild gerichtet. Ich beobachte, wie sich ihr Körper auf mir auf- und abbewegt, meine Hände streichen über ihre perfekten Kurven, ihre Hände sind immer noch über ihrem Kopf und um meinen Nacken geschlungen.

„Verdammt, sieh uns an. Sieh dir an, wie perfekt dein Körper mit meinem zusammenpasst", stöhne ich wieder, denn ich weiß, dass dieser Anblick für Jahre in meinem Gedächtnis eingebrannt bleiben wird.

„Das fühlt sich so gut an, Harrison …", keucht Beth, während sich wieder ein leichter Schweißfilm auf ihrem Körper bildet. Wir laufen dieses Mal einen Marathon, das Gefühl unserer beiden Körper vereint zu sein, ist nichts, was wir überstürzen wollen.

„Du fühlst dich gut an, Baby", hauche ich und bewege meine Hand tiefer über ihren Bauch, bis ich ihre Mitte finde. Ich umkreise ihren Kitzler und spüre die Verbindung unserer Körper, während wir uns zusammen bewegen. Ihr Innerstes schließt sich immer fester um meinen Schwanz und locker den Druck dann wieder. Schneller und schneller.

„Mein Gott, Baby. Du bist wunderschön." Ich übe Druck auf ihren Kitzler aus, bewege meine Hand schnell, und sie beginnt zu stöhnen.

„Harrison, das ist zu viel … das ist unglaublich …", schreit sie auf, als mein Finger weiter ihren Kitzler umkreist und meine andere Hand ihren Rücken hinauffährt und ihr Haar ergreift. Ich ziehe ihren Kopf nach hinten und wölbe ihren Rücken noch mehr, die neue Position lässt ihre Hüften sich leicht nach vorn beugen, sodass ich noch tiefer eindringen kann.

„Scheiße, Beth. Baby … das ist es, reib dich an mir. Ich liebe es, dich so zu sehen." Ich spüre schon, wie sich meine Eier anspannen. Ich werde mir auf jeden Fall einen Bodenspiegel für mein Schlafzimmer bestellen, denn das will ich auf jeden Fall noch einmal tun.

„Oh mein Gott, Harrison! Ich komme!" Beths Stöhnen wird lauter, und ihre Hüften bewegen sich ein wenig schneller. Mein Schwanz passt sich ihrem Tempo an, während meine Hand ihren Kitzler berührt, um sie über den Rand zu treiben.

„Ich auch, Baby. Scheiße, ich auch", keuche ich, bevor wir zusammen zum Höhepunkt kommen. Die Anspannung der vergangenen Woche verlassen mich im Nu, als unser Orgasmus uns durchströmt.

„Scheiße", stöhne ich in ihren Nacken, und ihre Hände umklammern mein Haar fester, während sie ihren Orgasmus herausschreit. Unsere Körper sind schweiß-nass und völlig erschöpft. Als sich Beth auf mich legt, bedecke ich ihre Schulter und ihren Nacken mit Küssen, während wir beide versuchen, zu Atem zu kommen.

Meine Hände wandern langsam an ihrem Körper auf und ab. Ich betrachte uns wieder im Spiegel, ihren nackten Körper immer noch in voller Pracht.

„Das war heftig ...", murmelt sie und dreht ihren Kopf, um mir einen Kuss auf die Lippen zu drücken.

„So verdammt gut." Ich streichle weiter über ihren Körper und will gar nicht mehr aufhören.

„Ganz dein", flüstert sie, und mein Herz verkrampft sich.

„Ganz mein", sage ich mit einem Kuss.

39

—————

HARRISON

Es ist noch früh, aber ich muss aufstehen. Es ist der größte Tag meiner Karriere, und ich würde lügen, wenn ich behaupten würde, dass sich mein Magen nicht seltsam anfühlt. Aber ich will mich nicht bewegen. Es ist zu lange her, dass ich Beth beim Schlafen im frühen Morgenlicht beobachtet habe, und obwohl ihr Zimmer und ihr Bett klein sind, hat das alles an Bedeutung verloren. Das Einzige, was zählt ist, dass wir zusammen sind. Mit meinen Fingern fahre ich die schmale Linie einer Narbe nach, die über ihre Schulter und an ihrer Brust hinunterläuft, das Mal, das jetzt eine ganz neue Bedeutung für mich hat.

Mein Mädchen ist eine Überlebenskünstlerin.

Der Sturm, den sie überstanden hat, ist erstaunlich und motiviert mich heute, da ich mich auf eine Reise begebe, die, wenn sie erfolgreich ist, mein Leben völlig verändern wird. Und ihres.

Denn Tennyson hat recht. Sie muss meine Frau werden.

„Hmmm, guten Morgen", murmelt sie in einem Ton, der mich dazu bringt, sie an dieses Bett fesseln und viele schmutzige Dinge mit ihr machen zu wollen.

„Morgen. Wie geht es dir?", frage ich.

„Mein ganzer Körper schmerzt …", sagt sie und ein verführerisches Lächeln umspielt ihre Lippen. „Mein Verstand weiß genau, dass ich dir diese Frage stellen sollte. Also, wie fühlst *du* dich?"

„Aufgeregt, zuversichtlich, nervös, so viele Dinge …", sage ich leise, weil ich so etwas noch nie jemandem gegenüber zugegeben habe. Wir Rothschild-Männer sind stark und stoisch, mit unserem charmanten Lächeln. Aber Beth sieht mein wahres Ich. Ich kann mich nicht vor ihr verstecken. Ich ergreife ihre Hand und halte sie in meiner, während ich in Gedanken über den heutigen Tag, über uns, über die Zukunft, versunken bin.

„Was auch immer passiert, du sollst wissen, dass ich stolz auf dich bin. Du hast eine ausgezeichnete Kampagne geführt, und ich bin stolz darauf, die ganze Zeit an deiner Seite gewesen zu sein", flüstert sie, und ihre Augen durchbohren mein Herz wie ein Pfeil. Seit dem Tod meines Vaters hat mir niemand mehr gesagt, dass er stolz auf mich ist.

„Sieg, Niederlage oder Unentschieden, ich will dich an meiner Seite haben", sage ich und weiß, dass sie sich eigentlich auf andere Dinge konzentrieren sollte, da ihr Vater noch immer im Krankenhaus liegt, aber ich bin mir nicht sicher, ob ich diesen Tag ohne sie schaffen kann.

„Nun, wir werden im Four Seasons wohnen, das wird also kein Problem sein", sagt sie und lächelt, und ihr Scherz erleichtert mich.

„Ich habe die Buchung für das Four Seasons storniert", sage ich, ohne sie über meinen neuen Plan zu informieren.

„Was? Was soll das heißen, storniert? Wo verbringen wir den Wahltag?", fragt sie, dreht den Kopf und sieht mich schockiert an. Ich kann es ihr nicht verdenken, das Four Seasons war seit Monaten für mein Team gebucht.

„Im Gemeindezentrum", sage ich und warte auf ihre Reaktion.

„Im Gemeindezentrum? Meinem Gemeindezentrum?", fragt sie verblüfft.

„Ja. *Unser* Gemeindezentrum."

„Was? Warum?"

„Dort hat alles angefangen. Wo ich meine Absicht bekannt gegeben habe, für das Amt des Gouverneurs zu kandidieren, wo ich dich wiedergesehen habe, wo dein Leben ist, wo ich unser Leben haben möchte ...", sage ich und betrachte ihren ehrfürchtigen Gesichtsausdruck. Sie ist eine Sekunde lang still.

„Das ist genial", flüstert sie. „Der perfekte Ort dafür. Ich wette, Jeff ist schon völlig aus dem Häuschen."

„Zweifellos. Was ist eigentlich sein Problem? Er ist sehr beschützerisch, wenn es um dich geht. Das gefällt mir nicht", sage ich, wobei die Ehrlichkeit und Eifersucht stärker zum Vorschein kommen, als sie es sollten.

„Er meint es gut. Er hat viel für das Zentrum getan. Er kann zwar manchmal ein wenig anstrengend sein, ist aber ein guter Freund."

„Es gefällt mir nicht, wie er dich ansieht", murmele ich, und das Gefühl in meiner Magengrube ist etwas, das ich selten zuvor gespürt habe. Aber er bedeutet Ärger. Das ist mir bereits klar.

„Gefällt es dir, wenn mich jemand anderes ansehen würde?", neckt sie, ihre Finger streicheln meine Brust, und ich möchte schnurren wie eine zufriedene Katze.

„Ich möchte jeden Mann töten, der in deine Richtung schaut. Es ist ein ständiger Kampf, jeden Tag", knurre ich.

„Nun, du kannst beruhigt sein. Ein Gouverneur ist genug für mich. Ich bin an niemand anderem als an dir interessiert", sagt sie, beugt sich vor und küsst mich sanft, und ich kann mir keinen perfekteren Start in den größten Tag meines Lebens vorstellen.

ALS WIR UNSEREN letzten Besuch für diesen Tag abschließen, vibriert eine Energie in meine Körper, die ich nur schwer unterdrücken kann. Wir sind am letzten Ort unseres Wahlkampfes, einer weiteren Grundschule, da sich unsere Kampagne stark auf die Bildung konzentriert. Ich bin müde, nachdem ich letzte Nacht bei Beth geblieben bin; unsere nächtlichen Aktivitäten haben uns beide zu lange wach gehalten. Aber es hat sich gelohnt, denn ich sehe sie wieder lachen, was mich zum Lächeln bringt.

Ich habe heute noch keine Ankündigungen gemacht, und ich werde es auch jetzt nicht tun. Aber aus unserer Körpersprache geht klar hervor, dass sie an meiner Seite sein wird, wenn ich heute Abend zum Gouverneur ernannt werde. Reporter begleiten uns auf Schritt und Tritt, Fotografen machen alle möglichen Aufnahmen von uns zusammen und getrennt, ihr Freund Max passt auf sie auf, damit sie Platz hat und nicht überfordert wird, während ich gehe und mit den Leuten rede.

„Okay, ich glaube, wir sind fertig", sagt Oscar und kommt auf mich zu.

„Wirklich? Ich kann es nicht glauben", sage ich und schaue mich im Raum um, wobei mein Lächeln so echt ist wie noch nie während der gesamten Kampagne. Das war's. Dies ist das Ende des Wahlkampfs und der Beginn des Wartens.

„Ich auch nicht. Es war eine lange Reise, aber ich glaube, Ihr Leben wird sich heute Abend ändern", sagt er und lächelt ebenfalls breit.

„Man soll den Tag nicht vor dem Abend loben ...", warne ich. Bevor Oscar etwas erwidern kann, höre ich sie. Beths Lachen erfüllt den kleinen Klassenraum und unterbricht alle Gespräche, während die Kinder mit einfallen. Alle Erwachsenen, die am Rande standen und über Politik sprachen, halten inne und starren meine Freundin an, die in Lachkrämpfe verfällt, die Arme um ihre Mitte geschlungen und mit knallblauer Farbe auf der Nasenspitze und vorn am Kleid. Der Täter, ein Junge, der einen Pinsel mit blauer Farbe in der Hand hält, sieht entsetzt aus, bis Beths Lachen ihn beruhigt und auch er anfängt zu lachen.

Die Kameras blitzen wie verrückt, um den Moment festzuhalten, und ich beobachte sie alle eine Minute lang, dann gehe ich zu ihnen, und die Kinder zerstreuen sich, nachdem sie von ihren Lehrern weggezogen wurden.

„Du hast da etwas auf der Nase", sage ich, als ich auf Beth zugehe, die sich gerade die Lachtränen wegwischt.

„Wirklich?", fragt sie etwas überrascht.

„Und eine Kleinigkeit auf deinem Kleid ..."

„Oh, das habe ich nicht bemerkt." Sie lächelt, als wir uns verabschieden und zusammen die Schule verlassen. Ich schüttle die letzten Hände und winke der Gruppe von Leuten zu, die uns verabschieden, dann steige ich zu Beth ins Auto.

„Ich denke, ich sollte nach Hause gehen, mich umziehen und dich vielleicht später im Zentrum treffen", sagt sie.

„Ja, das denke ich auch. Bringen wir Beth nach Hause und fahren dann direkt zum Zentrum. Wir sollten uns jetzt einschließen und ein paar Telefonate führen", meint Oscar an und geht dabei seinen engen Zeitplan durch.

„Ich habe ein Geschenk auf deinem Bett liegen lassen. Zieh es heute Abend an", flüstere ich ihr ins Ohr und küsse ihre Wange. Ich weiß zwar, dass sie nicht will, dass ich Geld ausgebe, um sie zu verwöhnen, aber ich hoffe, dass ihr die Überraschung gefällt.

„Okay. Danke. Ich hoffe nur, dass die Farbe keine Flecken hinterlässt ...", sagt sie und ich reiche ihr mein Taschentuch, damit sie sich die Nase abwischen kann. Sie verteilt die Farbe nur noch mehr und ich lache.

„Ist es weg?", fragt sie unschuldig.

„Du siehst wunderschön aus", antworte ich, denn blaue Farbe hin oder her, sie sieht wunderschön aus.

40

BETH

Als ich den Reißverschluss des neuen, schwarzen Kleides schließe, das heute zusammen mit den passenden schwarzen Schuhen auf meinem Bett lag, betrachte ich mich in dem kleinen Spiegel an der Rückseite meiner Zimmertür und lächle. Es war nett von Harrison, dass er heute ein Outfit für mich ausgesucht hat, auch wenn es nicht nötig war. Seit der Einweihungsparty, die seine Mutter organisiert hat, als ich anfing, für ihn zu arbeiten, hat er mir keine Kleidung mehr besorgt. In dieser Nacht haben wir beide alle Vorsicht in den Wind geschlagen, und ich bin in seinem Bett gelandet.

Ein Lächeln huscht über mein Gesicht, als ich die Erinnerungen wieder aufleben lasse. Das Kleid und die Schuhe sind zwar schön, aber nicht das, was ich von einem Mann wie Harrison erwartet hätte. Das Kleid ist hübsch und von Target, die Schuhe umwerfend und modisch und scheinen von Walmart zu sein. Die Etiketten sind noch dran und waren aufs Bett geworfen worden, als hätte es jemand eilig gehabt. Ich frage mich, ob vielleicht doch Dad dahintersteckt und Marci dafür einkaufen ließ, und ob das Geschenk, das Harrison hinterlassen hat, irgendwo anders ist. Aber als ich mich umschaue, kann ich nichts anderes entdecken. Trotzdem bin ich dankbar, als ich mein Spiegelbild betrachte und mich darüber freue, wie gut sie passen.

Mein Blick schweift über mein Gesicht und meinen Körper. *Sehe ich gut aus? Kann ich das durchziehen? Werden die Leute mich mögen? Mich akzeptieren?* Das Gesicht von Mrs. Rothschild kommt mir in den Sinn, und ich seufze. Mir ist klar, dass ich nicht die Gunst von allen haben werde, und ich weiß, dass das Aufbauen einer Art Freundschaft zu dieser Frau wie die Besteigung des Mount Everest sein wird. Ich erwarte, sie heute Abend zu sehen. Ich werde nett und höflich sein, viel mehr als sie es verdient, aber ich werde mich nicht auf ihr Niveau herabbegeben.

Ich werde mich benehmen. Für Harrison. Heute Abend geht es nur um ihn, und als ich einen weiteren tiefen Atemzug nehme, überkommt mich ein Gefühl der Ruhe. Zum ersten Mal in meinem ganzen Leben habe ich das Gefühl, dass die Schritte, die ich mit Harrison unternehmen werde, genau richtig sind.

Mein Handy vibriert auf dem Bett und ich greife schnell danach.

Tom: Ich stecke im Stau und bin spät dran.

Das ist nicht ideal und als ich zur Uhr schaue, sehe ich, dass es Zeit ist. Ich laufe herum, schnappe mir den

Rest meiner Sachen und verlasse mit einem letzten Blick in den Spiegel mein Zimmer. Ich bin zu nervös, um hier zu sitzen und zu warten. Ich trete nach draußen, schließe die Haustür hinter mir ab und beschließe trotz des frischen Wetters, zu laufen. Tom kann mich auf dem Weg abholen.

Meine neuen Schuhe klacken auf dem Bürgersteig, das harte Leder zwickt ein wenig in den Zehen und die Sohlen reiben an den Fersen. Als ich mich dem Ende meiner Straße nähere, bereue ich bereits meine Entscheidung, zu Fuß zu gehen, und bleibe einen Moment stehen, krame in meiner Handtasche und frage mich, ob ich ein Pflaster habe, um meine Fersen ein wenig zu schützen.

Da ich nichts finde, überlege ich, ob ich dort bleiben und auf Tom warten oder die fünfzig Meter zur Bushaltestelle laufen soll. Da ich immer noch zu nervös bin, um einfach zu warten, gehe ich langsam auf die Bushaltestelle zu und verziehe bei jedem Schritt das Gesicht.

Als ich die Straße überquere, sehe ich die Bushaltestelle vor mir, aber direkt neben mir hält ein Auto an.

„Oh, Gott sei Dank, ich war ...", sage ich, dankbar, dass Tom angekommen ist. Aber es ist nicht sein Auto.

„Soll ich dich mitnehmen, Red?", ruft Max, der Fotograf, vom Fahrersitz aus.

„Oh, mach dir keinen Kopf. Ich werde gleich abgeholt", sage ich, um ihn nicht zu verärgern.

„Ich glaube, wir begeben uns beide in die gleiche Richtung, und diese Schuhe sehen nicht gerade bequem aus."

Als er das sagt, schmerzen meine Füße nur noch mehr.

„Nun, wenn du sicher bist, dass es dir nichts ausmacht?", sage ich, während ich zögernd zum Auto gehe.

„Kein Problem. Steig ein. Alle Straßen im Umkreis von ein paar hundert Metern um das Gemeindezentrum sind gesperrt, der Verkehr ist ein Albtraum!", erzählt Max, als ich in seinem Auto sitze und mich anschnalle. Ich war noch nie so erleichtert, sitzen zu können, und ich seufze, als der Schmerz nachlässt.

Während Max sich auf die Straße konzentriert, sehe ich mich in seinem Auto um. Es ist klein und schmutzig. Der Boden hinter mir ist voller Imbissschachteln. Aber was seltsam ist, sind die großen Tüten mit den Logos von Designern auf dem Rücksitz. Eine Tüte enthält eine Kiste mit Schuhen, die aussehen, als wären es die Teuren mit der roten Sohlen, die jede Frau haben will, die andere scheint von Prada zu sein, Harrisons Lieblingsmarke. Es macht keinen Sinn, denn das Auto ist alt und an einigen Stellen verrostet, aber ich versuche, nicht darüber zu urteilen oder zu viel darüber nachzudenken. Ich weiß, wie schwer es ist, über die Runden zu kommen, und ich habe keine Ahnung, wie Max' Lebensstil aussieht.

„In dieser Stadt habe ich noch nie so viel Polizeipräsenz erlebt", sage ich, während ich die Hände auf den Schoß lege, um mich nicht mit dem Staub zu beschmutzen, der sich auf der Mittelkonsole befindet.

„Es ist tatsächlich eine ganze Menge", stimmt er zu, und ich merke, wie er schwitzt, obwohl es draußen kühl ist.

„Oh, wir hätten in diese Straße abbiegen müssen!",

sage ich, als ich merke, dass er die Abzweigung verpasst hat.

„Nein, ich muss den langen Weg nehmen, um die Polizeisperren zu umfahren, sonst brauchen wir Stunden.“

Ich nicke verständnisvoll. Obwohl ich meinen Ausweis dabeihabe, um durch jede Polizeikontrolle zu kommen, sage ich nichts, sondern bin nur dankbar für die Fahrt. Ich bemerke, dass er sich vorbeugt und die Klimaanlage aufdreht, die mich sofort frösteln lässt. Ich reibe meine Arme, als die Kälte mir eine Gänsehaut beschert.

„Tut mir leid, ich habe Probleme, meine Temperatur zu regulieren“, meint er.

„Das ist in Ordnung, kein Problem“, entgegne ich mit einem kleinen Lächeln. Ich kenne Max zwar, aber ich kenne ihn nicht gut genug, und es ist mir ein wenig unangenehm, so dicht neben ihm zu sitzen. Ich schaue aus dem Fenster und beobachte, wie die Welt an mir vorbeizieht. Dabei stelle ich fest, dass er wirklich den langen Weg nimmt, denn wir befinden uns jetzt auf der völlig anderen Seite der Stadt. Die Klimaanlage bläst mir direkt ins Gesicht, und meine Kehle ist trocken von dem Luftzug. Ich schlucke, aber es verschafft mir nur wenig Erleichterung. Ich beginne mich zu räuspern und ein wenig zu husten.

„Tut mir leid, ich drehe es ein wenig runter. Hier, trink etwas.“ Max bietet mir eine Flasche Wasser an, und ich nehme sie an. Ich bin dankbar, dass er mir etwas gibt, um meine ausgetrocknete Kehle zu beruhigen, während er die Klimaanlage herunterdreht.

„Ahhh, danke. Ich glaube, ich habe den ganzen Tag noch keinen Schluck Wasser getrunken!", sage ich, während ich einen großen Schluck Wasser nehme, dann noch einen. Im Geiste merke ich, dass ich mehr Wasser trinken muss, und schimpfe mit mir selbst, weil ich mich nicht an eine so einfache, gesunde Gewohnheit halten kann.

„Kein Problem. Ich fahre am besten hier lang, um dann zum Zentrum zu fahren", sagt er und setzt den Blinker nach links, obwohl er eigentlich nach rechts fahren sollte.

„Nein, Max, ich glaube, du musst in diese Richtung fahren", sage ich und zeige in die entsprechende Richtung, während meine Sicht verschwimmt.

„Du siehst gut aus in dem Outfit, das ich für dich ausgesucht habe ...", sagt Max, als er an den Straßenrand fährt. Er hält den Wagen an und wendet sich mir zu.

Was hat er gerade gesagt? Mein Kopf fühlt sich an, als wäre er in Watte gepackt ... Seine Worte dringen kaum zu mir durch.

„Max ... Ich glaube. Ich kann nicht ... Max ...", keuche ich, während sich die Welt dreht. Mein Körper beginnt zu schwitzen, und die Dunkelheit holt mich ein, bevor ich seine Erwiderung hören kann.

41

HARRISON

Wo ist Beth? Sie müsste schon längst hier sein, denke ich, während ich in Jeffs Büro auf und ab gehe. Das Gemeindezentrum ist überfüllt mit Menschen. Die Caterer arbeiten emsig in der Küche, draußen stehen zehn Reporter, und Jeff hat alle Hände voll zu tun, um alle zu managen. Tatsächlich habe ich ihn schon seit Stunden nicht mehr gesehen.

Draußen werden Regenschirme an alle verteilt, denn es hat angefangen zu regnen. Die dicken grauen Wolken ziehen heran, wie so oft zu dieser Jahreszeit. Tom ist vor einer Stunde ohne Beth angekommen. Sie war nicht zu Hause, und niemand hat von ihr gehört. Ich ziehe mein Handy heraus und wähle zum hundertsten Mal ihre Nummer, während ich durch das Fenster zu den dunklen Wolken schaue. Ihr Telefon klingelt und klingelt, aber sie geht nicht ran.

Beth. Wo bist du?

„Gibt es etwas Neues?", fragt Eddie hinter mir, wo er mit Ben und Tennyson sitzt.

„Nichts", stoße ich hervor. Das unangenehme Gefühl in der Magengrube ist wieder da, mein Körper wird von Panik durchflutet, die ich vor niemandem ausleben möchte.

„Vielleicht hat sie beschlossen, dass es ihr zu viel ist?", fragt Ben, der wie ein Anwalt alle Seiten beleuchtet. Ich habe tatsächlich auch schon diese Option in Betracht gezogen. Es ist eine große Lebensentscheidung, mit mir eine öffentliche Beziehung zu führen, während ich in die Rolle des Gouverneurs schlüpfe. Aber sie ist keine Mitläuferin. Sie hat mich bis zu diesem Punkt begleitet. Der nächste Schritt ist groß, aber ich weiß, dass sie bereit war, ihn mit mir zu machen.

„Nein. Sie würde nicht weglaufen." Ich weiß tief in meinem Inneren, dass sie nicht weglaufen würde; sie gehört zu mir, und ich gehöre zu ihr, und ich will sie hier haben. Ich will sie bei mir haben.

„Ist sie vielleicht ins Krankenhaus gegangen?", fragt Tennyson. Meine Brüder wissen alle, dass ihr Vater jetzt auf die allgemeine Station verlegt worden ist und sich erholt, aber weder ihr Vater noch Marci, die heute Abend bei ihm ist, haben Beth gesehen oder von ihr gehört. Beide machen sich jetzt Sorgen. Genau wie ich. Ich habe mein Sicherheitsteam im Krankenhaus, in ihrem Haus und hier im Zentrum positioniert, das sich ausschließlich auf die Suche nach ihr oder nach Hinweisen auf sie konzentriert.

Ich schaue aus dem Fenster des Büros auf die wachsende Menschenmenge und sehe Larry, der sich mit einigen Leuten aus dem Zentrum unterhält. Ich wende mich vom Fenster ab und sage nichts zu meinen

Brüdern, während ich das Büro verlasse und ein falsches Lächeln aufsetze.

Larry sieht mich mit einem Lächeln an, das rasch wieder verblasst.

„Immer noch keine Antwort?", fragt er leise, während wir uns die Hände schütteln und beide in die Kamera lächeln, die plötzlich vor uns aufgetaucht ist.

„Nein. Sie hätte schon vor Stunden hier sein sollen."

„Es ist nicht ihre Art, zu spät zu kommen. Ist sie im Krankenhaus?"

„Nicht, als ich vor fünfzehn Minuten angerufen habe", sage ich, während ich meinen Kopf leicht zur Seite neige und meinen Nacken knacken lasse.

„Lass mich Marci noch einmal anrufen ...", bietet Larry an, während er zur Seite tritt, um den Anruf zu tätigen.

Ich bleibe, wo ich bin, als eine Person nach der anderen auf mich zukommt und mir die Hand schüttelt, wobei die Männer mir kräftig auf die Schultern klopfen. Meine Gegner haben noch nicht aufgegeben, aber die Zahlen sind unbestreitbar. Im Laufe des Abends werde ich zum neuen Gouverneur von Maryland ernannt werden.

„Nein, sie haben sie immer noch nicht gesehen und sie angerufen, aber sie geht auch bei ihnen nicht ran", bestätigt Larry, während er wieder an meine Seite tritt.

Ich blicke auf das Meer von Menschen und sehe alle und niemanden.

„Hast du Jeff gesehen?", frage ich, denn ich habe ihn nicht mehr gesehen, seit er sich vorhin über den Mangel an Toilettenpapier in den Toiletten beschwert hat.

„Ich habe ihn schon eine ganze Weile nicht mehr gesehen", sagt Larry, als wir beide uns nach ihm umsehen.

„Wir brauchen dich für eine Live-Schaltung zu den Nachrichtensendungen ...", sagt Oscar, als er an meine Seite tritt. Ich nicke und zwinge mich zu einem weiteren Lächeln, als ich Larry stehen lasse. Meine Beine fühlen sich an, als wären sie beschwert, als ich mich den Kameras zuwende. Ein Mikrofon wird mir hingehalten, helle Lichter leuchten auf, und ich muss all meinen Charme zusammennehmen. Meine Körperhaltung ist entspannt, mein Lächeln gut inszeniert, und mein Gehirn bleibt auf die Fragen konzentriert, bis das helle Licht ausgeht und der Kameramann sein Objektiv senkt. Dann beginne ich wieder zu grübeln.

„Wo ist sie?", frage ich Oscar und Eddie, als wir zurück ins Büro gehen. Ich balle meine Hände zu Fäusten, werfe einen weiteren Blick auf den Sturm draußen und weiß tief in meinem Inneren, dass hier etwas nicht stimmt. Alle sind nervös und warten auf den Anruf der Gegenseite, dass sie uns als Gewinner anerkennen, während wir verzweifelt versuchen, Beth zu finden. Dies ist der wichtigste Abend meines Lebens, aber ich fühle keine Freude, nicht so wie ich gehofft hatte. Gerade als ich dachte, dass dieser Abend nicht schlimmer werden könnte, öffnet sich die Tür zum Büro, ich drehe mich um und alle Augen richten sich auf die Person, die eintritt. In einer Parfümwolke tritt meine Mutter ein, Lilly dicht auf den Fersen, die alles und jeden mit Abscheu ansieht.

„Hallo, mein Schatz ... Ich kann nicht glauben, dass du diese Bruchbude dem Four Seasons vorgezogen hast.

Hast du völlig den Verstand verloren?", kommentiert sie und wedelt mit der Hand im Zimmer herum, als wolle sie etwas beweisen. Typisch. Das Erste, was sie von sich gibt, ist eine Beschwerde. Kein, *ich gratuliere dir zu deiner erfolgreichen Kampagne, die Vorwahlen sehen gut aus.* Auch kein, *ich bin so stolz auf dich.* Beths Worte der Unterstützung von vorhin klingen in meinem Ohr.

Ich schaue Eddie an, und wir beide führen über Moms Kopf hinweg eine stumme Unterhaltung. Ich beschließe, meine Mutter zu ignorieren und drehe mich wieder um, um aus dem Fenster auf den sich verdunkelnden Himmel zu schauen. Ich ziehe mein Handy aus der Tasche und wähle erneut ihre Nummer. Diesmal geht der Anruf direkt auf die Mailbox. Es klingelt nicht einmal mehr. Entweder ist es tot oder es wurde ausgeschaltet.

Jetzt fange ich wirklich an, mir Sorgen zu machen.

42

BETH

Mein Kopf pocht, als ich versuche, meine Augen zu öffnen. Ich fühle mich wie verkatert, und mein Körper fühlt sich schwach an. *Bin ich im Schlaf gestürzt und mit dem Kopf aufgeschlagen oder so?* frage ich mich, während ich schlucke, meine Kehle ist trocken, meine Lippen rissig.

Ich will mir die Augen reiben, aber ich kann meine Hand nicht bewegen. *Habe ich Migräne? Träume ich?* Ich zische leicht über das scharfe, intensive Brennen, das ich an meinen Handgelenken spüre, als ich versuche, meinen Arm zu bewegen. Es fühlt sich echt an.

In der Ferne dröhnt ein Fernseher. Die Nachrichtensprecher sprechen über den Wahlkampf. *Harrison.* Moment, Harrison ist in Führung? Mein Geist ist jetzt etwas wacher, und ich öffne die Augen. Das helle Licht des Fernsehers lässt mich blinzeln, meine Augen tränen ein wenig, als sie sich an die Helligkeit im Raum gewöhnen.

„Harrison?", krächze ich und frage mich, ob er mir

einen Schluck Wasser bringen kann. Warum fühlt sich mein Bett so hart an?

„Harrison?", wiederhole ich, diesmal ein wenig lauter.

Meine Augen fokussieren den Raum. *Wo bin ich?* Langsam sehe ich mich in dem mir unbekannten, großen Schlafzimmer um. Die Vorhänge sind zugezogen, aber ich kann den lauten Regen draußen hören. Das Bett ist in zerknitterte, graue Bettwäsche gehüllt, mit hölzernen Bettpfosten, und als ich sie betrachte, bemerke ich, dass meine Füße mit Seilen an jeder Ecke festgebunden sind.

„Harrison!", rufe ich noch lauter, als ich zu meinen Handgelenken aufschaue. Sie sind ebenfalls an beiden Ecken gefesselt, das Seil bohrt sich in meine Haut, als ich daran ziehe. Mein Herzschlag beschleunigt sich, als ich mich im Zimmer umsehe und sehe, dass Harrison im Fernsehen interviewt wird. Er ist im Gemeindezentrum. Meine Erinnerung kehrt zurück und ich weiß, dass ich auch dort sein sollte. Mit geweiteten Augen schaue ich auf die andere Seite und erblicke eine Wand, die mit Fotos und Zeitungsausschnitten bedeckt ist.

Ich versuche mich zu erinnern, wie ich hierherge-kommen bin, aber das Letzte, woran ich mich erinnere, ist, dass ich mich von Harrison bei mir zu Hause verab-schiedet habe, weil ich Farbe auf meinem Kleid hatte. Als ich an mir herunterschaue, sehe ich, dass ich ein schwarzes Kleid trage, das hochgerutscht ist und das hübsche schwarze Spitzenhöschen entblößt, das ich für Harrison angezogen habe.

Die Schlafzimmertür öffnet sich, und ich starre dorthin.

„Max?", stoße ich hervor, als ich ihn erblicke.

„Hallo, Beth", sagt er, und seine Stimme hat nichts mehr von dem fröhlichen Ton, an den ich mich erinnere.

„Wo sind wir?", frage ich und schaue mich wieder im Zimmer um. Ich versuche, mich zu bewegen, wälze mich auf dem Bett, um mich zu bedecken, und frage mich, warum er nicht gefesselt ist wie ich.

„Bei mir", sagt er, während er mich mit Abscheu in den Augen betrachtet.

„Was machen wir …", beginne ich und versuche, eine Hand zu heben, allerdings habe ich vergessen, dass ich gefesselt bin. Ich versuche es noch einmal und mein Handgelenk brennt, meine Augen bleiben an dem Seil hängen. Ich drehe meinen Kopf zu ihm zurück und gerate in Panik.

„Max. *Max*! Wer hat das getan? Wir müssen hier weg!", schreie ich, mein Körper ist bereit wegzulaufen, wenn ich nur könnte. Ich fange an, an den Fesseln zu zerren, immer noch nicht begreifend, was los ist. Bis er lacht. Ein finsteres, vor Verachtung triefendes Lachen kommt über seine Lippen, und ich halte in meiner Bewegung inne.

„Max?", frage ich aufrichtig verwirrt und ein wenig verängstigt. Ich kenne ihn von meinen Arbeitsveranstaltungen. Er ist ein regelmäßiger Gast in der Mediengruppe, die ich leite, aber darüber hinaus kenne ich ihn nicht gut.

„Oh, Beth, du bist manchmal so dumm. Obwohl du in dem neuen Outfit, das ich für dich besorgt habe, wirklich hübsch aussiehst. Du siehst genauso aus wie meine Mutter in der Nacht, als sie starb. In der Nacht, in der sie alle starben. Ich habe so lange auf diesen Moment gewartet. Ich habe dich jahrelang beobachtet und auf meine Chance gewartet", sagt er, und ich versuche zu verstehen, was er damit sagen will.

„Was meinst du?", stottere ich. Angst macht sich in meinem Körper breit, mein Herz rast und mein Kopf pocht vor Schmerz.

„Du hast nie nach mir gefragt. Nicht ein einziges Mal. Niemals gefragt, ob es mir gut geht ...", sagt er, während er beginnt, in dem kleinen Schlafzimmer am Fußende des Bettes auf- und abzugehen. Ich versuche, meine Beine zusammenzupressen, da ich mir bewusst bin, wie verletzlich ich in diesem Moment bin. Das Kleid liegt um meine Hüften herum, und meine schwarze Spitzenunter-wäsche bedeckt mich kaum.

„Max, binde mich los", flehe ich. Seine Haare stehen zu Berge, seine Augen sind rot umrandet, und ich frage mich, ob er irgendeine Droge genommen hat.

„Es hat dich überhaupt nicht gekümmert, nicht wahr, Beth? Du hast es dir nicht einmal angeschaut", sagt er, als er beginnt, wieder auf- und abzugehen, die Hände zu Fäusten geballt, bevor er nach seinen Haaren greift und daran zieht.

„Max, bitte, binde mich los!", sage ich erneut, während ich zu schluchzen beginne. Mir ist klar, dass ich in großen Schwierigkeiten stecke. Er ignoriert mich und murmelt weiter vor sich hin.

„War es eine von mir geplante Veranstaltung, Max? Hast du nicht das gewünschte Foto bekommen?", fahre ich fort und frage mich, was zum Teufel er von mir will.

Er bleibt wie angewurzelt stehen und sieht mich an. Sein gruseliger Gesichtsausdruck reicht aus, um mein

Herz einen Schlag aussetzen zu lassen, bevor er zu lachen beginnt. Ich beobachte, wie sein lockiges, blondes Haar an seiner Stirn auf und ab wippt, während er den Kopf schüttelt. Sein Mund verzieht sich zu einem breiten Lächeln, aber in ihm ist keine Freundlichkeit zu sehen. Es liegt etwas Dunkles darin. Mein Blick wandert zum Fernseher, wo ich sehe, wie Harrison sein Interview beendet, bevor der Nachrichtensprecher wieder eingeblendet wird.

„Du erinnerst dich tatsächlich nicht, oder? Du weißt nicht, wer ich bin?", fragt er, während er langsam auf mich zugeht.

„Du bist Max, der Fotograf." Ich versuche, zurückzuweichen, um so viel Platz wie möglich zwischen uns zu schaffen. Als ich zur Seite blicke, sehe ich wieder die Wand mit den Fotos und eines fällt mir ins Auge. Ich blinzle, um es besser erkennen zu können, und sehe, dass es ein Foto von mir ist, in dem wunderschönen Abendkleid von Harrisons Einführungsparty vor einigen Wochen. Mein Blick wandert zum nächsten Foto, das ebenfalls mich zeigt. Diesmal in meinem Arbeitsoutfit bei einer Veranstaltung in DC vor etwa einem Jahr. Mein Blick streift über das nächste und dann das nächste Foto. Sie sind alle von mir.

„Weißt du, wie es war, in einer Pflegefamilie aufzuwachsen?", fragt er, während seine Knie gegen die Bettkante stoßen. Ich schlucke hart, als er dasteht und scheinbar auf eine Antwort wartet.

„Nein, das tue ich nicht", sage ich schnell, während ich weiter an dem Seil ziehe, in der Hoffnung, dass es sich lockert.

„Hast du eine Ahnung, wie mein Leben verlaufen ist?", schreit er mich an, und ich zucke zusammen. Ich bewege meine Hände schneller, obwohl das Brennen des Seils fast unerträglich ist.

„Nein, Max. Bitte, Max, tu mir nicht weh ...", stoße ich hervor. Tränen laufen mir über die Wangen, dennoch spüre ich, dass das Seil um mein Handgelenk etwas lockerer liegt. Ich fange an, Vertrauen zu fassen, dass ich mich aus dieser Situation befreien kann.

„Ich wusste, dass ich bald zuschlagen musste, denn unser neuer *charmanter* Gouverneur ist ständig um dich herum. Was gibt es Besseres, als dein Leben in der größten Nacht seines Lebens zu beenden? Noch dazu bei einem Gewitter!", spuckt er mir entgegen, und ich erstarre. Ich schaue ihn mit großen Augen an, als es endlich Klick macht und ich verstehe.

„Ich bin der kleine Junge, den du in den Trümmern zurückgelassen hast. Ich bin der kleine Junge, der keine Eltern mehr hat. Deine Mutter hat meine Familie in dieser dunklen, kalten, regnerischen Nacht umgebracht, Beth, und heute werde ich mich rächen."

43

HARRISON

„Es ist vorbei. Du hast es geschafft. Dein Gegner hat seine Niederlage anerkannt. Sie sind jetzt Gouverneur von Maryland", sagt Oscar, als er mit einem breiten Lächeln den Hörer auflegt.

Eins, das ich nicht erwidern kann.

„Ruft den Polizeichef an", befehle ich und sehe, wie sein Lächeln ein wenig schwankt, während sein Blick zu Eddie wandert. Mein Bruder hat sein Handy bereits am Ohr, der Polizeichef ist am anderen Ende. Nach unserem Treffen mit ihm letzte Woche haben wir Protokolle erstellt und überall Sicherheitsvorkehrungen getroffen, aber keines davon hat für Beths Sicherheit gesorgt. Schuldgefühle machen sich in mir breit. Ich hätte jemanden bei ihr lassen sollen. Ich hätte dafür sorgen müssen, dass es ihr gut geht.

„Hast du Oscar nicht gehört?", schimpft meine Mutter. „Du bist Gouverneur!", ruft sie und klatscht in die Hände, wobei der Schmuck an ihrem Handgelenk klimpert. Ihre knallrot lackierten Nägel reflektieren das Licht von der Decke und die großen Diamanten, die ihre Finger schmücken, glitzern. Nie habe ich mich mehr nach den schlichten, kurzen Nägeln von Beth gesehnt. Die langen Krallen, die meine Mutter jetzt hat, sind die Art, die mir Albträume bereitet.

Ich sehe mich im Zimmer um. Ich möchte mich freuen. Ich möchte feiern. Aber noch mehr will ich Beth an meiner Seite haben. Wir sitzen immer noch in Jeffs Büro, wo ich die meiste Zeit der Nacht verbracht habe. Nachdem Oscar den offiziellen Anruf erhalten hat, dass ich soeben zum Gouverneur gewählt worden bin, stehen wir nun im Rampenlicht. Ich kann meine Unterstützer draußen im großen Saal hören, und noch mehr versammeln sich draußen. Das Zentrum als Hauptquartier für die Wahlnacht zu wählen, war eine großartige Idee, die von der örtlichen Bevölkerung begrüßt wurde. Aber Beth ist immer noch nicht da. Mein Blick fällt auf Jeff und ich beobachte, wie er draußen in der Halle herumläuft und dafür sorgt, dass in seinem Zentrum alles reibungslos läuft. Er ist vor etwa einer Stunde aufgetaucht, nachdem er vorher noch einmal losgezogen ist, um Besorgungen zu machen. Wir haben doppelt so viele Leute hier, wie wir erwartet hatten.

Eddie und ich haben ihn ausgefragt, als er zurückkam. Aber er konnte uns nichts sagen. Er weiß nicht, wo Beth ist, und er ist, wie alle anderen in diesem Büro, zutiefst besorgt um Beths Wohlergehen.

Abgesehen von meiner Mutter, wie es scheint.

„Im Ernst, Harrison, du musst gehen und deine Dankesrede halten", sagt meine Mutter, und mein Blick fällt auf sie. Ich liebe sie, das tue ich wirklich, aber im

Moment hasse ich sie. Ich hasse sie mit fast jeder Faser meines Seins. Ich sage kein Wort zu ihr. Das muss ich auch nicht. Sie weiß es. Der Hass strömt mir aus jeder Pore. Sie kann es spüren. Jeder in diesem verdammten Büro kann es.

„Der Polizeichef schickt ein Spezialistenteam, aber das könnte eine Weile dauern. Alle spielen heute Nacht verrückt", sagt Eddie, und ich nicke.

„Vielleicht ...", beginnt Oscar, und mein Blick richtet sich auf ihn.

„Vielleicht was?", schnauze ich. Er sollte sich besser beeilen und es ausspucken. Ich bin kurz davor, durchzudrehen. Mein Bedürfnis, mich selbst auf die Suche zu machen, brodelt an der Oberfläche.

„Nun, du musst eine Rede halten. Der ganze Staat wird zuhören. Vielleicht solltest du sie um Hilfe bitten?"

„Oh, das kann doch nicht dein Ernst sein. Wahrscheinlich ist sie mit irgendeinem Kerl durchgebrannt oder so", mischt sich meine Mutter wieder ein und beginnt, im Raum auf- und abzugehen.

„Raus", sage ich ruhig. Ich kann sie nicht einmal ansehen.

„Oh, Harrison ...", beginnt sie.

„Ich sagte: ‚*Raus!*'", belle ich. Ich erhebe meine Stimme zum zweiten Mal in dieser Woche, und zwar gegenüber der gleichen Frau.

Ich beobachte, wie sie dasteht und mich mit weit aufgerissen Augen anstarrt, während sie die Worte herunterschluckt, die sie mir gerade entgegenschleudern wollte. Dann schürzt sie die Lippen, schnappt sich ihre Ledertasche und stürmt zur Tür hinaus. Als sich die

Tür schließt, atme ich aus und reibe mir die Stirn. Dieser Abend läuft nicht so, wie ich es mir vorgestellt habe.

„Gut, ich werde meine Rede halten und mit der Presse sprechen. Bereite alles vor", sage ich zu Oscar, und er eilt zur Tür hinaus, um die Menge zu organisieren. Ich kann sie da draußen hören, wie sie jubeln und klatschen, aufgeregt darüber, dass ihr Mann gerade das Amt des Gouverneurs gewonnen hat, während ich mich in diesem kleinen Büro verkrieche und versuche, mich zusammen-zureißen.

Ich gehe mit Eddie ein paar Dinge durch und spre-chen über die wichtigsten Punkte, bevor ich hinausgehe, um mich an die Menge und die wartenden Medien zu wenden. Sobald ich zur Tür hinauskomme, bricht Jubel aus. Ich lächle leicht und winke kurz, bevor ich zum Podium gehe.

„Ich danke euch allen", sage ich, während ich darauf warte, dass der Lärm ein wenig nachlässt.

„Heute haben wir gewonnen." Während ich darauf warte, dass das Klatschen aufhört, schaue ich in die Menge und sehe die Gesichter meiner Brüder, einiger Freunde und Geschäftsfreunde.

„Ich danke euch, dass ihr euch für mich eingesetzt habt, dass ihr für mich geworben habt, dass ihr die essen-ziellen Anliegen hervorgehoben habt, für die wir uns jetzt, da wir an der Macht sind, einsetzen werden. Ohne euch hätte ich das nicht geschafft", sage ich. Unter anderen Umständen hätte mich das hier mit ungezü-gelter Freude erfüllt.

„Ich möchte meinen Brüdern für ihre unermüdliche

Unterstützung danken." Ich sehe sie der Reihe nach an und erwähne meine Mutter absichtlich nicht.

„Ich möchte mich auch bei Oscar, meinem Wahlkampfmanager, bedanken." Ich winke mit der Hand in seine Richtung und nicke ihm kurz zu. Wir sind alle glücklich, aber zurückhaltend, das Gefühl des Schreckens zu nah an der Oberfläche.

„Aber vor allem möchte ich meine Freundin Beth hervorheben", sage ich und halte inne, denn sobald ich ihren Namen nenne, bricht ein Tumult aus. Die Kameras blitzen unaufhörlich, die Menge jubelt, die Leute schreien und klatschen. Ich lächle leicht, als ich spüre, wie die Leute sie sofort akzeptieren.

„Beth und ich haben uns vor einem Jahr kennengelernt und sind uns in den letzten drei Monaten, als ich die Kampagne startete, sehr nahegekommen. Ohne sie wäre dies alles nicht möglich gewesen. Aber sie ist heute Abend nicht hier." Die Menge wird still.

„Beth sollte schon vor fünf Stunden hier sein, nachdem ich sie heute Morgen zu Hause abgesetzt hatte, und seitdem hat man nichts mehr von ihr gehört oder gesehen. Keiner ihrer Familie oder Freunde hat sie gesehen, und sie geht nicht an ihr Telefon. Wir sorgen uns um ihre Sicherheit." Schockierte Gesichter und leises Gemurmel sind die erste Reaktion. So habe ich mir meine erste Rede nicht vorgestellt. Ich schaue mich in der Menge um und sehe die Paparazzi am Rande stehen. Ich halte Ausschau nach Max, kann aber seinen einzigartig gelben, lockigen Schopf nirgendwo entdecken. In diesem Moment fällt der Groschen.

„Beth, wenn du das heute Abend hörst, sollst du

wissen, dass ich dich liebe und ich dich finden werde", sage ich mit zusammengebissenen Zähnen und ärgere mich, dass ich sein Fehlen nicht früher bemerkt habe. Max hat meine gesamte Kampagne verfolgt. Und während der bedeutsamsten Nacht glänzt er durch seine Abwesenheit.

Ich trete vom Mikrofon zurück, das grelle Licht der Kcamerablitze geht in alle Richtungen. Ich verlasse die Bühne und kehre in Jeffs Büro zurück, um mit meinem Team zu sprechen.

„Ich weiß, wer sie hat", sage ich überzeugt.

„Wer?", fragt Eddie, als sich meine drei Brüder um mich scharen.

„Oscar, besorge mir die Medienliste", belle ich, denn meine Geduld ist nun völlig am Ende.

„Was hast du herausgefunden?", fragt Ben und tritt an meine Seite.

Ich erzähle ihnen alles über Max. Nachdem ich ihnen seine Beschreibung gegeben habe, nickt Eddie, der sich auch an ihn erinnert. Oscar geht die Liste unserer Medienkontakte durch, um alle Details zu finden, die wir über ihn haben könnten.

Wir haben keine.

„Scheiße!", rufe ich, während ich im Büro auf und ab gehe und mir zum hundertsten Mal heute Abend mit der Hand durch die Haare fahre.

„Wartet! Ihr Diensthandy. Wir haben über ihr Handy Zugriff auf ihren Standort", sagt Eddie, holt sein Handy heraus und tippt auf die App. Warum haben wir nicht früher daran gedacht? Ich eile an seine Seite, schaue ihm über die Schulter und warte, bis sich die Karte öffnet und ein kleiner blauer Punkt erscheint.

Wir haben ihren letzten Aufenthaltsort. Wir haben sie.

„Ich habe ein Auto, das hinten auf uns wartet", sagt Oscar.

„Machen wir uns auf den Weg", sagen Tennyson und Ben.

„Ihr solltet Sicherheitspersonal mitnehmen", drängt Oscar, und ich schüttle den Kopf.

„Dafür ist keine Zeit", sage ich und gehe schon zur Hintertür hinaus.

„Harrison. Lass das die Polizei machen." Oscar folgt uns in den Flur, den einzigen, sicheren Ausgang für uns in diesem ganzen Gebäude.

„Ruf sie an. Sag ihnen, wohin wir gehen und warum. Aber wenn sie nicht da sind, wenn ich ankomme, warte ich nicht."

Ich werde keine Sekunde länger warten.

44

HARRISON

Bei den Gouverneurswuhlen in Maryland herrscht heute Abend Verwirrung, nachdem der neu gewählte Gouverneur Harrison Rothschild seine Dankesrede gehalten hat.

Nach den obligatorischen Danksagungen an seine Familie und sein Team schockierte Gouverneur Rothschild die Anwesenden mit der Nachricht, dass seine neue Freundin Beth Longmere verschwunden sei. Es scheint sich um eine Entführung zu handeln. Miss Longmere wurde seit heute Nachmittag nicht mehr gesehen und sollte eigentlich schon vor Stunden hier im Riverside Community-Zentrum eingetroffen sein.

Die örtlichen Strafverfolgungsbehörden, die Bezirkspolizei und das Sicherheitsteam unseres neuen Gouverneurs durchkämmen die Straßen und suchen nach Hinweisen.

Wir werden bald weitere Einzelheiten bekannt geben.

Draußen tobt der Sturm, aber das hält uns nicht auf, als Tennyson vor dem baufälligen Haus hält.

„Ist es das?", knurre ich vom Beifahrersitz aus und blicke auf den überwucherten Garten und das aus den rostigen Angeln gefallene Eingangstor.

„Ihr Telefon wurde zuletzt unter dieser Adresse geortet", bestätigt Eddie, und kaum hat er das getan, steige ich aus.

Die Straße ist dunkel und ruhig. Es ist fast Mitternacht, aber bei einigen wenigen Nachbarn brennt schwachen Licht hinter den Fenstern. Die Dunkelheit auf der Straße passt zu meiner Stimmung. Angesichts der Polizei, von der ich weiß, dass Oscar sie kontaktiert hat, weiß ich, dass es hier in etwa fünf Minuten sehr hell werden wird.

„Harrison! Geh nicht rein! Warte auf die Bullen!", ruft Eddie, aber ich beachte ihn nicht. Ich gehe über die Straße und den vorderen Weg hinauf. Das Haus ist alt und mehr als baufällig. Der Rasen vor dem Haus bedarf Pflege. Und als ich die Treppe hinaufgehe, brauche ich nicht hinter mich zu schauen; ich weiß bereits, dass mir meine Brüder folgen.

Ich schlage gegen die Tür, meine Faust trifft so hart, dass das alte Holz splittert. Auch wenn mein Gefühl mir sagt, dass Beth hier drin ist, kann ich nicht einfach hereinplatzen. Ich könnte falschliegen. Es könnte ein warmes, liebevolles Familienhaus sein, auch wenn ich es bezweifle.

„Mein Gott, was für ein Drecksloch ...", murmelt Tennyson und krempelt bereits seine Ärmel hoch. Von uns allen ist er wahrscheinlich der beste Kämpfer. Als Kind wurde er ständig von der Schule suspendiert, und jetzt, als Erwachsener, wird er immer wieder von seinem Temperament überwältigt. Er stand Dad am nächsten, und sein Tod hat ihn schwer getroffen.

Ungeduldig klopfe ich erneut an die Tür, während Tennyson durch die Vorhänge versucht, einen Blick ins Innere zu erhaschen.

„Der Fernseher läuft ...", kommentiert er.

„Ich habe das Auto in der Einfahrt fotografiert und an die Polizei geschickt. Es ist ein ziemlich Schrottkarre, aber auf dem Rücksitz liegt eine Prada-Tüte", sagt Ben von irgendwo hinter mir, während er und Eddie etwas in ihre Handys tippen. Seine Erwähnung der Prada-Tüte erinnert mich an das Kleid, das ich für Beth gekauft habe. Das, das ich heute Morgen auf ihrem Bett zurückgelassen habe.

Meine Hand ballt sich zur Faust und ich hämmere erneut gegen die Tür. Ich bin kurz davor, diese verdammte Tür einzutreten, als sie geöffnet wird und Max vor mir erscheint. Seine Augen weiten sich, als er mich sieht, und ich zögere keine Sekunde. Ich packe ihn am Kragen und schiebe ihn hinein, gerade als ich in meinem Blickfeld rote und blaue Lichter auf der Straße auftauchen sehe.

„Wo ist sie?!" Ich stoße seinen Körper gegen eine Wand und schlage seinen Kopf so hart gegen die Gipsplatte, dass die Wand zerbröckelt und eine kleine Delle hinter ihm entsteht. Er lacht und versucht, mich von sich zu stoßen.

„Herr Gouverneur, wie nett von Ihnen, in mein Haus einzudringen und mich grundlos anzugreifen. Ich bin sicher, das wird ein fantastischer Artikel für die Titelseite der morgigen Ausgabe. Warum schlagen Sie mich nicht auch, dann kann ich vielleicht ein gutes Foto von Ihnen machen, wie Sie morgen früh eine Gefängniszelle verlassen", spottet er.

Ich ziehe meine Faust zurück und lasse sie gegen seine Wange krachen. Meine Knöchel treffen auf sein Gesicht, und das Lachen schwindet. Er dachte offensichtlich, ich würde es nicht tun. Blut klebt an seinem Gesicht und rinnt an seiner Wange hinunter, einer seiner Zähne ist abgebrochen und ein wütendes Funkeln ist in seinen Augen erschienen.

„Wo ist sie?", schreie ich.

„Du hast mich geschlagen?", fragt er schockiert, und sein Gesichtsausdruck hat sich von einem abfälligen Grinsen zu einem Ausdruck der Angst gewandelt. Was ist nur mit diesem Mann los? Er ist ein kompletter Psycho. Mein Griff um ihn wird fester, der Stoff seines Hemdes legt sich enger um seinen Hals, während ich ihm langsam die Luftzufuhr abschneide.

„Du verdammtes Arschloch. Wo ist Beth?", brülle ich und meine Stimme erschüttert die Wände dieses baufälligen Hauses.

„Harrison!" Beths Stimme ist wegen des strömenden Regens und der Sirenen von draußen kaum zu hören. Aber ich reiße meinen Kopf in Richtung des Flurs.

„Geh, ich kümmere mich um ihn", sagt Tennyson, der es auch gehört hat, und ich löse kurz meinen Griff um Max' Hemd, bevor Tennysons Hand ihn ersetzt. Als ich den Flur entlanggehe, sehe ich, wie Tennyson Max die Beine unter den Füßen wegtritt und ihm mit dem Knie einen Tritt unters Kinn verpasst, sodass sein Kopf zurückschnellt und erneut gegen die Wand schlägt, bevor sein Körper zu seinen Füßen zusammensackt. Das war gut. Er hat mehr verdient, aber das ist ein Anfang.

„Beth?", rufe ich, mein Körper bewegt sich wie von selbst, mein gesamtes Inneres ist angespannt, meine Zähne knirschen. Mein Adrenalinspiegel ist auf Hochtouren, der Regen auf dem Blechdach und mein pochendes Herz machen es fast unmöglich, etwas zu hören. Ich renne den Flur entlang, reiße jede einzelne Tür auf, schaue hinein und sehe in jedem Zimmer nichts als Unordnung und Dreck.

„Harrison!", höre ich sie wieder, und ich renne zur letzten Tür am Ende des Flurs, stoße sie auf und stürze in ein Schlafzimmer. Das Licht ist hell, der Fernseher dröhnt. Es ist alt, riecht muffig, und ich sehe Beth, die an ihren Beinen an die Holzpfosten des Bettes gefesselt ist und erschöpft und müde aussieht. Sie blutet aus beiden Händen, ihren Knöcheln geht es nicht besser, und ich eile zu ihr.

„Beth!", hauche ich aus, springe auf das Bett und ziehe sie an mich, während ihre Tränen mein Hemd durchnässen.

„Alles in Ordnung. Ich bin da. Alles wird gut", wiederhole ich, als sie erleichtert zu mir aufschaut und schluchzt.

„Binde mich los. Bitte, binde mich los“, schluchzt sie, ihr Körper zittert, ihre Stimme ist kaum zu hören, als ich mich zurückziehe und sehe, dass ihre Hände vom Seil befreit, aber ihre Knöchel immer noch gefesselt sind.

„Was ist passiert? Was zum Teufel hat er dir angetan?“, stoße ich aus und kann meine Wut kaum unterdrücken, als ich mich an die Arbeit mache und versuche, das raue Seil zu lösen, das in ihre Haut schneidet.

„Ich konnte die Fesseln an meinen Handgelenken lösen, aber ich hatte Probleme mit den Knöcheln“, sagt sie, während sie sich an einem Seil zu schaffen macht, während ich das andere bearbeite.

Ich ziehe an dem Seil, um den Knoten zu öffnen, und Blut, ihr Blut, ist über ihre Haut verschmiert, ihre Knöchel und Handgelenke sind rot und wund. Mein Blut beginnt zu brodeln.

„Er wird dafür bezahlen, dass er dich angefasst hat“, stoße ich hervor und kann die Wut in meinem Körper kaum unterdrücken, von der ich nicht wusste, dass ich sie besitze. Sogar über den lauten Fernseher höre ich Sirenen und die Rufe von Männern vor dem Haus

„Er hat mir etwas gegeben, eine Droge, und ich bin bewusstlos geworden. Vor etwa einer Stunde bin ich hier aufgewacht, ans Bett gefesselt“, sagt sie mit zittriger Stimme, als ich das Seil endlich löse und sie an mich ziehe.

„Die Polizei ist hier und Sanitäter. Alles wird gut. Wir werden dich hier herausholen.“

„Ist er ... ist Max ...“, stammelt sie. Als ich sie genauer betrachte, sehe ich ihre glasigen Augen und wie sie versucht, die Dinge um uns herum zu fokussieren, und ich weiß, dass die Droge noch immer in ihrem Körper ist.

„Beth? Bleib bei mir, Baby. Bleib bei mir", sage ich, als die Polizei in den Raum gestürmt kommt. Männer schreien und heben ihre Waffen, bevor sie erkennen, wer wir sind, und als Beths Körper in meinen Armen zusammensackt, schaue ich nach unten und sehe, dass sie bewusstlos ist.

45

BETH

„Schnarcht er immer so?", fragt Harrison, während ich im Bett liege und die gestärkte Krankenhauswäsche an meiner Haut kratzt.

„Jede Nacht." Ich seufze und sehe meinen Vater an, der endlich eingeschlafen ist, nachdem ich in den frühen Morgenstunden unter Beobachtung in sein Zimmer gebracht wurde.

Meine Hand bleibt in Harrisons, wo sie schon seit unserer Ankunft liegt.

Nachdem die Polizei das Haus von Max gestürmt hatte, wurde ich in Harrisons Armen ohnmächtig, und man sagte mir, dass er mich in keinem Moment losgelassen hat, bis ich in den Händen der Sanitäter war, und trotzdem blieb er während der gesamten Fahrt ins Krankenhaus an meiner Seite. Als ich im Krankenhaus aufwachte, war er neben mir und saß den ganzen Morgen auf dem Plastikstuhl und streichelte mit seinem Daumen meine Hand.

„Tut dein Körper nicht weh, nachdem du die ganze

Nacht in diesem Stuhl gesessen hast, *Herr Gouverneur*?", frage ich, und ein kleines Lächeln huscht über mein Gesicht, als ich zum ersten Mal seinen neuen Titel benutze. Sein Sieg gestern Abend wurde von meiner Entführung völlig überschattet. Max' Gesicht ist jetzt überall in den Nachrichten zu sehen, zusammen mit dem von Harrison und mir.

„Ich kann meinen Körper nicht spüren. Mein Hintern ist taub. Aber ich werde nicht von deiner Seite weichen", sagt er und wirft mir einen Blick zu, der mir signalisiert, dass ich ja nicht protestieren soll. Ich habe das Gefühl, dass es schwer sein wird, in nächster Zeit von Harrisons Seite zu weichen.

Mein Blick wandert zu meinem Vater hinüber. Er schläft mittlerweile, er hatte kein Auge zugetan, bis sie mich gefunden haben. Harrison hat das Krankenhaus dazu gedrängt, mich im selben Zimmer wie ihn unterzubringen, weil er wusste, dass sowohl ich als auch mein Vater einander sehen wollen würden. Dad ist erst vor ein paar Stunden eingeschlafen, nachdem wir ihm von der ganzen Sache erzählt haben, und keiner von uns kann noch so recht etwas davon glauben.

Zwei Sicherheitsleute versperren den Eingang zum Raum. Ich sehe sie beide dort stehen, solide und stark, in schwarzen Anzügen und mit zurückgekämmtem Haar. Harrisons Männer, von denen ich auch weiß, dass sie mich fortan überallhin verfolgen werden. Draußen wimmelt es vor Reportern, der Fernseher im Zimmer war die ganze Nacht über eingeschaltet, und wir haben uns die laufende Berichterstattung angesehen und zwischendurch ein kleines Nickerchen vor Erschöpfung gemacht.

Harrisons Brüdern haben bereits nach uns gesehen, aber mittlerweile sind sie gegangen, um sich selbst etwas erholen zu können, nachdem die Polizei ihre Aussage aufgenommen hatte. Im Laufe des Tages wird die Polizei auch mich befragen, aber sie haben schon eine Menge Beweise.

Das Zimmer, in dem Max mich festhielt, war sein Schlafzimmer, und die Wand mit den Fotos wurde mir als Schrein erklärt. Er hegte einen zwei Jahrzehnte währenden Hass gegen mich. Er wollte sich für den Unfalltod seiner Eltern rächen, den meine Mutter verursacht hatte. Ich habe die Fotos nicht gesehen. Jedenfalls nicht alle. Ich wollte es nicht. Aber Harrison wollte es. Sein Team wird jedes Einzelne davon durchgehen und Max nicht nur Entführung und Körperverletzung vorwerfen, sondern auch Stalking, Belästigung und sogar Fahren ohne Führerschein, Drogenbesitz, Einbruch und noch einiges mehr.

Ich betrachte den Tropf in meinem Arm, die Kochsalzlösung, wäscht die restlichen Drogen aus meinem Körper, und abgesehen von meinem Handgelenk und meinen Knöcheln, die jetzt bandagiert sind, bin ich körperlich relativ unversehrt. Aber geistig und emotional werde ich wohl noch einige Zeit brauchen.

Harrison und Ben werden zusammen mit ihrem Anwaltsteam weiter mit der Polizei zusammenarbeiten, um alle Unterlagen über den Unfall zu erhalten und einen Zeitplan zu erstellen. Sie wollen ihm das Handwerk legen und werden alles daran setzen, dass er für lange Zeit hinter Gitter kommt.

Aber die Schuldgefühle sitzen immer noch schwer in

meiner Brust. Schuldgefühle wegen des Unfalls vor all den Jahren. Schuldgefühle, weil ich damals Max' Leben ruiniert habe und vielleicht für seinen jetzigen geistigen Zustand verantwortlich bin. Ich beobachte den neuen Gouverneur, wie er sich neben mich setzt, meine Hand nimmt und jeden Knöchel küsst. Das hat er den ganzen Abend über regelmäßig getan. Er ist völlig in Gedanken versunken, zweifellos durchlebt er den Abend noch einmal, die Ereignisse, die dazu geführt haben, und überlegt sich einen Plan für die Zukunft. Sein neuer Posten beginnt sofort. Irgendwann wird er heute hinausgehen und sich den Reportern stellen müssen. Auch wenn seine Haare durcheinander sind und sein Anzug zerknittert ist, muss die Show weitergehen.

Die kleine Falte zwischen seinen Augenbrauen ist die ganze Nacht nicht verschwunden, also strecke ich meine andere Hand aus und streiche darüber. Er sieht auf, sein Blick trifft auf meinen, und ich schenke ihm ein Lächeln.

„Ich habe mir solche Sorgen gemacht …", beginnt er, bevor er den Kopf senkt.

„Ich weiß. Ich auch", flüstere ich und mein Herz schmerzt. Ich dachte, ich würde sterben. Es gelang mir, die Fesseln an den Handgelenken zu lösen, aber es dauerte lange, und als Max ging, um nachzusehen, wer an der Tür klopfte, versuchte ich, die Fesseln an den Knöcheln zu lösen, schaffte es aber nicht. Die Panik, die ich empfand, als ich gefesselt war und mich nicht befreien konnte, durchfährt mich immer noch, wenn ich daran denke.

Es klopft leise an der Tür und wir schauen auf.

„Ich möchte nicht stören …", flüstert Oscar, als er

durch die leicht geöffnete Tür hineinschaut. Sein Blick fällt auf meinen schnarchenden Vater, bevor ein kleines Lächeln seine Lippen umspielt.

„Harrison, ich würde empfehlen, dass du heute Vormittag eine Erklärung abgibst. Die Menge an der Vorderseite ist wahnsinnig, sie blockiert fast den Zugang zum Krankenhaus, und die Sicherheitskräfte des Krankenhauses haben Probleme", sagt Oscar, und ich sehe, dass Harrison zögert.

„Du solltest es tun. Geh. Schenk ihnen etwas von deiner Zeit, zeige ihnen, dass du ein starker und fähiger Anführer bist. Sie wollen dich sehen", ermutige ich ihn und drücke seine Hand, denn ich weiß, dass er mich verlassen und seine Amtszeit antreten muss.

Die Falte zwischen seinen Augenbrauen kehrt zurück, und ich setze ein breites, strahlendes Lächeln auf. „Ich werde zusehen", sage ich und deute auf den kleinen Fernseher, der im Hintergrund läuft.

„Gut, aber danach komme ich direkt hierher zurück", sagt er zu Oscar und lässt keinen Raum für Alternativen.

„Kein Problem. Ich habe heute alles in Ihrem Kalender gestrichen, nur morgen ist es etwas hektisch", sagt er, und wir wissen beide, dass es nicht nur morgen sein wird. Unser Leben wird bald sehr geschäftig werden.

„In Ordnung", sagt Harrison und steht auf. „Ruh dich aus, Baby. Ich bin bald wieder da." Er küsst mich auf die Stirn und geht zur Tür. Als er sie erreicht, bleibt er stehen und schaut zurück.

„Muss ich in eines dieser Geräte investieren, weil dein Vater so laut ...", beginnt er, und ich kichere.

„Geh!", sage ich und zeige auf die Tür, und ich sehe

einen kleinen Schimmer von Freude in seinen Augen. Ich mache mir Sorgen, dass mein Vater aufwachen und hören könnte, wie wir uns über ihn lustig machen.

„Gut. War ja nur eine Frage", sagt er mit einem breiten Lächeln und hebt die Hände, als ob er sich ergeben würde, und ich beobachte ihn, bis er die Tür hinter sich geschlossen hat.

Ich setze mich im Bett auf, fühle mich besser und ausgeglichener. Das Leben geht weiter. Das tut es immer. Ich greife nach der Fernbedienung des Fernsehers und erhöhe die Lautstärke ein wenig, denn ich will nichts verpassen. Ich habe letzte Nacht so viel verpasst. Die Nacht seiner Träume wurde unterbrochen, aber der heutige Morgen wird seine Position weiter festigen.

„Was ist hier los?", brummt mein Vater von der anderen Seite des Raumes.

„Harrison hält eine Rede", sage ich, und er setzt sich ebenfalls auf. Mein Vater hat den Jungen aus Baltimore inzwischen sehr gern, wie es scheint.

„Guten Morgen, allerseits", beginnt Harrisons Stimme, seine Haltung ist gerade, solide, verlässlich. Ich sehe, wie Kameras aufblitzen und ihm Mikrofone hingehalten werden. Oscar hat recht, die Medienmeute sieht heute noch größer aus als sonst.

„Ich danke euch allen für eure freundliche Unterstützung in den letzten vierundzwanzig Stunden; es war sicherlich eine beispiellose Art und Weise, ein Gouverneursamt zu beginnen, die erste ihrer Art", sagt er lächelnd, und in der Menge sind ein paar Lacher zu hören. Ich presse meine verschwitzten Handflächen zusammen, mein Vater schweigt und nimmt alles in sich auf. Er ist sich bewusst, dass sich unser Leben verändern wird, und keiner von uns weiß, was er zu erwarten hat, außer dass wir wissen, dass es für uns einschneidend sein wird. Aber wir sind bereit.

„Zunächst möchte ich mich bei den Wählerinnen und Wählern bedanken. Ihr habt mir euer Vertrauen geschenkt, den Staat in eurem Namen zu regieren, sich nicht nur um Maryland in allen Bereichen zu kümmern, sondern auch um euch. Die Menschen. Jeder Einzelne von euch hat mir vertraut, dass ich für einen wohlhabenden und sicheren Staat sorgen werde, einen Staat, der auch in schwierigen Zeiten gedeiht, einen Staat, der seine Ziele und Versprechen einhält, und einen Staat, der in diesem großartigen Land, das wir Heimat nennen, weiterhin erfolgreich sein wird. Ihr seid wichtig für mich. Eure Familien sind wichtig für mich. Eure Schulen, Krankenhäuser, Sicherheit und Gesundheit sind mir wichtig. Ebenso wie Unternehmen, wirtschaftlicher Erfolg und Klimaverantwortung. Es gibt viel zu managen, es gibt viel zu leisten. Aber ich stehe heute vor euch und schwöre, dass ich jedes einzelne meiner Versprechen einhalten werde. Ich verspreche, diesen Staat voranzubringen und dafür zu sorgen, dass Maryland als führend in diesem Land angesehen wird, und gemeinsam mit Beth, eurer First Lady, und meinem Team werden wir euch stolz machen." Dann hält er inne, blickt in die Menge, und zum ersten Mal klatscht die Medienmeute. Auf Harrisons Gesicht bildet sich ein kleines Lächeln, und die Medienvertreter beginnen zu jubeln.

Die Kamera schwenkt auf die Menge, und mir stockt der Atem. Sie ist riesig. Es ist nicht nur Reporter, wie wir es erwartet hatten, sondern es sind Menschen. Massen von Menschen, die vor diesem Krankenhaus stehen. Einige halten Schilder in der Hand, viele mit Herzen, einige mit der Aufschrift *Ich liebe dich*. Es sieht so aus, als wäre meine ganze Stadt gekommen, um seine Botschaft heute zu hören.

Ich sehe Oscar und Eddie neben Harrison stehen, beide lächeln, zweifellos glücklich über das, was wir alle erreicht haben. Obwohl ich weiß, dass Eddie uns nächste Woche verlässt, um das Immobilienportfolio der Familie zu verwalten, sieht er seinen Bruder stolz an.

„Sieht so aus, als hättet ihr beide eine große Aufgabe zu bewältigen", brummt mein Vater vom Bett aus. Ich sehe ihn an, immer noch erstaunt, fast schockiert über das, was ich sehe.

„Ich habe keine Worte", sage ich leise.

„Nun, du wirst sie finden müssen, Beth, denn sie", sagt er und zeigt auf die Menge im Fernsehen, „brauchen dich. Die Menschen sehen heute Harrison, aber es ist klar, dass sie auch dich wollen. Ich weiß, dass du eine gute First Lady abgeben wirst. Die Beste. Jetzt musst du es nur noch allen zeigen." Sein Gesicht strahlt vor Stolz.

Ich schaue wieder auf den Fernseher und beobachte Harrison.

„Bevor ich zum Schluss komme, möchte ich die Gelegenheit nutzen, um dem Bezirk, den Medien, den Rettungsdiensten und den starken, intelligenten Männern und Frauen unserer Polizei für ihre Hilfe und ihr Engagement bei der Suche nach Beth in der vergangenen Nacht zu danken. Ich weiß, dass viele von Ihnen meine Besorgnis geteilt haben, und ich kann Ihnen sagen, dass sie sich hier im Krankenhaus gut erholt und gut versorgt wird. Ich bin zuversichtlich, dass ich sie in den nächsten Tagen nach Hause bringen kann", sagt Harrison unter Beifall.

„Gemeinsam hoffen Beth und ich, diesen Staat stolz zu machen. Wir versprechen, immer unser Bestes zu geben, und freuen uns darauf, Maryland gemeinsam in den Wohlstand zu führen. Vielen Dank." Er nickt dankend zum Klang von Kameras und Blitzlichtgewitter. Ich lächle breit, genau wie er, und in diesem Moment weiß ich, dass alles gut werden wird. Maryland, mein Vater und wir. Zusammen können wir alles schaffen.

HARRISON – SECHS MONATE SPÄTER

Ich schaue aus dem Fenster und sehe den klaren, blauen Himmel, die zwitschernden Vögel und die Blumen in voller Blüte. Wir sind auf dem Anwesen meines Bruders Ben. Er ist der Einzige von uns, der eine abgelegene Villa am Rande der Stadt besitzt, mit einem Rasen, der sich schier endlos in alle Richtungen erstreckt. Etwas, in das ich vielleicht auch bald investieren werde.

„Ich kann nicht glauben, was für ein Haus du hier hast", sagt Tennyson von der Seite des Raumes, wo er mit einem Whisky sitzt.

„Du könntest auch so eines haben", scherzt Ben, und er hat recht. Wir alle könnten so etwas haben. Aber Ben hat schon früh in diese Sache investiert. Er ist der Denker unter uns, und obwohl er immer noch die meiste Zeit im Penthouse in der Stadt verbringt, kommt er hierher, wenn er nachdenken will.

„Ich überlege, in das neue Gebäude auf der Ostseite zu investieren", scherzt Eddie, dessen Gedanken jetzt immer bei unserem Immobiliengeschäft sind. Für einen

Jungen, der sich die meiste Zeit seines Lebens gegen unseren Wohlstand gesträubt hat, verdient er jetzt eine ganze Menge für uns, denn unser Immobilienimperium ist in den letzten Monaten auf beeindruckende Art und Weise gewachsen.

„Nervös?", fragt Ben vom Sofa aus, schaut zu mir auf und mustert mich aufmerksam.

„Ich dachte, die Wahlnacht wäre das größte Ereignis meines Lebens, aber heute ... Scheiße, gib mir das, Ten." Ich marschiere zu Tennyson hinüber, nehme ihm das Kristallglas aus der Hand und leere den Rest seines Whiskys.

„Was glaubst du, was Mama macht?", fragt Eddie, und die Stimmung im Raum sinkt.

„Wahrscheinlich schreit sie jemanden wegen irgendetwas an", murmelt Tennyson, während er sein inzwischen leeres Glas zurücknimmt und es an der Bar nachfüllt.

„Ich bin nur froh, dass der Arzt uns verziehen hat, dass wir ihn mit dieser verdammten Meeresfrüchtesoße fast umgebracht haben", sagt Ben und seufzt. Das war eine harte Verhandlung, die mehrere Gespräche über viele Monate hinweg erforderte. Aber Dr. Warner ist ein guter Freund, und obwohl ich weiß, dass ich ihn nie wieder zu einem Abendessen einladen werde, versteht er, dass unsere Mutter einen *Anfall* hatte und sich im Moment nicht in einer guten Verfassung befindet. Leider hat sie ihre Einstellung noch immer nicht geändert, sie ist immer noch rachsüchtig, und ich frage mich, wie einer von uns ihr jemals wieder nahe kommen soll.

„Du hast also beschlossen, Lilly heute nicht einzuladen?", fragt Eddie und sieht mich fragend an, während er aufsteht und seine Krawatte zurechtrückt.

„Nein. Beth und ich wollten, dass der heutige Tag im kleinen Kreis stattfindet. Nur die Familie. Wir wollten nicht den üblichen Gesellschaftszirkus", antworte ich, als Ben aufsteht, zu mir kommt und die Blume an mein Revers feststeckt.

„Atmen. Du siehst aus, als müsstest du dich gleich übergeben", bemerkt Tennyson, während er sein Glas über die Theke schiebt und zu uns herüberkommt, wo wir zusammen stehen.

Meine Brüder. Wir standen uns schon immer nahe, aber jetzt, wo Eddie zurück und Dad weg ist, ist unsere Verbindung stärker als je zuvor.

Es klopft an der Tür, und Oscar steckt seinen Kopf herein. „Zeit zu gehen", sagt er, während er uns ansieht und nickt. Er ist heute für mich verantwortlich, da Beth niemandem sonst zutraut, mich rechtzeitig zum Altar zu schaffen.

„Fertig?", fragt Ben, und ich schaue sie alle an.

„Lass uns heiraten gehen." Ich sage die Worte, von denen ich nie gedacht hätte, dass ich sie jemals sagen würde. Meine Handflächen schwitzen, als wir vier nach draußen gehen. Ich gehe voran durch die Gänge in den Garten nach draußen. Meine Mutter sitzt stoisch vorn auf der einen Seite, neben Oscar, der hergerannt sein muss, um uns hier zu treffen. Beths Vater, Marci und Jeff sitzen alle stolz auf der anderen Seite.

Ich stehe vorn neben dem Zelebranten, der mir ein breites, warmes Lächeln schenkt.

„Bist du bereit?", fragt Larry und lächelt. Beth und ich

waren beide überrascht, als wir erfuhren, dass Larry ein zugelassener Trauredner ist, etwas, das er während seiner Jahre beim Militär erworben hat. Wir konnten uns niemanden Besseres vorstellen, um uns dabei zu helfen, den Bund fürs Leben zu schließen.

„Auf jeden Fall", sage ich und lächle. Das bin ich wirklich. Ich habe mein ganzes Erwachsenenleben damit verbracht, die Idee der Ehe abzulehnen. Ich kenne zu viele Menschen, die ihre Ehen beenden, und ich habe nie geglaubt, dass es sich lohnt, in sie zu investieren.

Aber dann lernte ich Beth kennen. Sie hat meine Welt auf den Kopf gestellt und mir geholfen, die Dinge aus einem anderen Blickwinkel zu betrachten. Sie hat die Füße fest auf dem Boden. Sie versteht mich. Sie ist wunderschön und gehört ganz mir.

Ich schaue zu meinen Brüdern hinüber. Wir Rothschilds sind ein stattlicher Haufen, und mein Blick wandert zu meiner Mutter, die mir ein seltenes, sanftes Lächeln schenkt. Sie nickt mir zu, und wir haben eine stille Bestätigung, dass sie weiß, dass ich das Richtige tue, auch wenn sie es nie laut zugeben würde. Ich nicke ihr im Gegenzug zu, bevor ich die ersten Töne der Musik höre und ich aufblicke, um Beth zu sehen, die ein paar Meter entfernt steht. Sie sieht wirklich atemberaubend aus.

Bei ihrem Anblick beruhigt sich mein Herzschlag, das Schwitzen meiner Hände lässt nach, und mein inneres Gleichgewicht ist wiederhergestellt.

Ich beobachte, wie sie auf mich zukommt. Meine Augen sind auf die Frau gerichtet, die in ihrem zartrosa Kleid strahlend aussieht, ihr rotes Haar fällt über ihren

Rücken, ihre Kurven kommen voll zur Geltung. Mein Blick löst sich keinen Augenblick von ihr, als sie vor mir zum Stehen kommt, und ich reiche ihr die Hand, um ihr die Stufen zum Altar hinaufzuhelfen.

„Du bist nicht gestolpert?", flüstere ich. Ihre größte Angst war heute, auf dem Weg zu mir zu stürzen.

„Der Tag ist noch jung", scherzt sie und lächelt mich an.

„Bist du bereit, Mrs. Rothschild zu werden?", frage ich, und obwohl ich weiß, dass sie es ist, setzt mein Herz noch immer einen Schlag aus, während ich auf ihre Antwort warte.

„Ich glaube, die Frage ist: Bist du bereit für mich?", entgegnet sie frech, und ihre blauen Augen funkeln mich an.

„Immer", sage ich und schenke ihr ein strahlendes Lächeln, während unsere Augen aufeinander gerichtet bleiben, und ich nicke Larry zu, damit er anfängt. Ich nehme seine Worte kaum wahr, meine Gedanken sind ganz bei der Frau vor mir.

Beth.

Sie ist mein Herz, meine Seele, mein Ein und Alles. Auch mein Glücksbringer.

Hol dir den Bonus-Epilog, um zu erfahren, wie es mit Harrison und Beth weitergeht!

Der arrogante Milliardär

Das Letzte, was ich in meinem Leben brauche, ist ein weiterer Anzugträger. Vor allem keinen, der groß, düster und arrogant ist.

Das Leben als alleinerziehende Mutter ist schon schwer genug, ohne dass ich mir Sorgen machen muss, woher mein nächster Gehaltsscheck kommt. Deshalb zögere ich auch nicht, meine bequemen Lehrerschuhe hinter mir zu lassen und in die Schuhe eines Anwalts zu schlüpfen, um meiner Schule zu helfen, als die reichen Milliardäre der Stadt versuchen, unser Land zu kaufen.

Ich hatte nur nicht erwartet, dass ich gegen Benjamin Rothschild antrete.

Mit seinen Designerklamotten und teuren Autos ist Ben das komplette Gegenteil von mir. Er ist der Milliardär, den jede Frau zu erobern versucht. Doch als ein hartnäckiger Ex zum Problem wird, steckt er mir stattdessen einen Ring an den Finger.

Unser Engagement ist so falsch wie mein Lächeln,

aber ich bin entschlossen, meine Schüler und ihren Zufluchtsort zu schützen. Ich bin nicht durch die Tiefen der Verzweiflung gekrochen, um erneut alles zu verlieren. Die Schule ist alles, was wir haben, und es liegt an mir, sie zu retten.

Auch wenn das bedeutet, dass ich ein wenig zu innig mit dem Teufel tanzen muss.

https://books2read.com/arrogante

ÜBER DEN AUTOR

Samantha Skye ist eine zeitgenössische Liebesromanautorin aus Melbourne, Australien. Samantha, ein Kind vom Land, das zum Stadtmenschen geworden ist, schreibt Charaktere, die ebenso vielfältig wie teuflisch gutaussehend sind.

Ihre einzigartige, spannende Würze kombiniert gekonnt das Riskante und das Gewagte und lässt Herzen aus mehr als einem Grund höher schlagen! Wenn sie nicht gerade an ihrem nächsten Roman arbeitet, plaudert Samantha in Podcasts oder überall dort, wo die Sonne scheint.

Samantha ist eine begeisterte Reisende und fühlt sich in Gummistiefeln genauso wohl wie in Christian Louboutins ... aber in letzteren hat sie normalerweise mehr Spaß.

Vielen Dank fürs Lesen! Treten Sie unbedingt meiner Facebook-Gruppe bei – Skye's The Limit Books, um über alles, was mit meinen Büchern zu tun hat, zu plaudern!

www.ingramcontent.com/pod-product-compliance
Lightning Source LLC
Chambersburg PA
CBHW050959180726
48291CB00006B/1895